Daniel Scholten

Der zweite Tod

Ein Fall
für Kommissar Cederström

GOLDMANN

FSC
Mix
Produktgruppe aus vorbildlich
bewirtschafteten Wäldern und
anderen kontrollierten Herkünften

Zert.-Nr. SGS-COC-1940
www.fsc.org
© 1996 Forest Stewardship Council

Verlagsgruppe Random House FSC-DEU-0100
Das FSC-zertifizierte Papier *München Super* für Taschenbücher
aus dem Goldmann Verlag liefert Mochenwangen Papier.

1. Auflage
Originalausgabe Mai 2007

Umschlaggestaltung: Design Team München
Umschlagfoto: buchcover.com/Karen Koehler
SH · Herstellung: Str.
Satz: Buch-Werkstatt GmbH, Bad Aibling
Druck und Bindung: GGP Media GmbH, Pößneck
Printed in Germany
ISBN 978-3-442-46402-9

www.goldmann-verlag.de

DANIEL SCHOLTEN

Der zweite Tod

Buch

Kommissar Kjell Cederström und seine Kollegen werden mitten in der Nacht zur Wohnung des Ägyptologen Carl Petersson gerufen. Der Wissenschaftler wurde mit einem Brieföffner an seinem Schreibtisch erstochen. Neben dem Toten steht sein Computer und wartet auf die Eingabe eines Passworts. Verbirgt sich dahinter eine wissenschaftliche Sensation? Offenbar ist es Petersson gelungen, die geheimnisvolle Inschrift auf dem dreieinhalb Jahrtausende alten Diskos von Phaistos zu entziffern. Doch das Passwort ist durch ein ausgeklügeltes Hieroglyphensystem verschlüsselt.

Cederströms junge Kollegin Sofi Johansson arbeitet fieberhaft an der Entzifferung. Währenddessen findet Cederström heraus, dass die junge Geliebte des Toten mitsamt seinem Vermögen verschwunden ist. Hat sie Petersson ermordet?

Doch auch der Ägyptologe selbst erscheint auf einmal in einem neuen Licht: Er war bereits seit Jahren wissenschaftlich diskreditiert, nachdem man ihn der Fälschung antiker Artefakte überführt hatte. War Petersson an illegalen Geschäften beteiligt?

Schließlich gelingt es Cederströms Tochter Linda durch Zufall, das Passwort zu entschlüsseln. Die Spur führt nach Kairo. Es stellt sich heraus, dass nicht nur die Polizei an dem Passwort interessiert war und dass Cederström und seine Kollegen es offenbar mit Gegnern zu tun haben, die zu allem entschlossen sind. Da gerät Sofi Johansson in einen gefährlichen Hinterhalt…

Autor

Daniel Scholten, Jahrgang 1973, ist deutsch-isländischen Ursprungs. Nach längerer Arbeit als Typograph in Skandinavien und Deutschland hat er in München Ägyptologie und historische Sprachwissenschaft studiert. Seitdem forscht er an der Grammatik und Literatur der altägyptischen Sprache. Nach längeren Aufenthalten in Island und Schweden lebt er zurzeit in Stockholm und München und gibt zwei Literaturzeitschriften für Isländisch und Schwedisch heraus. Weitere Informationen zur Kjell-Cederström-Reihe und zum Autor unter www.danielscholten.net.

In Schweden ist es grundsätzlich üblich, sich zu duzen. Um das Sozialgefüge nicht zu verfälschen, wurde dies in dieser Geschichte beibehalten.

STOCKHOLM
UND UMGEBUNG
10 km
N
SÖDERBY-
KARL
UPPSALA
NYSÄTTRA
NORRTÄLJE
SÖDERS-
VIK
E18
E18
Täby
STOCK-
HOLM
SÖDER-
TÄLJE
Ostsee

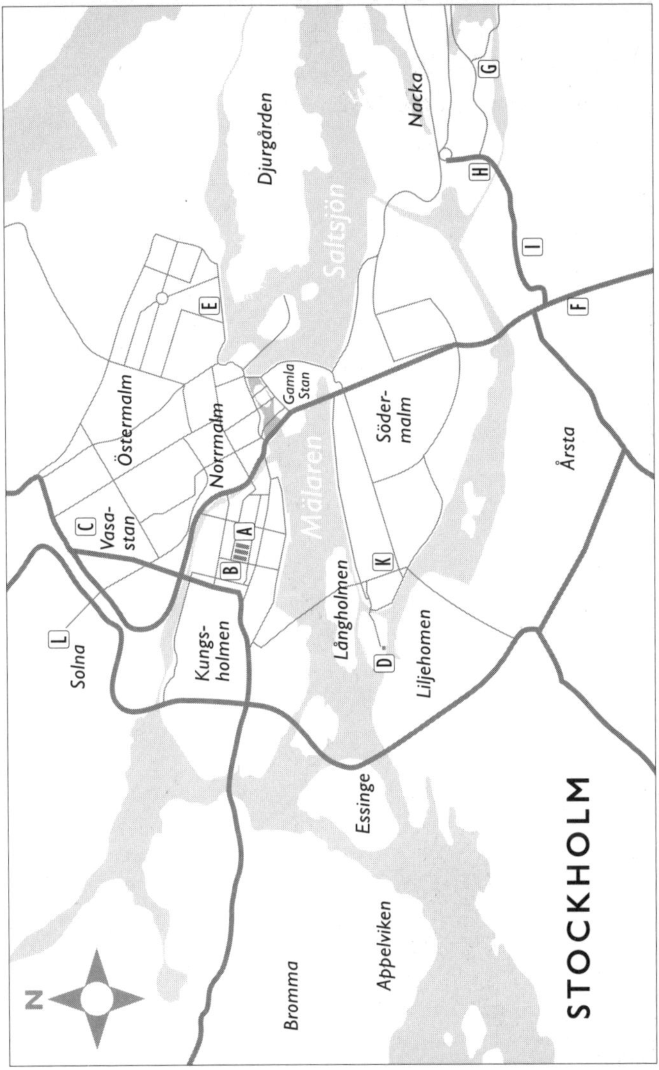

A Polizei — B Kronobergspark — C Vasagatan — D Reimersholme — E Strandvägen — G Globen-Arena — H Hammarbyhamnen — I Petrejusvägen — K Hornstull

Erster Teil

Der Zweite Tod

Wie froh ist einer, der von Dingen erzählen kann,
die er geschmeckt hat.
Vorbei sind die schmerzhaften Dinge.

Die Geschichte vom Schiffbrüchigen

1

Dienstag, 27. November

Carl Petersson saß in seinem roten Lesesessel im Arbeitszimmer und wartete auf das Ende. Es war weit nach Mitternacht, als es endlich an der Tür klingelte. Er schrak auf. Das Buch auf seinen Beinen machte einen kleinen Satz und klappte mit einem dumpfen Knall zwischen seinen Knien zusammen.

Jetzt war es so weit. Dreißig Jahre hatte er gebraucht. Er hatte nicht erwartet, dass es so lange dauern würde. Jetzt erst war er so gut, wie er es sich immer vorgenommen hatte. Noch keiner hatte erreicht, was ihm gelungen war.

Er saß mit durchgestrecktem Rücken regungslos in seinem Sessel und reckte den Kopf. Das Buch rutschte unbemerkt zwischen seinen Knien hindurch, fiel auf seine Füße und dann auf den Boden. Die Zimmertür war halb geschlossen. Er starrte in den dunklen Gang hinaus, ohne die Wohnungstür von seinem Platz aus sehen zu können. Seine Hände lagen schon auf der Lehne, aber er zögerte. Es klingelte wieder. Im Wohnzimmer drehte Mari den Fernseher leiser. Dann brachten ihre wütenden Schritte den Parkettboden im Gang zum Schwingen, das spürte er bis hierher. Er sank ein wenig zurück und horchte. Carl Petersson hörte eine atemlose Männerstimme. Mari wechselte einige Worte mit dem Kurierboten, doch sie drangen nur undeutlich bis zu ihm ins Arbeitszimmer. Sie schloss die Tür. Die Sekunden verstrichen. Warum verstrich bei ihr immer so viel Zeit? Er blickte zur Wanduhr und dann aus dem Fenster.

Gleich war es ein Uhr. Im Haus gegenüber waren die letzten Lichter erloschen. Es hatte zu schneien begonnen.

Die lange Zeit der Anspannung war nun zu Ende. Sie hatte Mari besonders zermürbt. Noch ahnte sie nicht, dass jetzt alles anders werden würde. Er hatte ihr viel zu erzählen.

Endlich trat sie ins Arbeitszimmer, das Kuvert hielt sie in der linken Hand. Es war so groß und dick, wie er erwartet hatte. Mari blickte ihn fordernd an, ohne sich für das Kuvert zu interessieren. Sie forderte etwas ganz anderes. Dafür würde bald Zeit sein. Er lächelte, erkannte dann aber sogleich, dass sie das missverstand. Ohne ein Wort legte sie das Kuvert auf die freigeräumte Platte des Schreibtischs, machte aber keine Anstalten, wieder ins Wohnzimmer zurückzukehren. Jetzt konnte sie auch dabei sein.

»Mach es auf«, knurrte er, weil er glaubte, seine Hände würden zu fahrig sein, um es selbst zu tun.

Mari zerrte und rüttelte an der Lasche des Kuverts, begriff dann aber, dass sich das Papier nicht zerreißen ließ.

»Nimm doch den Brieföffner! Das Papier ist reißfest.«

Sie zog die Schreibtischlade auf und wühlte ungeduldig in den Stiften herum, bis sie den Brieföffner mit der geschliffenen Spitze fand.

Carl stemmte sich aus dem Sessel und schlurfte in seinen Lederpantoffeln zu ihr hinüber. Er spürte sein Alter in den Gliedern. *Bishops Elamische Paläographie* blieb auf dem Boden liegen.

Sie war schön in ihrem Nachthemd. Er erahnte die weiblichen Formen ihres jungen Körpers darunter. Gerne hätte er seine Arme um ihre Hüften gelegt und nach der langen Zeit endlich wieder etwas Zärtliches zu ihr gesagt. Aber sie würde seine Aufmerksamkeit sofort ganz für sich einfordern. Er setzte sich still an den Schreibtisch.

Mit der Spitze des Zeigefingers wischte er über die frisch polierte Platte. Er konnte kaum glauben, wie glatt es lief. Es war ein Meisterstück, *sein* Meisterstück.

Mari hatte endlich das Kuvert geöffnet, fischte die Papiere heraus und breitete sie vor ihm auf dem Tisch aus. Carl trennte die drei gehefteten Stapel und legte sie nebeneinander. Am Morgen hatte er den Schreibtisch freigeräumt und das Holz gepflegt, um seine Nerven zu beruhigen. Er hatte dreimal nachpolieren müssen, bis der ölige Film ganz verschwunden war. Bildschirm und Computer standen noch auf dem Boden. Er war zu aufgeregt gewesen, um die Kabel wieder zusammenzustecken.

Wie erhebend sich die drei Stapel nun auf der leeren Holzplatte ausmachen würden, hatte er nicht bedacht. Ein Anblick der Klarheit am Ende eines langen Weges.

Zufrieden überflog Carl Petersson die Seiten. Das Rascheln und Knistern des dünnen Durchschlagpapiers füllte die Stille im Zimmer aus, nur vom Wohnzimmer her drang leise eine Frauenstimme aus dem französischen Spielfilm herüber. Jetzt mussten sie nur noch warten, bis es wieder klingelte. Mari würde überrascht sein.

Stattdessen kam der Schlag. Die Wucht ließ seinen Oberkörper einmal vor- und zurückwippen. Etwas Großes und Schweres musste ihn von hinten getroffen haben. Der Schmerz drang spitz und stechend in seinen Rücken ein und breitete sich in Wellen in seinem Körper aus. In seinen Fingern und Zehen schienen ihn winzige Nadeln zu stechen. Die Welle hinterließ überall Taubheit. Sein Körper schlief langsam ein. Die Wurzel seiner Zunge begann anzuschwellen und gegen seinen Gaumen zu drücken. Er bildete sich Gerüche ein, die es hier nicht geben konnte. Mandeln und Veilchen. Er schmeckte die Säure, die aus seinem Magen heraufdrang. Die Überraschung ging in eine träge Schwere über, dazwischen durchlitt er einen Augenblick der Fassungslosigkeit. Wie ein hämisches Echo hallte Sinuhes berühmter Ausspruch durch seinen Kopf.

Das ist der Geschmack des Todes.

Es gab nun keinen Zweifel mehr darüber, auf welchem Wort der Satz zu betonen war. Die wissenschaftliche Diskussion war beendet. Dass er einmal solche Gewissheit erlangen würde, hatte er nicht erwartet.

Das war alles. Weiter kamen seine Gedanken nicht. Carl Petersson drehte den Kopf zur Seite. Mari stand schweigend da und starrte ins Leere. Sie hatte den Blick von ihm abgewandt. Wut, Schrecken, er las beides in ihren Augen. Warum sah sie ihn nicht an? Er griff sich an den Rücken und tastete, bis er kaltes Metall spürte. Ohne zu begreifen, tastete er weiter. Ein unbekanntes Ziel zog seine Finger an, bis seine Hände in ihrer Verdrehung zu zittern begannen.

Der Brieföffner. Mari.

Mari hatte ihm die Klinge in den Rücken gestoßen. Aber er hatte doch einen dumpfen Schlag gespürt! Jetzt erst begriff er, wirklich erst jetzt.

Seine Arme erschlafften nun. Es war ihm nicht gelungen, die Klinge herauszuziehen, obwohl sie nicht so tief in ihm zu stecken schien. Sein lautes Ächzen schreckte Mari aus ihrer Starre auf. Sie tat einige richtungslose Schritte im Zimmer, riss den Aktenschrank auf, wandte sich aber wieder ab und rannte hinaus, um sogleich mit ihrer Sporttasche zurückzukehren. Im Lauf fiel sie vor dem Aktenschrank auf die Knie und rutschte noch einige Zentimeter weiter. Hastig kramte sie in den Fächern herum. Sie entdeckte die Schuldscheine mit ihrer Unterschrift darauf und stopfte sie in die Tasche. Sie entdeckte das Geld und packte alle Bündel dazu. Papiere, für die sie sich nicht interessierte, glitten unbeachtet zu Boden. Sie kümmerte sich nicht darum.

Jetzt sah er, was er nicht begriffen hatte, jetzt sah er all ihre Gedanken in dem, was sie tat.

Er konnte den Kopf inzwischen nicht mehr bewegen und

nahm sie nur noch aus den Augenwinkeln wahr. So klar und entschieden hatte er sie noch nie gesehen. Mit kalten Augen blickte sie sich im Zimmer um. Dann riss sie das Telefon aus der Ladestation und rannte wieder aus dem Zimmer, eilte durch die Räume und warf ihre Sachen in die Tasche.

Auf einmal stand sie mitten im Raum, jetzt war sie angezogen. Sie trat hinter ihn und versuchte, die Klinge aus seinem Rücken zu ziehen. Es gelang ihr nicht. Mari gab auf und stürmte hinaus. Mit harten Schritten kehrte sie erneut zurück und wischte den Griff des Brieföffners, der noch immer in seinem Rücken steckte, mit einem Spüllappen ab. Anschließend warf sie den Lappen als Beleidigung auf den Tisch und verschwand aus dem Zimmer.

Carl Peterssons Gedanken erlahmten. Er war viel zu weit gegangen mit ihr, das musste er sich nicht mehr eingestehen. Es lag nun offen da. Der gelbe Lappen dicht vor seiner Nase stank modrig. Er hatte ihn verdient.

Er würde sie nie mehr wiedersehen. Er verstand, und er verstand nicht. Die Wohnungstür fiel ins Schloss. Sie verriegelte es gewissenhaft. Einmal, zweimal drehte sie den Schlüssel herum und zog ihn heraus.

Damit war das letzte Geräusch verklungen. Carl Petersson saß allein an seinem Schreibtisch und wusste nicht, ob er leben oder sterben würde.

2

Beim ersten Piepsen des Weckers war sie hellwach. Linda Cederström öffnete die Augen, und ihr erster Gedanke war wie an jedem Morgen: Mama ist tot.

Vor vier Jahren nach dem plötzlichen Tod ihrer Mutter war es wie ein notwendiges Mantra gewesen, um die Veränderung in ihrem Leben an jedem neuen Morgen einzuüben, bevor sie aufstand. Aber sie war es nie mehr losgeworden.

Heute blieb keine Zeit, ihre liebste Erinnerung dagegenzusetzen. Sie atmete tief durch. Sie hatte gelernt, mit dem heutigen Tag zu leben wie ein Armenier mit dem nächsten Erdbeben.

Es war finster im Zimmer. Sie richtete sich auf und fühlte eine Leere, wie sie im Magen zerrt, wenn man zu kurz geschlafen hat.

Ihr Plan! Ihr schauderte davor. Dennoch ging sie alle Stationen noch einmal in Gedanken durch, bevor sie die Decke von sich riss, aus dem Bett sprang und sich im Dunkeln zur Küche tastete. Dort knipste sie die Tischlampe an, füllte eine Tasse halbvoll mit Milch und erwärmte sie zwei Minuten und zwanzig Sekunden in der Mikrowelle. Diese Zeit nutzte sie, um Wasser im Sieder zu erhitzen und zwei Löffel Kaffee in den Filter zu schaufeln. Sie ließ das Kaffeewasser durch den Filter in die heiße Milch rinnen. Linda war wach und aufmerksam. Das musste an der Aufregung liegen, vermutete sie. Alle Handgriffe verrichteten sich wie von selbst, nachdem sie vor dem Einschlafen jeden einzelnen minutiös durchgeplant hatte, auch das Kaffeekochen.

Linda nahm die Tasse mit ins Bad, stellte sie auf der Ablage über dem Waschbecken ab und trank von Zeit zu Zeit daraus. Eine Viertelstunde später waren ihre Haare trocken genug, um damit ins Freie gehen zu können. In ihrem Zimmer lagen die Kleidungsstücke in der Reihenfolge auf dem Boden ausgebreitet, wie sie hineinschlüpfen musste. Einen Augenblick lang betrachtete sie die Sachen, wie sie so dalagen. Wie eine in Szene gesetzte Gebrauchsanweisung sahen sie aus.

Im Flur hatte sie am Abend sogar die Schuhe so aufgestellt, dass sie in Laufrichtung hineinsteigen konnte, und die Handschuhe klemmten in der Klinke der Haustür. Es war zwar nur Spaß gewesen, als Papa sie ermahnt hatte, dass alles viel schneller ginge, wenn sie sich am Morgen nicht immer so treiben ließe, doch nun war sie heilfroh, dass sie nicht im Schrank nach den Handschuhen wühlen musste. An anderen Tagen musste sie das oft tun.

Sie trat fertig an die Wohnungstür und war sich sicher, viel besser in der Zeit zu liegen, als sie vorausberechnet hatte. Damit war also bewiesen, dass Linda Cederström konnte, wenn sie wollte.

Um in Papas Worten zu sprechen.

Unten vor der Tür gab es Anlass zu seufzen. Der Schnee! Endlich war er da! Ausgerechnet jetzt, wo sie ihr Ziel nicht aus den Augen verlieren durfte. Die Flocken wirbelten nicht in der Luft herum, sie fielen schnell und in geraden Bahnen vom Himmel herab. Alles war bedeckt, man konnte keine Formen mehr erkennen.

Nichts war zu hören, nur das leise Knistern der Flocken. Und sie.

3

Im Traum streckte Kjell seine Arme aus und griff nach den Brüsten, die seine Kollegin Sofi Johansson ausnahmsweise in dieser Szene trug. Sie lachte dabei und warf sich ihm entgegen. Das alles wirkte so natürlich. Nur ihr Lachen, das irritierte ihn ein wenig. Es klang piepsig und wollte kein Ende nehmen. Es dauerte noch einige Momente, bis er darauf kam, dass das Telefon klingelte. Er tappte danach und fand es auf dem Fensterbrett, das er vom Bett aus erreichen konnte. Er konnte alles in seinem Schlafzimmer vom Bett aus erreichen.

Es war Sofi Johansson. Ihre Melodie war die Waldsteinsonate. Kjell drückte auf den grünen Knopf.

»Guten Morgen«, flüsterte sie mit ihrer tiefen Morgenstimme.

»Es ist Viertel vor drei, und ich bin gleich bei dir. Wir müssen nach Vasastan. Die Kripo ist schon da.«

»Ja.« Seine Stimme klang belegt, und er musste sich mehrmals räuspern, bis sie endlich trug. »Ich stehe dann an der Straße.«

»Ich bin jetzt bei der Brücke«, sagte sie und legte auf.

Das mit den Brüsten tat ihm sogleich leid. Es musste mit der trockenen Heizungsluft zusammenhängen, dass er plötzlich von Brüsten träumte und sie dabei auch noch vergrößerte. Er war also auf der untersten Stufe angelangt, die man beim Träumen erreichen konnte. Er hatte nicht geglaubt, dass es so schnell gehen würde.

Kjell riss beide Fensterflügel auf und ließ die Kälte herein. Sie biss nicht in die Haut, aber alles, was in dem Zimmer aus Kunststoff oder elektrisch war, knisterte und knackte. Er lehnte sich hinaus und machte einige tiefe Atemzüge. Schneeflocken fielen vom Himmel. Sie waren so klumpig und schwer, dass er es spürte, wenn eine davon auf seinem Kopf landete. Er wohnte auf Reimersholme mitten in der Stadt. Jenseits des Wassers sah er die Scheinwerfer eines Autos, das sich auf der Ringstraße durch den Schnee kämpfte. Der Lichtkegel reichte gerade mal zwei, drei Meter weit, bevor er seine Kraft verlor. Der Wagen war in einen diffusen Schein gehüllt, denn neblig war es obendrein. Kjell blickte nach unten auf den Rasen vor dem Haus. Er wollte abschätzen, wie hoch der Schnee schon lag. Der Zaun am Rosenbeet war dreißig Zentimeter hoch und so zugeschneit, dass ein Unwissender auf der Nase landen würde.

Am Abend war er früh ins Bett gegangen und fühlte sich jetzt ausgeschlafen. Routiniert stieg er in die weiche braune Kordhose, die über dem Stuhl hing, und sah sich nach einem Oberteil um. Ein frisches Hemd war nur für den Preis eines mauerndurchdringenden Quietschens der Schranktür im Flur zu bekommen. Aber auf dem Stuhl entdeckte er den Pulli, der ihm gerade recht kam. Im Büro wartete noch ein frisches Oberhemd. Da konnte er später wechseln. Er schlich ins Bad, putzte sich die Zähne und reckte sein Kinn zum Spiegel. Die nächste Rasur konnte auf jeden Fall bis zum Abend warten. Kjell drehte das kalte Wasser auf und schöpfte es sich dreimal ins Gesicht, bis er sich erfrischt wie ein Neununddreißigjähriger fühlte. Sein Haar war für seine zweiundvierzig Jahre unglaubwürdig braun geblieben und lag ausnahmsweise so, wie er es sich wünschte. Es würde ein guter Tag werden.

Draußen folgte er dem schneeschaufelbreiten Pfad bis zur Straße. Der Schnee gab knautschend nach. Bei Umberto im Hausmeisterschuppen brannte Licht, und in einiger Entfernung schippte ein Mensch um sein Leben. Ob sie in der Innenstadt schon räumten? Er fragte sich, wie lange sie bis Vasastan brauchen würden. Das ferne Rauschen des Verkehrs auf der Ringstraße und der Westbrücke war verstummt. Es war wärmer, die Temperaturen waren in wenigen Stunden stark gestiegen. Seine Schätzung lag bei fünf Grad unter null.

Einige Minuten lang stand er da und fand, dass die Baumstämme jetzt alle kohlschwarz aussahen. Wo blieb Sofi? Er warf zwei Schneebälle auf das Stoppschild, doch sie lösten sich weit vor dem Ziel in weiße Pulverwolken auf. Dann begann er, langsam, aber sicher auf der Stelle zu stampfen, bis er aus der Ferne den Motor quengeln hörte. Bald darauf hielt Sofi neben ihm, die Beifahrertür wurde beherzt von innen aufgedrückt. Er stutzte. Aus dem Wagen kletterte seine Tochter. Sie hatte Schnee auf dem Kopf, und weiße, runde Klumpen hingen in ihren langen Haaren wie Weihnachtsbaumkugeln.

»Linda?«, fragte er. »Was machst *du* hier?«

Sie drängte sich wortlos an ihm vorbei. So in Rage hatte er sie noch nie erlebt. Ihre Hosenbeine waren weiß bis zu den Knien hinauf und der Stoff steifgefroren. Linda lief schwerfällig, stampfte und taumelte, immer wieder trat sie leise fluchend und jammernd gegen den Schnee, der in der Luft zerstob. Sie verschwand im Hauseingang.

Linda war siebzehn und Sofi fünfundzwanzig.

Er stieg in den Wagen und begrüßte Sofi. Sie fuhr sofort los. Gespannt wartete er auf eine Erklärung.

»Ich habe sie am Hornstull auf der Straße laufen sehen.« Ohne Grund flüsterte sie. »Sie wollte in die Schule.«

Er lachte herzlich. Sofi konnte sich nicht entscheiden, ob sie Linda bedauern oder mitlachen sollte.

»Das passiert mir aber auch manchmal«, sagte sie ernst. »Dass ich mich in der Zeit vertue.«

Er betrachtete sie ungläubig von der Seite. »Sie hat alles durchgeplant, damit sie es rechtzeitig schafft. Das muss ihre Nerven überfordert haben.«

Jetzt begann sie zu lachen. Es klang tief.

»Zuerst wollte sie mir gar nicht glauben. Sie war schon völlig erschöpft, weil sie die ganze Strecke durch den Schnee gestapft ist. Wir müssen sie später anrufen, damit sie nicht verschläft. Sie war völlig verzweifelt und sauer auf sich. So war sie noch nie.«

Er stellte den Wecker seines Telefons auf sechs Uhr. Ausgerechnet heute, wo sie den Test hatte. »Kannst du schon etwas sagen?«

»Muss ein Toter sein.«

»Aber was geht uns das an?«

»Mehr weiß ich noch nicht, aber die Reichspolizeileitung hat ausdrücklich uns angefordert.«

Sofi stammte aus Värmland. Das Fahren im tiefen Schnee lag ihr also im Blut. Kjell genoss die Fahrt durch die Dunkelheit und die leeren Straßen. Auch die Räumfahrzeuge waren noch nicht ausgerückt. Von nun an schwiegen sie.

Die Heizung lief auf der untersten Stufe. Er stellte sie ganz ab. Das Gebläse hatte die warme Luft im Auto verteilt, die nach Sofi roch. Ihre Jacke lag auf der Rückbank. Sie trug einen schwarzen

Pullover und hatte ein leichtes Lächeln im Gesicht, während sie aufmerksam auf die rutschige Straße sah und sich mehrmals zu ihm drehte. Ihre dunklen Haare hatte sie nach dem Aufwachen nass gekämmt, und an den Ansätzen hatten sich feine Strähnen gebildet wie nach einem Tag am Strand.

Nach zwanzig Minuten bogen sie in die Västmannagatan in Vasastan ein. Hier gab es auf einmal zahlreiche Reifenspuren. Das Haus konnten sie schon von weitem an den Fahrzeugen ausmachen, die davor in zweiter Reihe parkten. Zwei Volvos und der Transit von der Spurensicherung. Sofi parkte dahinter.

Eine Frau mit kurzen, blondgefärbten Haaren trat aus dem Hauseingang. Sie mochte Mitte vierzig sein und trug nur einen roten Rollkragenpullover und Jeans. Fröstelnd schlang sie die Arme um ihren Oberkörper und löste den rechten nur, um Kjell und Sofi schlotternd die Hand zu reichen. »Viktoria Hammarfors. Mordkommission, Kriminalpolizei Stockholm.«

»Das ist Sofi Johansson, und mein Name ist Kjell Cederström.«

Viktoria nickte und wandte sich dem Eingang zu. Schweigend folgten ihr Kjell und Sofi in den vierten Stock.

»Wo ist eigentlich die Presse?«, fragte Viktoria oben in der Wohnung. »Wir sind doch schon eine ganze Weile hier, und der Rettungswagen stand vorhin auch vor dem Haus.«

»Die Zentrale hat ein Ablenkungsmanöver gestartet«, erklärte Sofi. »Das ist bei der Reichskrim üblich. Aber bei diesem Wetter gehen die vielleicht gar nicht vor die Tür.«

»Es ist so«, begann Viktoria, nachdem sie die Wohnungstür hinter sich ins Schloss gedrückt hatte. »Hinten im letzten Zimmer liegt ein Toter, um die fünfzig. Wir glauben, er wurde erstochen. Der Notarzt war gerade hier. Vor zwei Stunden hat ein Nachbar bei der Einsatzzentrale angerufen. Er heißt Robert Sahlin und wohnt eine Etage tiefer. Eine halbe Stunde nach dem Anruf waren wir da.«

Zwei Männer traten aus der Küche. Sie trugen Plastikhandschuhe und gehörten anscheinend zu Viktoria. Man begrüßte sich durch Nicken.

»Nachdem wir angekommen waren, haben wir Meldung an die Einsatzzentrale gemacht. Kurz darauf kam die Anordnung, dass wir auf die *Reichsmord* warten sollen.«

Sofi zog ihr Telefon aus der Tasche und rief die Zentrale an. »Hier ist Inspektorin Sofi Johansson von der Reichsmord. Wir sind jetzt da, wissen aber nicht, ob wir oder die Kripo hier übernehmen sollen.« Sie lauschte eine halbe Minute und legte dann auf. »Die wissen es auch nicht. Der Computer hat diese Anweisung gegeben, nachdem sie den Namen und die Adresse eingegeben haben.«

Kjell seufzte. »Dann übernehmen wir. Am besten bleibt ihr da, dann könnt ihr übernehmen, wenn es sich als Irrtum herausstellt. Gehen wir nachsehen.«

Sie durchschritten den langen Flur. Kjells erster Blick fiel auf die Bücherregale, die die Wände zu beiden Seiten säumten. Am Ende des Flurs lag das Arbeitszimmer. Dort standen an zwei Wänden weitere deckenhohe Bücherregale und in der Mitte ein großer Schreibtisch. Daran saß ein Mann. Mit dem Oberkörper und seinem Kopf lag er auf der Tischplatte, die vor Papieren nur so überquoll. An der linken Ecke der Tischplatte stand ein großer, flacher Bildschirm. Der Computer summte. Das Gesicht des Mannes konnte man nicht sehen, nur das dichte graumelierte Haar seines Hinterkopfs.

Neben dem Stuhl, auf dem der Tote saß, kniete Per von der Technischen auf dem Boden. Er richtete sich auf und begrüßte Kjell und Sofi durch schlaffes Zuwinken. Er trug seinen braunen Plastikoverall, den er Benny nach der Trennung von ABBA abgekauft haben musste. »Willkommen bei Agatha Christie«, brummte er. »Das ist die Leiche und hier die Einstichstelle.« Er deutete auf eine Stelle am Rücken des Toten, die Kjell und Sofi nicht sehen konnten, weil sie nicht so weit in das Zimmer hineintreten durften. Per benutzte dazu sein blaues Idiotenklebeband, mit dem er auf dem Boden markierte, wo an einem Tatort gefälligst zu gehen und zu stehen war. »Die Tatwaffe ist vermutlich ein Brieföffner, er liegt in der Spülmaschine. Hier wurde erst vor kurzem Hausputz gemacht. Gute Sache für alle Beteiligten.«

Sie durften sich der Leiche noch nicht nähern. Deshalb nutzte Kjell die Wartezeit, um den Raum auf sich wirken zu lassen. Die Bücher in den Regalen ließen ahnen, dass es sich bei dem Toten um einen Wissenschaftler handelte. Soweit er das ermessen konnte, ging es um Altertumswissenschaft. An den beiden Wänden ohne Regale hingen eine Kreidetafel und mit der Hand beschriftete Kartonagen voll fremder Schriftzeichen. Einiges davon war Griechisch, anderes Hieroglyphen, jedoch keine ägyptischen. Die Zeichen bildeten augenscheinlich keine Wörter, sondern waren zu Tabellen angeordnet, die einem Periodensystem ähnelten. Neben den Regalen und dem Tisch gab es noch einen Büroschrank, dessen Türen geschlossen waren. Der Parkettboden glitzerte wie eine Eisbahn.

»War das mit der Tatwaffe denn ernst gemeint?«, erkundigte sich Sofi.

Per sah auf und nickte. »Sehe ich aus wie ein Zirkusclown?«

Per war eigentlich immer so ein Wüstling. Der liebe Gott hatte ihm einen so militanten Zynismus auf die Zunge gelegt, dass sich die Mitglieder der Gewaltdezernate einen Tatort ohne seine barschen Kommentare und sein Herumpoltern schon gar nicht mehr vorstellen konnten. Seine Liebenswürdigkeit bewies er durch andere Dinge wie prompte Anfahrten und kräftiges Zupacken, durch alles also, wofür man seine Zunge nicht benötigte. Wer in Stockholm eines gewaltsamen Todes gestorben war, musste danach auch noch Pers schlechte Laune ertragen.

»Du siehst aus wie ein Tanzbär, Per!«, fand Kjell, ohne dafür den Blick von dem Plakat an der Wand lösen zu müssen.

»Tanzper«, flüsterte Sofi.

Kjell und Sofi lachten.

»Leckt mich einfach«, brummte Per und wandte sich wieder seiner Arbeit zu.

In der Küche stand die Luke der Spülmaschine offen, die beiden Laden waren herausgezogen.

»Als wir die Wohnungstür öffneten, lief die Maschine«, sagte Viktoria. »Nachdem wir den Toten entdeckt hatten, haben wir sie sofort ausgeschaltet und geöffnet. Der Brieföffner lag im oberen Fach.«

Die Maschine quoll über, sie enthielt die übliche Haushaltsladung: Teller, Tassen, Gläser und Besteck. Alles war noch schmutzig und mit einem weißen Film verschmiert. Kjell kratzte an einem Teller. Es schien nur die Waschlauge zu sein.

»Wir haben den Inhalt natürlich sofort durchsucht und dabei den Brieföffner entdeckt.«

Er lag auf dem Küchentisch in einem bereits beschrifteten Biopack für das Labor. Kjell öffnete die Tüte und inspizierte den Inhalt. Die Klinge des Brieföffners war zwanzig Zentimeter lang. Blut klebte daran. Die Spitze war geschliffen und wie eine Harpune eingekerbt. Damit konnte man wohl Paketbänder durchtrennen.

Viktoria zuckte mit den Schultern. »Wir wissen nicht, wann die Maschine eingeschaltet wurde, aber es dampfte stark, als ich die Luke öffnete.«

Der Täter hatte eine ganze Packung Spülmittel auf den Boden der Maschine gekippt. Das war nicht sehr klug gewesen, denn das Granulat hatte den Wasserzulauf und den Abfluss verstopft. Die Maschine hatte das Programm kurz nach dem Start abgebrochen und das Wasser den Brieföffner gar nicht erreicht.

»Lass uns noch einmal von vorne beginnen«, bat Kjell. »Und beschreib nicht nur die Tatsachen, sondern auch deine Eindrücke.«

Viktoria war eine Notizblockpolizistin. So wie Sofi. Wenn Sofi abends nach Hause kam, schrieb sie noch eine Stunde lang Tagebuch, als ob sie tagsüber nicht genug schreiben müsste. Und am Morgen beim Frühstück schrieb sie Listen mit Dingen, die zu erledigen oder in ihrem Leben wichtig oder unwichtig waren.

Um 1 Uhr 32 hatte ein gewisser Robert Sahlin, dessen Wohnung schräg versetzt unter der des Toten lag, die Notrufzentrale angerufen: Er höre verdächtige Geräusche und Schreie. Die Telefonistin fragte, was das für Geräusche seien, und Sahlin antwortete, jemand renne durch die Wohnung, er spüre auch Erschütterungen und glaube sogar, einen Schuss gehört zu haben. Er klang besorgt und nannte der Telefonistin Stockwerk und Namen des Toten. Viktoria und ihre Kollegen fanden die Wohnungstür angelehnt. Aus der Spülmaschine drangen regelmäßig wiederkehrende Kratzgeräusche. Nirgendwo brannte Licht, außer der Schreibtischlampe im Arbeitszimmer. Der Computer war eingeschaltet. Viktoria und ihre Kollegen überprüften sogleich alle Räume und öffneten mit einigem Unbehagen die Luke der Spülmaschine, ohne zu wissen, was sie darin erwarten würde.

»Wart ihr schon bei diesem Sahlin?«, fragte Sofi, die soeben eine frische Liste in ihrem Block begonnen hatte.

»Bisher nicht. Die Einsatzleitung hat ja dauernd angerufen, und wir waren zuerst gar nicht sicher, ob der Mann wirklich tot ist. Die Einstichstelle hat erst Per entdeckt.«

Kjell stieg mit Sofi in den dritten Stock hinab und klingelte an Sahlins Tür. Es war schon verwunderlich, dass er sich bisher nicht zu erkennen gegeben hatte, fand Kjell. Er war ja wohl nach dem Anruf nicht schlafen gegangen. Niemand öffnete. Sie sahen einander verwundert an.

»Wir müssen unbedingt nachsehen«, fand Sofi. »Vielleicht wurde er in die Sache verwickelt.« Sie eilte wieder nach oben und kehrte nach einer Minute mit Werkzeug aus Pers Sortiment zurück. Inzwischen hatte Kjell an der Tür gehorcht, aber keine Geräusche dahinter ausmachen können.

»Die Einsatzzentrale besteht darauf, dass der Anruf tatsächlich von Sahlins Anschluss kommt«, sagte Sofi. »Viktoria hat schon von der Straße aus nachgesehen, ob innen Licht brennt. Alles dunkel.«

»Dann brechen wir auf.«

Sofi kniete sich vor das Schloss und versuchte es mit einem dünnen Metallschaber. »Satan auch!«, keuchte sie. »Die ist abgeschlossen. Ich stoße gegen den Bolzen.« Jenseits der Tür klingelte ein Telefon. »Das ist die Zentrale, sie versuchen es immer wieder.«

Kjell lehnte sich mit dem Rücken an die gegenüberliegende Flurwand, stieß sich ab und trat von unten mit der Schuhsohle gegen das Schloss. Die Tür gab oben und unten etwas nach, hatte also keine zusätzlichen Sicherheitszapfen, die einem die Schulter brechen konnten. In diesem Moment kamen Viktorias Kollegen. Zu dritt traten sie gegen das Schloss, bis es brach. Sie prüften die Zimmer. Niemand war in dieser Wohnung, auch der Kühlschrank war bis auf Haltbares wie Ketchup und Senf leergeräumt. Das Bett war abgezogen. Kjell nahm mit den Fingerspitzen den Telefonhörer ab und drückte auf die Wahlwiederholungstaste. Am anderen Ende meldete sich die Polizeizentrale. Er kratzte sich am Kopf und wandte sich an den jüngeren der beiden Männer.

»Geh hinauf zu Per und hol ein elektronisches Siegel für die Tür. Per soll sich die Wohnung gleich ansehen, sobald er oben mit dem Gröbsten durch ist.« Dann wandte er sich an den anderen. »Wir haben bestimmt das ganze Haus aufgeweckt. Jetzt müssen wir damit rechnen, dass jemand die Presse anruft. Geh hinunter zum Klingelbrett und entferne beide Namensschilder. Und die an den Wohnungstüren und Briefkästen entfernst du auch. Ruf bei der Telefongesellschaft an und lass die Nummern aus allen Registern entfernen. Anschließend klingelt ihr bei den Nachbarn. Fangt im dritten und vierten Stock an und erledigt dann den Rest. Sobald die Post öffnet, leitest du alle Sendungen an die beiden Namen zu uns ins Präsidium um. Die Namensschilder müssen bis um neun Uhr mit Phantasienamen ersetzt werden. Und eine neue Tür brauchen wir auch.«

Die beiden nickten angestrengt und versuchten, sich alles zu merken. Inzwischen lugten die ersten Gesichter aus geöffneten Wohnungstüren. Viktorias Kollegen machten sich auf den Weg zu den aufgescheuchten Nachbarn. Sie baten einen nach dem anderen, wieder hineinzugehen und zu warten.

»Ich will mir jetzt das Zimmer ansehen«, murmelte Kjell.

Zurück in der Wohnung begann er, die Bücherregale im Flur zu studieren, die beide Seiten des Ganges bedeckten. Er ließ sich bei seiner Inspektion ausgiebig Zeit. Die Themen waren Archäologie, Kunstgeschichte, antike Sprachen und Geschichte der Antike. Zudem befand sich eine Reihe von materialkundlichen Werken darunter, Papyrus, Stein, Metall. Dazwischen steckten aber auch allerlei andere Themen. Sofi zog einen dicken Band heraus und zeigte ihm den Titel: *Feuer, Frauen und gefährliche Gegenstände.* Sie schlug es auf.

»Was Kategorien über den menschlichen Geist verraten ... ein Buch über ... Semantik«, las sie grinsend und quetschte es wieder ins Regal. Es war leichter, die Bücher herauszuziehen als wieder hineinzubekommen. Obwohl der Besitzer nicht mehr schimpfen konnte, war sie sehr behutsam.

Kjell, der klassische Literatur studiert hatte, war vor siebzehn Jahren durch eines der ersten Quereinsteigerprogramme für Geisteswissenschaftler bei der Polizei gelandet. Davor waren nur Techniker und Juristen gebraucht worden. Es lag eine gewisse Ironie darin, dass er ausgerechnet einen Beruf wählen musste, über den man in der Antike nur verständnislos den

Kopf geschüttelt hätte, aber alles ist möglich, wenn man Vater einer Tochter wird und Geld braucht. Er versuchte, seinen Stolz dadurch zu wahren, dass er auf patrizisch unbeteiligte Weise durch den Berufsalltag spazierte. Immer gelang ihm das nicht. Nur die Allerbesten konnten ihre Gravitas bewahren, während sie eine Tür eintraten.

Bald erschienen fünf Männer, um die Leiche abzuholen. Kjell beobachtete, wie sie die Leiche anhoben. Oberkörper und Kopf hatten bisher auf der Tischplatte gelegen. Der Anblick des Toten war zu ertragen, eingebettet in diese Szenerie wirkte er beinahe malerisch, jedenfalls wenn man es mit dem armen Afrikaner am Samstag in der U-Bahn-Station verglich.

Unter dem Toten kamen noch mehr Unterlagen und Papiere auf der Tischplatte zum Vorschein. Sie maß gut zwei Quadratmeter und war völlig damit bedeckt. Der Tod hatte Carl Petersson beim Schreiben und Denken überrascht. Kjell wandte sich an Per.

»Ist der wirklich mit der Stirn dort aufgekommen, oder wurde er abgelegt?«

»Sieht nach einem Aufprall aus. Halb sank er hin, halb stieß man ihn, hehe!«

Wenn es wirklich hier und so passiert war, musste der Mörder hinter Petersson gestanden haben. Die Konsequenzen, die sich daraus ergaben, verfolgte Kjell jedoch zunächst nicht. Ihm fiel einfach nichts ein.

Der Anblick des Zimmers und vor allem des Tisches hatte etwas von einem Obstarrangement.

Per deutete auf die Telefonladestation auf dem Schreibtisch. »Das Telefon fehlt, ich hab schon gesucht.«

Die Männer betteten Peterssons Leiche in den Sarg. Per entfernte auch den Stuhl und schlug ihn in Plastikfolie ein. Kjell holte sich einen Küchenstuhl und nahm am Schreibtisch Platz. Sofi stellte sich schräg hinter ihn. Er wollte alles mit Muße betrachten und in sich aufnehmen. An der Wand hingen Skizzen und Tabellen. Es waren solche, wie man sie beim Entziffern von Schriften verwendete, eine Auswertung über die Häufigkeit eines Zeichens oder die Zuordnung eines Lautwertes zu einem Zeichen. Während seines Studiums hatte Kjell sich mit der Entzifferung der mykenischen Schrift beschäftigt, und das ähnelte dem, was er hier sah. Auf dem großen Plakat direkt vor dem Schreibtisch waren spiralförmig angeordnete Zeichen zu sehen. Kjell wusste, was das war.

Er überflog die Papiere auf der Tischplatte. Auch hier tauchten die Zeichen aus der Spirale wieder auf. Petersson hatte an dem Geheimnis dieser Spirale gearbeitet, als ihn der Tod überkam.

»Was sind das alles für Sachen?«, fragte Sofi.

Kjell zeigte auf die Spirale, genauer gesagt waren es zwei, nämlich die Vorder- und Rückseite. »Stell dir vor, Albert Einstein wäre an seinem Schreibtisch erstochen worden, während er gerade einen seiner Aufsätze zur Relativitätstheorie verfasste.« Er wusste nur zu gut, wie er Sofi aufwühlen konnte. Das war bei ihr ganz einfach.

Sie sah ihn erstaunt an. In ihrem Blick lagen wie erwartet Skepsis und Widerwillen. »Das wäre nicht gut. Dann gäbe es ja keine Computer und keine Musik-CDs.«

Gar kein so schlechter Gedanke, schoss es ihm durch den Kopf. Zudem ein gerechter. Der arme Bach war über einer seiner besten Fugen gestorben, während Einstein nach der Relativitätstheorie den Rest seines Lebens nur noch herumgelungert hatte. Kjell wäre es umgekehrt lieber gewesen. »Und keine Mondlandung«, ergänzte er Sofis Auflistung der wirklich wichtigen Dinge im Leben der Menschen.

Sie überlegte kurz. »Nää«, antwortete sie dann und klopfte ihm von hinten auf die Schulter. »Bis zum Mond schafft man es auch mit Newton. Aber deine neue Mikrowelle könntest du dann vergessen.«

Auf die würde er nie mehr verzichten wollen. Es gab wirklich genug Bachfugen. Er deutete auf die Spiralen. »Der Diskos von Phaistos. Er kommt aus Kreta und ist dreieinhalb Jahrtausende alt. Die Zeichen wurden spiralförmig mit Stempeln in den Ton gedrückt.«

»Und was steht da?«

»Das weiß kein Mensch! Auch nicht, ob es Griechisch ist oder eine andere, ältere Sprache. Es ist eines der größten Geheimnisse der Altertumswissenschaft.«

»Glaubst du, dass Petersson …?«

Kjell schüttelte den Kopf. »Es hat Hunderte von Theorien gegeben. Er hat es sicher auch versucht, das sehen wir ja hier. Aber ich glaube nicht, dass er es geschafft hat, bis ich die Lösung vor mir sehe. Aber dann hätte sich das Herkommen für uns ja gelohnt.«

»Jaaa«, fand Sofi und legte die Spitze ihres Zeigefingers auf ihre Lippen. »Aber Petersson lag immerhin tot mitten in seinem Deutungsversuch.«

Er drehte sich zu ihr um und sah ihr ernst in die Augen. »Welchen Eindruck hast du von diesem Raum?«

Sofi biss sich nachdenklich auf die Lippe und ließ ihren Blick umherschweifen.

»Du meinst wohl die ganzen Details wie Sahlins Wohnung, die Spülmaschine und das ganze Ambiente hier.«

Er nickte.

»Irgendwas stimmt nicht«, begann sie. »Jemand hat Petersson den Brieföffner in den Rücken gestoßen. Jemand, den er so gut kannte, dass er sich hinter ihn stellen konnte, während er am Schreibtisch arbeitete. Petersson schlug mit dem Gesicht auf die Platte.« Sofi unterbrach sich, bis sie merkte, dass er nicht bereit war, in Peterssons Rolle zu schlüpfen und den Aufprall nachzuspielen. »Der Täter zog die Klinge heraus, brachte sie zur Spülmaschine, schaltete sie ein und verließ dann die Wohnung. Er besaß einen Schlüssel zu Sahlins Wohnung und rief von dort den Notruf. Vielleicht war das Telefon hier schon gar nicht mehr da. Aber wieso dringt er in die andere Wohnung ein? Hmm, Sahlin könnte es auch selbst getan haben. Vielleicht hat er den Täter auch zu stellen versucht.«

Kjell seufzte. »Schau dir mal den Computer an. Er läuft noch.«

Er räumte seinen Platz für Sofi, die sich nach dem Hinsetzen liebevoll den Rock glattstrich und dann den Knopf am Monitor drückte, den Per vorhin ausgeschaltet hatte.

Sie brauchte eine Weile, um einen Eindruck zu gewinnen.

Ein Menüfenster war geöffnet. Sie klickte mit der Maus auf »OK«. »Der wählt sich in einen Server ein!«

Auf dem Gehäuse des Computers lag ein Kartenlesegerät, an dem jetzt ein rotes Lämpchen aufleuchtete.

Auf dem Bildschirm erschien eine weitere Meldung. Sie forderte sie auf, ein Passwort einzugeben, das sah sogar Kjell, ohne dass Sofi es ihm erklären musste.

»Probier doch seinen Namen«, schlug er vor. »Oder … *Diskos.*«

»Lieber nicht. Ich bin ziemlich sicher, dass man nur drei Versuche hat«, sagte sie und sah auf das Lämpchen. Sie zog die Karte aus dem Lesegerät und deutete auf den winzigen Chip, der darauf klebte. »Das ist ein hardwarecodiertes Passwort. Die Karte ist von der Handelsbank. Aber das Programm hat damit nichts zu tun.« Sie zog die Karte aus dem Schlitz. Auf dem Bildschirm erschien eine Warnung, die Karte möglichst bald wieder reinzustecken. Sofi gehorchte. Aus alter Erfahrung hob sie Papiere und Notizblöcke hoch und wurde fündig. »Da ist es ja«, rief sie entzückt. Unter der durchsichtigen Schreibtischunterlage lag ein Zettel. Darauf standen die Daten einer Bankverbindung in Stockholm, wahrscheinlich Peterssons Konto, und: »Serverpasswort, Stand: 22. Nov.«

Besser schien man es nicht haben zu können.

Sie starrten auf das, was auf die Überschrift folgte. Durch die Entdeckung hatten sie nicht gerade viel gewonnen. Das Passwort selbst war ein Block aus fremdartigen Zeichen, ein Gitter aus fünfzig mal fünf Zeichen, wie sich nach dem Abzählen herausstellte. Es war eine handschriftliche Aufzeichnung, die man beim Fotokopieren verkleinert hatte.

»Weißt du, was das ist?«, fragte Kjell.

»Hieratisch«, antwortete sie. »Ich glaube, dass es Hieratisch ist.«

»Jetzt erstaunst du mich aber.«

Sie versuchte, ihr Lächeln zu verbergen.

Kjell wusste, dass Sofi mit fünfzehn einen ganzen Sommer lang in Kairo gelebt hatte, mehr aber auch nicht. Sie war bei diesem Thema sehr verschwiegen. Kjell glaubte, dieser Sommer sei Sofis ganz persönlicher Schatz, den sie manchmal gerne aufblitzen ließ. Aber sie würde die Truhe nie ganz öffnen.

In ihrer Akte stand, dass sie fließend Arabisch sprach.

»Kannst du etwas lesen?«, fragte er.

»Nein, ich erkenne nur, dass es altägyptische Schreibschrift ist. Lesen kann ich das nicht.«

Die Zeichen des Gitters waren jedoch keine der üblichen Hieroglyphen, wie man sie auf Tempelmauern fand, sondern eine Handschrift, mit der ägyptische Schreiber auf Papyrus zu schreiben pflegten.

Kjell wusste nur, dass man Jahre brauchte, um so etwas flüssig lesen zu können. »Wir könnten natürlich eine Zeichenliste heranziehen. Dann können wir die Zeichen vielleicht transkribieren.«

»Aber es gibt dabei immer noch ein großes Problem. Ich habe hier eine westliche Tastatur, und der Server erwartet eine Eingabe, die aus lateinischen Buchstaben und Zahlen besteht.«

»Man kann das nicht so eindeutig übertragen?«

»Es existieren so viele Umschriftsysteme. Deutsch, englisch, französisch. Und dann gibt es da noch ein anderes Problem. Das Gitter hat fünfzig Zeilen mit jeweils fünf Zeichen, also 250 Zeichen, aber man kann nur fünfundvierzig Stellen eingeben.«

Sie entschieden sich, die Lösung dieses Problems zu vertagen. Sofi verschaffte sich einen flüchtigen Überblick über den Inhalt des Computers. Einige Dokumente lagen auf der Festplatte, auf den ersten Blick handelte es sich um wissenschaftliche Aufsätze und Notizen.

»Der Server steht auf jeden Fall im Nahen Osten. Die Nummernadresse deutet auf Ägypten hin.«

Er trat zwei Schritte zurück und betrachtete den Tisch, den Computer, Sofis Hinterkopf und ihren Rücken. »Kannst du die Festplatte kopieren? Wir lassen alles so stehen, in dieser Umgebung und Anordnung. Hier stimmt irgendetwas nicht.«

4

Kjell und Sofi trafen um kurz vor sieben und lange vor der Dämmerung im Polizeigebäude in der Polhemsgatan in Kungsholmen ein. Nur wenige Fenster waren um diese Zeit schon erleuchtet, doch nachdem sie die Sicherheitstür zu ihrem Büro passiert hatten, sahen sie ihre beiden Kollegen bereits bei der Arbeit. Barbro arbeitete schon seit einer Stunde. Henning war erst vor wenigen Minuten angekommen. Er wohnte weit im Süden der Stadt in Huddinge und hatte deshalb die ersten beiden Stunden nach Sofis Weckruf auf der Schnellstraße im Schneegestöber verbracht.

Wie immer begannen sie den Arbeitstag mit der Morgenandacht. So nannte Barbro die Frühbesprechung. Henning sagte meist nur »Kaffee« dazu, wenn er überhaupt sprach. Die Taktische war eine von drei Sonderermittlungsgruppen der Reichsmordkommission, die die Reichspolizeileitung vor kurzem gebildet hatte. Die Gruppen hatten jeweils eigene Schwerpunkte, in der Hierarchie standen sie nicht nur über allen anderen Kommissionen, sondern auch über den lokalen Polizeieinheiten im ganzen Land. Die taktische Gruppe von Kommissar Kjell Cederström beschäftigte sich mit besonderen Gewaltverbrechen. Sie zeichneten sich nicht durch ihre Brutalität aus, sondern durch die Komplexität der Ermittlung und die schwierige Beweisführung. Da musste man taktisch ans Werk gehen, daher der Name. Der größte Teil der Fälle waren Nachermittlungen, bei denen die Gruppe erfolglos abgeschlossene Hauptermittlungen der regulären Kommissionen aufnahm. Der Auftrag kam in der Regel vom Generalankläger oder dem Justizkanzler, zu einem früheren Zeitpunkt auch von der Reichskriminalleitung selbst.

Das Polizeigebäude, den Sitz zahlreicher Polizeiinstitutionen, bildete eine Vielzahl von Gebäuden mit unterschiedlichem Baujahr und Aussehen. Sie hatten miteinander nur gemein, alle zur falschen Zeit erbaut und so hässlich zu sein, dass sich die Angestellten auf den Winter freuten, wenn sie das Gebäude bei Dunkelheit betreten und wieder verlassen konnten. Der Architekt musste sich nach einer Normandiereise in früher Jugend offenbar in der Tradition deutscher Gefechtsbunkerkonstrukteure gesehen haben. Der Komplex erstreckte sich vom Kronobergspark mehrere Blocks weit bis hin zum Rathaus. Die Gruppe residierte in einem der oberen Geschosse des Vorderhauses mit Blick auf den Park. Sie hätten ein noch größeres Büro zwei Häuser weiter bekommen können, aber dann wären alle dreißig Minuten Hubschrauber einen halben Meter über ihrem Kopf gelandet und gestartet. Von hier aus konnte Kjell sogar das Sankt-Erik-Gymnasium zwei Straßen weiter sehen. In der Etage kursierte der Witz, dass Linda ausgerechnet dieses Gymnasium besuchte, damit Vater und Tochter sich den ganzen Tag zuwinken konnten. Aber die Wahrheit war, dass Linda diese Schule gewählt hatte, weil sie einen Kunstzweig anbot und von allen Stockholmer Gymnasien am wenigsten Physik.

Das älteste Mitglied der Gruppe war Henning Larsson. Er würde demnächst fünfzig werden und zugleich auch Kommissar. Henning blickte auf ein raues Leben zurück, war in jungen Jahren im Sommer zur See und im Winter Taxi gefahren. Dabei war er auch noch zwanzig Jahre lang schlecht verheiratet gewesen. Das hatte ihn am meisten gegerbt. Seit zwei Jahren war er umso glücklicher geschieden und entfaltete sich in seiner alten Dreizimmerwohnung, die er jetzt ganz für sich allein hatte. Seine Ehe war nicht gerade explodiert, ihr Ende hatte mehr einem Schlauchboot geglichen, das unbemerkt gegen einen spitzen Stein aufläuft. Auch beruflich war sein Stern lange Zeit gesunken, bevor Kjell ihn zu Beginn des Jahres in die Gruppe berief. Im Hinblick auf seine Körperfülle und seinen Spürsinn wäre es mühsam und teuer gewesen, ihn in Gold aufzuwiegen. Er war karg an Worten, aber im Gegensatz zu Sofi verbarg sich hinter seiner Schweigsamkeit nichts, was er zurückhielt.

Sofi Johansson war ein leiser Mensch. In ihrem zehnten Lebensjahr hatte das Jugendamt sie aus Karlstad in Westschweden zu einem älteren Bauernpaar ins hintere Värmland gebracht, wo sie den Rest ihrer Kindheit gelebt hatte. Wer wie ihre Pflegeeltern vierzig Jahre verheiratet ist und einen Hof führt, auf dem sich jahrein, jahraus alle Verrichtungen wiederholen, spricht nicht viel, und so war daher auch Sofi. Woher die üppigen Brüste stammten, die er ihr in der Nacht angedichtet hatte, würde für immer ein Rätsel bleiben. Im Gegenteil, Gott war bei Sofis Erschaffung vorsichtig und feinsinnig ans Werk gegangen, und um Sofi schwebte eine Wolke von Unantastbarkeit. Ihr stilles Wesen ließ ihren schlaksigen Körper grazil wirken, jedenfalls solange sie keinen Schraubenzieher in die Hand nahm, was ein-, zweimal am Tag passieren konnte. Sie war dunkel, man nahm an, dass ihr leiblicher Vater aus einem Land im Süden stammte, aber dieses Geheimnis hatte ihre Mutter mit ins Grab genommen.

Mit ihren fünfundzwanzig Jahren war Sofi Johansson eigentlich viel zu jung für die Reichsmordkommission und die Taktische. Ihre Altersgenossen arbeiteten allesamt noch bei der Schutzpolizei oder als Anfänger bei der lokalen Kripo. Kjell hatte sie im Frühsommer auf einer Großbesprechung unter den anderen Anwärtern entdeckt und wie einen Goldschatz aus ihrem Revier in Norrmalm geborgen. Ausgerechnet Norrmalm, hatte er gesagt, da gehört sie ja nun wirklich nicht hin.

Barbro Setterlind fiel das rötlich blonde Haar in leichten Kurven gerade so über die Schultern. All ihre taillierten Blusen mündeten oben in einem hohen Kragen, der Barbros Hals noch schmaler wirken ließ. Sie wirkte mit ihren dünnen Lippen und ihrem Parfüm, das einem das ganze Jahr über gnadenlos Frühlingsgefühle aufzwang, ein wenig hart und fleischlos. Dagegen standen ihre kastanienbraunen Augen und die karibische Gelassenheit, mit der sie den Alltag wie von einem Hochsitz aus an sich vorbeiziehen ließ.

Sie war vierunddreißig Jahre alt und gemäß ihres Zehnjahresplans noch für mindestens sieben Jahre unverheiratet. Der laufende Zehnjahresplan sah nur Emelie vor, ihre zweijährige Tochter. Barbro und Emelie wohnten in einer Etage am Strandvägen über der Wohnung ihrer Eltern, denen das ganze Haus gehörte sowie große Teile vom Rest der Welt. Der abgelaufene Zehnjahresplan war ganz auf Männer ausgerichtet gewesen und hatte ihr den Spitznamen »Die Harpunistin« eingebracht, doch Emelies Geburt schien Barbro auf andere Gedanken gebracht zu haben. Ihre Freizeit verbrachte die Tochter aus Stockholms Oberschicht nun mit ihrem zwanzig Jahre älteren Kollegen Henning, mit dem sie auch das Büro teilte. Kjells erste Sorge, ob sich zwei in allen Punkten so unterschiedliche Menschen vertragen könnten, hatte sich bald verflüchtigt. Der Frühling hatte eine gegenseitige Rücksichtnahme zwischen ihnen entstehen lassen, die der Sommer und der Herbst in eine Freundschaft verwandelt hatten. Er hoffte, dass der Winter nicht auch noch Liebe daraus machte.

Gestern Abend waren die vier wie jeden Montag nach der Arbeit ins Schwimmbad im Keller des Polizeihauses gegangen. Erst im Sommer waren aus gelegentlichen Abstechern ins Kellerbad regelmäßige montägliche Schwimmabende geworden. Weil der Arzt Henning zu mehr Bewegung riet, hatte sich Henning für Triathlon entschieden. Morgens radelte er einen halben Kilometer zur Saltsjöbahn und schlenderte vom *Centralen* zum Präsidium. Das lag genau eine Zigarettenlänge entfernt. Im Sommer ließ er sich gern zur Abendsonne ausgerichtet bis zur Dreißigmeterboje am Smedsudden treiben, an Winterabenden unten im Schwimmbad bis zur Wendemarke. Zu Beginn waren Kjell und Henning unter sich gewesen. Kurz darauf stieß auch Sofi dazu und am Ende sogar Barbro, aber nur, um nichts zu verpassen. So war es auch mit den Träumen bei ihm losgegangen, die ihn immer in der Nacht von Montag auf Dienstag befielen. Sofi im Badeanzug war eine Heimsuchung für Männer ohne Gelegenheit. Während sie schwammen, war das alles erträglich, aber im Nachhinein durfte man lieber nicht an sie denken. Normalerweise dachte er dann an ihren Rücken mit seinem lieblichen Muskelspiel, und zwar deshalb, weil sie immer ein bisschen schneller schwamm als er. Von allen Frauen hatte sie den allerschönsten.

Sein Drang zu schwimmen war in diesem Sommer erwacht, der unerträglich heiß gewesen war. Unter den Arbeitnehmern dieser Welt gehörte er neben Muscheltauchern in der Ägäis zu den wenigen, die theoretisch zu ihrem Arbeitplatz hätten schwimmen können. Nach einem heißen Arbeitstag brauchte er nur die Polhemsgatan bis zum Norr Mälarstrand hinunterzuschlendern und dort ins Wasser zu steigen. Wenn ihn unterwegs keine Schiffsschraube erwischte, konnte er in Långholmen dem Wasser wie Aphrodite entsteigen. Auf dem verbleibenden Fußweg hatte man fünf Minuten Zeit, um zu trocknen, bevor man daheim in den kühlen Lift stieg. Das hatte er im Sommer viermal gemacht. Jedes Mal musste Linda ihm auf dem Fahrrad wie eine Ballonfahrtbegleiterin über die Brücke folgen, seine Kleidung und Tasche auf dem Gepäckträger. Wenn er in Långholmen an Land ging, hatte sie immer schon auf ihn gewartet.

Kjell kochte Kaffee, Sofi holte Brötchen und Zimtschnecken aus der Cafeteria. Die Gruppe besaß zwei Büros und einen großen Besprechungsraum, den sie auch für die Pausen nutzte. Kjell erzählte Barbro und Henning vom Tatort, enthielt sich dabei jedoch jeder Vermutung, was dort geschehen sein könnte.

Auch Barbro hatte viel zu berichten. Seit ihrer Ankunft im Präsidium hatte sie sich mit der Identität und den Lebensumständen von Carl Petersson beschäftigt. Er war 1955 in Norrköping geboren worden und hatte gleich darauf die Taufe und die Personenkennnummer 550812-1935 empfangen. Nach dem Studium der Orientalistik und Archäologie hatte er es rasch zu internationalem Renommee als Forscher gebracht.

Doch es gab einen harten Bruch in seinem Leben. Vor zwölf Jahren hatte er all das restlos verspielt, was er sich aufgebaut hatte. Mehr wusste Barbro noch nicht, aber Petersson hatte bis dahin eine Professorenstelle in Uppsala innegehabt, von der er dann freiwillig zurückgetreten war.

Die Reichskriminalpolizei führte eine Akte über Petersson, und Barbro hatte auch bereits das Dossier erhalten, das die Säpo, der schwedische Staatsschutz und Geheimdienst, über ihn führte. In beiden Akten wurde Petersson mit Antiquitätenschmuggel in Verbindung gebracht. Vor allem ging es jedoch um die Fälschung von Antiquitäten. Man wusste bisher nur, dass Petersson sowohl über das Fachwissen als auch über die Kontakte in beide Richtungen verfügte, um in diesem Geschäft mitmischen zu können.

Für die westlichen Polizeiorganisationen war das natürlich nicht genug gewesen, um ihm etwas nachweisen zu können. Zudem gab es auch berechtigte Zweifel daran. Die Ägypter hatten Petersson schon 1989 ein Grabungsverbot erteilt, nachdem man einen französischen Mitarbeiter aus einem seiner Grabungsteams an der jordanischen Grenze mit dem Kopffragment einer Königsstatue aus herrlichem Rosengranit im Kofferraum erwischt hatte. Im Jahr 1992 erteilte Ägypten Petersson dann ein generelles Einreiseverbot.

»Das muss man bezweifeln«, bemerkte Sofi. »In seiner Küche hängt ein Foto von ihm, das ihn vor dem Ägyptischen Museum in Kairo zeigt. Dieses Bild kann erst Ende der neunziger Jahre nach dem Anschlag entstanden sein.«

Barbro nickte. »Das behaupten die von der Säpo auch. Es ist nicht bekannt, ob er sich durch Bestechung den Weg ins Land zurückgekauft hat, oder ob es andere Abmachungen gibt.«

Kjell entschied, dass sie sich an den Amtsnachfolger von Petersson in Uppsala wenden sollten, um herauszufinden, was vor zwölf Jahren zu Peterssons Rücktritt geführt hatte. Sofi wollte das übernehmen.

»Der Tatort selbst gibt uns eine Reihe von Rätseln auf«, meinte Kjell. »Da wird dieser Mann nach all seinen Abenteuern in fernen Ländern zu Hause an seinem Schreibtisch in seinem Morgenmantel ermordet.«

»Wie war denn der Rest der Wohnung?«, wollte Barbro wissen.

»Der Flur ist ein langer Schlauch, die Zimmer sind wie an einer Kette daran aufgesäumt.« Kjell skizzierte den Grundriss auf einem Blatt Papier. »Eigentlich recht schön. Der Eingang liegt in der Mitte, nach links am einen Ende des Flurs kommt man zum Arbeitszimmer, in der anderen Richtung ist das Wohnzimmer, dazwischen Küche und Schlafzimmer. Das ist im Vergleich zu den anderen Zimmern klein. Man kann das Bett auf vernünftige Weise nur vom Fußende aus betreten, muss also hineinhechten oder draufkrabbeln. Sonst sah es so aus wie bei mir, wenn man Linda und ihre Bilder einmal wegrechnet. Eine geschmackvolle Mischung aus Büchern und ein paar Möbeln.«

Sofi und Barbro grinsten sich an.

»Glaubst du, er hat allein dort gewohnt?«, fragte Sofi und wischte sich mit dem Finger über die Nasenspitze, um die Grimasse aus ihrem Gesicht zu verscheuchen.

»Warum sollte er nicht?«

»Die Wohnung war so sauber. Bis auf die Küche war alles frisch geputzt. Ist dir das nicht aufgefallen?«

»Doch, nirgendwo Staub.«

»Kjell hat ja auch eine Putzfrau«, lachte Barbro. »Oder sogar zwei, wenn man Linda dazurechnet.«

Sie saßen noch eine halbe Stunde zusammen. Das Gespräch wendete sich dem sonderbaren Passwort und dem Computer zu. Der Zettel mit dem Passwort war ein langer Papierstreifen und hatte das Format eines Kassenbelegs, wie man ihn am Ende eines Weihnachtseinkaufs im Supermarkt in die Hand gedrückt bekommt. Darauf standen fünfzig Zeilen mit je fünf Hieroglyphen, ein ordentliches 50×5-Gitter mit Trennlinien, die mit dem Lineal gezogen waren. Offenbar hatte Carl Petersson die Zeichen mit der Hand geschrieben, denn einige wiederholten sich zwar, sahen aber nie ganz identisch aus. Der Vergleich mit anderen Notizen legte nahe, dass die Hieroglyphen aus seiner Hand stammten, aber man konnte sich dabei nicht so sicher sein wie bei einer normalen Handschrift.

Dieses Rätsel würde zu Sofis Aufgaben gehören, denn es kam

nicht nur ihrer Neigung für Ägypten entgegen, vor allem brachte sie alle Fähigkeiten in Mathematik und EDV mit. Sofi war keine angelernte Computerspezialistin wie die meisten IT-Spezialisten. Sie hatte sich das Programmieren und Zusammenschrauben von Computern seit ihrem zwölften Lebensjahr in ihrem Zimmer auf dem värmländischen Bauernhof von der Pike auf selbst beigebracht. Bei ihrem Anblick ahnte man davon nichts. Heute sah sie zum Beispiel in ihrem schlichten schwarzen Rock und dem Pulli in der gleichen Farbe aus, wie Amerikaner sich eine französische Galeristin vorstellten. Obwohl er sie kaum ein halbes Jahr kannte, glaubte er sagen zu können, dass ihr seit ihrem Umzug nach Stockholm vor drei Jahren andere Dinge wichtiger geworden waren als der ganze Jungskram. Bei der Polizei hatte man von Sofis Talent erst diesen Sommer erfahren. Sie hatte nämlich noch ein weiteres Talent, das Herumpfuschen an selbst begangenen Fehlern und das daran anschließende Heraufbeschwören von Katastrophen. Nur ihre drei Kollegen kannten Ausschnitte aus Sofis virtuoser Vergangenheit an der Computertastatur. In der Praxis wurde von ihrem Können selten Gebrauch gemacht. Es machte sich vor allem in unscheinbaren Details bemerkbar. Zum Beispiel liefen außer den Taschenlampen so gut wie alle stromverbrauchenden Geräte bei der Gruppe und in Sofis Haushalt mit Linux. Den Unterschied zwischen ihm und ihr hatte Kjell inzwischen begriffen. Wenn er eine Glühbirne wechselte, die dann nicht brennen wollte, zweifelte er an seinen Fähigkeiten. Passierte das Sofi – was noch nie vorgekommen war –, dann würde sie zuerst an den Fähigkeiten der Glühbirne zweifeln.

Nach der Besprechung rief Sofi am Lehrstuhl für Orientalistik in Uppsala an. Es gelang ihr noch, ihren Namen und ihr Anliegen vorzutragen, bevor die Sekretärin Margareta Widell die Führung übernahm, was sich auch gleichzeitig als Verabschiedung herausstellen sollte. »Der Herr Professor hält am Vormittag seine Vorlesung«, begann sie. »Dann wird er eine Weile außer Haus sein. Im Anschluss nimmt er an der Dekanatssitzung teil, und am Nachmittag hält er sein Seminar ab. Ihr könnt es um kurz vor drei probieren, vielleicht hat er vor dem Seminar ein paar Minuten Zeit, aber ich kann es euch nicht versprechen.«

Sofi erwähnte noch einmal, dass sie von der Reichsmordkommission sei, aber für Margareta Widell unterstand die Welt einer anderen Hierarchie. Sofi beendete das Gespräch und beratschlagte sich mit Barbro.

»Du darfst dich nicht immer so überrumpeln lassen«, fand Barbro. Dann rief sie bei der Polizei in Uppsala an und bestellte Widell und Professor Tivéus noch für diesen Tag zum Verhör nach Stockholm.

Sofi nahm sich vor, bei der Vernehmung richtig hartnäckig zu sein.

Nach dem Telefonat zogen Kjell und Sofi durch den weitläufigen Gebäudekomplex zum Büro von Sten Haglund, dem Chef der Reichskriminalpolizei.

»Ich möchte, dass du dich ganz auf diese Computergeschichte und das Passwort konzentrierst«, sagte er auf dem Weg dorthin. Sofi nickte. »Henning soll sich die Wohnung vornehmen und die schriftlichen Unterlagen. Barbro sucht nach Personen, die Petersson gekannt haben.«

Auch Agneta Norrbeck war bei der Besprechung anwesend. Sie war die Chefin der Polizei von Stockholm und seit Jahr und Tag mit Kjell befreundet. Zu Kjells Erstaunen war auch Nils Kullgren, der Chef der Säpo, an Petersson interessiert.

»Schön, dass ihr alle Zeit habt«, sagte er zur Begrüßung. »Wo ich doch nur eine kleine Raute in eurem Organigramm bin.«

Sofi war wie immer aufgeregt, wenn sie mit der versammelten Chefetage in einem Raum saß. Bis zum Februar hatte sie als

Schutzpolizistin im Revier in Norrmalm gearbeitet und diese Leute hier nur von Fotos aus *Svenskpolis* gekannt. Sie betrachtete den Saum ihres Rockes. Fang jetzt nicht an, daran herumzuspielen, dachte Kjell. Ihr Kleiderschrank barg eine übersichtliche Sammlung kleiner Kostbarkeiten, dunkle Röcke und schlichte Blusen, nur im Frühling wagte sie auch mal etwas Hellblaues. Ihre Mitmenschen hatten oft Gelegenheit mitanzusehen, wie sehr sie jedes einzelne Stück davon liebte. Ihr Anblick konnte einem die Gedanken entwirren und ordnen helfen, andererseits aber auch neue Verwirrung stiften.

Kjell erzählte nun bereits zum zweiten Mal, was sie in der Västmannagatan vorgefunden hatten, diesmal jedoch so langsam und ausführlich, dass Sten nicht in Versuchung geriet, alles noch einmal zu wiederholen. Einen wie Sten, der erst 1994 die Lederkrawatte aufgegeben hatte, durfte man keinesfalls mit zu vielen Neuigkeiten auf einmal überfahren.

»Wir hatten Petersson bis vor zwei Jahren im Visier«, gab Kullgren preis.

»Ja«, sagte Sten, ganz Fels in der Brandung. »Das ist auch der Grund, weshalb die RKP den Fall an sich gezogen hat. Wir haben nichts wirklich Fassbares über diesen Mann, aber seine Kontakte in den Nahen Osten sind so mannigfaltig und obskur, dass sein Tod von höchstem Interesse für die RKP ist.«

Damit wollte er vor allem ausdrücken, dass die Säpo ihre Chance gehabt hatte.

Die Besprechung dauerte nur kurz. Der wichtigste Punkt war, dass es über Peterssons Tod vorerst keine Pressemitteilung geben würde. Kjell bat darum, dass Viktorias Team weiterhin die Befragung der Nachbarschaft und die Auswertung übernehmen durfte.

5

Der Professor und seine Sekretärin trafen kurz vor Mittag aus Uppsala ein. Margareta Widell sah man diese Lektion fürs Leben deutlich an, aber vielleicht blickte sie auch immer so leidend. Der Professor hingegen wirkte wider alle Erwartung freundlich und nicht im Geringsten erbost. Er ließ sich entspannt auf dem Besucherstuhl nieder und schlug voller Erwartung die Beine übereinander. Seine Haare waren so schlecht geschnitten, dass sich an vielen Stellen Beulen bildeten und dazwischen Täler entstanden. Eines davon war so lang und tief wie das Klaraälvstal, in dem Sofi aufgewachsen war.

Sie begannen mit dem Professor. Das Gespräch fand nicht im Verhörzimmer statt, sondern im Besprechungsraum.

»Wir haben heute Morgen Carl Petersson tot in seiner Wohnung gefunden und bitten dich, dies für dich zu behalten. Es wird vorerst auch keine Meldung an die Presse geben.«

Der Professor nickte verständig. Seine einzige Reaktion auf die Nachricht war, dass er die Augen für einen Moment zusammenkniff.

»Wir brauchen deine Hilfe, damit wir uns ein Bild von Petersson als Wissenschaftler machen können«, fügte Kjell hinzu.

»Er war ja mein Amtsvorgänger«, übernahm nun Tivéus. »Ich kannte ihn gar nicht persönlich. Fähiger Forscher, soweit ich das beurteilen kann. Unsere Fachgebiete überschneiden sich jedoch kaum. Ich beschäftige mich mit der Exegese christlicher Texte, vor allem aus Syrien. Petersson hingegen war Paläograph, er befasste sich mit sehr alten Textquellen aus dem zweiten und dritten Jahrtausend vor Christus.«

Inzwischen hatte Barbro eine Liste mit allen Publikationen von Petersson besorgt. In frühen Jahren hatte er sich mit Papyriologie beschäftigt, später dann mit der Entzifferung und Erforschung semitischer Sprachen, deren Namen nur Experten je gehört hatten.

Tivéus sprach, als hielte er eine Vorlesung und läse von einem Manuskript ab. In Unterhaltungen waren andere Menschen für ihn anscheinend nur Stichwortgeber. »Er hat sich mit nichtmonumentalen Schriftzeugnissen beschäftigt. Das würde ich als seinen Schwerpunkt über all die Jahre bezeichnen. Ende der Siebziger ist es ihm gelungen, eine Reihe von Forschungslücken zu einigen semitischen Trümmersprachen zu schließen. In den letzten Jahren auf seinem Stuhl hat er sich dann mit nordafrikanischen Sprachen wie Libysch und Nubisch befasst. Ich habe nach seinem Abgang diese Tradition auch fortgesetzt. Die christlichen Texte aus Nubien nehmen einen breiten Raum in unserem Institut ein.« Der Professor lachte kurz auf und sah auf seine Armbanduhr. »Vielleicht nicht gerade heute Nachmittag.«

Sofi hatte nach dem Telefonat mit seiner Sekretärin nicht damit gerechnet, dass der Professor von einer so schillernden und aufopfernden Mitteilsamkeit wie eine abgefeuerte Signalrakete sein würde. In den letzten Jahren auf seinem Stuhl! Nach seinem Abgang! Sie notierte sich diese Wendungen aus sprachästhetischem Sammeldrang.

»Trümmersprachen?«, fragte sie. »Was ist denn das?«

»Sprachen, von denen man nichts weiß außer einigen Sätzen. Meist sind es nur einige Personennamen.«

»Und was ist vor zwölf Jahren passiert?«, fragte Kjell.

»Er hat mehrere unbeschriftete Tonscherben aus Ägypten gestohlen, sie zu Hause mit den gelungensten Passagen der ägyptischen Literatur beschriftet und dann als Antiquitäten zu Geld gemacht. Eigentlich eine gute Geschäftsidee, mit der sich viel verdienen lässt. Wenn man sich die Kataloge der großen Auktionshäuser ansieht und die Bestände der Museen in aller Welt, würde ich sagen, dass dies die Hauptquelle für antike Fundstücke ist.« Tivéus lachte.

»Du meinst also, dass in den Museen wirklich Fälschungen stehen?«, versuchte Sofi zusammenzufassen, auch um Tivéus' Lachen ein Ende zu bereiten.

»Ich würde so weit gehen und behaupten, dass sehr vieles Fälschung ist und der Rest Diebstahl, denn die Stücke können Ägypten nicht auf legalem Weg verlassen. Die Museen und Privatbesitzer haben natürlich großes Interesse daran, dass ihre Stücke weiterhin als Originale gelten. In der Folge verwenden die Forscher sie als wissenschaftliche Quellen. Das ist das Problem. Oft wird ihnen der Zugang zu den Stücken verwehrt, und sie können ihre Echtheit nicht prüfen.« Tivéus beugte sich Sofi entgegen und grinste. »Petersson war so frech, seine eigenen Fälschungen in seinen Aufsätzen als Quellen zu benutzen. Er hat das sogar auffällig oft getan, und so ist die Sache auch herausgekommen. Man hätte diese Stücke gar nicht so eingehend untersucht, wenn er sie nicht so penetrant ins Licht gerückt hätte.«

»Und woher weißt du dann, dass vieles unecht ist?«

»Es gibt Experten, die so etwas nach stilistischen oder anderen Kriterien beurteilen können.«

»Und wie ist das in Peterssons Fall aufgeflogen?«, wollte Kjell wissen.

»Er war so leichtsinnig, einige Schreibfehler im Original bei seinen Fälschungen zu korrigieren. Seine Texte waren völlig fehlerfrei. Wir können bei den überlieferten Zeugnissen meist genau sagen, von welcher Vorlage eine Kopie stammt. Beim Abschreiben unterlaufen dem Kopisten immer zahlreiche Fehler. An einen kann ich mich erinnern. Da ist eine Hieroglyphe beim Abschreiben aus Versehen in die nächste Spalte gerutscht. Petersson konnte das nicht ertragen, und das ist ihm zum Verhängnis geworden.«

»Aber seine Scherben hätten doch auch fehlerfreie Kopien des Originals sein können«, wandte Sofi ein.

Tivéus lächelte nachsichtig. Sofi hatte den Eindruck, dass er es mochte, dass sie dauernd nachfragte und Öl in sein Feuer goss.

»Seine Scherben kamen als Scherben aus dem elften Jahrhundert vor Christus daher, die Texte sind jedoch tausend Jahre früher verfasst worden. Es ist einerseits nicht möglich, den Text so lange sauber zu halten, andererseits setzte das eine eigene Überlieferungslinie voraus, von der sonst nichts bekannt ist. Absolut unwahrscheinlich.«

Oder ein kleiner Schreiber hat genau gelesen und die Fehler korrigiert, überlegte Sofi. Aber sie beließ es dabei. »Und wie ist man auf Petersson als Urheber gekommen?«, fragte sie stattdessen.

»Es gab immer schon Gerüchte, dass er das Leben in vollen Zügen genoss, also in unlautere Dinge verstrickt war. Dann konnte man ihm nachweisen, dass die Tonscherben von einem der Orte stammten, an denen er gegraben hat. Aber ganz sicher konnte man da nicht sein. Es hat aber gereicht, um ihn in Ägypten und Europa in Verruf zu bringen. Der Druck in Uppsala wurde dann zu groß, und er ist zurückgetreten. Die wissenschaftlichen Magazine haben seine Aufsätze nicht mehr angenommen.«

Kjell bedankte sich und ließ den Professor nach Uppsala zurückbringen.

»Hast du den letzten Satz gehört?«, fragte er Sofi.

»Dass er nicht mehr veröffentlichen konnte?«

»Damit war er als Wissenschaftler erledigt.«

»Aber das ist doch schon lange her.«

»Und wenn er an seinem Comeback arbeitete? Nur mit einem großen Wurf, der über jeden Zweifel erhaben ist, einer einzigartigen Entdeckung, könnte Petersson sich wieder Gehör verschaffen.«

»Du denkst an den Diskos.«

»Der hätte das Format dazu, mit so einer Sensation ist man wieder im Spiel. Weiter kann man gar nicht ausholen als mit dem Diskos.«

Der Nachmittag war angebrochen. Das Gespräch mit dem Professor hatte eine ganze Stunde gedauert. In dieser Zeit war viel passiert. Barbro hatte wie die anderen schon einen ganzen Arbeitstag hinter sich und gestern einen langen Abend gehabt. Ihr Rücken war schon ganz krumm.

»Robert Sahlin aus dem dritten Stock hat Schweden vor sieben Tagen verlassen«, begann sie. »Er hat letzten Mittwoch telefonisch ein Taxi bestellt und sich damit zum Flughafen nach Arlanda bringen lassen. Und er ist tatsächlich abgeflogen. Nach Tel Aviv. Das war das letzte Telefonat, das von seinem Telefon aus geführt wurde. Bis heute Nacht.«

»Hat Per das Telefon schon überprüft?«

»Nur Sahlins Fingerabdrücke waren darauf. In der ganzen Wohnung gibt es nur Fingerabdrücke von ihm.«

Robert Sahlin war siebenundvierzig Jahre alt und Lehrer an einer Mittelschule in Sundbyberg. Seit Beginn des Schuljahres war er krankgeschrieben. Barbro war gerade dabei herauszufinden, woran er litt. Die Spurensicherung hatte auch das Schloss aus Sahlins Wohnungstür ausgebaut und untersucht.

»Es ist ein sehr teures Fabrikat. Per behauptet, dass man es deshalb leichter knacken kann und dabei weniger Spuren hinterlässt als bei einem Billigschloss. Das Metall ist härter und der Mechanismus präziser.«

»Wie leicht kann man es knacken?«

»Er hat es mir gezeigt. Es hat zwei Sekunden gedauert. Unter dem Mikroskop erkennt man minimale Kratzer auf den Stiften, aber das kann auch vom Schlüssel kommen. Die üblichen Spuren hat Per nicht gefunden. Technisch spricht also nichts für einen Einbruch.«

»Hast du keine guten Nachrichten?«

»Doch!« Barbro lachte. »Peterssons Putzfrau steht vor der Tür. Sie will putzen!«

»Sie darf weder putzen noch nach Hause gehen.«

»Sie ist schon unterwegs. Von Per soll ich dir ausrichten, dass es sich bei der Wohnung um einen Zweipersonenhaushalt handelt. Petersson hat dort nicht allein gelebt. Per hat zahlreiche Dinge gefunden. Damenwäsche, Binden, ein bisschen Kosmetik. Alles in allem reicht es nicht für das Leben einer Frau, aber es war weit mehr als eine Reiseausstattung.«

»Habt ihr einen Namen?«

»Eine zweite Handschrift, mehr nicht. Sie stammt wohl von einer Frau und findet sich auf vielen Dokumenten, aber meist nur in Form kürzerer Kommentare.«

»Vielleicht hat sie für ihn gearbeitet?«

Barbro verzog das Gesicht. »Ja, sie war eine Sekretärin, die mit Unterwäsche zur Arbeit erschien und sie ohne wieder verließ.«

»Wie sieht es denn mit der Obduktion aus?«

»Wir werden uns gedulden müssen. Jetzt vor der Gerichtspause an Weihnachten kommen sie in Solna kaum hinterher. Bisher weiß Hans nur, dass Petersson an einer Herzerkrankung litt. Das hat er anscheinend der Leiche sofort angesehen. Wie auch immer er das gemacht hat.« Barbro zuckte mit den Schultern.

Nach zwanzig Minuten brachte Viktoria Hammarfors die Putzfrau Teresa Hernández. Kjell schätzte sie auf fünfzig Jahre, in denen sie sich gut gehalten hatte. Wahrscheinlich steckte Olivenöl dahinter. Sie stammte aus Sevilla. Kjell verschwieg ihr, dass er in seiner Jugend dort einen turbulenten Sommer verbracht hatte, so einen wie Sofi in Kairo vielleicht, nur fünfzehn Jahre früher und auf jeden Fall wilder.

Teresas Stockholmer Schwedisch und ihr andalusischer Akzent verschmolzen in ihrem Mund zu astreinem Gotländisch. Sie trat nach Kjells Geschmack ein wenig zu heimatbewusst auf. Eigentlich trat Teresa gar nicht auf, sondern setzte sich mit durchgedrücktem Rücken ganz vorne auf die Sitzfläche des Besucherstuhls vor seinem Schreibtisch. Allein dadurch hätte so gut wie jeder mit seinem Tipp auf ihre Herkunft nicht schlecht gelegen. In der Ferne demonstrierten die Menschen gern ihre Wurzeln, das war ihm schon häufig aufgefallen. Letztes Jahr hatte hier ein argentinischer Tangogitarrist gesessen, der seine erste Gitarrenstunde erst in Hägersten genommen hatte. Er kannte auch eine junge Türkin, die erst in der neunten Klasse an der Mariaskolan in Södermalm während einer Gemeinschaftskundestunde die Erleuchtung überkam, dass sie dringend ein Kopftuch brauchte.

Teresa lebte erst seit einem Jahr in Schweden, ihr Mann Jesús arbeitete jedoch seit vier Jahren in einer Stockholmer Autozulieferfirma. Sie putzte zweimal in der Woche bei Petersson. Teresa hatte nur Gutes über ihren Putzherrn zu berichten. Wie sie ihm mit einer derartigen Wahrhaftigkeit unverfroren und stolz ins Gesicht log, ließ augenblicklich eine wehmütige Wärme in Kjells Herzen aufglimmen. Sie musste es mit der Muttermilch aufgesogen haben. Kein Zweifel, dass sie es selbst glaubte, während sie es sagte.

»Wo ist Maria?«, fragte Teresa.

»Maria? Wer soll das sein?«

»Maria, seine Freundin!«

»Stammt die Wäsche in der Wohnung von ihr?«

»Das weiß ich nicht«, log Teresa weiter. »Ich putze nur und bin nicht neugierig.«

Während Kjells Aufenthalt in Sevilla hatte seine Hauswirtin in der Calle de los Reyes die totale Kontrolle über seine Unterwäsche und den Inhalt aller an ihn adressierten Briefe gehabt. Der hierzulande verbreitete Wunsch, sich wenigstens eine Stunde am Tag allein in sein Zimmer zurückzuziehen, war dort als psychische Abnormität mit verwundertem Kopfschütteln quittiert worden. Dass eine Putzfrau aus Sevilla sich nicht in die niedersten Winkel vorarbeitete, war völlig ausgeschlossen. Kjell gab ihr dies zu bedenken und strich sich besorgt ums Kinn. Mit dieser Geste wollte er ihr weismachen, dass sie geradewegs in ihr Unglück lief. Mit diesem Ass im Ärmel hatte Teresa nicht gerechnet. Sie gab alles zu und tat, als hätte sie nie etwas anderes behauptet. Natürlich hatte sie sorgfältig geputzt.

»Kennst du ihren Nachnamen?«

Teresa zuckte mit den Schultern.

»Weißt du sonst noch etwas über sie? Wie alt ist sie, wo wohnt sie?«

»Sie wohnt bei Petersson!«

Eine Maria war dort jedoch nicht gemeldet.

Teresa deutete auf Sofi. »Sie ist so alt wie sie.«

»Wirklich, so jung? War das seine Freundin?«

»Ja, sie war seine Freundin und hat gearbeitet. Wie eine Sekretärin. Aber sie war mehr seine Freundin.«

Mit anderen Worten, dachte Kjell, Teresa kannte alle Spuren aus dem Schlafzimmer und wusste über alle Details Bescheid, würde sie aber der Polizei zuletzt verraten.

»Ich weiß nur, dass ihr Vater vor einigen Wochen gestorben ist. Es war Krebs! Das hat sie erzählt. Sonst hat sie überhaupt nichts erzählt.«

»Seit wann arbeitest du bei ihm?«

»Noch nicht lange, drei Monate.«

»Wie bist du zu ihm gekommen?«

»Ich arbeite noch bei Osborne.«

»Dem Sherry?«

Teresa schüttelte lachend den Kopf. Anscheinend tat sich ihr die Verbindung erst jetzt auf, obwohl sie den Namen spanisch ausgesprochen hatte. »John Osborne wohnt ganz oben im Haus.

Er ist aus Amerika und ein berühmter Maler. Dort arbeite ich seit einem Jahr. Und er hat gefragt, ob ich auch bei Petersson arbeiten will. Für mich ist das gut, zwei Kunden in einem Haus! Aber alle sind verrückt dort!«

Er bedankte sich und bat Teresa, bei einer Phantomzeichnung von Maria mitzuhelfen.

Um drei Uhr brach Sofi mit einem Laptop zur Wohnung von Carl Petersson auf, wo sie eine Kopie von der Festplatte seines Computers anlegen wollte. Sie versprach sich viel davon, denn Peterssons Computer war ein zwei Jahre altes Modell. Nach einem flüchtigen Blick in die Betriebseinstellungen war sie zu dem Urteil gekommen, dass er auch schon längere Zeit verwendet worden war. Auf der Festplatte hatte sie jedoch verdächtig wenige Dateien gefunden. Bestimmt war auf der Festplatte vieles gelöscht worden. Gelöschte Festplatten wieder zum Sprechen zu bringen, war eine von Sofis Stärken.

Die erste Auswertung des Zimmers hatte jedoch auch ergeben, dass Petersson das meiste handschriftlich erledigt und notiert hatte. Den Computer hatte er anscheinend nur für gewisse Zwecke verwendet, die Sofi noch nicht ganz verstand. Worauf sie in den Verzeichnissen stieß, das waren vor allem Endfassungen wissenschaftlicher Texte, während sich Notizen und Entwürfe dazu in handschriftlicher Form fanden.

Petersson hatte die gelöschten Dateien so fachmännisch beseitigt, dass selbst Sofi nichts mehr ausrichten konnte. Von nun an traute sie ihm alles zu.

Während Teresa beim Phantomzeichner saß, ließ sich Kjell von Viktoria berichten, was die Befragung der Nachbarn ergeben hatte. Aber bisher waren sie auf niemand gestoßen, der Petersson näher kannte oder gar etwas von den Ereignissen in der Nacht mitbekommen hatte. John Osborne hatte man nicht angetroffen. Viktoria konnte aber sagen, dass es sich nicht um ein Phantom wie Sahlin handelte, denn die Nachbarin aus dem fünften Stock hatte ihn am Vormittag das Haus verlassen sehen. Wie immer hatte er ihren Gruß nicht beachtet. Das hatte sich die Nachbarin gut gemerkt.

Kjell sah auf die Uhr. Für heute war es zu spät, um noch hinauszufahren. »Ich kümmere mich selbst darum«, sagte er zu Viktoria.

Am Abend wollte er Linda nach Osborne fragen. Wenn er wirklich als Maler bekannt war, dann musste Linda seinen Namen schon einmal gehört haben.

6

Um sieben Uhr trafen sich die vier wieder im Besprechungsraum zur »Abendandacht«. Nicht jeder Tag wurde von einer Besprechung eingeleitet und beendet, aber wenn sich so viel ereignet hatte, musste man sich am Ende austauschen.

Kjell konnte sich nicht mehr konzentrieren, den anderen ging es ebenso. Henning machte sich ein Bier auf. Alle waren seit der Nacht auf den Beinen.

Barbro hatte herausgefunden, dass die Bankverbindung, die sie unter der Schreibtischunterlage bei dem Passwort gefunden hatten, Peterssons Privatkonto war. Es war in ein Girokonto und mehrere Sparkonten aufgeteilt. Insgesamt befanden sich zehn Millionen Kronen darauf. Zudem existierten noch andere Guthaben. Petersson besaß Aktien. Durch diese Geldgeschäfte hatte er sein Erbe über die Jahre in ein solches Vermögen verwandelt. Das Erbe seiner Eltern hatte aus vier Millionen Kronen und zwei Immobilien bestanden.

»Ich habe Snæfríður vom Wirtschaftsdezernat gebeten, mir zu helfen«, erzählte Barbro. Vor Müdigkeit nuschelte sie schon ein wenig. »Sie bringt als gebürtige Isländerin alle Voraussetzungen mit, um Licht in dubiose Geldkreisläufe und Scheingeschäfte zu bringen.« Alle lachten. »Sie glaubt, dass alles rechtmäßig erworben ist und immer ordentlich versteuert wurde. Alles klar und nachvollziehbar. Sie hat mit dem Steuerberater telefoniert und die Steuererklärungen eingesehen. Was vor unseren Augen sichtbar ist, hat er rechtmäßig erworben. Unter den schwedischen Steuerzahlern kann Petersson als einer der Vorbildlichsten gelten.«

Die Wohnung in der Västmannagatan war Peterssons Eigentum. Die anderen Immobilien aus dem Erbe seiner Eltern hatte Petersson vor einigen Jahren verkauft und den Erlös in Aktien investiert, die sich gut entwickelt hatten.

»Ich habe vorhin mit Hans telefoniert«, sagte Henning. »Er hat bei der Leiche eine kleine Narbe an der Hüfte entdeckt. Das war der Hinweis auf die Herzerkrankung. Die Narbe ist höchstens wenige Wochen alt. Sie entsteht beim Einführen eines Herzkatheters. Den Kardiologen habe ich schon gefunden. Es gibt nicht viele Ärzte, die solche Eingriffe vornehmen. Petersson hat sich vor zwei Monaten an ihn gewandt und über Herzbeschwerden geklagt. Bei der Katheterbehandlung hat sich dann gezeigt, dass die Arterie verengt war. Sie haben diese Stelle dann gedehnt und eine Hülse eingesetzt, die Hans schon gefunden hat.«

»Und wie lebensbedrohlich war das?«, fragte Kjell.

»Es hält sich in Grenzen, aber wenn die Arterie sich ganz schließt, hat man natürlich einen Infarkt. Petersson soll recht besorgt gewesen sein. Eine Herzkatheteruntersuchung ist auch nicht ohne Risiko, aber nur damit kann man klären, wie es da drin wirklich aussieht. Petersson hat sich sofort dafür entschieden.«

»Mit Risiken scheint der Mann ja keine Probleme gehabt zu haben«, gähnte Barbro.

Die Besprechung neigte sich gerade dem Ende zu, als es an der Tür klopfte. Es war Linda. Sie blieb zögernd auf der Schwelle stehen, aber Kjell winkte sie herein. Sie setzte sich auf den freien Stuhl.

»Ah, Linda«, stöhnte Barbro und rieb sich die Augen. »Heute geht es leider nicht. Wir haben einen neuen Fall und sind seit der Nacht auf den Beinen. Ich bin hundemüde.«

»Oh.« Linda lächelte verständig.

Kjell kannte seine Tochter. Nur er konnte sehen, wie enttäuscht sie war.

Linda erhielt seit einem Monat Fahrunterricht, abwechselnd von Barbro und von Henning. Wie sich am Morgen wieder einmal gezeigt hatte, mangelte es Linda an einer gewissen Aufmerksamkeit für ihre Umgebung. Dass sie in Zukunft Auto fahren wollte, erfüllte Kjell mit Sorge. Sie hatte es vorgezogen, Barbro und Henning um Fahrunterricht zu bitten und nicht ihren Vater. Nun ja, dachte er, immerhin hatte die Natur die beiden mit allem ausgestattet, was nötig war, um Linda das Autofahren beizubringen: schnelle Reflexe, Geduld und Gottvertrauen. Sie übten mit Kjells kleinem Renault. Er hatte sich bei seinen Kollegen einige Male nach dem Stand der Entwicklung erkundigt, doch die beiden ließen nur verlauten, dass sie zufrieden seien. Alles liefe gut. Sie waren immerhin noch am Leben.

Manchmal fuhren sie sogar zu dritt. Dann setzten sie Linda am Ende zu Hause ab und fuhren zu zweit dem Horizont entgegen. Offiziell wollte Barbro nicht verpassen, wie der Airbag reagieren würde, wenn er aus dem Lenkrad schoss und Henning am Steuer sitzen sähe. In Wahrheit verbrachten die beiden drei bis vier Abende in der Woche zusammen. Während Barbro zwei Stunden mit Emelie spielte, verteilte Henning das Gewicht seines Körpers gleichmäßig auf dem Sofa der Frau, die wegen ihrer Haltung zu Männern in ihrer alten Abteilung nur »Die

Harpunistin« genannt worden war. Doch mittlerweile konnte Kjell sich vorstellen, dass es Momente geben konnte, in denen Barbro sehr weich wurde. Und dass sie sich nach diesen Momenten sehnte.

Es würde ihn nicht wundern, wenn das verchromte Herz von Barbros Vater seine Tochter nach einer Odyssee, die dem klassischen Vorbild weder in Dauer noch in der Zahl der Logbucheinträge nachstand, am Ende in den Hafen von Hennings weit geöffneten Armen triebe. Und Hennings Arme und Hände waren solche, wie man sie bekommt, wenn man jahrelang Schleifen in Schiffsanlegetaue geschlungen hat. Es waren also Arme, aus denen Barbro sich nicht mehr würde herauswinden können, und genau in diese Lage trieb es Barbros Unterbewusstsein anscheinend. Was für eine groteske Entwicklung und wie absolut folgerichtig, fand Kjell. Genauso war das Leben beschaffen.

Wenn Emelie zu zappelig war, wurde sie gegen sieben Uhr auf Hennings Brustkorb gebettet und in den Schlaf gebrummt. Dann schaltete Henning den Fernseher aus. Soweit Kjell wusste, fuhr Henning dann immer noch zu sich nach Hause.

Es war für Kjell überhaupt kein Problem gewesen, das alles herauszufinden. Henning und Barbro verband eine mittelfristige Zukunft in Gestalt eines 10 000-Teile-Weltkartenpuzzles, bei dem sich nach zwei Monaten gerade mal die blauen Konturen der Weltmeere abzeichneten. Das alles hatte Henning freimütig zugegeben. Bestimmt puzzelten sie von den beiden Polen aufeinander zu.

Barbro und Linda hatten sich für heute Abend zu einer Fahrstunde verabredet. Deshalb hatte Kjell das Auto auch gestern in der Garage des Präsidiums stehen lassen.

»Wie war der Physiktest?«, wollte Sofi wissen.

Linda war in der vergangenen Woche einige Male ins Büro gekommen, um Sofi Fragen zu den keplerschen Gesetzen zu stellen. Es erstaunte Kjell, dass Linda sich diesmal so viel Mühe gab. Das tat sie bei Fächern, die sie nicht mochte, normalerweise nicht.

»Papa!«, begann Linda. »Höglunds Drucker war kaputt. Er musste uns die Aufgaben diktiiiieren!«

Sie klang empört.

»Und wie lief es?«, fragte Kjell.

»Wir mussten die Umlaufbahn von einem Kleinplaneten berechnen. Und der hieß Joe!«

»Ein Planet namens Joe?«, fragte Barbro amüsiert. »Wie Joe Pesci?«

»Ja!«

Kjell wusste, dass ihre Berechnung der Umlaufbahn des Planeten Joe kein gutes Ende genommen haben konnte, sonst hätte sie ihn schon in der Mittagspause angerufen.

»Das hat mich total durcheinandergebracht. Ich habe gesagt, dass es doch gar keinen Planeten Joe gibt! Wie soll man da die Umlaufbahn berechnen?«

»Ist das denn so wichtig?«, fragte Sofi vorsichtig. Linda sah sie erstaunt an. Sofi versuchte, sich zu erklären. »Ich meine, wenn es einen Planet mit dem Namen Joe *gäbe,* dann würden doch die keplerschen Gesetze für ihn genauso gelten. Der Planet könnte doch auch ›Barbro‹ heißen.«

Nein. Das konnte er eben nicht.

Kjell schob seinen Stuhl zurück und erhob sich. Auf dem Weg zu seinem Mantel strich er seiner Tochter übers Haar. Er überlegte, ob Lindas Auftritt ein Manöver war, kam jedoch zu dem Schluss, dass sie das nicht nötig hatte. Seit Madeleines Tod vor vier Jahren waren sie gemeinsam durch dick und dünn gegangen. Vom geteilten Leid nahm die Festkörperphysik gute zwei Drittel ein. »Ich bin mir sicher, dass es irgendwo einen Planeten namens Barbro gibt«, sagte er und schlüpfte in den Mantel. »Seine Umlaufbahn ist auf jeden Fall exzentrisch.«

Barbro war so müde, dass sie nur noch abwinken konnte. Sie hatte keine Kraft mehr, jetzt noch eine solche Herausforderung anzunehmen.

Linda rührte sich nicht vom Stuhl, obwohl Kjell seine Hand schon auf die Türklinke gelegt hatte. »Das ist doch noch gar nicht alles. Er hat es dann an die Tafel geschrieben. Und weißt du was, Papa?« Sie drehte sich zu ihm. »Der schreibt sich gar nicht J–O–E. Er meinte Io!«

»Den Jupitermond?«, fragte Sofi.

Linda nickte.

Also doch ein Manöver. Linda wusste nur zu gut, wie sie ihren Vater aufwühlen konnte.

»Ist es dir wirklich schlecht gegangen?«, fragte er, als sie allein im Aufzug zur Garage hinabfuhren.

Sie schüttelte den Kopf und wirkte angespannt dabei. »Es war nicht so schlimm.«

Bei ihm siegte die Neugier über alle Bedenken. Er zog den Schlüssel aus der Tasche und hielt ihn ihr hin. »Du darfst fahren, wenn du möchtest.«

Linda zog nur kurz vor Erstaunen ihre Augenbrauen hoch, nahm den Schlüssel und sagte: »Okay.« Zu sehen, wie seine zierliche Tochter in der Tiefgarage des Polizeihauses den Wagen aufschloss, sich hineinsetzte und die nötigen Einstellungen an Sitz und Spiegel vornahm, kam ihm unwirklich vor. Aber dann hörte es sich gut an, wie sie den Wagen anließ.

Jetzt würde alles auf ihre Aufmerksamkeit ankommen. Wer beim Verlassen der Wohnung den Müll mit hinunternimmt, dann aber vergisst, ihn in die Tonne zu werfen, neun Stationen lang mit der stinkenden Tüte in der U-Bahn steht und sich wundert, weshalb er von allen angestarrt wird, wer dann von zwei Schutzpolizisten dabei beobachtet wird, wie er versucht, die Tüte in der bestüberwachten U-Bahn-Station Nordeuropas unauffällig zu deponieren, der musste leider auch ertragen, dass er ausgiebig geprüft wird, bevor er allein Auto fahren darf.

Die Tiefgarage war nicht einfach. Es gab dort Ampeln, viele Rechts-vor-links-Fallen und am Ende hinter der Schranke eine frauenfeindliche Steigung, wo selbst er zweimal in der Woche den Motor abwürgte. Linda hatte den Wagen und die Vorfahrt im Griff. An der Ausfahrt musste sie vor der Schranke halten und Kjell sich ausweisen. An der Steigung heulte nicht einmal der Motor auf.

Draußen quälte sich der Berufsverkehr auf der Hantverkargatan. Die Fahrbahn war zum Glück schneefrei. Ihre Mutter Madeleine hatte bereits sechs Jahre Berufsverkehr mit einem alten Ford hinter sich gehabt, bevor sie Kjell kennenlernte, der ihr erklärte, dass man das Kupplungspedal loslassen könne, wenn man vorher den Gang herausnahm. Madeleine hatte anscheinend mehrmals in der Fahrschule gefehlt und jahrelang die harte Kupplung gedrückt gehalten. Jeden Morgen und jeden Abend jeweils eine Stunde lang, immer wenn das Auto gerade stand. Ihm war es aufgefallen, weil ihr linkes Bein immer so zitterte, manchmal auch, wenn sie gar nicht am Steuer saß. Madeleine hatte es dann ungläubig ausprobiert und danach so glücklich und befreit gewirkt wie nie zuvor. Vielleicht hatte sie ihn aus Dankbarkeit dafür geheiratet, wer wusste das schon.

Kjell erzählte Linda die Geschichte, weil er prüfen wollte, ob sie sich auf zwei Dinge zugleich konzentrieren konnte. Sie lachte.

Er konnte der Erkenntnis nicht länger ausweichen. Neben der Malerei war das Steuern von Fahrzeugen offenbar Lindas Berufung. Wenn es mit der Malerei doch nicht klappte, könnte sie also immer noch Panzerfahrerin werden. Sie war unverkrampft und konzentriert, hatte Zeit und Aufmerksamkeit für einige kürzere Dialoge mit ihm.

»Fahr auf den Esslingeleden«, schlug er vor. »Chauffiere mich ein bisschen herum.«

Sie fuhren schweigend eine halbe Stunde auf dem Stadtring und über wenig befahrene Straßen. Kjell hatte Gelegenheit, über Linda, das Auto und Carl Petersson nachzudenken.

»Du kannst die Prüfung machen und dann das Auto benutzen«, sagte er abschließend. »Du fährst richtig gut. Ich war damals viel schlechter. Von wem hast du das?«

»Na, von Barbro und Henning.«

Kjell berichtete ihr vom Morgen in der Wohnung, schuf für sie ein sinnliches Bild von allen Eindrücken.

»Kennst du einen John Osborne?«, fragte er am Ende.

Erst schluckte sie nach dem langen, stummen Zuhören. »Den Schriftsteller oder den Maler?«

Welchen Schriftsteller? »Den Maler.«

»Der ist ganz berühmt in Amerika. In Europa noch nicht so.«

»Er wohnt anscheinend in dem Haus. Ganz oben ist ein Atelier.«

Linda verpasste eine Möglichkeit zum Linksabbiegen, weil sie ihm zuerst ausgiebig darlegen musste, was das Besondere an Osbornes Bildern war. Er verstand nicht viel davon, was sie über Perspektive erzählte, obwohl es in seinem Beruf ja auch genau darum ging. Er wunderte sich, dass er seine Arbeit als Ermittler noch nicht mit bildender Kunst in Verbindung gebracht hatte. Die Perspektive war doch das A und O, das predigte er Sofi jeden Tag.

»Dann schaust du eben einmal bei ihm vorbei«, schlug er vor.

Natürlich würde sie das nie wagen.

Er erkundigte sich nach Neuigkeiten in der Schule und in der Liebe, zwei Dinge, die nur Väter in einem Satz abhandeln konnten.

Natürlich gab es keine Neuigkeiten.

7

Ihre Stirn klebte an der eisigen Fensterscheibe. Draußen zogen die nachtschwarzen Felder Frankreichs vorbei. Im Glas spiegelten sich die gelbe Deckenleuchte und fünf leere Sitze. Der Fahrtwind drang durch die alte Fensterdichtung und ließ Wange und Schulter steif werden. Durch das abgewetzte Messinggitter am Boden quoll heiße Luft hinauf. Es roch nach Öl.

Immer wieder bestürmten sie die Bilder der letzten Nacht. Sie versuchte, ihr Gedächtnis und ihre Gründe zurückzuholen. Doch was vorher da gewesen war, hatte die Nacht ausgelöscht.

Er fehlte ihr so. An den Morgen, als sie zum ersten Mal neben ihm erwacht war, erinnerte sie sich am liebsten. Oder an ihre gemeinsamen Mittagspausen in der Bibliothek.

Wie schnell Wut und Verzweiflung verrauschen können. Er tat ihr jetzt so leid.

8

Mittwoch, 28. November

Die Ermittlungsgruppe traf sich um sieben Uhr in ihrem Besprechungsraum. Henning brauchte wie jeden Morgen eine ganze Tasse Kaffee lang, um aus seinem Anorak zu kommen. Es war einer von den beigegrauen Blousonjacken, wie sie geschiedenen Männern jenseits der Vierzig anscheinend vom Arzt verschrieben wurden. Barbro hatte es wie jeden Morgen eilig gehabt. Sie frühstückte und schminkte sich grundsätzlich in der U-Bahn. Man sah ihr morgens also an, ob sie einen Sitzplatz bekommen hatte. Es lag nicht nur an der kleinen Emelie, dass ihr Morgen immer so durchorganisiert war. Sie gehörte auch zu den

Menschen, bei denen zwischen dem Einsteigen ins Auto und dem Losfahren nicht mehr als zwei Sekunden verstrichen. Sie hatten am Abend vergessen, die Heizung im Besprechungsraum abzudrehen, und nun war die Luft trocken und stickig. Die Äpfel in der Schale auf dem Tisch rochen reif und süßlich. Barbro kochte eine Kanne grünen Tee, um die zehn Jahre zurückzugewinnen, derer sie sich zwischen ihrem zwanzigsten und dreißigsten Lebensjahr selbst beraubt hatte. Erst ihre Schwangerschaft hatte ihrem verzweifelt ausschweifenden Leben ein Ende setzen können. Für die anderen gab es Kaffee. Die Besprechung begann mit Barbros Bericht über Peterssons Bankkonto. Jemand hatte in der Mordnacht zwischen drei und fünf Uhr bei mehreren Bankautomaten eine Summe von insgesamt einhunderttausend Kronen abgehoben und dazu Peterssons Kreditkarte benutzt. Die Aufzeichnungen der Überwachungskameras hatte Barbro bereits angefordert. Petersson konnte das Geld nicht mehr selbst abgehoben haben. Er war zwischen halb eins und halb zwei gestorben. Während Barbro noch berichtete, stand Kjell auf und zeichnete einen Zeitstrahl an die Kreidetafel, die eine ganze Wand des Besprechungsraums einnahm. Es war eine seiner Angewohnheiten, alle Fakten in Diagrammen darzustellen und sich die Zusammenhänge visuell zu erarbeiten.

Petersson war also vor 1 Uhr 30 gestorben. Der Anruf kam um 1 Uhr 32. Weil die Schutzpolizei wegen des einsetzenden Schneefalls überlastet war, sandte die Einsatzzentrale ausnahmsweise gleich Viktoria und ihre Kollegen zu Petersson. Die Kripo kam um 1 Uhr 58 dort an und betrat die Wohnung unverzüglich. Kjell und Sofi trafen erst gegen drei Uhr in der Västmannagatan ein.

Sie gingen Viktorias Eindruck von der Wohnung gemeinsam durch: Jemand hatte Petersson von hinten erstochen, den Brieföffner in die Spülmaschine gelegt und die Maschine eingeschaltet.

Henning schüttelte den Kopf. »Ich verstehe den Sinn nicht. Es war eine sinnlose Handlung, den Öffner in die Spülmaschine zu legen, denn die Fingerabdrücke wurden vorher ohnehin vom Griff abgewischt.«

»Es gibt auch dumme Menschen«, fand Barbro. »Oder Menschen in Panik.«

»Die Aktion erscheint überstürzt und nicht durchdacht«, stimmte Kjell zu. »Aber ich möchte betonen, dass es so erscheint.«

Barbro hob die linke Augenbraue. »Glaubst du an eine Inszenierung?«

»Vielleicht. Zumindest zum Teil. Wenn es eine ist, dann müssen wir uns auch fragen, ob der Täter die Inszenierung bereits vor dem Mord so geplant hat oder ob er erst danach darauf gekommen ist, alles so zu arrangieren. Wir müssen auch klären, welche Spuren echt und welche vorgetäuscht sind.«

»Der Anruf aus Sahlins Wohnung.« Barbro verstummte für eine Sekunde und studierte ihre Notizen. »Wenn Sahlin wirklich in Israel ist, wer hat dann angerufen?«

Henning nickte. »Der Anruf ist eigenartig, wenn er nicht von Sahlin kommt. Er ist auf jeden Fall zum Nachteil des Täters. Deshalb frage ich mich, warum er ihn selbst gemacht haben soll.«

Sofi kniff verärgert die Augen zusammen. Alle blickten zu ihr. »Ihr seid zu schnell. Der Mörder hat die Wohnung nach dem Mord verlassen. Und das ist auch sonderbar. Er hat die Tür nicht ins Schloss gezogen.«

Henning strich sich übers Kinn. »Das kann natürlich passieren. Auf der Flucht beseitigt man erst penibel alle Spuren an der Tür, vergisst dann aber, sie zu schließen.«

»In der ganzen Wohnung gibt es keinen einzigen Schlüssel«, sagte Sofi. »Ich musste das Schloss austauschen.«

Henning verzog sein Gesicht. »Das ist in der Tat unheimlich.«

Kjell setzte die Spitze der Kreide an die Tafel. »Welche theoretischen Möglichkeiten gibt es denn, was dort in der Wohnung geschehen sein kann?«

»Es kann ein ganz gewöhnlicher Raubmord gewesen sein«, schlug Barbro vor.

Kjell schrieb diese Möglichkeit an die Tafel. Darunter schrieb er als weitere Möglichkeit den Namen Maria. »Henning, kannst du diese Maria finden?«

Henning nickte.

»Ich helfe ihm dabei«, verkündete Sofi. »Ich schreibe gleich ein Filterprogramm, mit dem wir die Personendatenbank abfragen können. Wer von den männlichen Männern über dreißig im letzten halben Jahr an Krebs gestorben ist und eine Tochter namens Maria hat. Dann muss Henning das nicht mit der Hand machen.«

Henning legte das Gesicht in seine Handflächen und nickte. Er ließ all die Stunden in den letzten fünfundzwanzig Jahren vor seinem inneren Auge vorbeiziehen, die er für solche Recherchen aufwenden musste, nur weil es keine Computer und keine Sofis gegeben hatte.

»Schließlich haben wir noch Sahlin«, sagte Kjell.

»Ich wollte gleich ins Söderkrankenhaus fahren, wo er wegen seiner Krankheit behandelt wird. Vielleicht wissen die etwas über ihn.«

Sofi hatte ihr Suchprogramm auf den Namen »Akazienmädchen« getauft. Sie wählte immer blumige Namen für ihre Programme aus. Sie hatte schon so viele programmiert, dass der Vorrat an Blumennamen langsam zur Neige ging. *Akazienmädchen* hatte zwei Marias gefunden. Barbro war gerade auf dem Weg zur ersten. Sofi saß an ihrem Schreibtisch und durchsuchte den Inhalt von Peterssons Computer, den sie auf eines ihrer Notebooks kopiert hatte. Sie zog die Augenbrauen hoch und seufzte.

»Es gibt eine Reihe von wissenschaftlichen Programmen und Datenbanken, aber nichts davon wird uns weiterbringen.«

»Gibt es denn keine persönlichen Dateien?«, fragte Kjell.

»Es könnte der Computer jedes beliebigen Altertumswissenschaftlers sein. Er enthält viele alte Texte, Latein, Griechisch, orientalische Sprachen. Die Datenbanken enthalten antike Kunstobjekte mit Bildern davon sowie Angaben über Maße und Standort. Das haben andere Leute dieses Berufs sicher auch.« Sie reichte ihm ein Blatt Papier. Es war der Ausdruck einer Datei. »Das ist die neueste.«

Kjell überflog den Text. Es war eine kunsthistorische Beschreibung eines ägyptischen Sarges. Das passte zwar zum Anlass, machte Kjell aber nicht schlauer. »Schreib einen Bericht darüber, und mach dich an die Arbeit mit dem Passwort.«

Sofi stützte den linken Ellenbogen auf die Tischplatte und legte ihr Kinn in die Hand.

»Hast du Bedenken?«, fragte er.

»Es wird nicht so einfach«, nuschelte sie durch die Hand.

»Aber das hast du doch schon als Teenager gemacht.«

»Das ist etwas ganz anderes. Da benutzt man Tricks, und die sind viel banaler, als du dir vorstellen kannst. Aber hier geht es ums Dechiffrieren. Ich bin ja keine Kryptographin.«

Das war eine erstaunliche Bemerkung, fand Kjell. Für jemanden, der sein ganzes Leben kryptographiert hat.

9

In der Pathologie in Solna arbeitete der Chefobduzent Hans Ekeblad auf Hochtouren. Es gab eine Reihe von anderen Todesfällen in Stockholm, die Kjell für dringender hielt. In Alby hatte jemand zwei Afrikaner auf offener Straße erstochen und ihnen Hakenkreuze in die Stirn geritzt. In Nacka hatte ein Betrunkener ein dreizehnjähriges Mädchen angefahren, das an einer Haltestelle nach dem Eistanztraining auf den Bus gewartet hatte, und es zwanzig Meter durch die Luft gewirbelt. Also trat die Gruppe von ihrem Privileg zurück, keine Wartezeiten hinnehmen zu müssen. Kjell machte sich darauf gefasst, dass es mehrere Tage dauern konnte.

Barbro und Henning waren noch dabei, die richtige Maria aufzuspüren. Viktoria und ihre Kollegen zogen mit dem Phantombild durch die Västmannagatan. Kjell war sich sicher, dass Maria der Schlüssel zu Peterssons Tod war. Die Suche nach Sahlin hatten Kollegen von der Zielfahndung übernommen. Er wurde international gesucht.

Auf dem Rückweg hielt Kjell bei Wesséns Antiquariat, das nur fünf Gehminuten von Peterssons Wohnung entfernt lag. Er bestellte und kaufte alle seine Bücher bei Hermann Wessén.

An der Innenseite der verglasten Holztür hingen Leinen, an denen Bücher an Wäscheklammern baumelten. Wessén war alt, bestimmt bald siebzig. Wie immer trug er ein weißes Hemd mit feinen grauen Streifen, darüber einen ärmellosen weinroten Pulli. Kjell kannte ihn seit seiner Studentenzeit vor zwanzig Jahren. Seine Brille mit goldener Fassung hatte all die Jahre durchgehalten, jedenfalls glaubte Wessén das, und alle fünf Jahre hatte die Fassung neue Gläser bekommen, jedes Mal dickere. Inzwischen vermied Kjell aus Angst vor Schwindelanfällen jeden Augenkontakt.

Wie bei jedem Besuch tranken sie im Hinterzimmer Kaffee. Wessén bot ihm eine Ausgabe von Appians Römischer Geschichte an, die er in London gefunden hatte. Kjell kaufte das Buch und fragte Wessén, ob er einen Kunden namens Carl Petersson habe. Wessén kannte seine guten Kunden in der Regel beim Namen, aber dieser Name war ihm nicht bekannt. Das wunderte Kjell. Wer ausgefallene wissenschaftliche Literatur suchte, kam doch hierher.

Es gab jedoch ein Buch von Petersson, das vor zwanzig Jahren erschienen war. Darin ging es um sumerische Verben. Es war Peterssons Dissertationsschrift. Kjell kaufte auch dieses Buch, obwohl der Inhalt veraltet war. Keine andere Disziplin der Wissenschaft mache so große Fortschritte wie die Erforschung der sumerischen Verbalbeugung, hieß es im Vorwort. Vielleicht hatte Petersson damals noch nicht so viel von Genetik und Halbleitertechnik gehört.

Seit zwei Jahren ging es mit Wessén bergab. Das Geschäft brachte nicht genug ein, dass er sich eine Aushilfe leisten konnte. Die Gebrechen des Mannes waren mittlerweile so stark, dass die Regale immer unsauberer sortiert waren und die Bücherstapel an allen freien Stellen schon bald die Decke erreichen oder vorher umkippen würden.

»Ich werde wohl bald aufgeben«, sagte Wessén.

Als Kjell ins Präsidium zurückkehrte, saß Sofi mit einem jungen Mann im Besprechungsraum.

»Jan Nyberg aus Uppsala«, stellte sie ihn vor. »Ich habe im Mittelmeermuseum angerufen und hatte Glück, dass Jan dort gerade im Archiv arbeitet. Er war so nett, gleich herzukommen.«

Die Männer begrüßten sich. Jan Nyberg war im Museum für die Papyri zuständig und hatte die Hieroglyphen in kurzer Zeit lateinischen Buchstaben zuordnen können. Das Gitter, in dem das Passwort steckte, lag nun in lateinischer Umschrift vor. Das Ergebnis sah aber leider noch immer nicht nach Sprache aus.

»Einige Zeichen sind sich sehr ähnlich und schwer voneinander zu unterscheiden«, erklärte Nyberg. »In einem Text ist das kein Problem, da kann man das aus dem Zusammenhang klären. Die Hieroglyphenschrift ist ja sehr pragmatisch und redundant.«

»Ergibt die Umschrift denn einen Sinn?«, wollte Kjell wissen.

»Du meinst Wörter? Nein. Es sind nur Zeichen. Es ergibt jedenfalls kein Ägyptisch und auch keine andere Sprache, die ich kenne.«

Sofi wirkte nicht entmutigt. »Die Zeichenidentifizierung ist wohl nur die erste Hürde. Aber nun wird es erst richtig kompliziert. Ich muss aus den fünfzig Reihen das Passwort bilden, das viel weniger Zeichen umfasst. Aber ich kann mit Buchstaben nicht rechnen.«

»Und wenn die Buchstaben für Zahlenwerte stehen?«

Sofi schüttelte vorsichtig den Kopf und blickte zu Nyberg. »Dann muss es eine künstliche Zuordnung zwischen Buchstaben und Zahl geben.«

Auch Nyberg war dieser Meinung. »Die Ägypter haben jedenfalls Buchstaben nicht für Zahlenwerte benutzt wie die Griechen und Römer. Sie hatten dafür eigene Zeichen, die in dem Passwortgitter aber gar nicht vorkommen.«

»Mir erscheint diese Idee auch deshalb unwahrscheinlich, weil hier so viele verschiedene Buchstaben benutzt werden«, sagte nun wieder Sofi. »Lägen dahinter Zahlen verborgen, käme man wohl mit viel weniger Zeichen aus.« Sie verstummte für eine Weile und sprach dann weiter. »Wenn es einen Algorithmus gibt, werde ich ihn finden«, versicherte sie. »Petersson musste ja in der Lage sein, auf den Zettel zu schauen und das Ganze in ein Passwort umzurechnen, das er dann eingeben konnte. Es kann also kein Algorithmus sein, der sehr viel Rechenleistung erfordert.«

»Was bedeutet das?«, fragte Kjell.

»Das Gitter kann nur eine Art Gedankenstütze sein. Ich werde geometrisch vorgehen, nicht algebraisch. Am Ende wird ein Muster stehen, eine Anordnung. Es gibt aber noch eine Auffälligkeit, zum Beispiel diese Zickzacklinie. Sie stellt eine Wasserlinie dar und steht im Ägyptischen für den Laut ›n‹, und wir haben diese Wasserlinie überall, wo sie im Gitter auftaucht, mit ›n‹ umgeschrieben. Es gibt aber noch andere Zeichen, wie diese beiden auseinandergestreckten Arme. Die Ägypter benutzten dieses Zeichen, um ein Wort zu verneinen. Es steht also für ›nicht‹ und wird ebenfalls mit ›n‹ umgeschrieben. Das bereitet mir mathematisch gesehen etwas Sorgen. Es kann eine absichtliche Verwirrung sein oder etwas anderes. Ich glaube, es stellt eine Null oder eine Leerstelle dar.«

Es war noch früh, gerade mal drei Uhr. Kjell hatte John Osborne schon am Morgen besuchen wollen, war aber nicht dazu gekommen. Vielleicht würde er das noch vor dem Feierabend schaffen.

In der Västmannagatan gab es zu dieser Tageszeit einige freie Parkplätze in der Nähe des Hauses. An der Haustür gab er den Türcode ein, aber die Tür sprang nicht auf. Er erinnerte sich, dass der Code inzwischen ausgewechselt worden sein musste. Wahrscheinlich war er wieder der Einzige, der den neuen noch nicht kannte. Auf dem Klingelbrett suchte er Osbornes Namen. Mit dem Zeigefinger ging er die beiden Spalten durch. Und erstarrte.

Stark wie die Zeit ist auch die Liebe. Und lang! Sie wohnte im Erdgeschoss. Er klingelte. Eilige Schritte drangen durch die Tür.

»Ich hab dich schon gesehen!« Ihre Stimme klang leise und atemlos. »Beim Einparken hab ich dich schon gesehen.«

Sie sahen sich lange an. Kjell wagte keinen Schritt nach vorne. Sie stand aufgeregt da, wippte mit den Füßen und stieß sich dann nach vorne ab. Sie kroch in seine Arme, legte ihre um seinen Hals. Ihre Hand war warm, sie lag an seinem Ohr.

Ida Florén roch gut.

Der Flur ihrer Wohnung war dunkel und klein. Die Wohnung war nur halb so groß wie die von Carl Petersson. Zudem lag sie vom Treppenhaus aus in der anderen Hälfte des Gebäudes. In ihrer Wohnung war keine Entwicklung zu verzeichnen. Sie glich der Studentenwohnung, in der Ida vor zehn Jahren gelebt hatte, war jedoch um einiges größer.

Ida selbst sah nicht zehn Jahre älter aus. Man würde sie auf Mitte zwanzig schätzen. Dass die Zeit bei ihr äußerlich so stehengeblieben war, erstaunte ihn. Die Wohnung bestand aus einem Raum mit eingebauter Küche. Inzwischen gab es wohl ein separates Schlafzimmer, denn er konnte kein Bett entdecken. In der Mitte stand ein langer Tisch, dessen Nordseite dem Leiblichen diente, während die anderen zwei Drittel voller Bücher und Papiere waren.

Nichts hatte sich bei ihr verändert.

Vom letzten Satzzeichen einer Seite bis zur Kaffeemaschine waren es vier Schritte, früher waren es zwei gewesen.

Sie sprachen nicht. Ida wies ihm einen Platz am Tisch zu, als wäre es ganz normal, dass er mal vorbeischaute. Sie stellte sich an die Küchenzeile und setzte Kaffeewasser auf.

Er betrachtete den Block auf dem Tisch, an dem sie bis eben geschrieben haben musste. Ihre Handschrift war voll wechselhafter Weite und Dichte, mal flog sie mit dem Stift über das Papier, mal zögerte sie in nachdenklichen Schwüngen. Die Wände waren ungeschmückt, eine Pinnwand mit einem Flugblatt für ein Kirchenkonzert am Freitag. An einer Wand hingen Fotos, die mit Reißzwecken angebracht waren. Darauf waren Menschen abgebildet, die er nicht kannte. Er war nicht darunter.

»Und?«, fragte sie, während sie den Kaffee aufgoss. »Hast du schon etwas entdeckt, das du von früher kennst?« Sie drehte ihren Kopf kurz in seine Richtung. Ihr Lächeln war warm.

Wie sehr sie ihm gefehlt hatte.

»Bisher nur dich!«

Sein Blick fiel durch das Fenster auf den Hof, wo sich die

Schneedecke über das Dach eines Schuppens wölbte. Er wünschte Ida und sich auch unter eine dicke Decke. Am besten jetzt gleich. Keiner konnte ermessen, wie es war, wenn eine Mittelalterhistorikerin und ein Altphilologe sich liebten.

Sie war schnell fertig mit dem Kaffee. Mit zwei Tassen setzte sie sich zu ihm an den Tisch, legte den Kopf schräg und warf die langen blonden Haare über die Schulter. Sie sah ihn kurz an und schniefte verschnupft.

»Es gibt noch die Schreibmaschine, aber jetzt steht sie im Keller.«

Er dachte an die Schreibmaschine, die damals schon alt gewesen war, und lächelte. Und die Nachbarn, die nachts schlafen wollten, lächelten bestimmt auch.

»Wie geht es dir?«, fragte er. »Bist du glücklich?«

Das war eine alte Neckerei, mit der er sie immer geärgert hatte.

»Ja und nein, Kjell. Das weißt du doch.«

Ihr Lächeln kam von sehr weit innen. Er versuchte, seinen Eindruck zu einem Kompliment zu formulieren, fand aber keines.

»Ich würde jetzt gerne rauchen«, gestand sie. »Stört dich das?«

Sie hingegen hatte ein schönes Kompliment gefunden. Erst jetzt sah er, wie aufgebracht sie war. Er konnte sich nicht erinnern, wann er zum letzten Mal geraucht hatte. Ida anscheinend auch nicht. Sie musste mehrere Schubladen aufziehen, bis sie Zigaretten fand.

»Ich würde eine mitrauchen«, sagte er.

Er wollte nichts lieber, als eine Zigarette zu rauchen.

Offenbar rauchte sie nur zu bestimmten Anlässen. Sie war fahrig in ihren Bewegungen. Zwischendurch erschien das kurze Grinsen, bei dem sie ihre Schneidezähne auf der Unterlippe abstellte. Dazu kniff sie auch kurz die Augen zusammen und zwinkerte ihm wie ein Lausbub zu. Früher hatte ihn diese Geste manchmal irritiert, denn sie kam so unvermittelt und brach das vorangegangene Gespräch ab wie ein Tennisspieler, der einfach vom Platz geht, während der Ball durch die Luft fliegt.

Das Rauchen tat ihnen gut. Zwischen zwei Zügen legte sie den Kopf nach hinten und sah ihn amüsiert an.

»Wie geht es Linda?«, fragte sie.

»Du würdest sie mögen. Sie ist das Gegenteil von dir.«

»Ich wette, sie malt den ganzen Tag.«

»Es ist genau so, wie du damals geglaubt hast.«

Ida ging nach nebenan und kehrte mit mehreren Bögen Papier zurück. Es waren Lindas erste Bilder. Ida und Madeleine hielten sich darauf an der Hand und waren Freundinnen. Linda und ihre Freundin hatten sich auch immer an den Händen gehalten, ihre gemeinsame Liebe zu Monchichis war die Basis für eine neunwöchige Freundschaft gewesen. Da war es eine ganz und gar logische Folgerung, dass man sich auch an der Hand halten wollte, wenn man denselben Mann liebte.

Kjell forderte Ida auf, die letzten zehn Jahre zu erzählen. Er hatte in dieser Zeit ihr Leben in seiner Vorstellung weitergeführt und erwartete, dass sich beide Lebensläufe decken würden. Als sie sich damals trennten, war Ida kurz davor, ihr Studium abzuschließen. Er war sicher gewesen, dass ihr akademischer Stern danach unaufhaltsam aufsteigen würde. Er wunderte sich, dass sie noch in Stockholm war. Er hatte nie nach ihr Ausschau gehalten, nie überprüft, was sie tat. In akademischen Buchgeschäften hatte er bei Regalen, die nach Autorennamen sortiert waren, schon bei Umberto Eco aufgehört, war mehrere Meter weit ausgeschritten und hatte erst bei »H« wie Hegel weitergemacht. Auch das »G« hatte er meist zur Sicherheit ausgelassen, so tief war seine Liebe gewesen. Deshalb hatte er Jan Guillou seit der IB-Affäre und *Commander Hamilton* auch völlig aus den Augen verloren. Saß der eigentlich noch im Gefängnis? Bei dem in seiner Vorstellung fortgeführten Lebenslauf hatte sich seit einiger Zeit die Frage ergeben, ob sie bereits Professorin war.

Das war alles nicht geschehen. Ida war Aushilfsverkäuferin in einer Fachbuchhandlung für Medizin, Rechtswissenschaft und Wirtschaft. Das waren, soweit er es beurteilen konnte, von allen Themen dieser Welt genau die drei, für die Ida sich nicht interessierte. Vier Tage die Woche. Freitags gab sie Nachhilfe, und manchmal schrieb sie für Studenten Abschlussarbeiten. Ida Florén bot Abschlussarbeiten in Mathematik, Physik und Philosophie an.

Ida hatte all das, was er sich selbst über sie erzählt hatte, damals durchaus ins Auge gefasst. Dennoch war sie erstaunt, dass er das angenommen hatte. Er fand jetzt, dass seine Annahmen dumm gewesen waren. Eigentlich war die Wirklichkeit damals schon klar gewesen. Ida musste gar nicht mehr ausbreiten, wie ihr Leben aussah. Es spielte sich in der Nacht ab, hier an diesem Tisch. Was sie dort las und schrieb, verstand er sowieso nicht.

Es war bestimmt nicht erfüllend für Ida, erwachsenen Menschen bei der Auswahl des richtigen Sonderanhangs zum Prozessrecht zur Seite zu stehen, aber die Tätigkeit ließ ihr viel Zeit, um hier an ihrem Tisch zu sitzen. Ein Notebook war seit damals dazugekommen und hatte die Schreibmaschine ersetzt.

Mit Männern hatte sie auch in den vergangenen zehn Jahren kein Glück gehabt. Er konnte sich getrost dazuzählen, aber Idas Verhalten ließ ihn vorsichtig glauben, dass sie das anders sah. Alles, was Ida zu verbuchen hatte, waren kurze Affären, die sich im besten Fall über eine Reihe von gemeinsamen Nächten erstreckten.

Sie deutete mit dem Zeigefinger zur Decke. »Oben ist jemand ermordet worden, oder?«

Er nickte und fragte sie, ob sie Petersson gekannt habe. Sie verneinte, aber sie habe ihn einmal oben bei John Osborne getroffen. »Er hat ganz oben sein Atelier. Er ist Amerikaner und mit einer Schwedin zusammen. Er pendelt immer zwischen New York und Stockholm.«

»Ist er erfolgreich?«

»Ja, sehr sogar. Frag doch Linda. Er braucht Stockholm zum Malen, behauptet er. Er arbeitet wie ich in der Nacht. Manchmal gehe ich hinauf, oder er kommt herunter. Wir trinken einen Kaffee zusammen und reden ein bisschen. Dann geht jeder wieder an die Arbeit. Einmal war ich am Abend so gegen zehn Uhr oben, um ein Buch zurückzugeben. Und Petersson saß bei ihm. Sie haben Whisky getrunken. Das muss so vor drei Wochen gewesen sein. Er sprach ausgezeichnet Englisch.«

»Weißt du etwas von Petersson?«

»Er sah mondän aus.«

»Er war Wissenschaftler.«

»Hat John auch erzählt. Sie haben über Kunst gesprochen.«

»Soweit ich das bisher sehen kann, hat er sich am Diskos von Phaistos versucht.«

»Bist du jetzt bei euch für die Diskos-Morde zuständig?«

Sie lachten. Er fand es gut, dass sie erst einmal über etwas Unverfängliches sprechen und sich aneinander gewöhnen konnten. Ida stand abrupt auf und ging wieder in den Flur. Er konnte sehen, wie sie gezielt ein Buch aus dem Regal zog.

»Nimm's dir mit, das ist am besten.«

Er überflog den Klappentext. Das Buch fasste die Entzifferungsversuche der letzten fünfzehn Jahre zusammen und enthielt Tabellen mit den 45 Zeichen, die in der Inschrift vorkamen. Er überflog die Einleitung. Es gab so viele Theorien wie Forscher, die esoterischen Erklärungsversuche noch gar nicht mitgerechnet. Hatte man früher noch wie beim Mykenischen an eine Silbenschrift geglaubt, so gingen neuere Versuche oft von einer komplexen Bildschrift aus.

Kjell erinnerte sich an seine erste und letzte Reise nach Ägypten vor langer Zeit. Bei der Besichtigung des Tempels von Edfu war einer siebzigjährigen Hegelianerin aus Berlin aufgefallen, wie häufig eine Eule in den Inschriften auftauchte, diese Hieroglyphe stehe sicherlich für Geist und Weisheit, denn genau davon hatten die Ägypter ja bekanntlich ebenso viel besessen wie die Inschriften Eulen-Hieroglyphen. Der ägyptische Führer lauschte den Worten der Frau genauso, wie die Spartaner ausländischen Gesandten zugehört hatten. Am Ende sagte der Führer: »M.« Und so hatte es auch gestern der Ägyptologe gemacht. Überall, wo die Eule im Passwortgitter auftauchte, hatte er sie mit »m« transkribiert, denn die Eule stand im Ägyptischen für den Laut »m«.

»Aber hat man das bei den ägyptischen Hieroglyphen nicht auch gedacht?«, kommentierte Kjell Idas Zusammenfassung. Man hatte den Stein von Rosetta, der eine ägyptische Inschrift mitsamt einer griechischen Übersetzung enthielt, schon lange gekannt. Dennoch war nach vielen Versuchen nur Champollion auf die Idee gekommen, einmal Hieroglyphen und griechische Wörter abzuzählen. Dabei hatte er eine enorme Diskrepanz bemerkt. Die Hieroglyphen konnten keine reine Bilderschrift sein, dazu hätte die griechische Übersetzung um ein Vielfaches länger sein müssen. Erst nach dieser Erkenntnis war es rasant vorangegangen.

Ida zuckte mit den Schultern. »Ich habe gehört, dass Madeleine gestorben ist.«

Er nickte.

»Ich wollte dich nicht kränken«, setzte er unsicher an. »Indem ich mich nach ihrem Tod bei dir melde. Ich habe wirklich lange überlegt und hätte mir nichts lieber gewünscht. Das weißt du ja.«

Ihr Lächeln sah ein bisschen leidend aus. Woher sollte sie das auch wissen? Fasste er jetzt in ihr silberblondes Haar, würde es sich weich und seidig anfühlen.

»Du bist ein bisschen blass«, sagte er.

»Mir geht es seit einigen Tagen nicht so gut«, antwortete sie.

Er erkundigte sich nach dem Grund. Sie zögerte erst, stand dann aber auf und verließ erneut das Zimmer. Mit einem Blatt Papier kehrte sie zurück. Es war der Ausdruck einer E-Mail. Sie stammte von einem Patrik Nygren. Der Name sagte ihm nichts.

»Hallo Ida! Muss unbedingt mit dir reden. Ich bin nächste Woche in der Stadt. Können wir uns treffen? Es ist sehr wichtig. Patrik.«

Kjell begriff nicht. »Wer ist das?«

»Ein Typ, mit dem ich vor vier Jahren einmal etwas hatte. Er wohnt jetzt in Göteborg. Wir haben seitdem nichts mehr voneinander gehört.«

Die E-Mail war vom vergangenen Freitag.

»Hast du ihm geantwortet?«

»Nur einen Satz. Ob es Aids ist.«

Ihm ging ein Licht auf.

»Du sitzt also seit dem Wochenende in deiner Wohnung und fragst dich, ob du dich bei ihm angesteckt hast?«

Sie nickte beschämt.

»Ist es möglich?«

»Ja.«

Er war sicher, dass sie sich schon so gut wie damit abgefunden hatte, bald sterben zu müssen. In ihrer Abschlussarbeit hatte Ida den Gottesbeweis von Anselm von Grund auf renoviert, so dass ihn sogar Immanuel Kant verstanden hätte. Damit hatte sie der mittelalterlichen Erkenntnistheorie einen gehörigen Schwung verpasst. Damit hatte nun wirklich niemand mehr gerechnet. Eine dämliche E-Mail hatte sie jedoch mühelos aus der Bahn geworfen. Keine Frage, dass sie sich nicht traute, sich testen zu lassen. Deswegen hatte sie ihm die Nachricht gezeigt. »Was ist das für ein Kerl?«

»Es könnte auch nichts dran sein. Bei ihm ist immer alles so dramatisch.«

»Könnte es denn sein, dass du andere angesteckt hast?«

»Nein.«

Sie bemerkte, dass er stutzte, fragte jedoch nicht, wie es bei ihm stand. Seit Madeleines Tod war er jedes Jahr einmal mit einer Frau ins Bett gefallen und am Morgen rausgekrabbelt und weggegangen.

Kjell zog sein Telefon aus der Tasche und rief Per auf seinem Mobiltelefon an, der noch oben in Peterssons Wohnung arbeitete. Er fragte ihn, ob er eine medizinische Garnitur im Transit habe. Was er denn geglaubt habe, wollte Per wissen, ob er den Transit brauche, um Litauer über die Grenze zu schmuggeln. Kjell bat ihn, die Garnitur aus dem Wagen zu holen und im Erdgeschoss bei Florén zu klingeln. Zehn Minuten später tauchte Per eine Nadel in Idas Armbeuge. Jetzt sah sie wirklich blass aus, aber Per war ganz zahm zu ihr. In ihren Augen las er das Grauen der nahenden Gewissheit, aber im Grunde war sie froh, so überrumpelt zu werden. Beim Gesundheitsamt hätte Ida zwei Wochen auf das Ergebnis warten müssen. Genau das hatte ihr Angst bereitet. Ihr Leben wäre in dieser Zeit zum Erliegen gekommen. Ida brauchte nicht viel zum Leben, nur einen klaren Kopf und Sorgen, die sich leicht verdrängen ließen.

Seit das Gespräch vorhin auf Linda gekommen war, hatte er daran gedacht, Ida am Abend mit zur Ausstellung zu nehmen. Nun endlich traute er sich zu fragen. Er erzählte ihr, dass Linda ganz in der Nähe ihre Bilder in einer Bar ausstellte, und die Eröffnung war am Abend.

Ida war begeistert. »Ich kann aber nicht«, sagte sie. »Ich hab ja Abendschicht. Die schmeißen mich raus, wenn ich jetzt noch absage.«

Ob das stimmte, wusste er nicht. Gewollt hätte sie, das sah er ihr an. Als er zur Abendbesprechung aufbrach, zog sie sich auch an. Er bot ihr an, sie beim Geschäft am Sveavägen abzusetzen, aber das schlug sie aus.

Vor dem Haus trennten sie sich. Er war sicher, dass sie sich nicht getraut hatte.

10

Sofi starrte ungläubig auf den Bildschirm ihres Computers. Ihr war aufgefallen, dass auf Peterssons Computer gar keine Software für Online-Banking installiert war, auch nicht zu einem früheren Zeitpunkt. Die Karte war wie eine übliche Karte der Handelsbank bedruckt und besaß auch keinen Magnetstreifen, sondern nur einen kleinen Goldchip.

Sie rief bei der zuständigen Abteilung der Bank an und erfuhr, dass Carl Petersson diese Karte nicht von der Bank bekommen haben konnte. Es musste sich um eine Fälschung handeln. Sofis Augen strahlten, so begeistert war sie. Im Laufschritt eilte sie in die IT-Abteilung, wo es einen Musterkatalog für alle Bankkarten gab.

Peterssons Karte ließ sich äußerlich kaum vom Original unterscheiden. Am Ende würde sie den Siebdruck prüfen lassen müssen, das sah sie jetzt schon auf sich zukommen. Es gab jedoch noch eine andere Möglichkeit. Sie lud sich die Musterprogrammierung für den Kartenchip auf ihren Computer. Der Chip erwies sich zunächst als garstiges Biest, gab dann aber auf und die Daten frei. Der Vergleich zeigte, dass die Programmierung vom Muster abwich. Man konnte Peterssons Karte bei jedem Computer verwenden, der mit einem Kartenleser ausgerüstet war. Das Einwählen in den Server geschah dann von ganz allein. Darüber hinaus entsprach die Codierung dem Original der Handelsbank. Sofi ahnte den Trick und war hingerissen. Auf dem Server lagen keine Daten, sondern nur ein Programm, das woanders hinführte. Sie taufte das Programm spontan »Fliegender Teppich«.

Auf dem Chip war eine vierstellige Zahl gespeichert. Das verhinderte, dass die Karte kopiert werden konnte. Die Zahl wanderte nur durch das kurze Kabel bis zum Computer und wurde nirgendwohin verschickt. Selbst wenn jemand an das eigentliche Passwort gelangte, ohne die Chipkarte, die man nicht kopieren konnte, hatte man keine Chance. Wer auch immer sich das ausgedacht hatte, er hatte es sich vom Online-Banking abgeschaut.

Den Chip konnte sie bestimmt auf technischem Weg knacken, aber nicht das eigentliche Passwort. Es war nicht auf dem Chip gespeichert, sondern irgendwo in der Ferne.

Inzwischen wusste sie, dass es 45 Stellen lang war.

Genau 45 Stellen.

Die Dunkelheit kam früh. Um fünf Uhr fanden sich alle Mitglieder der Ermittlungsgruppe zur Abendbesprechung ein. Barbro hatte beide Marias angetroffen und Fingerabdrücke und Speichelproben genommen. Beide Frauen waren zwischen zwanzig und dreißig Jahre alt und hatten im letzten halben Jahr ihren Vater verloren. Und beide hatten angegeben, den Namen Carl Petersson noch nie gehört zu haben. Da man die DNA von Maria in der Wohnung identifiziert hatte, mussten nur noch die Proben miteinander verglichen werden.

»Wir haben von nun an zwei Prioritäten«, sagte Kjell. »Maria und das Passwort. Die meisten Ergebnisse kommen morgen oder übermorgen. Bis dahin versuchen wir, mit beiden Spuren voranzukommen. Heute Abend seid ihr meine Gäste.« Er verstummte und putzte sich die Nase.

Linda pendelte zwischen mehreren Tischen hin und her. Am Ende gab sie auf und setzte sich still zu ihren Freunden. Am anderen Tisch saß Kjell mit seinen Kollegen und mehreren Bekannten. Barbro, die sonst gerne Unterhaltungen in Gang hielt und ausgiebig lachte, saß still und nachdenklich vor einem grünen Getränk. Sie hatte bisher von Linda nur einige Skizzen und Zeichnungen gekannt, Lindas richtige Bilder sah sie an diesem Abend zum ersten Mal. Barbro war der einzige Mensch, der Linda mit schonungsloser Offenheit begegnete und sich nicht von ihrem zierlichen Äußeren und ihrer schusseligen Art beeindrucken ließ. Das musste der Grund sein, weshalb Linda die Fahrstunden mit ihr so liebte. Barbro war neben Kjell der einzige Mensch, zu dem Linda von sich aus Kontakt suchte.

Barbro blickte auf das Herz der Ausstellung. »Vivian« hieß das Bild. Es zeigte ein verletzliches und verletztes Mädchen in hochgeschlossener Jacke. Nur ein blauer Hemdkragen ragte hervor. Sie hatte sich mit unsicherem Stand auf den Felsen von Långholmen aufgestellt. Im Hintergrund sah man das graue Wasser des Mälaren, das der Herbstwind an den Strand trieb, das flatternde Segel eines scheinbar steuerlos im Hintergrund treibenden Segelboots und eine davonfahrende Fähre voller Menschen. Obwohl Kjell sich stets bemüht hatte, ihr eine ganz und gar unzynische Haltung vorzuleben, war aus ihr eine kleine Meisterin im Zitieren von Klischees geworden. Linda konnte eine am Horizont verschwindende Fähre voll winkender Menschen malen, als hätte es das nie zuvor gegeben. Bei aller Ernsthaftigkeit konnte sie mit den Augen zwinkern wie keine andere. Das schätzte er am meisten an ihr.

Linda hatte lange mit sich gerungen, ob sie dieses Bild ausstellen sollte, ob sie das Mädchen zur Schau stellen durfte. »Bilder sind doch zum Anschauen da«, hatte Vivian dazu gesagt.

»Gefällt es dir?«, wollte Kjell von Barbro wissen.

»Sag mal, ist das eigentlich dein Hemd, das sie da auf dem Bild trägt? Das ist doch das blaue.«

11

Seine Maßlosigkeit war so groß gewesen, hatte alles gesprengt. Maßlos in allem. Seine Zärtlichkeit war maßlos gewesen und seine Grausamkeit. Mit beidem hatte er sie verschlungen.

Der Wunsch, sich von ihm loszulösen, war langsam gewachsen. Losgelöst hatte sie sich nicht, sie hatte getötet. Und ihn für alles verantwortlich gemacht, was schlechter gewesen war als früher. Jetzt erkannte sie ihre Ungerechtigkeit. Jetzt, da Carl ihr schon so fehlte, da sah sie, was er ihr gegeben hatte, jetzt, da all das Schlechte vergolten war. Dieses Gefühl begann, alle anderen Gefühle zu überdecken.

Carl hatte nie gequält. Qual war, einen schattigen Platz in seiner lichten Welt einzunehmen, oder schlimmer, diese Welt zu verlieren. Jetzt war diese Welt verpufft, mit ihrem Schöpfergott verschwunden. Was blieb, war nass und kalt.

Jetzt war sie nur noch Mari.

Viel war das nicht. Sie wusste jetzt, wie wenig das war. Er hatte nicht viel übrig gelassen. Nur seine Überraschung, die hatte ihr gehört. Ihr ganz allein. Nachtschwarz zog der Himmel am Fenster vorbei.

12

Donnerstag, 29. November

Früh am Morgen brach Sofi nach Uppsala auf. Es hatte wieder angefangen zu schneien. Sie summte im Takt der Scheibenwischer, um später redseliger und offener zu sein. Hinter Knävsta sang sie dann laut. Es war ein värmländisches Lied. Das kannte sie von Bengt, dem Knecht, vom Hof ihrer Pflegeeltern. Sie hatte

Jahre gebraucht, um dahinterzukommen, dass sein värmländisches Liedgut aus lauter spontanen Eigenkompositionen bestand. Davor hatte sie gestaunt, dass er zum Namen jeder aktuellen Liebschaft ein Lied, das genau diesen Namen im Refrain enthielt, auf der Pfanne hatte, wie er es nannte.

Sie versuchte sich vorzustellen, was der Tag bringen würde. Sie wollte zuerst noch einmal mit Tivéus sprechen und sich in den Archiven des Instituts umsehen. Für den Mittag war ein Gespräch mit einem Ägyptologen verabredet, dessen Spezialität rätselhafte Inschriften waren. Von diesem Tag erhoffte sie sich Hinweise, die ihr die Entzifferung des Passworts erleichtern könnten.

Das Gespräch mit Tivéus war kurz und beschränkte sich auf Auskünfte, wo Sofi ihren Mantel ablegen konnte und wo etwas in dem Institut zu finden war. Der Professor stellte ihr eine Studentin zur Seite, eine von der Sorte, wie es sie an jedem Institut und in jeder Schulklasse als Klassensprecherin gibt. In Firmen verwalteten diese Leute immer die Kaffeekasse. Sie half Sofi, Bücher im Zettelkatalog und in den Regalen zu finden. Sofi suchte neben Veröffentlichungen von Petersson gezielt nach Personen, die eng mit ihm zusammengearbeitet hatten. Doch das zu rekonstruieren, erwies sich als mühsam und schwer. Von den jetzigen Angehörigen des Instituts hatte keiner Petersson mehr erlebt.

Bei ihrer Ausstellung hatte Linda mitten im Satz aufgehört, von John Osbornes Porträts zu schwärmen, den Satz jedoch an dieser Stelle wieder aufgenommen, als Kjell ihr am Frühstückstisch erzählte, dass er den Maler später besuchen wollte.

»Du darfst aber nichts von meiner Ausstellung verraten«, flehte sie.

Er versprach es.

John Osborne öffnete die Tür und musterte ihn mit zusammengekniffenen Augen. Kjell stellte sich mit Namen und Dienstgrad vor. Osborne sprach leidlich Schwedisch und wollte wissen, was der Unterschied zwischen Kriminal- und Reichskriminalpolizei sei.

»Derselbe wie zwischen County oder State Police und dem FBI«, erklärte Kjell. »Wenn die Reichsmordkommission kommt, ist es immer besonders ernst.«

Osborne nickte.

Die Atmosphäre in dem Dachatelier glich der in Lindas Zimmer. So fühlte er sich nicht fremd. Osborne war für einen berühmten Maler erstaunlich zutraulich, ließ ihn ohne weitere Erklärungen ein und bot ihm einen Platz am Küchentisch an. Außer dem Atelier gab es nur die Küche und zwei weitere Zimmer. Durch die offene Tür sah man in einem der Zimmer ein ungemachtes Bett mit hellblauem Laken.

Die lange Wand des Ateliers war über eine Höhe von zwei Metern auf ganzer Länge verglast. Die Fensterfront maß mindestens sieben Meter in der Breite und war wie die Dächer all der anderen Häuser in diesem architektonisch so monotonen Stadtteil leicht geneigt.

»Schlechtes Licht.« Osborne deutete zur Fensterfront und verfolgte Kjells Blick. Er erzählte, dass hier jemand einige Jahre zuvor die Dachschräge durch eine Fensterfront ersetzt habe, um eine Kombination aus Wintergarten und Gewächshaus zu schaffen.

Die Fassade des Hauses blickte nach Südwesten, also schien die Abendsonne ins Atelier. An der Decke verliefen mehrere Reihen mit Neonröhren. Dieses gnadenlose Licht fand man auch auf Osbornes Bildern. Kjell bedauerte nun ein wenig, dass Linda immer über ihre Malerei schwieg, es lag nicht in ihrer Natur, anderen damit in den Ohren zu liegen. In Osbornes Bildern entdeckte er eine gewisse Ähnlichkeit zu ihren Bildern, die er nicht in Worte fassen konnte. Dazu kannte er sich zu wenig aus. Die Gemeinsamkeit lag vor allem darin, dass es konkrete Bilder waren, meist Porträts. Kjell wusste so viel, dass der Unterschied zwischen konkret und abstrakt viel komplexer war, als er sich das als Malerinnenvater so vorstellte. Osborne und Linda unterschieden sich von anderen lebenden Künstlern darin, dass ihre Bilder sehr sorgfältig gearbeitet waren. Ihnen fehlte die handwerkliche Grobheit, die anderen Malern und Betrachtern zurzeit als Tugend galt. Bisher hatte er geglaubt, dass das bei Linda an ihrem Alter lag, nun aber sah er es mit anderen Augen. Barbro hatte ihm gestern ein Dossier mit Artikeln aus amerikanischen Zeitungen und Fachmagazinen zusammengestellt. Obwohl Osbornes Durchbruch Jahre zurücklag, galt er in der Kunstszene von New York seither offenbar als seiner Zeit voraus.

Osborne bot Kjell Kaffee an, der bereits fertig war. Er hatte gerade beim Frühstück gesessen. Kjell schätzte den Mann auf Ende dreißig bis Anfang vierzig. Er wirkte ruhig, sein Gesicht hatte filigrane, aber nicht unmännliche Züge.

Kjell erklärte ihm, dass die Polizei wegen des Mordes die Nachbarn befragen müsse, und das könne auch mehrmals nötig sein. Er erwähnte auch, was er von Ida wusste. So brauchte Osborne gar nicht erst abzustreiten, Petersson gekannt zu haben.

»Ja, Ida«, seufzte Osborne. »She's smart as hell.«

Die Küche war nur eine Nische unter der Dachschräge und hatte keine Trennwand zum Atelier, sondern nur eine hüfthohe Theke. So konnte man von hier aus auf die Leinwände blicken. Darauf waren ausschließlich Frauen zu sehen.

»Hast du Ida auch gemalt?«, fragte Kjell arglos.

»Like that?«, fragte Osborne.

»Like that« bedeutete in diesem Zusammenhang »nackt wie im Paradies«.

»She would never agree!«

Kjell atmete auf.

»Ich habe Skizzen von ihr. Das war vor einem Monat. Ich habe sie unten besucht in der Nacht und sie beim Arbeiten gezeichnet.«

Osborne stand auf und ging hinüber ins Atelier. Er kehrte mit einigen Bögen zurück und legte sie vor Kjell auf den Tisch. Kjell kam es so vor, als hätte er das schon einmal erlebt. Beim Betrachten der Skizzen ließ er sich seine Begeisterung nicht anmerken. Es erstaunte ihn, dass dieser Mann etwas an Ida erkannt hatte, von dem Kjell sicher gewesen war, dass nur er es je bemerkt hatte. Das war ganz schön ärgerlich.

»I called them Nightly Scholarship.« Osborne fixierte ihn mit den Augen. »Sie hat ein Problem mit ihrem Körper.«

Kjell schmunzelte. Osborne beobachtete Kjells Reaktion genau, deshalb wechselte Kjell rasch das Thema. »Warum bist du eigentlich in Schweden?«

»Es gibt viele Gründe. Aber der eigentliche Vorteil ist, dass ich dann nicht in Manhattan bin.«

»Wie gut kanntest du Carl Petersson?«

Osborne runzelte die Stirn, als ob er das gar nicht so genau einschätzen könnte.

»Eines Tages hat er geklingelt. Später kam er immer wieder mal vorbei und brachte Fotos mit, zu denen er meine Meinung hören wollte. Es waren altägyptische Stuckmalereien. *Funeral*, wie sagt man?«

»Grabmalerei?«

Osborne nickte. »And coffins.«

Das passte zu der Datei mit der Abhandlung über einen altägyptischen Sarg, die sie auf Peterssons Computer gefunden hatten.

»Wieso kam er damit zu dir?«

»Das habe ich mich auch gefragt. Es ging um Materialfragen. Ich bin ja auch Bildhauer und habe früher sehr viel mit Materialien experimentiert. Diese Särge sind aus Holz und müssen stuckiert werden, damit man sie bemalen kann. Ich konnte ihm aber nicht helfen.«

»Wieso kam er dann wieder?«

»Er war sehr versiert in der antiken Kunst. Soweit ich weiß, war er Archäologe. Wir hatten eine Reihe von Gesprächen über Fragen zur Perspektive und Proportion. Und da ist die ägyptische Kunst sehr interessant, vor allem für meine aktuelle Arbeit.«

Er zeigte auf eines der Bilder.

Wahrscheinlich hatte Petersson die Gespräche genossen, in denen er mit seinesgleichen über Kunst sprechen konnte.

»Du untersuchst das Verhältnis zwischen Gestalt und Umraum.«

Osborne ließ den ausgestreckten Arm sinken und sah ihn erstaunt an. »Ja.«

In Gedanken sandte er ein Dankeschön an Linda, die ihm beim Frühstück beigebracht hatte, was er zu sagen hatte. »Wann hast du ihn zum letzten Mal gesehen?«

»In der letzten Woche nicht. Davor war ich in New York. Es muss vier Wochen her sein.«

»Ihr seid euch auch nicht im Treppenhaus begegnet?«

Osborne schüttelte den Kopf.

»Was war Petersson für ein Mensch?«

»Einer, der sich mit allem auskennt. Er hatte Geschmack, war stets gut gekleidet. Ein fruchtbarer Gesprächspartner für alle Themen. Deshalb habe ich mich gern mit ihm unterhalten.«

»Und das Mädchen?«

Osborne schüttelte nur den Kopf und betrachtete sein Bild. »Du kennst dich aus mit Kunst.«

»Nein. Aber meine Tochter. Sie malt.«

»Wie oft?«, fragte er, zunächst ohne Interesse.

Die Frage erstaunte Kjell. Hätte er nicht lieber fragen müssen, wie gut sie malte? »Tag und Nacht.«

Osbornes Interesse wuchs. »Seit wann malt sie?«

»Seit elf Jahren. Sie war ganz aufgeregt, als ich deinen Namen erwähnte. Ida war es, die sie entdeckt hat.«

Auf Osbornes Gesicht machte sich ein abschätzendes Lächeln breit. »Schick sie vorbei«, sagte er. »Sie kann sich die Bilder ansehen.«

Barbro fluchte. Der Morgen begann ernüchternd. Der DNA-Vergleich hatte ergeben, dass die beiden Marias die Wohnung von Petersson nie betreten hatten. Zum Glück hatte Barbro keine Zeit damit verschwendet, die Frauen ausgiebig zu befragen. Sie rief die beiden an, teilte ihnen mit, dass man sich geirrt habe, und entschuldigte sich für die Störung. Danach wies sie das Labor an, die Proben zu vernichten.

Nun musste sie überlegen, warum die Suche ergebnislos gewesen war. Sie schlug in der Datenbank nach, wie viele Marias es in Stockholm überhaupt gab. Doch so weit kam sie gar nicht, denn Akazienmädchen antwortete mit einer Rückfrage: Sie sollte die Schreibung des Namens präzisieren. Es gab diesen Vornamen in neun verschiedenen Schreibungen und Variationen. Barbro rief Sofi an und erklärte ihr, welchen Fehler sie begangen hatten.

»Ich habe nicht aufgepasst«, entschuldigte sich Sofi. »Mein Kopf war so voll. Das Programm findest du auf meinem Rechner. Im Namensfeld gibst du *M-Sternchen-R-Sternchen* ein und führst die Suche noch einmal durch.«

Die neue Suche ergab neben zahlreichem Ausschuss wie Marta, Martin, Maren und Margareta zwei weitere Treffer, eine Mari Svahn und eine Marija Spinoza. Barbro ermittelte die Adressen und brach sofort auf. Die Italienerin war ihre erste Station.

Ihre Wohnung lag im ersten Stock über einem Feinkostgeschäft in Huddinge. Weil das Geschäft ebenfalls Spinoza hieß, ging sie hinein und fragte nach Marija.

Sie war jung und rund und braun wie die Rumkugeln in der Auslage. Barbro fragte, weshalb Marija sich mit einem Jot schreibe, und Marija antwortete in akzentfreiem Schwedisch, dass ihre Mutter Kroatin sei. Der Vater war Italiener und vor zwei Monaten an Prostatakrebs gestorben. Barbro erklärte, dass sie eine Speichelprobe nehmen wolle, da die Polizei in einer Rasterfahndung alle Marias überprüfen müsse, deren Väter vor kurzem an einer Krankheit verstorben waren.

Das Problem war, dass die Maria auf dem Phantombild im Vergleich zu Marija Spinoza dünn wie ein Minzblättchen aussah und ihre Haare um einen knappen Meter kürzer trug. Deshalb beeilte sich Barbro, nach Nacka zu Mari Svahn zu kommen. Sie wohnte in einem freistehenden Haus. Niemand öffnete. Barbro ging um das Gebäude herum und spähte durch die Fenster. Das Haus hatte eine riesige Grundfläche. Das erinnerte sie an Carl Peterssons Wohnung. Auch hier waren die Zimmer aneinandergereiht wie an einer Kette. Der zweite Stock war kleiner, einen Teil der Fläche bildete eine geräumige Terrasse.

Intuitiv wusste sie, dass sie hier richtig war. Die Schreibung des Namens und die Tatsache, dass sie hier niemanden vorfand, fügten sich gut, auch wenn Kjell gerne betonte, dass sich nichts so gut füge wie das Irrsal. Am Haus waren die Rolladen heruntergelassen, und der Briefkasten quoll über. Barbros Intuition wuchs und wuchs.

Sie klingelte beim Nachbarhaus. Eine Frau öffnete und bat Barbro nach wenigen Worten herein. Sie reichte Barbro nicht einmal bis zur Brust.

»Ich kenne Marichen schon seit acht Jahren«, erzählte Frau Vennergren. »Ihre Mutter ist vor fünf Jahren gestorben und vor kurzem auch der Vater.« Frau Vennergren beschrieb ihn als netten und zurückhaltenden Mann. Er erkrankte schon kurz nach dem Tod seiner Frau an Lymphdrüsenkrebs, der sich über Jahre hingezogen hatte. Gustav Svahn war Betriebswirt bei

Electrolux gewesen, bevor er vor drei Jahren krankgeschrieben worden war.

Barbro zeigte Frau Vennergren das Phantombild.

»Das ist sie.«

»Wann hast du sie zum letzten Mal gesehen?«

»Auf der Beerdigung. Vor sieben Wochen. Sie war wohl auch ein wenig froh. Das kann man ja verstehen. Im Grunde hat sie ihr halbes Leben mit einem todkranken Elternteil verbracht. Die finanzielle Belastung – das kannst du dir gar nicht vorstellen! Sie haben das Haus, das ist noch lange nicht abbezahlt. Es ist auch viel zu groß für die beiden. Sie hätten es viel früher verkaufen sollen. Gustav lag doch die letzten Jahre im Krankenhaus.«

»Hat Mari denn hier gewohnt?«

»Seit der Beerdigung habe ich sie kaum noch gesehen. Damals hat sie mir verraten, dass die Bank dabei ist, das Haus zu verkaufen. Aber eigentlich wohnt sie noch hier.«

»Was hat Mari denn gemacht? Wo hat sie gearbeitet?«

»Sie hat studiert. Aber ich habe vergessen, was es war. Biologie glaube ich, oder Psychologie. Nein, es hatte mit Knochen zu tun.«

»Hier in Stockholm?«

»Ja. Sie konnte ja nicht anderswo studieren. Wegen Gustav. Ein Wunder, dass sie das Studium geschafft hat.«

Zwei Stunden später drang die Polizei in das Haus ein. Es wirkte innen noch verlassener als von außen. Alle Zimmer waren aufgeräumt und sauber, und nur eine dünne Staubschicht bedeckte die Möbel. Die Kriminaltechniker schlossen daraus, dass sich seit dem letzten Hausputz niemand für längere Zeit hier aufgehalten hatte. Barbro öffnete den Kühlschrank. Innen blieb es dunkel.

Die Räume im Erdgeschoss ordnete sie dem Vater zu, die

beiden Zimmer in der ersten Etage seiner Tochter. Oben befand sich auch ein eigenes Bad, das ohne Zweifel wie die beiden anderen Zimmer von einer Frau benutzt wurde. Per holte sich seine DNA-Proben aus einer Haarbürste.

Barbro begutachtete die beiden Zimmer. Das Bett war bezogen und auch benutzt. Aus dem Bücherregal konnte man Mari Svahns seelische und äußerliche Entwicklung in den letzten zehn Jahren ablesen, beginnend bei den Pferderomanen der frühen Mari bis hin zu wissenschaftlicher Literatur der späten Jahre. Die Titel passten zu der Vermutung der Nachbarin, dass Mari Biologie oder etwas Verwandtes studiert hatte. In einem kleinen, nur hüfthohen Regal neben dem Schreibtisch fand Barbro Ordner. Darin befanden sich die Aufzeichnungen aus ihrem Studium. Interessant war dabei vor allem, dass die Handschrift von Mari nicht die zweite Handschrift sein konnte, die man in Peterssons Wohnung gefunden hatte.

Als Barbro das Haus verließ, waren Per und sein Kollege Lasse bereits zurückgefahren. Sie kramte eine Weile im Kofferraum und fand schließlich elektronische Siegel für Maris Zimmer und die Haustür.

13

Die pathologische Untersuchung von Carl Petersson bestätigte, dass der Brieföffner aus der Spülmaschine schon einmal in seinem Rücken gesteckt hatte. Das Drama bestand also aus mehreren Akten. Hans konnte das hinter dem Befund stehende Szenario aber noch nicht rekonstruieren.

»Die Klinge wurde erst hineingestochen, jedoch nur vier Zentimeter tief«, erklärte er Kjell. »Der Schaden war immens. Der Stoß wurde dadurch gebremst, dass die Spitze auf Knorpelsubstanz der Wirbelsäule traf und sich zwischen zwei Wirbeln verkeilte. An sich schon schmerzhaft, und der Stoß hat dem Nervensystem argen Schaden zugefügt. Ich gehe davon aus, dass Petersson von der Einstichstelle abwärts gelähmt war. Vielleicht sogar bis zum Hals.«

»Wie schmerzhaft ist das?«

»Die Lähmung war sein Glück, sonst hätte man seine Schreie noch in Göteborg gehört. Der Stoß an sich war nicht sehr kräftig.«

»Das war jetzt der erste Teil?«

Hans nickte. »Insgesamt ist die Wunde achtzehn Zentimeter tief, so tief wie die Klinge. Sie wurde erst bewegt und dann mit einem viel kräftigeren Stoß wieder hineingerammt. Dadurch ist er gestorben. Und zwar sofort.«

»Wäre er sonst nicht gestorben?«

»Das wäre er auf jeden Fall, aber erst später. Noch später wäre er dann an einem Herzinfarkt gestorben.«

Kjell kratzte sich am Kopf.

»Wir haben ein junges Mädchen in Verdacht. Kann sie ihm den Stoß versetzt haben?«

»Dazu kann ich dir nicht viel sagen. Ein schwaches Mädchen hätte den ersten Stoß ausführen können. Dass die Spitze in die Wirbelsäule vorgedrungen ist, lag weniger an der ausgeübten Kraft als vielmehr an der gebeugten Haltung beim Sitzen.«

»Und der zweite Stoß?«

»Der ist gar nicht so interessant. Um die Spitze überhaupt aus den Wirbeln lösen zu können, muss man kräftig und entschlossen sein. Der zweite Stoß verfehlte die Wirbelsäule knapp und hat gar nicht so viel Kraft erfordert. Er durchbohrte die Lunge.«

Am Mittag traf sich Sofi mit dem Ägyptologen Sven Flemming. Er arbeitete in einem anderen Institut, das aber ganz in der

Nähe lag. Gestern hatte ihr Jan Nyberg empfohlen, mit seinem Kollegen zu sprechen, wenn sie in Uppsala war.

Flemming stellte sich in jeder Hinsicht als interessant heraus. Er war höchstens dreißig, und Sofi konnte sich gar nicht vorstellen, wie er es geschafft hatte, in seinem kurzen Leben in dem kleinen Büro solch eine Unordnung anzurichten. Für Sofi begann jeder Bürotag mit dem blauen Lappen. Damit wischte sie zuerst ihren Schreibtisch ab, bevor sie beginnen konnte. Meist war sie die Erste, und dann wischte sie auch Kjells Tischplatte ab, vor allem aus Freundschaft, aber auch, damit nichts herüberwehen konnte. Der Ägyptologe Sven Flemming konnte seinen Schreibtisch gar nicht abwischen, beim besten Willen war das unmöglich. Dazu hätte er ihn erst abräumen müssen, doch es gab keinen Ort, wohin er all die Stapel aus Papier hätte räumen können. Das Büro hatte ein Fenster, das bis zu der hohen Decke reichte.

Flemming befasste sich mit besonders kryptischen Texten, solchen, die mit Absicht schwer lesbar niedergeschrieben worden waren. Dies war nach seiner Erklärung für die Ägypter untypisch.

»Laien glauben das zwar«, erklärte er, während er nach einem Ort für Sofis Mantel suchte und ihn dann über einen hohen Stapel Bücher warf. »Dass es sich um eine Geheimschrift handelt. Aber das Gegenteil ist wahr. Erst ganz spät, wenn man schon gar nicht mehr richtig vom alten Ägypten sprechen kann, also zur Zeit der Griechen und Römer, hat es sich so entwickelt. Vor zweihundert Jahren kannte man vor allem Schriftzeugnisse aus dieser Zeit, und so ist unsere moderne Vorstellung über die rätselhaften Ägypter entstanden.«

Flemming begutachtete das Zeichengitter, entdeckte darin jedoch nichts, was ihm bekannt vorkam. Er bat Sofi, sich den Nachmittag über damit beschäftigen zu dürfen.

»Sollen wir heute Abend essen gehen?«, fragte er. »Dann kann ich dir erzählen, was ich herausgefunden habe.«

Sofi sah ihn an. Ihre Antwort ließ einen Moment auf sich warten, denn in der Frage hatte noch etwas anderes mitgeschwungen. Sie nickte, aber sagen wollte sie nichts.

Sie verabredeten sich für acht Uhr in einem Lokal in der Innenstadt. Man konnte eigentlich nicht mehr von »Mitschwingen« reden, fand sie, als sie mit dem Mantel unter dem Arm durch die Gänge lief und nach einem Ausgang suchte.

Sofi kehrte zu Peterssons ehemaligem Institut zurück. Inzwischen hatte die Hilfskraft eine Reihe von wissenschaftlichen Arbeiten herausgesucht. Darunter waren mehrere von einer gewissen Kajsa Björklund. Sofi ging die Personalliste des Instituts durch und entdeckte, dass Kajsa Björklund nach ihrer Studienzeit noch ein Jahr lang am Institut gearbeitet hatte. Dann war ihr Vertrag fristgemäß ausgelaufen. Ein Jahr vor Peterssons Rücktritt hatte sie ihr Studium bei ihm abgeschlossen. Kurz nachdem Petersson die Universität verlassen hatte, war auch sie weggegangen. Vier Jahre zuvor hatte es eine andere Assistentin und vor dieser noch eine weitere gegeben. Und die war anscheinend die allererste gewesen. Sie alle hatten nach dem Studium eine auf zwei Jahre befristete Assistenstelle gehabt.

»Ich kenne die früheren Assistenten nicht mehr«, bemerkte Tivéus zu Kajsa Björklund und den anderen Namen. »Sie haben damals eine Reihe von Artikeln verfasst. Es wird wohl so gewesen sein, dass sie die Arbeit gemacht haben, dann aber Peterssons Name über dem Artikel stand. Das kommt oft vor.«

»Aber dann taucht sie genauso ab wie Petersson.«

»Das ist normal. Nach der Assistentenzeit wechseln sie oft die Universität, aber manche bleiben auch und erwerben hier einen höheren Abschluss.«

»Aber die Namen der ersten Assistentinnen gibt es später auch noch. Sie haben weiterhin Artikel veröffentlicht. Nur Kajsa

Björklund scheint mit Ende ihres Vertrages wie vom Erdboden verschluckt zu sein.«

»Was ja bei einem Archäologen kein schlechtes Zeichen sein muss!« Tivéus lachte über sich selbst. »Nicht jeder Student wird später Wissenschaftler. Normalerweise gründen sie eine Familie, nehmen einen Beruf an oder sind Hausfrauen oder -männer. In ihrem Fall ist das schade, weil die Artikel von damals sehr gelungen sind.«

»Wenn sie noch als Orientalistin arbeiten würde, wüsstest du davon, oder?«

»Nicht unbedingt. Sie kann ein anderes Fachgebiet haben. Ich jedenfalls habe ein schlechtes Namens- und Hochzeitstagsgedächtnis. Aber dass sie in den Publikationskatalogen nicht mehr auftaucht, kann man schon als sicheres Zeichen sehen. Zehn Jahre sind eine lange Zeit, wenn man nichts veröffentlicht, vor allem bei Anfängern.«

Sofi dachte über Kajsa Björklund nach. Bei der Entzifferung des Passwortes konnte sie ihr wohl nicht helfen, denn Kajsas Artikel beschäftigten sich mit Mesopotamien. Soweit Sofi das beurteilen konnte, hatte sich Kajsa nie mit ägyptischen Hieroglyphen beschäftigt. Aber kaum ein anderer Mensch dürfte über Peterssons Denkweise so gut Bescheid wissen wie sie. Sie war seine letzte Assistentin gewesen, und zwar zu der Zeit, als er zurücktrat. Sie musste alles mitbekommen haben.

Sofi suchte im Personenregister nach Kajsas aktueller Adresse. Ihre Befürchtung, dass Kajsa inzwischen gestorben sein konnte, bewahrheitete sich zum Glück nicht. Sie wohnte nun an der Küste in der Nähe von Norrtälje. Tivéus hatte Recht. Kajsa hatte geheiratet und zwei Kinder zur Welt gebracht, die jetzt vier und acht Jahre alt waren.

Kurzerhand setzte sich Sofi ins Auto und fuhr die achtzig Kilometer zur Küste. Hinter Norrtälje wurde die Fahrt beschwerlich. Für die fünfzehn Kilometer ins winzige Södersvik brauchte sie eine halbe Stunde. Die Verbindungsstraße führte am Ufer entlang. Der Meereswind trieb Schneewehen über die vereiste Fahrbahn. Einmal musste sie anhalten und aussteigen, weil sie durch die Scheibe den Rand der Straße nicht mehr erkennen konnte.

Sofi hatte ihren Besuch telefonisch angekündigt. Kajsa war zu Hause und erklärte sich einverstanden, mit Sofi zu sprechen, aber ihre Stimme klang reserviert.

Dann saß Sofi mit feuchten Haarspitzen auf einer schokoladenbraunen Eckcouch. Die Sitzfläche war so riesig, dass schon der Anblick müde machte. Wenn sie sich anlehnte, pendelten ihre Füße in der Luft. Sofi hatte ihre gesamte Säuglingszeit Anfang der Achzigerjahre auf ebenso einer Couch – wie man Sofas damals nannte – verbracht. Sie konnte auch nicht ausschließen, dass es sich um genau diese handelte. Die beiden Seiten der Couch waren je drei Meter lang. Übers Eck saßen Kajsa und ihr Mann Lasse. Er war Lehrer und hatte heute seinen freien Nachmittag. Kajsa war jetzt siebenunddreißig und trug ihr dickes dunkelblondes Haar zu einem Zopf zusammengebunden. Sofi fand sie sinnlich. Ihr Mann war ein vom Küstenwind gegerbtes Muttersöhnchen. Sein struppiger Mehrtagebart erinnerte Sofi an die Schale einer Kokosnuss. Im Supermarkt streichelte sie manchmal die Kokosnüsse und die Kiwis. Diesen Eindruck riefen aber vielleicht auch die Kokosmakronen hervor, die es zum Pfefferminztee gab.

Sie sprachen über Kajsas Jahre als Wissenschaftlerin, die sie nun nicht mehr war. Sofi bekam dabei den Eindruck, dass Kajsa ihrem Mann eine bestimmte Version dieser Jahre serviert hatte. Kennengelernt hatte sie Lasse bereits in dem Jahr, bevor sie die Universität verließ. Wie alle, die akademisch mit Petersson zu tun gehabt hatten, reagierte Kajsa reserviert auf die Nachricht seines Todes. Sofi gab vor, besonders an der wissenschaftlichen Arbeit interessiert zu sein, aber der Name Carl Petersson beraubte Kajsas Gesten ihrer Neutralität, und das sogar recht auffällig. Das persönliche Verhältnis dieser beiden Menschen musste noch viel interessanter sein als ihre wissenschaftliche Zusammenarbeit.

Nach zwei Tassen Pfefferminztee wandte sich Sofi daher an Lasse: »Ich benötige Kajsas wissenschaftliches Urteil zu einem Dokument, das der höchsten Geheimhaltungsstufe der Reichskriminalpolizei unterliegt. Ich muss dich also bitten, uns unter vier Augen miteinander sprechen zu lassen. Sie darf dir auch danach nichts über dieses Gespräch berichten.«

Lasses Gesichtsausdruck verriet, wie stolz er auf seine Frau war. Kajsa wirkte deutlich erleichtert, nachdem er das Zimmer verlassen hatte.

»Wir haben ein ganz spezielles Problem bei unserer Ermittlung«, begann Sofi. »Wir müssen entscheiden, ob wir das Motiv für seine Ermordung im persönlichen oder im wissenschaftlichen Bereich suchen müssen. Ich brauche von dir nur eine Hilfestellung, damit wir uns Petersson besser vorstellen können. Du musst nicht befürchten, dass etwas davon anderen zu Ohren kommen wird.«

Damit meinte sie die beiden Ohren von Lasse, und Kajsa verstand das auch auf Anhieb. Sie nickte.

Aus Verlegenheit schnappte sich Sofi noch ein Plätzchen vom Teller. »Wie war euer persönliches Verhältnis?«, fragte sie und steckte sich das Plätzchen schnell in den Mund.

Kajsa beugte sich vor zu Sofi. »Wenn du schon so fragst. Wir waren zusammen.«

»Bis zum Schluss?«, fragte Sofi kauend.

»Carl und Lasse überschnitten sich um sieben Monate. Lasse ist nicht dumm, weißt du.«

Sofi schluckte das Plätzchen hinunter und sah Kajsa voller Bewunderung an.

»Es war nicht möglich, sich von Carl zu lösen. Damit wäre meine Zeit als Assistentin auch zu Ende gewesen. Nur weil er zurücktrat, bin ich von ihm losgekommen.«

»Aber dann hättest du doch an der Universität bleiben können.«

Kajsa schüttelte vertraulich den Kopf wie beim Schmierestehen. »Mein Zeitvertrag lief aus. Carl kam nicht mehr dazu, ihn zu verlängern.«

»Und diese Sache mit den Fälschungen? Hattest du damit zu tun?«

»Lieber Himmel! Das war lange vor meiner Zeit. Es ist nur in dieser Zeit herausgekommen.«

»Und? War er es nun, der die Sachen gefälscht hat?«

»Nein«, sagte sie langgezogen. »Die Tonscherben stammen zwar aus dem Gebiet, wo er gegraben hat. Das liegt in Oberägypten.« Sie lachte auf. »Aber die meisten stammen doch von dort! Und es war ja nicht so, dass Carl dort mutterseelenallein mit einem Spaten herumspaziert ist. Über fünfzig Personen waren in der Gruppe, die einheimischen Hilfsarbeiter gar nicht mitgezählt. Weil er die Grabungskampagne geleitet hatte, blieb es an ihm hängen. Die Fälschungen hätte jeder machen können.«

Sofis Kugelschreiber flog über das Papier. Sie hielt alles in Stichpunkten fest. »Aber dann kam ja wohl hinzu, dass er sehr viel über diese Scherben geschrieben hat.«

»Das musste er ja wohl! Er hat über alles geschrieben, was aus diesem Areal kommt. Ist doch normal, dass er besonders die Quellen berücksichtigte, die aus seinem Grabungsareal zu stammen schienen. Und dort ist das Plündern von Funden gang und gäbe.«

Sofi kratzte sich mit dem Stift an der Schläfe. Kajsa sprach, als wäre jede andere Möglichkeit abwegig. Sie war ganz schön auf seiner Seite. »Aber auch das Fälschen?«

»Na sicher.«

Sofi sah ein, dass sie so nicht weiterkam. Was Kajsa da sagte, klang auch sehr glaubhaft. Sie ärgerte sich, dass sie am Anfang immer alles so überzeugend fand. Wenn die Leute ihr etwas weismachen wollten, dann konnten sie das. Es war besser, später in Ruhe darüber nachzudenken. »Warum warst du mit Carl zusammen? Und wie war das?«

Kajsa lachte auf. »Für Carl war die Welt seine Welt. Wenn man in seiner Nähe lebte, konnte man nicht anders, als ein Bestandteil seiner Welt zu sein. Es war spannend, Carl hatte so viel zu bieten. Er war in allem herausragend. Wenn er sein Arbeitszimmer verließ, konnte er sich einen Smoking anziehen und der perfekte Gesellschafter sein. All diese Stärken sind auch der Grund, weshalb er auf allen Hochzeiten tanzte.«

»War er als Wissenschaftler seriös?«

»Seine Kenntnisse waren enorm. Ich kann nicht sagen, dass er bei seiner wissenschaftlichen Arbeit je gemogelt hätte. Er verfügte eben auch über ein sensationelles Gespür dafür, mit welchen Themen man herausragen konnte. Wenn du mich fragst, war der Grund für die Anschuldigungen vor allem Neid.«

Am späten Nachmittag rief Sofi die Kollegen im Büro an. Barbro saß in der Ecke von Kjells Büro in seinem Sessel. Das war ein Platz, den sie an ereignisloseren Tagen ohne Abschlussbesprechung gerne von fünf Uhr an für eine halbe Stunde einnahm. Von dort hörte sie nun über den Lautsprecher mit, wie Sofi Kjell die Ergebnisse ihres Besuchs in Uppsala und Norrtälje berichtete. »Die Ergebnisse vom Ägyptologen erfahre ich erst am Abend«, berichtete Sofi. »Flemming hat mich zum Essen eingeladen.«

Barbro hielt sich die Hand vor den Mund und rang um Fassung. Auch Kjell wusste nicht, wie er diese Nachricht in sein Bild von Sofi einordnen sollte. Sollte dies das erste Lebenszeichen von Sofis Liebesleben sein? Die nächste halbe Stunde verging damit, dass sie sich über Sofis Rendezvous den Kopf zerbrachen und Szenarien entwickelten.

»Irgendwann muss das Mädchen doch auch mal essen«, sagte Henning, den solche Themen nervten.

»It's heaven if you find romance on your menu«, sang Barbro. Sie war Mezzosopran.

Sofis Liebesleben war noch einen Tick geheimnisvoller als der Diskos von Phaistos und drehte sich auf sehr ähnliche Weise im Kreis. Als sie vor acht Monaten bei der Gruppe begonnen hatte, war sie unzweifelhaft ein bisschen in Kjell verliebt gewesen. Das hatte er durchaus bemerkt, wenn auch mit der für Männer üblichen Verspätung von zwei bis sechs Monaten. So ging es bis zum Sommer. Kjell konnte natürlich nicht eine junge Frau in die führende Ermittlungsgruppe der RKP befördern, obwohl sie dafür um zehn bis zwanzig Jahre zu jung war, und dann auch noch ein Verhältnis mit ihr beginnen. Zwar war Ida vor zehn Jahren auch erst zweiundzwanzig gewesen, aber sie war weder seine Untergebene gewesen noch hatte er sich dagegen wehren können.

Bis vor drei Monaten hatte die Meinung geherrscht, dass Sofi durchaus an Männern interessiert sei, aber zu schüchtern und vielleicht sogar ein wenig verklemmt. Dann war Maja auf den Plan getreten. Sofi und Maja hatten sich erst im Sommer kennengelernt. Seit dem Herbst gingen die vier oft nach der Arbeit in Majas Bar, die sie zusammen mit zwei Männern betrieb und wo jetzt auch Lindas Bilder hingen. Jedes Mal, wenn sie dort waren, hatte Maja einen anderen Partner. Als dann herauskam, dass jeder zweite Partner von Maja eine Frau war, spaltete sich Barbro in ihrer Meinung von Kjell ab und gründete eine eigene Denkschule. Seither vertrat sie die Ansicht, dass Sofi ihrer Freundin nicht unähnlich war, nur ohne Gelegenheit.

14

Inspektorin Snæfríður Jómundardóttir stürzte den langen Gang im sechsten Stock des Vordergebäudes entlang. Keuchend steckte sie ihre Magnetkarte in den Leser an der Glastür, hinter der die Räume der Cederström-Gruppe lagen. Sechs Uhr vier! Vier Minuten zu spät. Als sie dann die Tür zum Besprechungsraum aufstieß, bekam sie, was sie befürchtet hatte. Drei schwedische Augenpaare blickten sie betreten an, aber niemand sagte etwas. Vier Minuten zu spät, in Schweden eine Ewigkeit. Nur vier Minuten zu früh war schlimmer. Die Schweden rückten sich auf den Stühlen zurecht und räusperten sich unmerklich.

Sie bat um Verzeihung und betonte das Wort absichtlich falsch auf der ersten Silbe, um den Isländerbonus auszukosten. Die Schweden und ihre verdammten Besprechungen.

»Wir haben Mari Svahns Telefon in ihrem Zimmer gefunden«, begann Barbro. »Wir brauchen den DNA-Vergleich nicht mehr abzuwarten. Mari Svahn hat Petersson gekannt, sie haben regelmäßig miteinander telefoniert. Seit dem Tod des Vaters hat sie das Telefon jedoch nicht mehr benutzt. Auch sonst finden wir einige schriftliche Hinweise auf ihn in dem Haus, aber über das Verhältnis der beiden zueinander geben sie keine Auskunft.«

»Wir müssen sie bald finden«, meinte Kjell. »Sie war wohl der Mensch, der Petersson am nächsten stand. Deshalb ist es vernünftig anzunehmen, dass sie als Täterin in Frage kommt. In jedem Fall brauchen wir sie. Falls sie wirklich die Täterin ist, hat sie fast drei Tage Vorsprung, genug Zeit, um einmal um die Welt zu reisen.« Kjell blickte auffordernd zu Snæfríður.

»Ihr Bankkonto ist stark belastet«, berichtete sie. »Wenn ihr keine anderen Geldquellen zur Verfügung standen, wird sie nicht weit gekommen sein. Das Haus ist erst zur Hälfte abbezahlt. Der Vater wurde vor drei Jahren arbeitsunfähig, aber bereits damals war die Finanzierung so gut wie geplatzt. Immer wieder sind jedoch größere Geldbeträge auf das Konto einbezahlt worden, und immer in bar.«

Kjell strich sich übers Kinn. »Ich frage mich, wie sie das am Jahresende dem Finanzamt verkaufen wollte. Wir können zum Spaß einmal annehmen, dass das Geld von Petersson stammt.«

»Das ist sogar sehr wahrscheinlich«, glaubte Snæfríður. »Mari Svahn ist dreiundzwanzig, aber wir haben keinerlei Verbindungen zu anderen Menschen entdeckt. Außer zu *Kartl Pjätürrrssson.*« Obwohl Snæfríður mit gutem Schwedisch glänzen konnte, sprach sie Namen immer noch oft isländisch aus, vor allem, wenn sie gehetzt war. »Das Geld stammt aber nicht von seinem Bankkonto. Es gibt keine Abhebungen, die sich im Betrag irgendwie mit den Einzahlungen deckten. Und *Pjätürrrssson* hat Mari auch nicht als Angestellte deklariert. Seit ihrem Studienabschluss vor einem Jahr bezieht sie kein offizielles Einkommen.«

»Warum überhaupt der Umweg über das Bargeld?«, fragte Henning. »Egal ob von Petersson oder nicht, das Geld ist nicht legal, wenn ihr mich fragt.«

»Mari Svahn hat nach dem Tod ihres Vaters die Bank gebeten, das Haus zu übernehmen. Die Bank sagt, das sei mit großen Verlusten verbunden, aber auf die Dauer ohnehin nicht zu vermeiden. Was soll sie auch mit dem Riesenklotz? Sie hat in der Vergangenheit große Summen in das Haus und die medizinische Versorgung ihres Vaters gesteckt. Dennoch erbt sie jetzt einen Berg von Schulden.«

»In Schweden kann man Schulden nicht erben«, erklärte ihr Henning.

»Es gibt immer Schulden zu erben, mein Guter. Das Geld muss sie über ihren eigenen Namen beschafft haben.«

Henning lachte ernst auf und schüttelte den Kopf. Das bedeutete, dass er besorgt war. »Wenn ihr mich fragt, ist das das Mordmotiv. Der Vater ist tot, sie lässt alles stehen und liegen, holt sich das Geld für ein neues Leben von Petersson und legt sich am Mittelmeer an den Strand.«

»Wie sieht es mit dem Erbe aus?«, fragte Kjell.

Henning und Snæfríður schüttelten den Kopf.

»Petersson hat sich wohl nicht darum gekümmert«, glaubte Henning. »Jedenfalls hat er kein offizielles Testament hinterlegt. Vielleicht untermauert das unsere Vermutung. Mari kann ja gewusst haben, dass es kein Testament gibt, das sie begünstigt.«

Die Klingel ertönte, und Linda Cederström stürmte zur Tür. Barbro trug ein grünes Abendkleid. Linda genoss die fauvistische Kombination des Grüns mit dem Orange ihrer Haare und hatte spontan die Idee zu einem Bild. Barbro trug ein funkelndes Collier um den Hals. In der Linken hielt sie eine durchsichtige *Konsum*-Einkaufstüte mit Windeln und Babykram. Auf dem rechten Arm saß die kleine Emelie, die sich an Barbros langen Ohrringen festkrallte und sie sich in den Mund stecken wollte. Barbro verzog vor Schmerz das Gesicht.

Linda hatte sich sorgfältig gekämmt, um einen zuverlässigeren Eindruck zu machen. Das Babysitten war die Gegenleistung für die Fahrstunden. Es war die erste Nacht. Linda war sehr aufgeregt und nahm Barbro geistesgegenwärtig die Tüte ab.

»Und wenn ich im Schlaf auf sie draufrolle?«

»Deswegen bringe ich sie lieber hierher als zu Henning.«

In der Küche erklärte Barbro ihr, wie man ein zweijähriges Kind satt bekam, ohne es dabei umzubringen. Anschließend gab es eine Reihe weiterer Ratschläge. Linda hörte gespannt zu. Sie gingen in Lindas Zimmer.

»Und dann hast du noch den grünen Ed.« Barbro zog ein viereckiges Ding aus der Tasche.

Linda betrachtete Ed ratlos. Er war aus weißem Plastik, zwei

Metallstifte ragten daraus hervor. »Warum heißt er grüner Ed?«

Barbro schaltete das Licht aus und steckte Ed in die Steckdose. Er verbreitete einen schwachen grünen Schimmer. »Deshalb.«

»Und warum Ed?«

Barbro seufzte. »Denk mal scharf nach, du Physikgenie.«

»Kann sie einschlafen, wenn du nicht da bist?«

»Wenn Ed brennt, schläft sie.«

»Ed!«, rief Emelie begeistert.

Barbro schaltete das Licht wieder ein. Sie hatte es eilig, in die Oper zu kommen, verabschiedete sich von ihrer Tochter, ohne zu versäumen, auch ihr einige Ratschläge zu geben, damit nichts schiefgehen konnte.

15

»Magst du die Bilder?«, fragte die Bedienung. Sie hieß Maja.

Ida nickte und lächelte. Sie hätte der Frau gerne von ihr und Linda erzählt. Das Wochenende war eine ihrer liebsten Erinnerungen, und ganz unmerklich hatte sich danach bei ihr die Haltung verändert, ob sie einmal Kinder haben wollte.

»Sie sind von Linda Cederström«, erklärte Maja professionell.

»Ich bin deswegen hier.«

»Kennst du sie?«

»Ich habe sie als Kind gekannt. Als *sie* ein Kind war, meine ich.«

Sie war doch hergekommen, um die Bilder ganz allein zu betrachten. Aber Maja, die Betreiberin der Bar, ließ Ida keine Ruhe und versprach, nichts weiterzuerzählen. Aber solange Maja dauernd zu ihr an den Tisch kam, musste sie keine ungeschickten Versuche von den Männern fürchten, die sie anblickten, seit sie das Lokal betreten hatte. Also begann Ida damit, wie die sechsjährige Linda auf ihrem Schoß gesessen hatte. Sie waren gerade aus dem Tierpark gekommen. Kjells Frau war auf Reisen, und er musste das ganze Wochenende an einem Großeinsatz teilnehmen. Er hatte Linda am Freitagnachmittag zu ihr, seiner Geliebten, gebracht.

»Es wäre gut, wenn die Evolution männlichen Gehirnen nachträglich einen zusätzlichen Filter für solche Lagen zur Verfügung stellen könnte«, bemerkte Maja.

Ida lachte. »Dass sie das Kind, das ihnen die Ehefrau überantwortet hat, der heimlichen Geliebten zum Aufpassen bringen?«

Maja nickte.

»Das machen alle Männer so«, sagte Ida. »Das nennt man rationales Denken.«

Damals waren Lindas Haare noch kreuz und quer auf ihrem Kopf gelegen. Erfolglos hatte Ida versucht, sie zu kämmen. Sie war gespannt, wie sie wohl jetzt aussah.

»Linda blieb bis zum Sonntagabend. Nach dem Zoobesuch malte sie mit ihren drei ausgefransten Filzstiften alle Tiere und dazu sich selbst. Sie stand vor Papa, der Madeleine und Ida, also mich, an den Händen hielt.«

Maja lachte.

Ida erzählte, wie gelungen sie Lindas erste Bilder empfunden und die Freude und Ausdauer bemerkt hatte, mit der sie zeichnete.

»Da fielen mir die alten Farbtuben ein, die irgendwo herumliegen mussten. Wir fanden einen vergammelten Pinsel in der Küchenschublade, mit dem man Schokoladenglasur auf den Kuchen streichen konnte. Damit malte Linda den ganzen Abend und wollte nicht ins Bett.«

»Hast du bemerkt, wie talentiert sie ist?«

Ida schüttelte den Kopf. »Das war schlecht möglich, da ich es selbst nicht bin. Das hat sich bereits beim Kuchenglasieren ergeben.«

Am nächsten Morgen waren Ida und Linda gemeinsam in die Stadt marschiert. Ida besaß keine Erfahrung mit Kindern und wurde davon überrascht, dass Linda nicht auf Preisschilder achtete. Im Geschäft stürzte sich Linda mit einem Hechtsprung auf einen riesigen Kasten mit Buntstiften und verliebte sich sogleich in ihn. Der Kasten erwiderte diese Liebe. Es sollte eine aufreibende Beziehung für beide werden. Der Kasten enthielt mehr Stifte als ein Klavier Tasten. Ida kaufte ihn, obwohl er im Preis einem Klavier sehr nahe kam, und Linda trug ihn wie ein Surfbrett unter dem Arm nach Hause.

Ida hatte vom Zustand von Kjells Ehe gewusst. Er und Madeleine verstanden sich zwar gut, aber das war auch schon alles. So etwas konnte sehr wenig, aber auch sehr viel sein. Mit Ida verband ihn eine leidenschaftliche und seelisch aufwühlende Affäre, die sich über viele Wochen erstreckte. Ida wusste damals, dass Kjell tatsächlich um eine Entscheidung rang, ohne es jemals zur Sprache zu bringen.

An jenem Sonntagabend, dem Ende des Wochenendes mit Linda, gab sie Linda an ihren Vater zurück und sagte beiden adieu.

»Ich musste mich zwei Monate lang von Spaghetti mit zerlassener Butter ernähren.«

In memoriam wollte Ida erst Nudeln mit zerlassener Butter bestellen, aber die Welt drehte sich ja weiter. Sie war inzwischen schließlich Aushilfsverkäuferin und entschied sich daher für die Nudeln mit Lachs. Sie aß mit großem Appetit. Beim Abräumen des Tellers berührte Maja sie leicht am Arm. Sie empfand das nicht als unangenehm. Manchmal machten das Bedienungen, um Trinkgeld zu bekommen, aber das hier war anders. Die Begegnung mit Kjell hatte vieles in ihr geweckt. Seitdem fühlte sie sich heiterer als sonst. Seit gestern war kaum eine Minute vergangen, in der sie nicht an ihn gedacht hatte. Durch Maja musste sie wieder an die E-Mail denken. Vielleicht würde sie nie mehr mit einem Menschen zusammen sein können. Das sorgte sie mehr als die Angst vor dem Tod. Das war nicht nur an sich erstaunlich, sondern bei Ida vor allem auch deshalb, weil sie ja bisher auch nur selten mit jemandem zusammen gewesen war.

Sofi war in überhöhtem Tempo von Norrtälje nach Uppsala zurückgefahren und hatte auf der Toilette einer Tankstelle versucht, in ihrem Gesicht etwas zustande zu bringen und sich die Haare zu bürsten. Ihr Eifer erlosch in dem Augenblick, als sie das kleine italienische Lokal betrat. Innen war es dunkel. Licht kam nur von der romantischen Phalanx aus Kerzen, die auf jedem Tisch stand. Die Gäste beugten sich intim über die Tischfläche hinweg einander zu, die Atmosphäre war voller Erwartung. Sofi verspürte Beklemmung. Sie hatte mit einem hellen und lauten Lokal gerechnet. Dies hier war ein Ort für Heiratsanträge. Und sie sah in ihrer grünen Hose aus wie eine Landvermesserin, die von der Arbeit kam. Ein aus der Knietasche herausragender Zollstock hätte als Accessoire noch gut zu ihr gepasst.

Sven Flemming hatte sie entdeckt und kam aufmerksam auf sie zu. Dass ihr Rausch gleich nach dem Eingang ins Stocken geraten war, bemerkte er nicht. Er verhielt sich so gelöst und beifällig wie am Morgen. Das war ihr angenehm. Es beruhigte sie auch, dass er immer noch Jeans und Pullover trug. Rasch waren sie in ein Gespräch vertieft, und Sofi entdeckte, dass sie bald genauso nach vorne geneigt dasaß wie die anderen Gäste. Es lag wohl daran, dass das Gegenüber im Dunklen verschwand, wenn man sich in die Lehne des Stuhls zurücksinken ließ.

Sven vermutete, dass die Hieroglyphen nur die letzte Stufe der Verschlüsselung waren, vielleicht um all jene zu verwirren, die sich damit nicht auskannten. Er vermutete, dass die Buchstaben irgendein mathematisches Rätsel darstellten, und das glaubte

Sofi auch. Petersson war ein Tausendsassa, sie traute ihm auch auf mathematischem Gebiet solche Fähigkeiten zu.

Dass Kajsa Björklund und auch ihre Vorgängerinnen Artikel verfasst hatten, über denen Peterssons Name als Hauptautor stand, hatte seit dem Morgen bei ihr den Verdacht aufkeimen lassen, dass die Verschlüsselung nicht unbedingt allein Peterssons Werk sein musste. Sie erzählte Sven von dieser Vermutung.

»Das hat er nicht allein aus Eigennutz getan«, erklärte Sven lächelnd, bevor sie ihr Gespräch für das Essen unterbrechen mussten. Seit dem Morgen hatte sie nur sieben Kokosmakronen, eine Banane und eine Tafel Schokolade gegessen. Deshalb musste sie sich bremsen, um nicht zu schlingen.

»Es ist sehr schwer, seine Aufsätze zu veröffentlichen«, nahm Sven das Thema wieder auf. »Ohne seinen Namen hätte eine renommierte Zeitschrift die Artikel nicht angenommen. Außer man bietet wirklich etwas Außergewöhnliches. Ich habe meinen ersten Beitrag erst mit achtundzwanzig veröffentlicht.«

»Und worüber hast du geschrieben?«

»Magie.«

»Das hast du jetzt erfunden! Du willst es mir heimzahlen.«

Er schüttelte lachend den Kopf. »Das Thema hieß ›Der zweite Tod‹.«

Sie sah ihn gespannt an.

»Die Ägypter sahen ja den leiblichen Tod nicht als besondere Schwelle an, jedenfalls nicht als das Ende oder als Grenze, hinter der etwas Neues beginnt. Leider sind nur die Bauwerke aus Stein erhalten, den die Ägypter nur für den Totenkult verwendeten. Daher kommt unser schräges Bild, dass die Ägypter so todesfixiert waren. Das Gegenteil ist richtig. Sie waren lebensbejahend und diesseitiger als alle anderen.«

»Wie die Göteborger?«

»Ich bin zufällig von dort.«

»Wirklich?«

Damit Sven nicht begann, an diesem Zufall zu zweifeln, trug Sofi einige Verse vor, die Bengt an Samstagabenden immer gesummt und dazu auf der Fidel eine Teufelspolska gespielt hatte. »Göteborg, da geh ich gern von Bord, das gibt es Kneipen an jedem Ort, weg sind die Sorgen des Lebens bald, schon such ich an der ersten Theke Halt. In Stackerud, da gibt's keine Kneipe, nicht eine leider, ich sitz' hier fest, und Stackerud, das ist da, wo ich aufgewachsen bin.«

»Da kannst du sicher gut Hambo tanzen.«

»Das kann ich.«

Sie prosteten sich zu. Das Paar am Nebentisch starrte sie an. Sofi hoffte, den Mann nicht bei einem Heiratsantrag gestört zu haben, und bat Sven, über die Ägypter und den Tod weiterzuerzählen.

»Allerdings fürchteten sie den Tod auch nicht. Sie glaubten, dass sich das Leben im Jenseits verlängere. Das war jedoch nur möglich, wenn der Körper des Toten intakt blieb und die Nachfahren einen Totenkult ausübten.«

In dem schummrigen Kerzenlicht entfalteten Svens Worte ihre volle Wirkung.

»Als Gegenleistung für den Totenkult stand der Verstorbene seinen Nachkommen im Diesseits zur Seite. Wenn man ihn um etwas bat, konnte es sein, dass man nachhelfen musste, wenn sich der gewünschte Effekt nicht einstellte. Man drohte an, den Kult aufzugeben, so dass der Verstorbene im Jenseits noch einmal sterben musste. Das tat man auch mit Feinden oder Verbrechern, um sie für alle Ewigkeit zu vernichten. Man sorgte dafür, dass sie im Jenseits noch einmal starben. Und das nannte man den zweiten Tod.«

16

Als Mari aus dem winzigen Internetcafé trat, strich ein tröstend warmer Wind um ihren Hals. Am Nachmittag hatte sie nur eines getan, das verdammte Geld gezählt. Sie hatte auf dem Bett gesessen und zum ersten Mal gezählt. 50 000 Euro. Das Geld aus dem Schrank. Und hunderttausend Kronen aus den Automaten.

Sie verharrte einen Augenblick in der engen Straße, deren Namen sie nicht kannte, und versuchte, den Rückweg zu ihrer Pension zu rekonstruieren. Sie hatte sich Sevilla ganz anders vorgestellt. Die Straßen, die sich um den Stadtkern wanden, waren weite Palmenalleen. Ihre Pension lag eine Viertelstunde von hier gleich bei der Kathedrale.

Sie hatte die Internetseiten aller schwedischen Zeitungen durchforstet. War Carl nun tot oder nicht? Hatte ihn denn niemand entdeckt? Hatte er irgendwo ihren Namen notiert? Irgendwo in der Wohnung konnte ihr Name stehen. Teresa! Kannte sie ihren Nachnamen? Was würde sie erzählen? Mari Svahn wusste nicht, ob Carl tot war.

Sie schlenderte die Gasse hinauf. Hinter ihr war jemand. Sie vernahm keine Geräusche, hatte dieses Gefühl jedoch schon auf dem Hinweg gehabt. Sie wandte sich schroff um. Dann rannte sie los.

17

Freitag, 30. November

Anders Ejdeholt hörte Kjell eine Weile beunruhigt zu. Kjell glaubte, in dem Professor die erste Person gefunden zu haben, die seinen Einblick in Mari vertiefen konnte. Dennoch gab er sich mit seinen Informationen vage. Ejdeholt saß nachdenklich im Sessel seines Büros in der Universität von Stockholm und lauschte. Zwischen den Sätzen gab der Professor durch Brummen zu verstehen, dass die Neuigkeit, die Kjell überbrachte, ein nicht unerwartetes Resultat einer längeren Entwicklung war.

Er hielt den Professor der Anthropologie für einen Mann, der den Kern einer Sache schon nach wenigen Sätzen zu erkennen vermochte. Als er schloss, wartete er auf eine prägnante und erhellende Bemerkung.

Der Professor sagte: »Oje!«, und richtete sich in seinem Sessel zurecht. Vor ihm stand sein leerer Frühstücksteller. »Du glaubst also, dass Mari die treibende Kraft hinter diesen Ereignissen ist?«

Kjell nickte.

»Sie war in der Tat in der letzten Zeit regelmäßig hier und las in der Bibliothek. Als sie mit ihrem Studium begann, war sie voller Elan. Was mir an ihr gefallen hat, war ihre Eigenständigkeit. Sie war keine von denen, die mir in und außerhalb der Sprechstunde das Sofa durchsitzen.«

Kjell lachte kurz auf. Wie gesagt, Anders Ejdeholt war ein Mann, der die Dinge beim Namen nannte. Und Anthropologe war er obendrein.

»Wir beschäftigen uns an diesem Institut mit der Entwicklung des Gehirns. Uns interessiert zum Beispiel, warum das menschliche Gehirn so groß geworden ist und welche Vorteile das hat.«

»Das hat vor allem Nachteile, das kann ich dir aus meiner Erfahrung sagen.«

Sie lachten.

»Als Mari herkam und mir ihr Thema für die Abschlussarbeit vorstellte, war ich zunächst skeptisch, aber ihr Konzept hat mich dann doch überzeugt. Es ging grob gesagt um Intellektualität und Trieb bei Frauen. Sie war zu Anfang sehr eifrig, aber dann änderte sich ihr Verhalten.«

»Inwiefern?«

»Unsere Gespräche waren immer sehr sachlich. An einem bestimmten Punkt habe ich sie jedoch gefragt, was eigentlich mit ihr los sei. Sie antwortete, dass es mit ihrem Vater zu tun habe. Er war krank. Sehr krank.«

»Aber sie hat ihr Studium doch abgeschlossen, oder?«

»Sehr gut sogar. Du solltest die Arbeit mitnehmen und lesen. Ich lasse sie dir in der Bibliothek heraussuchen. Wissenschaftlich ist die Arbeit gut, solide und ideenreich, inhaltlich äußerst unterhaltsam. Mari war an dem Thema sehr interessiert. Man kann durch die Lektüre viel über sie erfahren.« Er verstummte und lächelte in sich hinein. »Und über den Rest der Frauen ebenso.«

Im weiteren Verlauf des Gesprächs äußerte sich der Professor zu Maris Entwicklung. In den letzten zwei Jahren war sie immer stiller und träger geworden. Ejdeholt vermutete, dass die Belastung durch den Vater der Grund dafür gewesen war. Von Petersson hatte der Professor nie gehört.

»Soweit wir wissen, hat der Vater diese Zeit im Krankenhaus verbracht«, sagte Kjell. »Hat sie von finanziellen Problemen gesprochen?«

»Ich weiß, dass Mari nie viel Geld besessen hat, aber ich habe keine weitere Verschlechterung bemerkt.«

Kjell bedankte sich. Er verließ die Universität mit der Abschlussarbeit und der Adresse einer Kommilitonin von Mari. Der Professor glaubte sich zu erinnern, dass die beiden befreundet gewesen waren.

Sofi saß in ihrer Küche, trank ihren Morgenkaffee und versuchte, Ordnung in ihre Notizen vom Vortag zu bringen. Sie war in der Nacht um zwei Uhr nach Hause gekommen. Die Fahrt hatte zwei Stunden gedauert, obwohl Uppsala nur achtzig Kilometer von Stockholm entfernt lag. Im Laufe des Abends war der Wind immer stärker geworden, ohne dass der Schneefall zurückgegangen war.

Zu Hause hatten schon drei neue Nachrichten auf sie gewartet. Ihr Computer zeichnete die Nachricht als Sprachdatei auf, ein Spracherkennungsprogramm wandelte die Sprachdatei in eine Textdatei um. Eine Datenbank entschied, ob der Anrufer wichtig genug war, dass ihr der Text auf ihr Mobiltelefon gesendet wurde. Das hatte zwar noch nie etwas gebracht, genau wie die Möglichkeit, dem Computer eine kurze Textnachricht zu senden, damit er ihr eine Fernsehsendung aufnahm, während sie nicht zu Hause war, aber zu wissen, dass man es tun könnte, wenn man es brauchte, das war wunderbar. So war sie immer auf alles vorbereitet.

Nur auf Sven Flemming war sie nicht vorbereitet gewesen. Er hatte drei Anrufe gebraucht, um sein Bedauern über Sofis viel zu frühes Aufbrechen zum Ausdruck zu bringen.

Das Gespräch mit Kajsa Björklund hatte Sofi durcheinandergebracht. Bisher waren sie davon ausgegangen, dass Petersson tatsächlich der Fälscher gewesen war. Sofi rechnete nach. Es stimmte. Die Funde waren in den Kunsthandel gelangt, als Kajsa gerade ihr Abitur machte. Sie konnte davon also nichts gewusst haben. Die Assistentin, die zu dieser Zeit und davor bei Petersson gewesen war, fand Sofi nicht. Sie wohnte seit fünfzehn Jahren nicht mehr in Schweden. Die Assistentin danach hieß Julia Peddersen. Sofi fragte sich, ob es irgendein Zeichen war, dass sie Peddersen hieß. Und das war es auch, Julia war nämlich Dänin. Sie war schon lange nicht mehr in Schweden gemeldet. Sofi telefonierte mit der Kriminalpolizei in Kopenhagen und erhielt die Auskunft, dass Julia Peddersen seit langem wieder dort wohne. Sie musste also nach dem Studium wieder zurückgekehrt sein.

Der dänische Kollege verriet Sofi die aktuelle Anschrift und Telefonnummer. Dort meldete sich ein kleiner Junge, den sie kaum verstand. Und erst recht verstand er sie nicht. Das Hin und Her brachte Sofi zum Lachen. Der Junge verstand nicht, warum Sofi so komisch redete.

»Bist du aus Frankreich?«, fragte er.

»Nein«, sagte Sofi. »Aber so ähnlich!«

Am Ende fand sie heraus, dass Mama jeden Tag ins Museum ging. Deshalb rief Sofi bei allen Kopenhagener Museen an, von denen es viele gab. Sie begann bei den historischen Museen und hob sich das Sexmuseum am Nytorg für den Schluss auf.

Julia Peddersen arbeitete als Kuratorin bei der Neuen Carlsberg-Glyptothek. Als Sofi ihr Anliegen vortrug, lachte sie laut und wechselte von Dänisch zu Schwedisch. Sie erstaunte Sofi mit einer unerwartet klaren Antwort.

»Er war es! Das kann ich dir ganz sicher sagen!«

»Wie war denn dein privates Verhältnis zu ihm?«

Julia lachte schallend.

»Natürlich haben wir, was glaubst du!«

Petersson hatte offenbar mit allen! »Wieso bist du so sicher, dass er es war?«

»Seine Kontakte! In Ägypten gibt es Dörfer, die auf archäologischem Grund stehen oder in der Nähe. Die Bewohner kennen Fundstellen, die die Wissenschaft noch gar nicht entdeckt hat. Sie leben davon, in gewissen Abständen daraus Funde zu entnehmen und sie in Kairo in den Kunstmarkt einzuschleusen. Die Funde werden dann außer Landes geschmuggelt und tauchen schließlich bei den internationalen Auktionshäusern auf.«

»Bei Auktionshäusern?«

»Ja. Die wissen natürlich, dass die Ausfuhr illegal ist. Es gibt gar keine Möglichkeit, dass Funde aus Ägypten oder anderen Ländern legal das Land verlassen. Man darf nicht einmal eine Tüte Wüstensand aus Ägypten ausführen.«

»Und Carl hatte zu diesen Dorfbewohnern Kontakt?«

»Und sogar zu denen, die das Schmuggelgut auf dem Landweg aus Ägypten bringen konnten. Er hat in seiner Studentenzeit Feldforschung in Nordafrika betrieben, so eine Art Lorenz von Libyen, das war er. Er war ein guter Kenner der Berbersprachen, und so sind diese Kontakte wohl entstanden. Für diese Leute war er interessant, weil sich ihre Handelsspanne erweiterte, wenn sie nicht an Kairener Händler verkauften, sondern direkt an ihn. Jedenfalls hat er es geschafft, sie davon zu überzeugen. Im Überzeugen war er übrigens auch gut. Aber er hatte auch gute Kontakte in den Irak und nach Syrien. Wie die zustande kamen, weiß ich nicht.«

»Aber dabei geht es doch um Originale. Petersson trat ja wegen einer Fälschung zurück.«

»Ja. Tonscherben gibt es genug. Die waren original, nur die Beschriftung nicht, aber das musst du erst einmal herausfinden. Erst durch die Beschriftungen werden die Scherben wertvoll. Es gibt aber auch Fälschungen von richtigen Kunstobjekten. Je nach Aufwand sind solche Fälschungen mehr oder minder gut. Zwischen den Blütezeiten, in denen die Kunst in Ägypten und Mesopotamien exquisit war, gab es auch Krisen und Bürgerkriege. In diesen Zeiten ließ die Kunst in ihrem Anspruch und handwerklich immer wieder stark nach. Im Alten Ägypten wurde Kunst oft in Massenproduktion hergestellt. Dadurch haben auch die schlechteren Fälschungen eine Chance.«

Kjell fuhr im Anschluss an das Gespräch mit dem Professor zu Maris ehemaliger Studienfreundin Alva Sundin. Sie war dreiundzwanzig Jahre alt, stand kurz vor ihrem Abschluss und wohnte in einem Studentenwohnheim am Valhallavägen. Dort öffnete eine junge Frau die Tür. Alva sei unterwegs, würde aber um ein Uhr zurück sein. Sie bot ihm an zu warten. Er sah auf die Uhr. Anderthalb Stunden wollte er nicht in einer Studentenbude sitzen.

Die Sonne schien, also ließ er den Wagen stehen und spazierte durch den Vanadispark zum Antiquariat. Er hielt in einem Café und blätterte bei einer Tasse Kaffee in Maris Arbeit.

Sie begann mit einem Forschungsüberblick zum Paarungsverhalten von Tieren. Jede Tierart besitzt eine gewisse Anzahl an Chromosomen, und nur Tiere der gleichen Art konnten sich paaren. Das Balzverhalten war ein Schlüssel-Schloss-Spiel, mit dem zwei Tiere sicherstellten, dass sie zur selben Art gehörten. Das Weibchen hatte ganz bestimmte Verhaltensmerkmale, um Männchen anzulocken und dann zu testen. Auf diese Weise führe die Natur nur solche Männchen und Weibchen zusammen, die auch zueinander passten, behauptete Mari im Vorwort. Kjell war sogleich klar, dass Mari in ihrem eigenen Liebesleben noch völlig am Anfang stehen musste. Es erstaunte ihn, wie schnell sie es bis zum Mord gebracht hatte. Sie war wirklich ehrgeizig.

Forscher hatten herausgefunden, dass Zickigkeit und Provokation feste Elemente des weiblichen Anlockverhaltens waren. Beides diente dem Zweck, den Trieb des Männchens herauszufordern, anzustacheln und zu prüfen, ob es in richtiger, also arttypischer Weise darauf reagierte. Männer reagieren meistens arttypisch, dachte Kjell. Das war wohl das Geheimnis ihrer Unfehlbarkeit.

Wenn das bei Tieren so war, dann musste das auch bei Menschen so sein. Das war Maris Hypothese. Die Frage war, was am Verhalten von Frauen Anlockstrategie war. Mari hatte dazu ausgiebige Versuchsreihen durchgeführt. In einem Raum hatte sie fünf junge Männer und fünf junge Frauen versammelt. Mari täuschte die Probanden und gab vor, es handle sich um eine soziologische Studie, und bat die Probanden, über Themen wie »Passen Frauen und Männer zusammen?«, »Sind Frauen intelligenter als Männer?« sowie »Rückwärts Einparken als solches« zu diskutieren. Die Teilnehmer glaubten, es ginge um die statistische Verteilung gewisser Ansichten.

Unabhängig vom Thema warfen die Frauen den Männern kurz nach Beginn der Diskussion an den Kopf, »nur mit dem Schwanz zu denken« (44×) und »nur das eine zu wollen« (210×). Niemand von ihnen ahnte, dass auf jede Frau eine Kamera gerichtet war.

Kjell blätterte zum Ende der Arbeit, wo die Ergebnisse zusammengefasst wurden. Er lachte oft und laut, ging die entscheidenden Szenen in allen seinen bisherigen Partnerschaften durch. Das waren dreiundzwanzig, wenn er die ein- bis zweiwöchigen mitrechnete.

Mari hatte nachgewiesen, dass das forsche Anmachen der Männer und das Zurückstoßen der Frauen eine feste Einheit bildeten. Sie fand immer und überall statt und war Teil der Denkhaltung. Der Professor hatte ihm vorhin schon unnötigerweise erklärt, dass fast alles, was ein Mensch denkt, fühlt und tut, instinkt- und triebgesteuert sei. Von einem freien Intellekt könne keine Rede sein.

Mari behauptete in ihrer Arbeit, dass es sich um eine Art Paarungstanz handle, wenn Frauen sich über den Sexualdrang eines Mannes beschwerten. Sie hatte Paare befragt, bei denen die Frau sich so geäußert hatte. Später hatte Mari sich heimlich mit dem Mann getroffen und ihn instruiert, sich in der folgenden Zeit sexuell uninteressiert zu zeigen. Die Frauen waren von dem Verhaltenswechsel irritiert, übernahmen dann selbst den treibenden Part, und als das nichts nutzte, wurden die meisten aggressiv. So aggressiv, dass sie schlugen. Eine hatte gebissen. Madeleine hatte ihn nie geschlagen, aber einmal in einem anderen Zusammenhang zugebissen.

In Kjells Augen machte Maris Entdeckung die Frauen noch liebenswerter. Ihr Paarungsverhalten war in jedem Fall ausgefallener als das der Männer, daran änderte auch Maris Arbeit nichts. Er verließ das Café, schlenderte den Sveavägen hinunter und verbarg sich im Eingangsbereich der überfüllten Buchhandlung. Eine Viertelstunde lang sah er Ida beim Kassieren und Einsortieren einer Ergänzungslieferung zu. Einmal blickte sie für einen Moment in seine Richtung und strich sich die Haare aus dem Gesicht. Sie sah ihn nicht.

18

Polizeiinspektorin Sofi Johansson saß am Mittag im Schlafanzug am Küchentisch ihrer Wohnung in der Sofiagatan. Der Küchenboden war voller Skizzen und Notizen. Am frühen Nachmittag zog sie sich an und fuhr mit der grünen Linie zu Peterssons Wohnung. Dort versuchte sie, am Computer neue Informationen über den Server zu finden. Technisch ließ sich das Passwort nicht umgehen. Nur die ehrliche Lösung öffnete die Tore. Sie musste also weiter an der Entschlüsselung arbeiten. Dazu zog sie alle Bücher aus den Regalen, die von Hieroglyphen handelten, und stapelte sie auf dem Boden um den Tisch herum. Sie zog auch Bücher über den Diskos zurate, denn das Zeichengitter des Passworts glich äußerlich den Entzifferungstabellen, die in Peterssons Unterlagen viel Raum einnahmen. Von den Zeichen auf dem Diskos hatte Sofi keine Ahnung, aber das Prinzip war nicht schwer zu erkennen: Eine Tabelle gab Auskunft über die Häufigkeit eines Zeichens, eine andere darüber, wie oft ein bestimmtes Zeichen neben einem anderen vorkam. So versuchte man zu ermitteln, ob ein Zeichen für einen Laut, eine Silbe oder eine Bedeutung stand. Ein Zeichen kam dort auffallend oft vor, ein Kopf mit einem Irokesenhaarschnitt. Die Diskos-Hieroglyphen sahen bei weitem nicht so vollendet aus wie die Hieroglyphen der Ägypter.

Alles wirkte so unproportioniert und verschoben wie ein Athener Vorort.

Eine Sache ließ sie aufmerksam werden.

Die Diskos-Schrift bestand aus fünfundvierzig verschiedenen Zeichen.

Das Eingabefeld für das Passwort hatte fünfundvierzig Stellen.

Das Zeichengitter des Passwortzettels hatte aber fünfzig Zeilen, verdammt. Das waren fünf zu viel. Wie sollte sie von fünfzig auf fünfundvierzig kommen? Am einfachsten wäre es doch gewesen, wenn man aus jeder Zeile im Gitter eine Stelle im Passwort bilden könnte. Aber dann war das Passwort am Ende immer noch fünf Stellen zu lang.

Sie hatte tausend Ideen, dies zu lösen. Aber bei keiner hatte sie den Eindruck, auf die Lösung gestoßen zu sein. Man musste es einfach ausprobieren und die Lösung eingeben. Welche Ideen sollte sie für die drei Versuche auswählen, die der Computer ihr gestattete? Wer sich so ein System ausdenkt, baut doch auch Fallen ein. Sie musste eine Lösung finden, die sie überzeugte, bevor sie sie eintippte. Petersson könnte bedeutungslose Zeichen eingebaut haben.

Und eine weitere Sorge beschlich sie. Das ganze Gitter könnte ein Scherz sein. Petersson hatte über das Passwort die Überschrift »Passwort« notiert. Als schriebe man über ein Fenster »Schöne Aussicht«, dachte Sofi.

Sie hatte die Buchstabenfolgen bereits zahlreichen Fachleuten vorgelegt. Niemand hatte sie als Sprache erkannt. Am Ende hatte sie eine beunruhigende Idee. Wenn es nun die Diskos-Sprache selbst war?

Kjell kehrte erst um Viertel nach eins zu Alva Sundins Studentenwohnung zurück. Diesmal öffnete Alva selbst die Tür. Sie trug Jeans und einen Pullover, auf dem man noch die Knicke sehen konnte. Er hatte lange gefaltet im Schrank gelegen. Vielleicht trug sie ihn nur zu besonderen Gelegenheiten.

Kjell dachte an Stoffpuppen, bei denen die Haare angeklebte Wollfäden sind. So sahen Alvas Haare aus. Ihre Aussprache klang, als stammte sie aus Schonen oder dem südlichen Småland. Er war sich nicht sicher, ob sie wirklich von dort stammte. Ihre Nasenflügel waren so schmal, dass sie damit wahrscheinlich nur Schonisch und Französisch sprechen konnte.

Ungefragt goss ihm das blasse Mädchen heißes Wasser in eine hohe Tasse und ließ einen Teebeutel hineinfallen. Es gab nur das Sofa, auf dem sie beide saßen. Beim Sitzen mussten sie sich einander zudrehen, um ein Gespräch führen zu können.

Kjell erklärte Alva, dass Mari vermisst wurde. Dass sie verdächtig war, einen Mord verübt zu haben, verschwieg er. Sie hatte ihre Ellenbogen auf die Knie gestützt.

Ihre Art war vorsichtig und zurückhaltend. Kjell gab sich Mühe, behutsam mit Alva umzugehen. Mit ihr zu sprechen, war, wie eine dünnwandige Porzellantasse abzutrocknen.

Doch dann erstaunte sie ihn.

»Hat es mit diesem Carl zu tun?«

»Carl ist tot, und wir wissen nicht, wo sie ist. Wir haben den Verdacht, dass ihr etwas zugestoßen sein könnte.«

Alva sah ihn mit aufgerissenem Mund an.

»Wann hattet ihr zuletzt Kontakt?«, fragte er.

»Weiß ich nicht, weiß ich nicht.« Sie führte ihre rechte Hand zum Mund und tippte mit den Fingerspitzen ihre Lippen an. In diesem Moment sah sie sinnlich aus. »Vor einem Monat? Sie hatte nie Zeit.«

»Erzähl doch einfach mal. Was hatte sie mit dem Mann zu tun?«

»Sie haben miteinander geschlafen?«, sagte Alva unsicher. Es klang wie ein Geständnis, die Essenz von allem. »Sie hat Geld dafür bekommen?«

»Wir dachten, sie arbeitet für ihn.«

»Hat sie ja auch.«

»Kannst du es der Reihe nach erzählen?«

Alva richtete sich auf. »Sie hat ihn vor zwei Jahren kennengelernt. Geredet haben wir darüber nie. Der Vater und das Geld, das weißt du sicher.« Alva atmete durch. »Einmal habe ich sie vor der Bibliothek gesehen, das ist zwei Jahre her. Sie ging Arm in Arm mit ihm. Und seit dieser Zeit hatte sie keine Geldsorgen mehr.«

Alva zuckte mit den Schultern.

19

Das Siegel war gebrochen. Als Barbro das Haus am frühen Abend betrat, war sie zwar nicht mehr dem Wind ausgesetzt, aber innen war es zu kalt, um die Jacke auszuziehen. Die Kälte stieg von den schwarzen Granitplatten auf, mit denen die Böden in Mari Svahns Haus ausgelegt waren. Und als sie in dem kleinen Flur den Blick zu Boden richtete, entdeckte sie die Fußspuren. Sie stammten von Winterstiefeln. Ihre eigenen waren es nicht. Die Spuren hatten die Farbe von graubraunem Schmutzwasser. Jemand war von draußen hereingekommen, ohne sich die Schuhe abzutreten. Die Spuren waren blass und kaum zu entdecken. Von den Kriminaltechnikern konnten sie auch nicht stammen, denn die trugen bei der Arbeit immer profillose Gummigaloschen über ihren Schuhen.

Sie eilte zum Wagen zurück und nahm den Fotoapparat aus dem Handschuhfach. Sie machte dreißig Fotos und stieg dann ins Obergeschoss hinauf. Die Spuren gab es nur unten im Flur und in der Halle. Sie suchte in Maris Schrank nach Schuhen. Ein Blick genügte, um zu sehen, dass Maris Schuhgröße um einige Nummern kleiner war als die der Fußabdrücke.

In der Jacobs Kyrka leuchtete warmes gelbes Licht, das die Folgen einer katastrophalen Renovierung abmilderte. Der Organist beendete gerade die dritte Fuge. Jetzt in der Vorweihnachtszeit hatten die Menschen Wichtigeres zu tun, als sich Orgelkonzerte anzuhören. Idas Vater war Organist. Angetrunken hatte sie einmal behauptet, sogar im Orgelstuhl gezeugt worden zu sein. Das hatte wirklich sehr glaubhaft geklungen, es würde so gut wie alles an ihr erklären. Diese besondere Form der Réjouissance ging auf Bach selbst zurück, unter dem diese ganz besondere Kunst des Fügens auch ihren Höhepunkt erreicht hatte.

Er entdeckte sie in einer der mittleren Bänke. Sie drehte den Kopf nicht zu ihm, als er sich neben ihr niederließ, aber er konnte sie einmal laut ausatmen hören. Sie blickte auf ihre Hände hinab, die auf ihren Schenkeln ruhten. Ein Lächeln trat auf ihr Gesicht. Sie ließ ihre Unterlippe über die Schneidezähne fahren. Ida sah müde aus und erschöpft.

John Osborne öffnete eine Flasche Rotwein und schenkte sich ein Glas ein. Er blieb in der Küchentür stehen und betrachtete die Leinwand aus dieser Entfernung. Er verspürte den Drang, hinzugehen und zu verändern. Doch er befahl sich selbst zu widerstehen. Er beschloss, vor morgen nichts mehr anzurühren und erst dann ein Urteil zu fällen. Drei Wochen wären besser gewesen, aber der Termin war schon übernächsten Freitag.

Es klingelte. Gutes Timing, dachte er, ging mit dem Weinglas in der Hand zur Tür und öffnete. Dort stand ein Mädchen, es war knallrot im Gesicht.

»Ich bin Linda«, sagte es abwartend. »Linda Cederström.«

Nach einigen Sekunden dämmerte es ihm.

»Du bist die Tochter von dem Policeman?«

Sie nickte scheu. Er bat sie herein. Was hatte sie mit ihren Haaren gemacht?

»Kaffee? Coke? Schwedische Holunderlimonade?«

»Ein bisschen Kaffee.«

Sie folgte ihm auf seine Aufforderung hin in die Küche. Er hoffte, sie war beim Zeichnen nicht so zaghaft. Er reichte ihr die Tasse und lehnte sich gegen die Küchenanrichte, trank einen Schluck vom Wein und beobachtete, wie sie mit beiden Händen die Tasse zum Mund führte und daran nippte. Sie war noch sehr jung, weit unter zwanzig. Er mochte ihre Haare. Sie waren dunkelblond, fein und zerzaust.

»Du malst also.«

Statt zu antworten, nippte sie noch einmal und musterte ihn aus den Augenwinkeln. Das wirkte unerwartet standhaft. Ihm gefiel, dass sie trotz ihres selbstverliebten Alters nicht gleich losplapperte. Das ließ sie erwachsen wirken. Er bekam Lust zu rauchen und zündete sich eine Zigarette an.

»Du rauchst ja hoffentlich nicht.«

»Manchmal. Heimlich.«

Er warf ihr die Packung hin. Sie konnte sie nicht auffangen, mit beiden Händen an der Tasse. Sie stellte sie ab und beugte sich nach der Schachtel, nahm eine Zigarette heraus und steckte sie sich an. Beim Anzünden sah er, dass sie nicht gelogen hatte. Sie rauchte wirklich nur manchmal.

»Ich lass dich nur rauchen, um die Polizei zu hintergehen.«

Beim Antworten sah sie ernst auf das brennende Streichholz. »Genau wie ich.«

Er lachte kurz auf. Sie bot einen lustigen Anblick mit dem ungeschickten Rauchen und ihren frechen Antworten. Sie rauchten eine Weile und tranken.

»Willst du ein Bild sehen?«

Sie nickte.

»Ist aber eine nackte Frau drauf. Wenn's dich nicht stört.« Das schien nicht der Fall zu sein. »Ich frage mich, ob es fertig ist«, sagte er, als sie vor der Leinwand standen. Er wusste, dass das Bild alles Mögliche war, aber auf keinen Fall fertig. Sie ließ sich auf dem kleinen Schemel nieder, ohne dazu den Blick vom Bild lösen zu müssen.

»Hast du schon mal Akt gemalt?«, fragte er.

»Einmal. Schnelle Skizzen mit Kreide.«

»Nun, was hast du dazu zu sagen, Linda Cederström?«

Er genoss seine Gemeinheit. Sie ließ sich davon nicht verunsichern.

»Wer ist die Frau?«

Er verschluckte sich.

»Ein bezahltes Modell. Ich weiß nichts über sie. Sie heißt Selma.«

Das Modell hatte mit dem Rücken auf einer Unterlage gelegen und die Füße zum Gesäß gezogen. Ihre Knie ragten in die Luft. Auf dem Bild schwebte sie aufrecht wie Christus am Kreuz. Der Hintergrund war uneinheitlich rot.

Linda begann zögernd, geriet dann aber in Fahrt. Sie sprach von Verformung und erfasste das Verhältnis von Gestalt und Raum mit einem Satz. Er hatte Mühe, sich sein Erstaunen nicht anmerken zu lassen. Als sie mit ihren Ausführungen fertig war, drehte sie sich zu ihm.

»War sie so?«

»Mitgerissen?«

Sie nickte.

»Wie alt bist du?«

»Siebzehn. Es ist bestimmt schwer, nackt vor dir zu liegen. Du schaust so … einnehmend.«

Er lachte laut.

Sie lächelte entwaffnend in seine Richtung und wandte sich wieder dem Bild zu. »Ich könnt's nicht. Glaube ich. Ich wär' nervös.«

»Das ist, was alle am Anfang denken.«

Eine Weile betrachteten sie schweigend die Leinwand. Dann begann ihr Blick zu wandern. Er gewann den Eindruck, dass sie ernsthaft darüber nachdachte. Auf einmal sah sie ihn an und biss sich auf die Unterlippe.

»Muss ich nackt sein?«

Nach dem Konzert standen die Menschen auf und applaudierten dem Orgelprospekt zugewandt. Kurz darauf waren sie beide allein in der Kirche. Sie rutschte etwas auf dem Sitz nach vorne, um kleiner zu werden und ihren Kopf an seine Schulter lehnen zu können. Zusammen mit einem anderen Menschen fiel es ihr leichter, nichts zu tun und dazusitzen.

»Ich hab so einen Hunger!«, sagte sie nach einer Weile.

»Um herauszufinden, wie man sich als Aktmodell fühlt, sollte man am besten nackt sein, ja. Aber du bist doch wegen des Malens hier.«

Sie nickte.

»Dann setz dich auf das Sofa. Ich mache ein paar Skizzen, und später darfst du zeigen, was du kannst.«

»Dass ich was kann?«

»Malen natürlich.«

Sie sah ihn ungläubig an, weil er mit ihr malen wollte. Hätte sie nicht in einem Satz das Kernproblem seines Bildes umrissen, das er seit Tagen weder mit dem Pinsel noch in seinem Kopf zu artikulieren vermochte, hätte er sich wohl nicht darauf eingelassen. Jetzt war er gespannt darauf.

Sie stand auf und ging zum Sofa. Er holte sich sein Weinglas aus der Küche und überlegte, ob er ihr auch davon anbieten sollte. Er ließ etwas Zeit vergehen, bevor er hinüberschlenderte. Sie konnte ihre Stellung selbst wählen und entschied sich dafür, das Gesicht in ihre Armbeuge zu betten. Er holte Block und Kohle, setzte sich auf den Boden und lehnte sich mit dem Rücken an die Wand.

Er begann mit einigen Zwei-Minuten-Skizzen, riss die Blätter nach jeder Skizze vom Block ab und ließ sie in ihre Richtung über den Holzboden gleiten. Sie rührte sich nicht, schielte aber aus ihrer Position auf die Skizze und hob die Augenbrauen.

»Such dir eine neue Stellung«, bat er.

Sie setzte sich auf, wandte sich ihm zu, zog die Knie zur Brust, legte einen Arm darauf, der frei in die Luft ragte. Ihre Füße stellte sie auf die Vorderkante der Sitzfläche. Dann blickte sie etwas schräg zur Seite.

Sie hatte ihm mit jedem ihrer Glieder eine anspruchsvolle Aufgabe vorgegeben.

»Halt das Bein gerade, dann wirkt das Gesicht besser.«

Er ließ sich Zeit, besonders für den Faltenwurf. Eine ganze Viertelstunde zeichnete er und ließ das Blatt schließlich wieder in ihre Richtung segeln. Er sah sie erwartungsvoll an. Sie hob das Blatt vom Boden auf und betrachtete es. Das dauerte.

»In dir liegt viel«, scherzte er. »Lust auf Wein?«

Ohne aufzublicken, schnaubte sie. Ein klares Nein. In der Küche füllte er sein Glas. Als er zurückkehrte, war sie noch in die Skizze vertieft.

»Kann ich die haben?«

Er nickte gnädig. Er würde sie gleich zeichnen lassen. Aber erst wollte er sie ein bisschen necken.

»Lass mich trinken.« Ohne aufzustehen streckte sie die Hand aus.

Er mochte Linda. Man konnte bei ihr nie voraussehen, ob sie als Nächstes kindlich oder erwachsen sein würde. Sie war so, wie er in ihrem Alter gerne gewesen wäre. Er trat zu ihr und reichte ihr das Glas. Sie nahm zwei unschuldige Schlucke daraus und gab es ihm zurück.

»Und?«, fragte er.

»Was und?«

»Bereit, alles auszuziehen?«

Sie wurde rot. »Spinnst du?«

Ida hatte nie Schwierigkeiten gehabt, Entscheidungen zu treffen. Sie hatte sich entschieden, ihn gleich heute mitzunehmen. Er folgte ihr, war sich aber unsicher, was noch folgen würde. Als sie sich im Flur den Mantel auszog, richtete sie ihren Blick auf ihn und zog die Mundwinkel hoch. Sie war schon die ganze Zeit ausgelassen und lachte viel. Dadurch kam er sich erst älter vor, bis er sich anstecken ließ.

Es gab »Idas Versuchung«. Dazu hatte sie drei Kisten Malzbier im Haus. Aus Erfahrung wusste er, dass man mit Ida und einigen Flaschen Malzbier sehr glücklich sein konnte.

»Komm, wir trinken alles aus, ja?«, lachte sie und eilte geschäftig zwischen Spüle und Herd hin und her.

Er stand hinter ihr und legte die Hände auf ihre Hüften. »Dann pinkeln wir bestimmt ins Bett«, entfuhr es ihm.

Ida drehte sich erstaunt um. »Ich hatte gar nicht vor, heute noch mit dir bis zur Kadenz zu kommen.«

Er wurde verlegen. Sie grinste.

»Mach das Pestoglas auf«, befahl sie.

Jetzt war es mit ihrer Fassung vorbei. Linda wirkte panisch und unbedingt interessiert. Intuitiv wusste er, dass sie sich überhaupt noch nie vor jemand entblößt hatte und auch noch nie berührt worden war. Deshalb wollte er das unbedingt tun. Er sah sie arglos an und ließ sie mit sich kämpfen.

»Gib mir Wein«, befahl sie.

Er lachte und reichte ihr das Glas. Sie nahm nur einen Schluck. Ob das etwas nutzte? Er nahm ihr die Zeichnung ab, die sie als letzten Schild vor ihre Brust hielt.

»Leg dich so hin wie am Anfang«, sagte er ruhig.

Sie tat es. Er öffnete den obersten Knopf ihrer Bluse. Sie sah ihm dabei in die Augen. Er löste noch einen Knopf und dann alle Knöpfe. Sie schnaufte vor Aufregung, und ihr Brustkorb hob und senkte sich. Mit beiden Händen schob er die Bluse nach hinten und zog sie ihr über die Schultern. So sah sie noch einmal um zwei Jahre jünger aus. Ihm wurde mulmig. Ihr Blick folgte nicht seinen Händen, sondern suchte Schutz in seinen Augen. Er öffnete ihren BH.

Sie sah ihm die ganze Zeit in die Augen.

»Hat das schon einmal jemand bei dir gemacht?«

»Nein«, flüsterte sie.

»Don't panic.«

Ida und Kjell aßen Nudeln und tranken zimmerwarmes Malzbier dazu. Er hatte schon schlechter bei ihr gegessen. Die Bücher auf dem Tisch hatte sie mit einem Schwung zur Seite geschoben. Bei Ida konnte man nur am Tisch sitzen oder im Bett liegen. Es gab keine Kompromisse. Das wurde sowohl von Idas Mobiliar als auch von ihrem Wesen vorgegeben.

Sie bot an, bei John zu klingeln und eine Flasche Wein zu borgen. Aber dann waren sie doch zu faul dazu. Beide hatten einen harten Tag hinter sich.

»Du bleibst, ja?«, fragte sie. »Bleibst du?«

Auf alles versessen, was das Leben komplizierter machte, hatte sie die hohe Kunst des Chiasmus schon damals von ihm geklaut und in der Zwischenzeit ein beachtliches Niveau erreicht. Keiner konnte Satzglieder und den Willen der Männer so verdrehen wie sie.

»Ja«, versicherte er. »Ja.«

Sie schliefen nebeneinander ein, als wäre er nach Jahren aus dem Krieg heimgekehrt und müsste langsam wieder an die Nähe zu einem weiblichen Körper gewöhnt werden.

Als der Kugelschreiber auf dem Papier kratzte, wusste er, dass sie gut war. Die Kontur beendete sie mit drei, vier langen und sicheren Strichen. Sie blickte nach oben zu den Lampen und ließ sich vom Sofa hinab auf den Holzboden gleiten, zog die Knie an und schuf sich so eine schräge Arbeitsfläche. Ihre Fußsohlen rutschten auf dem Holz immer wieder nach vorne. Ohne vom Papier aufzuschauen, zog sie sich nur mit Hilfe ihrer Zehen die Socken aus. Sie zeichnete einige Minuten lang an der Kreuzschraffur.

Dann streckte sie die Füße nach vorne und zog ihren Hintern wie eine Raupe hinterher. Das tat sie mehrere Male, bis sie vor ihm saß. Sie schwenkte den Block und hielt ihm die Zeichnung entgegen. O ja, dachte er.

»Mach weiter.«

Sie stand auf und sah sich um. Ohne um Erlaubnis zu bitten, suchte sie sich jetzt ihre Ausrüstung selbst aus. Den Kugelschreiber war sie leid. Das war auch gemein von ihm gewesen. Sie entschied sich für grobes Aquarellpapier, das auf einem Beitisch am Fenster lag. Dazu wählte sie die Pastellstifte.

Sie hockte sich wieder an dieselbe Stelle dicht vor ihm. Er streckte die Beine aus, und sie stellte ihr rechtes bald darüber. Mit dem rechten Fuß stieß sie gegen die Stehlampe, bis sie mit dem Lichteinfall zufrieden war. Den Block balancierte sie auf ihrem Schoß, als sie die rechte Hand nach ihm ausstreckte und die Knöpfe seines Hemdes öffnete.

Sie deutete sein Grinsen als Ermunterung und erwiderte es. Sie schlug sein Hemd auf und drapierte sich interessante Falten. Er war froh, dass ihr die Falten in seinem Gesicht nicht genügten.

Sie arbeitete in hohem Tempo. Sie hatte eine schwierige Perspektive gewählt mit allerlei optischen Verkürzungen. Auch das Licht erschien ihm anspruchsvoll. Natürlich wollte sie zeigen, was sie konnte. Nachdem sie die Kontur beendet hatte, begann sie, immer wieder die Farbe zu wechseln. Dabei lehnte sie den Block gegen ihre Brust, hob ihren Hintern und drehte sich mit dem Oberkörper zur Seite, um an die Schachtel mit den Stiften zu gelangen. Sie achtete darauf, sein

Bein bei jedem Farbwechsel unabsichtlich mit dem Fuß zu berühren.

Nach zwanzig Minuten schien sie bald fertig zu sein. Mittlerweile stand ihr rechtes Bein aufrecht. Es lag auf seinen Knien und schmiegte sich nachdrücklich an ihn. Sie war kurz davor, mit ihren Zehen gegen seine aufgestützte Hand zu stoßen.

Zug um Zug entdeckte sie ihre Reize und spielte sie sofort aus. Als entdeckte man in der Tasche einer ausrangierten Hose einen Hunderter und verspürte sogleich den Drang, ihn auszugeben.

Sie sah sich um und entdeckte einen Pinsel. Offenbar wollte sie das Bild zum Schluss lavieren und suchte nach etwas Flüssigem, aber sein Weinglas war leer. Sie erinnerte sich an die Teetasse und drehte sich erneut mit dem Oberkörper weg. Diesmal musste sie sich weiter drehen und strecken. Sie merkte, dass sie die Tasse so nicht erreichen konnte. Sie hob ihren Hintern und wollte von ihm wegkrabbeln. John fand, dass es für sie an der Zeit war, etwas über das Leben zu begreifen. Er streckte beide Hände aus und packte sie am Bund ihrer Hose, die weit war und locker auf ihren Hüften saß. Linda erstarrte in ihrer Bewegung. Er zog sie mit beiden Händen zurück. Sie rutschte auf den Knien, mit den Händen musste sie hastig nachgreifen, um nicht mit der Nase voran auf dem Boden zu landen. Dabei gab sie Laute des Erstaunens von sich.

Mit beiden Händen griff er in ihren Hosenbund, zerrte an der Hose und zog sie ihr herunter. Sie war immer noch wie gelähmt. Er zerrte weiter, holte sie dabei näher zu sich heran. Sie geriet aus dem Gleichgewicht, er wirbelte sie wie einen Ringer herum. Sie landete auf dem Hintern und starrte ihn mit aufgerissenen Augen an.

Sofi spürte, dass es bald offen vor ihr liegen würde. Die Lösung. Sie zog im Gang ihren Sportanzug an, weil sie nicht sicher war, ob hier jemand durchs Fenster hereinblicken konnte. Dann rollte sie ihren Schlafsack auf Carl Peterssons Parkettboden aus und schlüpfte hinein. Sie musste jetzt dranbleiben. Für solche Augenblicke war sie zur Polizei gegangen. Sie konnte sich nichts Aufregenderes vorstellen.

20

Samstag, 1. Dezember

Ida beugte sich über sein Gesicht und küsste ihn auf den Mund. Er schlug die Augen auf und sah, dass sie angezogen war.

»Ich muss zur Arbeit«, flüsterte sie. »Jetzt ist es acht.«

Er schlief wieder ein, bis ihn um elf Uhr sein schlechtes Gewissen weckte. Er hatte Linda nicht mehr angerufen. Er goss sich eine Tasse Kaffee auf und setzte sich an Idas Küchentisch, der so lang war, dass daran auch zwölf Jünger frühstücken könnten. Sie hatte ihm darauf eine kleine Halbarena zwischen den Büchern freigeräumt, in der er seine Tasse abstellen konnte.

Nichts war schöner, als allein in der Wohnung einer Frau zu sitzen. Jeder Mann wusste das. Anders als Frauen litten Männer nicht an dem Zwang, in fremden Wohnungen eine Komplettinventur aller Räume durchzuführen, und konnten die enge Vertrautheit genießen, die sie mit der Liebsten verbindet, obwohl sie gar nicht anwesend ist. Ida hatte ihm Knäckebrot bereitgelegt, aber er war nicht hungrig. Er saß nur da. Hin und wieder nippte er an seinem Kaffee, bis nach einer Viertelstunde sein Telefon klingelte. Es war Barbro.

»Du musst sofort herkommen. Wir haben Robert Sahlin gefunden!«

Er sprang in seine Hose, verließ Idas Wohnung und zog die Tür hinter sich zu. Oben an der Treppe sah er Schuhe. Aus irgendeiner Ahnung blieb er stehen. Dann fiel es ihm ein. Er hatte diese Schuhe bezahlt.

Linda!

Sie ging so langsam, dass man nicht mehr ernsthaft von Gehen sprechen konnte. Die Finger ihrer rechten Hand streiften an der Wand entlang. Mitten auf der Treppe hielt sie inne, sah in seine Richtung, wandte den Blick wieder nach vorne auf die letzten Stufen. Vom unteren Ende der Treppe aus steuerte sie auf ihn zu. Nun konnte er ihr Gesicht sehen. War sie betrunken? Sie schwankte ja.

Dann war sie bei ihm. Er breitete aus Reflex die Arme aus. Sie sank dankbar hinein und legte ihren Kopf an seine Schulter.

»Hallo Papa.«

Sie fühlte sich warm an. Ihre Stimme klang weich und klar. Betrunken war sie nicht.

»Was ist los mit dir? Du bist ja nicht bei Sinnen.«

Sie seufzte erneut.

Er nahm ihren Kopf zwischen die Hände und blickte ihr in die Augen. »Wo kommst du denn her?«

»Ich war oben, im Atelier.« Ihr Kopf sank wieder nach unten.

Er stutzte. »Habt ihr bis jetzt gemalt?«

Sie nickte, indem sie ihre Stirn an seiner Schulter rieb. Er sah auf die Uhr, es war kurz vor zwölf.

»Bist du heute früh hin?«

Sie legte den Kopf zurück und schüttelte ihn lächelnd. Ihr Lächeln hatte etwas Diabolisches. »Gestern.«

Er fühlte wieder die Wärme, die von ihr ausging, eine gut gedämmte Bettwärme war das. Nein. Das wollte er nicht. Er wollte es zu dieser Erkenntnis nicht kommen lassen, doch er hielt seine schlaffe Tochter in den Armen und glaubte, jeden Quadratzentimeter von ihr auf seinem Körper zu spüren. Dieser Grad an Entspanntheit setzte eine Form der Vorarbeit voraus, die er nicht länger verdrängen konnte.

Linda löste sich und blickte ihn aufrichtig an. Sie fragte nicht, was er hier tat. Alles schien selbstverständlich für sie zu sein. Wie immer.

»Hat er dir etwas angetan?«

Sie blickte ihn ernst und nach innen gekehrt an, als müsste sie die Ereignisse erst vor ihrem inneren Auge vorbeiziehen lassen, um diese Frage beantworten zu können. Er hatte den Eindruck, dass sie bei der ein oder anderen Station ins Stocken geriet. Schließlich verneinte sie mit einem schnellen Kopfschütteln.

»Komm«, sagte er. »Ich bringe dich nach Hause.«

Sie hob den Kopf. »Sei nicht bös, Papa. Ich möchte ein bisschen für mich sein. Ich fahre allein nach Hause. Ja?« Sie wartete seine Antwort nicht ab und wandte sich zur Tür. »Bis später«, rief sie und verschwand.

Er blieb zurück und starrte ihr nach. Linda hatte sich noch nie in ihren Empfindungen stören lassen. Für die Dauer eines Geistesblitzes wollte er nach oben rennen und »aufräumen«. Doch er wartete an Ort und Stelle, bis ihr Vorsprung groß genug war, und verließ das Haus. Draußen schien die Sonne auf den frischen Schnee.

»Wo hast du denn gesteckt?«, fragte Barbro und musterte argwöhnisch den braunen Anzug von gestern, in dem er immer noch steckte. Emelie spielte unter Hennings unbesetztem Schreibtisch auf einer Kuscheldecke. »Ich habe versucht, Linda anzurufen, ob sie heute auf Emelie aufpassen kann. Bei dem Wetter hätten sie in den Zoo gehen können.«

»Sie kann nicht.«

»Ist was passiert?«

Er schüttelte den Kopf. »Es ist nichts.«

»Sahlin ist vor zwei Stunden in Arlanda angekommen.«

»Wie? Angekommen?«

»Er ist ganz normal mit einer Maschine aus Tel Aviv gelandet. Der Zoll hat ihn festgehalten. Sie bringen ihn her.«

»Warum hat ihn denn in Israel niemand aufgehalten? Was sind denn das für verdammte Vollidioten dort?«

Barbro zuckte zusammen und starrte ihn fassungslos an.

Man überführte Robert Sahlin in kurzer Zeit nach Kungsholmen ins Präsidium. Er wartete im Verhörzimmer, als Kjell hereinkam und ihm die Hand entgegenstreckte. »Robert Sahlin?«

Sahlin nickte. Er war von schmächtiger Statur. Kjell war alles andere als ein Meister darin, Alter und Körpergröße anderer Menschen zu schätzen. Er selbst war einsneunundsiebzig, und wie alle Männer dieser Größe gab er einen Zentimeter drauf. Sahlin hingegen war gute anderthalb Köpfe kleiner als er.

»Du gibst uns Rätsel auf«, begann Kjell. Er stellte sich den kleinen Mann als Lehrer vor einer neunten Klasse vor. Bisher wusste Sahlin offenbar nichts von den Ereignissen in der Västmannagatan. Aber sein Blick war voll Ruhe und Gelassenheit. »Du kommst aus Israel?«, fragte Kjell.

Sahlin nickte.

»Was war der Grund für diese Reise?«

»Ich fahre jedes Jahr ans Tote Meer«, antwortete Sahlin. »Zur Kur.«

Seine Stimme klang unerwartet sonor. Mit ihr füllte er unaufdringlich den ganzen Raum. Auf einmal konnte Kjell ihn sich als Lehrer vorstellen.

»Geht es um etwas Politisches?«, fragte Sahlin.

»Weil es Israel ist? Nein. Es geht um deine Wohnung.« Sahlin sah ihn verständnislos an, aber von Unruhe war er weit entfernt. »Wann warst du zum letzten Mal in deiner Wohnung?«

»Ich bin von dort zum Flughafen gefahren.«

Kjell sah auf seine Notizen. »Das war am Mittwoch, dem 21. November?«

»Um zehn Uhr war ich am Flughafen, und um kurz vor zwölf hob ich ab.«

»Kennst du Carl Petersson?«

»Petersson?« Sahlin dachte nach. »Nur einen im Haus.«

»Den meine ich. Er ist am Montag darauf ermordet worden, mitten in der Nacht.«

»Herrje.« Sahlins Blick war ernst.

Kjell hatte den Eindruck, dass er Anteil nahm, obwohl er Sahlin durchaus glaubte, dass er ihn kaum kannte. Schrecken darüber, dass Tür an Tür ein Mord geschehen war, fand er nicht bei Sahlin.

»Du warst also zur Kur?«

Sahlin reckte wieder den Kopf. »Neurodermitis, im Sommer Island, wegen des Schwefels. Im Winter fahre ich zum Toten Meer.«

»Das war also der einzige Grund für diese Reise?«

Sahlin nickte.

»Hat jemand einen Schlüssel zu deiner Wohnung?«

»Meine Mutter bis zu ihrem Tod. Aber das ist schon lange her.«

»Der Grund für unsere Suche nach dir ist einfach. Der Anruf bei der Polizei kam von dem Telefon in deiner Wohnung.«

Auf Sahlins Gesicht breitete sich ein Lächeln aus. »Tatsächlich? In meiner Wohnung ist sonst nie etwas los.«

»Die Wohnung ist nur ein Punkt. Der andere dein Reiseziel, Petersson hatte mit dem Nahen Osten zu tun.«

»Ich verstehe«, sagte Sahlin, aber augenfällig verstand er nicht. »Wie sah meine Wohnung denn aus? Wurde eingebrochen?«

»Eben nicht. Sie war normal verschlossen. Durchwühlt wurde auch nichts.«

Barbro trug ein Tablett herein und stellte es auf dem Tisch ab. Sie füllte drei Tassen mit Kaffee. Das war Teil einer Inszenierung, die die Gruppe »Die Zahnarzthelferin« nannte, und die sie immer dann aufführten, wenn ein männlicher Zeuge oder Tatverdächtiger vernommen wurde. Kjell hatte sie während eines Zahnarztbesuchs entwickelt, als er den Zahnarzt fragte, was eigentlich mit Zahnarzthelferinnen geschah, die das dreiundzwanzigste Lebensjahr vollendet hatten. Wurden die irgendwo hingebracht? In die Bergwerke von Kiruna zum Beispiel? »Die heiraten!«, hatte der Zahnarzt erklärt.

»Die Zahnarzthelferin« war eine ganz und gar archaische Methode: Eine Polizistin notierte zuerst die Personalien, räumte dann den Sitzplatz, auf dem sie nur vorne auf der Kante sitzen durfte, ließ den Stift jedoch am Platz liegen. Dann kam der männliche Kommissar, nahm herrschaftlich Platz, ergriff den Stift wie ein Szepter und begann das Verhör. Die Kollegin hatte etwas später einen zweiten Auftritt beim Hereinbringen von Dingen, die nicht immer wirklich benötigt wurden. Für Sexualstraftäter hatten sie hingegen die sogenannte »Frauenhölle« entwickelt, bei der der Verhaftete nach Betreten des Präsidiums ausschließlich Frauen zu Gesicht bekam und sich während des Verhörs als einziger Mann mit sieben Frauen im Raum befand. Kjell brachte dann gerne auf Anforderung Unterlagen vorbei. Kaffee gab es für Vergewaltiger nur, wenn sie noch viel zu gestehen hatten.

Als Sahlin und Kjell sich Milch in ihren Kaffee füllten, entstand eine kurze Unterbrechung.

»Eine Ida Florén hat angerufen und nach dir gefragt«, flüsterte Barbro.

Kjell wandte sich Barbro eine Spur zu interessiert zu, als dass es jemand wie ihr hätte entgehen können. »Hat sie eine Nummer hinterlassen?«

Barbro kniff die Augen zusammen und prüfte ihn eingehend. Das tat sie ausgiebig, dann nickte sie langsam. Sie hatte Lunte gerochen. Ein erster Verdacht keimte in ihr.

Sahlins Stimme unterbrach ihr Blickgefecht. »Ida Florén aus meinem Haus? Wurde bei ihr auch eingebrochen?«

»Nein. Sie ist nur eine Zeugin.« Kjell betonte das Wort *Zeugin.*

»Arme Ida«, sagte Sahlin. »Aber jetzt geht es ihr ja besser.«

»Kennst du sie etwa?«

»Mhm«, summte Sahlin. »Wir sind Freunde. Ich habe sie im Sommer zweimal im Krankenhaus besucht. Vorher kannten wir uns nur aus dem Treppenhaus. Im Herbst verschlechtert sich meine Haut immer. Ida kam dann oft. Sie hat für mich eingekauft und Wäsche gewaschen.«

»Warum war *Ida* denn im Krankenhaus?«

Sahlins Blick wanderte zwischen Kjell und Barbro hin und her.

»Ich kenne sie privat«, versicherte Kjell. »Es ist nicht für die Ermittlung. Sie hat damit nichts zu tun.«

»Das war im Juni nach ihrem Selbstmordversuch.«

Erst zwei Stunden später wählte er ihre Telefonnummer, die Barbro auf einem Zettel notiert hatte. Ida hob nach dem zweiten Läuten ab. Sie klang fröhlich.

»Du hast daran gedacht, etwas bei mir zu vergessen«, behauptete sie. »Das Kabel für dein Telefon nämlich.«

»Das habe ich absichtlich gemacht«, log er.

»Ich hatte nur die Nummer von deiner Visitenkarte.«

Kjell gab ihr all seine anderen Telefonnummern und bat um ihre Mobilnummer.

»Ich habe gar keine. Ich liege im Streit mit der Telefongesellschaft. Als ich im Juni vergessen habe, die Rechnung zu bezahlen, haben sie das Telefon gleich gesperrt. Und da habe ich ihnen das ganze Telefon mit der Karte zurückgeschickt. Die Grundgebühr muss ich leider immer noch bis nächsten Sommer bezahlen.«

Im Juni also. Da hätte er Zeit gehabt. »Möchtest du sehen, wie ich wohne?«

»Wohnst du noch auf Söder?«

Das war lange her. Ida hatte er damals natürlich nie mit nach Hause bringen können. Es gab schließlich gewisse Grenzen.

»Reimersholme.«

»Lädst du mich ein?«

»Ja. Heute geht es leider nicht. Linda ist wahnsinnig geworden, und ich muss ihr Hausarrest geben, bis sie volljährig wird.«

»Wann ist das?«

»In drei Monaten.«

Ida lachte.

»In dieser Woche habe ich frei«, sagte sie. »Da kann ich also immer.«

»Morgen wäre gut. Ich habe am Nachmittag eine Besprechung, und dann hole ich dich ab.«

»Sehe ich dann Linda?«

»Ja, aber sie wird angekettet sein.«

21

Sonntag, 2. Dezember

Linda stand in der Västmannagatan. Es war schon seit einer Stunde dunkel. Feuchte Luft drang ihr unter die Haut. Sie lehnte nur mit den beiden Schulterblättern an der Hauswand und blickte über die Straße hinauf zum Atelier. So verharrte sie eine halbe Stunde, ohne sich zu rühren. Die Kälte war längst in ihre Glieder gekrochen, aber das interessierte sie nicht. Oben im Atelier brannte kein Licht. Das musste nicht heißen, dass er nicht da war, denn die anderen Räume lagen nach hinten raus.

Das war auch nicht wichtig.

Sie zählte bis drei, dann stieß sie sich von der Wand ab und ging los. Sie klingelte einmal und noch einmal, aber es erklang kein Summton. Oben in der Wohnung im vierten Stock brannte Licht. Papa war es nicht, das war klar. Der hatte sich nach dem gestrigen Abend den ganzen Tag im Präsidium verkrochen. Wahrscheinlich war Sofi dort oben. Sie klingelte, ohne genau zu wissen warum. In ihrer Lage wäre sie lieber mit Barbro zusammengewesen.

Sofi riss die Tür auf und sah sie erstaunt an. Sie kaute etwas. Das war bestimmt Schokolade. Sofi lächelte und ließ Linda ohne Fragen herein.

»Man darf nichts anfassen, oder?«, fragte Linda.

Sofi grinste und ging in die Küche voraus, die gleich gegenüber vom Eingang lag. Dort standen zwei ICA-Tüten auf der Küchenplatte. Eine davon war umgekippt. Das war Sofis Proviant.

Linda bemerkte winzige hektische Bewegungen bei Sofi. So war sie, wenn sie gereizt war. Richtig unangenehm wurde sie nie.

»Darfst alles anfassen«, sagte Sofi, die offenbar gerade eine Pause einlegte.

»Kann ich ein bisschen bleiben?«, fragte Linda.

Sofi prüfte sie mit neugierigem Blick. Ihre dunklen Augen funkelten. Wortlos schlurfte Sofi in das Arbeitszimmer zurück. Linda folgte ihr in angemessenem Abstand. Als sie das Zimmer betrat, saß Sofi bereits am Schreibtisch und reagierte auf Lindas fragenden Blick mit einem Schulterzucken und einem Seufzer. Sie ließ die Handflächen auf ihre Schenkel fallen.

Vor ihr waren drei Computer aufgebaut. Papiere bedeckten den Boden um den Schreibtisch herum wie bei einem Dichter, der vor seiner Schreibmaschine sitzt und den ersten Satz nicht findet. Hinter dem Schreibtisch lag ein zusammengerollter Schlafsack.

»Ich bin am Ende.« Sofi lachte bitter.

Linda beugte sich hinab und hob eines der Blätter auf und noch ein zweites. Alle Blätter waren gleich bedruckt.

»Das ist das Passwortgitter«, erklärte Sofi.

Auf den Blättern hatte Sofi Kringel und Linien eingezeichnet. Darin unterschied sich ein Blatt vom anderen.

Auf dem Schreibtisch klingelte Sofis Telefon. Sie hob ab und sprach einige Minuten lang mit dem Anrufer. Sie klang heiter und sogar ein wenig albern. Linda vermutete, dass Sofi in den nächsten Minuten noch alberner werden wollte und sich nur ihretwegen zurückhielt. Sie kehrte in den langen Korridor zurück, streifte an den Regalen entlang und fuhr mit den Fingerspitzen über die geprägten Rückentitel. Hin und wieder zog sie ein Buch heraus und blätterte darin. Sie hatte es auf exotische Schriftzeichen abgesehen und erwischte ein Handbuch der Sanskritsprache. Linda pustete erwartungsvoll den Staub vom Schnitt, schlug es auf und begann zu blättern. Die Schriftzeichen hingen an einer geraden waagerechten Linie wie Wäsche, die an einer Leine im Wind flattert. Das Buch stammte aus dem Jahr 1892. Linda beugte sich über die Seiten und schnupperte daran, um herauszufinden, wie das Jahr 1892 gerochen hatte. Sie hatte Lust, ihren Namen schreiben zu lernen, und ging ins Arbeitszimmer zurück. Sofi hatte ihre Füße gegen die Schreibtischplatte gestemmt und die Knie zur Brust gezogen. Linda hatte Sofi noch nie kichern hören.

»Kann ich was zu schreiben haben?«, flüsterte Linda.

Sofi machte eine ausbreitende Geste. Linda schnappte sich zwei Stifte vom Schreibtisch und las einige von den Blättern am Boden auf. Damit ließ sie sich an dem Esstisch am anderen Ende der Wohnung nieder.

Sie betrachtete erst für einen Moment die bedruckte Seite des Papiers und wendete es dann auf die Rückseite, um darauf zu schreiben. Vorne im Buch wurde die Schrift erklärt, mit der

Sanskrit geschrieben wurde. Es war eine Silbenschrift, die Nagari hieß. Sie suchte das Zeichen für ›*li*‹ aus der Liste. Es sah aus wie ein Herzchen, das ›*n*‹ wie ein Pfeil. Oder wie ein dickes Hinterteil und das ›*n*‹ ein Phallus, dachte sie. Ihr wurde warm. Sie fand auch ›*da*‹ und hatte damit alle Silben ihres Namens schneller zusammen, als sie erwartet hatte. Sie schrieb noch die Namen von Sofi, Kjell, Cissi und Vivian und am Ende den von John. Dabei gab sie sich am meisten Mühe. Es sollte besonders hübsch aussehen.

Danach suchte sie sich eine andere Sprache. Sie begann mit Sumerisch, aber die Keilschrift war kompliziert und langweilig. Weil sie ihren Namen nicht zusammenbekam, blätterte sie weiter in dem Buch und entdeckte den Satz *i-zah-ed-na-a*. Das bedeutete »Lass mich sterben, wenn ich noch einmal weglaufe.« Linda seufzte. Ausgerechnet diesen Satz hatte sie in dem dreihundert Seiten dicken Buch erwischen müssen. Sumerisch sah sehr schwierig aus. Sie blätterte noch ein wenig weiter. Als sie auf die Zahlwörter stieß, zählte sie laut los: *disch, min, esch, limmu, ia, asch …*

Sie stockte. *Limmu?*

Das hatte sie doch gerade erst gesehen. Sie drehte das Blatt um und überflog die fünfzig Zeilen des Passwortgitters. In der neunzehnten Zeichenreihe des Musters stand L-I-M-M-U/W. Im Buch gab es aber nur zehn Zahlwörter. Das war auch in anderen Sprachen, die sie kannte, nicht anders. Jenseits der Zehn oder der Zwölf setzte man die Zahlen ja zusammen. Dreizehn, vierzehn, fünfzehn. Obwohl man im Französischen erst bei siebzehn Zusammensetzungen benutzte. Aber keine Sprache der Welt hatte wohl einen eigenen Namen für dreiundvierzig. *Elf, Zwölf, Pelle, Kalle, Vickan, Snodde, Lasse, Kicki, Ulla, zwanzig.*

Keine der fünfzig Zeilen glich jedoch einer anderen. Das konnten ja nicht alles sumerische Zahlen sein. Also war es Zufall. Linda ging dennoch alle Reihen durch und stieß auf einen weiteren Zufall. Zeile 43 hieß D-I-SCH-(N)-(N). *Disch* war das sumerische Wort für *eins.*

Sie rannte zu Sofi und wollte wissen, was die Klammern bedeuteten. Sofi hielt ihre Hand auf den Hörer. »*Null* oder *nichts.* Oder eine Leerstelle. Oder ein Operator. Weißt du, was ein Operator ist?«

Linda sah sie schweigend an. Wenn sie etwas nicht wusste, dann sah man das immer gleich. Sofi widmete ihre Aufmerksamkeit wieder dem Telefon.

Linda ging ins Wohnzimmer zurück. Leider fand sie keine weiteren sumerischen Zahlen in dem Gitter. Sie nahm das Sanskritbuch und stieß auf eine Ähnlichkeit. *Fünf* hieß auf Sanskrit *catur,* und auf dem Blatt fand sie immerhin TSCH-A-T-U-R. Nun begann sie, hinter die Reihen jeweils die Zahl zu schreiben und gab auch die Seitenzahl mit an, wo sie sie gefunden hatte. Sie war schließlich Philologentochter.

Eine Stunde später stapelten sich die Bücher auf dem Tisch. Auf dem Blatt stand nun hinter den meisten Reihen eine Zahl. Oft klangen die Wörter ähnlich, waren aber nicht völlig identisch. Papa ließ sich wie andere Leute seines Schlags immer wieder gerne dazu herab, seine Tochter zwischen Bad und Küche mit kurzen Vorträgen zu beglücken. Deshalb wusste Linda, dass man in der Antike manchmal bei jedem Zeilenwechsel die Schreibrichtung änderte. Linda hatte sich das sofort gemerkt, weil es für faule Menschen wie sie eine sehr bequeme Art zu schreiben war. Und das war auch hier der Fall. Jede zweite Zeile musste von rechts nach links gelesen werden. Aus jeder Sprache gab es nur zwei, drei Zeilen. Deren Namen hatte Linda in den meisten Fällen noch nie zuvor gehört.

Schließlich stand sie wieder vor Sofi, die immer noch telefonierte. Jetzt saß sie dabei über den Tisch gebeugt und notierte etwas. Linda schnappte einige Sätze auf. Sofi sprach mit dem Anrufer über das Passwort.

»Ich hab da was gefunden«, versuchte es Linda. Sofi hob kurz den Kopf. »Wegen des Passworts.«

Sofi runzelte die Stirn und schenkte Linda ein Drittel ihrer Aufmerksamkeit.

»Ich lasse es im Wohnzimmer liegen«, flüsterte Linda enttäuscht. »Vielleicht kannst du es dir später ansehen?«

Sofi nickte.

Lindas Euphorie schwand. Die fünftletzte Reihe hatte sie nicht herausbekommen. Sofi hatte so viele Versuche hinter sich, dass es dumm war zu glauben, ausgerechnet ihr könnte es geglückt sein. Sie schlüpfte in Jacke und Schuhe, winkte Sofi zum Abschied und verließ die Wohnung.

22

Ida entspannte sich auf ihrem Bett. Dazu hatte sie gemäß der Anweisung ihres Therapeuten eine kleine Kerze auf dem Fensterbrett aufgestellt, die unruhig flackerte. Eine Kerze ist in Ordnung, hatte sie bei der letzten Sitzung gesagt. Aber verlang nicht, dass ich mich in die Badewanne lege und überall Teelichter aufstelle. Der Therapeut war lieber sofort einverstanden gewesen und schlug vor, beim nächsten Mal etwas Zeit von ihren Diskussionen über die erkenntnistheoretische Berechtigung der Psychologie abzuzweigen, um über das Thema Kompromissfähigkeit zu sprechen, und zwar ganz speziell über die Kompromissfähigkeit von Ida.

Ida hing ihren Gedanken nach und ließ die Gedanken vorbeiziehen. Als es an der Tür klingelte, döste sie schon. Sie setzte sich auf und fuhr sich mit beiden Händen durch die Haare. Der Wecker zeigte sechs Uhr an. Kjell wollte nicht vor acht kommen. Dennoch. Sie sprang aus dem Bett und ordnete in aller Eile ihre Haare vor dem Spiegel im Flur. Dann riss sie die Tür auf.

Im Treppenhaus stand Patrik Nygren und lehnte sich mit ausgestrecktem Arm gegen den Pfosten ihrer Tür.

»Ida«, sagte Patrik Nygren.

Von oben hallten heftige Schritte durchs Treppenhaus. Ida sah Patrik erwartungsvoll an. Die Schritte kamen näher.

»Ich bin dabei, die alte Wohnung aufzulösen und brauche den Schlüssel.«

»Welchen Schlüssel?«

»Du hast noch einen Haustürschlüssel von mir.«

»Patrik«, sagte sie fassungslos. »Das ist vier Jahre her. Du kommst wegen eines Schlüssels aus Göteborg?«

Er nickte.

»Hättest du nicht anrufen können?«

»Es ist sehr wichtig.«

Das war es also, was so wichtig war. In Ida begann es zu brodeln. Die Schritte von oben kamen immer näher. Ein Mädchen erschien auf der Treppe. In der Kehre, an der Idas Haustür lag, rauschte das Mädchen mit einem Schwung um die Kurve, wobei sie sich am Knauf des Treppengeländers festhielt.

Sie ist es, dachte Ida. Das ist Linda. Ihre Blicke trafen sich.

»Hast du ihn?«, fragte Patrik.

Ida sah Linda durch die Haustür verschwinden. »Hast du meine E-Mail bekommen?«

Patrik nickte.

Ida wartete einen Augenblick, ob Patrik noch mehr zu sagen hatte. Er hatte ja gelesen, dass sie glaubte, er habe Aids. Dann wusste er auch, dass sie sich nicht nur um ihn, sondern auch um sich selbst und vielleicht eine Reihe anderer Menschen sorgen würde. In vier Jahren hätte Ida so viele Menschen infizieren können, wie in einer schwedischen Kleinstadt leben. Auf die E-Mail hatte er nicht mehr geantwortet.

»Ich habe ihn bestimmt beim Umzug weggeworfen. Hier in der neuen Wohnung ist er jedenfalls nicht, Patrik.«

Auf seinem Gesicht erschien eine genervte Miene. So kannte sie ihn. Es nervte ihn, dass Ida die Bedeutsamkeit seines Besuchs nicht erkannte. In der Wohnung klingelte das Telefon.

»Mach's gut«, verabschiedete sie sich und drückte ihm die Tür vor der Nase zu.

Der Anrufer war Kjell. Sie erzählte ihm, was gerade passiert war. Er lachte laut.

»Kannst du in der vierten Etage bei Petersson klingeln? Dann öffnet dir eine Dunkelhaarige. Sie wird verzweifelt aussehen. Du wirst ihr helfen können.«

»Aha. Wobei kann ich helfen?«

»Mathematik. Es wird dir Spaß machen.«

»Okay. Aber erst muss ich den Schlüssel suchen. Und wegwerfen. Der liegt hier irgendwo rum.«

Linda marschierte mit strammen Schritten zur U-Bahn-Station am Odenplan. Sie hätte zu Hause bleiben sollen. Der Boden war mit Eisplatten bedeckt. Immer wieder kam sie ins Rutschen und musste die Arme ausstrecken, um das Gleichgewicht zu halten. Sie erkannte ihn aus einer Entfernung von fünfzig Metern. Um dem kalten Wind zu entgehen, hatte John den Kragen seines Mantels aufgestellt und das Kinn zur Brust gezogen. Nachdem sie sich einander bis auf zehn Meter genähert hatten, bemerkte er sie.

Sie sahen sich an. Er war erstaunt, sie schwieg. Gestern Morgen war sie aufgebrochen, nachdem er eingeschlafen war. Das machte sie jetzt stark. Er zog die Nase hoch, um seine Eigenständigkeit zu behaupten. Ihr Herz pochte wild. Er reichte ihr die Hand, die in einem Lederhandschuh steckte. Sie legte ihre nackte Hand hinein. So war es von Anfang an, dachte sie. Er war bedeckt, sie nackt.

Seit Linda in der letzten Nacht zu zeichnen begonnen hatte,

war kein Wort mehr zwischen ihnen gefallen. Schweigend zog er sie mit sich, schräg über die Straße in Richtung auf ein beleuchtetes Lokal. Sie folgte ihm mit einem halben Schritt Abstand durch die Tür. Der langgezogene Raum wölbte sich wie ein U-Bahn-Schacht. Die Menschen saßen in geometrischen Sesseln vor Tischen, die ihnen gerade bis zu den Knien reichten. Die Männer rauchten einheitlich Zigarren, die man an der Bar bekam. Alle waren älter als Linda und jünger als John. Linda hätte gerne erfahren, ob John das auch so gefiel wie ihr. Er ließ seinen Blick durch den Raum schweifen und sah ihr dann in die Augen. Linda hielt nach möglichen Bekannten Ausschau, die überall weitererzählen könnten, dass sie mit John Osborne hier war. Das wäre schön gewesen.

Vor dem letzten freien Tisch ganz in der Mitte des Raumes half John ihr aus der Jacke und setzte sich ihr gegenüber. Um sie herum sprachen die Menschen mit gedämpfter Stimme. John bestellte zwei Kakao und einen Whisky. Er grinste dabei.

Zuerst trank er von seinem Kakao und nahm im Anschluss einen Schluck Whisky. Linda fand, dass John hier der Einzige war, der mit einem Whisky nicht dämlich aussah, und beugte sich vor zu ihrem Kakao, trank auch und ließ sich danach wieder in den Sessel zurückfallen. Es war echter Kakao, nicht der *O-Boy*-Schnellkakao, den sie zum Frühstück trank. Er war ungesüßt und schmeckte bitter. Sie ließ John nicht aus den Augen. Er musterte sie weiter. Bestimmt überlegte er, ob er sie noch einmal mitnehmen sollte.

Es erregte sie, wie er seinen Blick an ihr herunter- und wieder hinaufwandern ließ. Sie sprachen nicht. Das gefiel ihr, obwohl sie den Verdacht hatte, ihn nur dumm anzuschauen. Er beendete seine Inspektion mit einem Lächeln. Sie verstand, dass er sie herausfordern wollte, denn das wollte er immerzu. Unentschlossen in ihren Gesten griff sie nach seinem Whiskyglas und trank daraus. Eine schlagfertige Geste, fand sie im Nachhinein.

Er schien auch beeindruckt zu sein. Sie lächelte spitzbübisch, und er musste erraten, woran ihn das erinnern sollte.

»Du kommst mit mir«, sagte er.

Sie folgte ihm.

Das lange Gespräch mit Sven konnte Sofi nicht darüber hinwegtäuschen, dass sie so gut wie am Ende war. Sie war bereit aufzugeben. Um acht Uhr gab es keine Hoffnung mehr. Sie öffnete das Fenster, um frische Luft hereinzulassen. Die Luft war eisig und roch nach nichts.

Es gab noch viele Möglichkeiten, aber die besten hatte sie längst ausprobiert. Dabei war sie einmal drei, vier Schritte vorangekommen, aber nie weiter. Sie hasste Carl Petersson aus ganzem Herzen. Der Wind fuhr ins Zimmer und wirbelte einige der Papiere am Boden auf. Der Temperaturabfall ließ die Computer knistern. Sie schloss das Fenster und zog die schweren ockergelben Vorhänge zu. Erst als sie den Stoff berührte, fiel ihr auf, dass sie aus echter Seide waren. Sie hingen in allen Zimmern der Wohnung. Aber zugezogen wurden sie wohl nie. Sofi musste die Schärpe, die die Vorhänge zusammenhielt, mühsam aufknoten.

Als es klingelte, stürmte sie zur Tür. Bei einem Seitenblick in den Flurspiegel erschrak sie, denn sie steckte immer noch in dem weißen Sportanzug aus Frottee und sah wie ein Schneehase aus. Im Treppenhaus stand eine junge Frau. Sofi wich einen Schritt in den Flur zurück. Sie spürte den Drang, ihre Nase in das Haar der Frau zu tauchen, das fast silbern schimmerte. Aber ihre Augenbrauen waren dunkel. Sofis Verlegenheit dauerte nur kurz. Sie wollte mit den Handflächen über ihren Rock streichen, der aber leider im Badezimmer über dem Badewannenrand hing. Jetzt kam ihr der Verdacht, dass sie das oft tat, ohne es zu bemerken. Der Blick der Frau folgte ihren Händen. Schnell nahm sie sie hinter ihren Rücken.

»Ich soll mich hier melden«, behauptete die Blonde. Sie musste so alt sein wie sie. »Ida!«

»Hej!«

»Kjell Cederström schickt mich. Ich wohne da unten.« Sie deutete zum Aufzug.

Seufzend öffnete Sofi die Tür nun ganz. Ida trat in den Flur.

»Geht es um Mathematik?«, fragte Ida.

Sofi nickte.

»Wusstest du gar nicht, dass ich komme?«

Sofi schüttelte den Kopf. Ihr Körper war um die Kante der offenstehenden Tür geschlungen. Ihre Hände lagen innen auf der Klinke und außen am Knauf.

Ida stand steif mitten im Flur. Sofi schloss die Tür.

»Ich entziffere ein Passwort.«

Ida hob die Augenbrauen und auch die Fersen und wuchs dabei um zehn Zentimeter. Sofi führte sie ins Arbeitszimmer. Sie bot Ida den Platz auf dem Lesesessel an. Er war mit purpurnem Samt bezogen. Ida sah darin aus wie ein Schmuckstück in einer geöffneten Schatulle.

Sofi zeigte Ida ihre besten Versuche. Ida betrachtete die Aufzeichnungen, sah auf und seufzte. Ihr Gesicht wirkte fröhlich.

»Es kann auch keine graphische Programmiersprache sein«, kommentierte Sofi ihre Versuche. »Das kann ich mittlerweile ausschließen. Aber es muss ein Programm sein! Sieh dir das ›N‹ an, das dauernd vorkommt. Was soll es anderes sein als ein Operator?«

»Vielleicht ist es eine zweidimensionale Sprache. Der Quellcode besteht aus Hieroglyphen. Pressey hat so etwas Anfang der Neunziger erfunden, mit normalen Zeichen. Es würde gut zur Menge der Zeichen passen, die hier verwendet werden. Für ein Passwort ist es ideal, weil es schwer zu kompilieren ist. Wenn man es geschickt macht, ist es maschinell kaum zu knacken. Der Schlüssel muss hier irgendwo liegen.«

Sofi lachte auf. »Ich glaube nicht mehr an die Idee, das da mit Mathematik lösen zu können.«

»War das vorhin Linda?«, fragte Ida. »Da stürmte ein Mädchen durchs Treppenhaus.«

»Die mit den wilden Haaren?«

»Ja«, lachte Ida. »Die meine ich.«

Sofi nickte. »Das war sie. Man kann sie leicht erkennen. Sie war vorhin eine Weile hier und hat im Wohnzimmer etwas gezeichnet.«

»Ob ich es mal sehen darf?«

Sofi zuckte mit den Schultern. Sie gingen ins Wohnzimmer. Auf dem Tisch lagen sechs hohe Stapel mit Büchern, dazwischen Papiere. Ida betrachtete das Chaos und ließ sich auf den Stuhl sinken. Sofi stellte sich dicht neben sie. Idas Haar roch nach Blumenwiese. Nach einer Minute drehte Ida den Kopf und sah schräg zu Sofi hoch.

Der Schlüssel, das war Linda. Ohne sie hätte Sofi noch hundertmal an den Büchern im Regal vorbeigehen können.

»Hast du es ausprobiert?«

Sofi schüttelte den Kopf. »Ich sehe es auch zum ersten Mal.«

Ida beugte sich vor und drehte einen der Bücherstapel herum, so dass man die Rückentitel lesen konnte. Sofi schnappte sich einen Stuhl. Wahllos griffen sie Bücher heraus und schlugen nach. Nach vier Büchern beließen sie es bei diesen Stichproben.

»Sie hat es sehr sorgfältig nachgeschlagen und gut dokumentiert«, meinte Ida. »Sie hat sogar die Seitenzahlen neben die Zeichenreihen geschrieben, damit man es nachprüfen kann.«

Sofi seufzte.

»Bist du enttäuscht? Du hast dir so viel Mühe gegeben.«

Sofi wischte sich über die Stirn. »Ein Code in natürlicher Sprache. Das hat es schon gegeben. Aber keinen, der aus allen Sprachen besteht.«

»Die fünfte Reihe von unten hat sie nicht herausbekommen«, bemerkte Ida.

Die Zeile lautete P-A-C-H-U/W.

»Willst du Schokolade?«, fragte Sofi. »Es sind noch acht Tafeln da.«

Sie gingen in die Küche. Ida entschied sich für Erdbeerfüllung.

»Kontrollziffer«, schmatzte Ida. »Es könnte eine Kontrollziffer sein.«

Sofi stutzte.

»*Pachu?*«

Ida schüttelte den Kopf, schob Sofi das Schokoladenpapier hin und deutete auf den aufgedruckten Strichcode. »Alle diese maschinenlesbaren Nummern haben am Ende Kontrollziffern, damit man überprüfen kann, ob der gesamte Code richtig gelesen und geschrieben wurde.«

»Gute Idee«, fand Sofi und sah sie begeistert an.

»War nicht schwer für mich als Buchhändlerin. Ein Leben ohne Kontrollziffern kann ich mir gar nicht mehr vorstellen.«

»Und *Pachu* ist die Markierung oder der Hinweis, dass von hier an die Kontrollziffer beginnt?«

»Genau.«

Sofi eilte ins Arbeitszimmer und kehrte mit dem Ägyptischwörterbuch zurück. Sie schlug den Begriff nach.

»*Ende*«, sagte sie schließlich. »Es heißt *Ende.*«

»Na dann«, gluckste Ida. »Nur den Modulus kennen wir nicht.«

»Der Kartenleser! Jetzt verstehe ich die Idee! Die Kontrollziffer kenne ich ja schon.«

»Warum?«

»Die Ziffern sind auf dem Chip einer Karte gespeichert. Die ersten fünfundvierzig Ziffern liegen auf dem Server, aber die Kontrollziffer nur auf dem Chip. Man muss beides haben, sonst schafft man es nicht. Wir müssen nur gut aufpassen, dass wir uns nicht vertippen.«

»Robert Sahlin war nicht der Anrufer«, begann Kjell die Besprechung. »Die Stimme stammt von einem anderen Mann.«

Jemand war also in die Wohnung eingedrungen und hatte dort den Notruf alarmiert. Die Stimme war der von Sahlin nicht einmal ähnlich, rau und hart klang sie. Dennoch hatte man die beiden Stimmen zur Sicherheit elektronisch verglichen.

»Dann ist es also die Stimme des Mörders oder seines Komplizen.« Henning klang heiser. »Die müssen sich sehr sicher sein, dass wir sie nicht finden werden.«

»Dann gibt es noch eine andere Nachricht. Wir müssen damit rechnen, dass Sofi das Passwort nicht entziffern kann. Ich habe vorhin mit ihr telefoniert. Ihr wisst, wie sie klingt, wenn sie aufgibt. Und jetzt klingt sie so.«

Kjell ließ seinen Blick durch den Besprechungsraum schweifen. Die Gruppe war am frühen Sonntagabend zusammengekommen. Neben Barbro, Henning und Viktoria war auch Per von der Spurensicherung anwesend.

Nachdem Robert Sahlin am gestrigen Tag aufgetaucht war und Sofis Arbeit zu scheitern drohte, hatte Kjell den Sonntag zum Arbeitstag erklärt.

»Seit einer Woche sitzen wir vor dem Passwort.«

»Wir sollten die Strategie ändern«, bemerkte Barbro. »Das Passwort könnte eine Täuschung sein. Vielleicht gibt es gar keine Lösung.«

Kjell saß eine Minute lang da und überlegte. Dann schüttelte er den Kopf. »Uns bleibt sonst nichts. Bei Mari Svahn sind wir auch erfolglos.«

Das machte alle unruhig. Die junge Frau wurde nun seit mehreren Tagen international gesucht. Die Erfahrung gebot, noch bis zur Mitte der Woche zu warten, da die Aussichten, Mari Svahn an einem Werktag aufzuspüren, größer waren als am Wochenende.

»Es gibt zwei Erklärungen für den Fall, dass sie gar nicht auf der Flucht ist«, sagte Kjell. »Entweder ist sie tot. Dann stehen wir ohne den Server schlecht da. Oder sie war in der Nacht auf Montag gar nicht an den Geschehnissen beteiligt.«

Die Kameraaufnahmen der Bankautomaten waren eingetroffen. Sie zeigten eine vermummte Figur, wahrscheinlich eine Frau.

»Sie könnte sich aus einem anderen Grund irgendwo in Schweden oder in der Welt aufhalten«, vermutete Barbro.

Henning betrachtete sie skeptisch. »Dann ist sie spurlos verschwunden. Sie ist nicht geflogen oder mit der Fähre gefahren. Sie könnte mit dem Zug unterwegs sein. Keinerlei Spuren. Das ist eine Flucht, Barbro. Wer sollte Petersson sonst umgebracht haben?«

»Was können wir denn aufgrund der Unterlagen aus der Wohnung sagen?«, wollte Kjell wissen.

»Da findet man schon das eine oder andere Mordmotiv, wie in jeder Wohnung. Petersson hat so gut wie alles gemacht und gekonnt. Unter anderem hat er zahlreiche Expertisen zu altorientalischen Artefakten verfasst, aber das liegt zu lange zurück.«

Kjells Mobiltelefon läutete. Er hob die Hand, um die Runde zum Schweigen zu bringen. Das Telefonat dauerte nur kurz. »Jacken anziehen!«, befahl er. »Sie haben es. Anscheinend hat Linda mal wieder zugeschlagen.«

Linda tippte mit den Fingerspitzen auf die Oberfläche des Badewassers. Sie saß vor ihm und lehnte mit dem Rücken an seiner Brust. Ihr Kinn lag auf der Oberfläche des Badewassers. Sich vor ihm auszuziehen, während er auf dem Klodeckel saß und ihr dabei zusah, war ihr nicht leicht gefallen. Ihre Füße kribbelten, sie waren noch nicht ganz aufgewärmt. John hatte von hinten seine Arme um sie geschlungen, seine Hände lagen unter Wasser auf ihrem Bauch. Das war sehr angenehm. Er wollte von ihr wissen, woran sie jetzt dachte.

»An meine Mama.«

»Hast du ihr von uns erzählt?«

Sie bewegte bejahend den Kopf auf seiner Brust.

»Was hat sie dazu gesagt?«

»Nichts. Sie ist tot.«

»Wie oft denkst du an sie?«, fragte er nach einer Weile.

»Immer.«

»Wann ist sie gestorben?«

»Vor vier Jahren. Sie ist mit dem Auto verunglückt.«

»Ich habe geglaubt, es ist nur am Anfang so schwer. Im ersten Jahr.«

Sie drehte den Kopf nach links und rechts. »Es verändert sich nur. Am Anfang hat sie mir in jeder Situation gefehlt. Aber jetzt fehlen ihr schon vier Jahre ihres Lebens. Und ich denke immer an sie, damit sie dabei ist.«

»Auch, als wir uns geliebt haben?« Er begann, mit seinen Händen die intimsten Stellen ihres Körpers aufzusuchen. Sie spürte seine Erektion an ihrem Steißbein.

»Da hab ich nur an mich gedacht.« Sie verstummte, wurde leichter und trieb von seiner Brust weg hinauf zur Oberfläche des Wassers. Er drückte sie mit seinen Armen wieder an sich. »Wenn sie noch lebte, dann wäre sie ja auch nicht dabei gewesen«, überlegte sie.

Jetzt zog er seine Hand von ihrem Schoß zurück und legte sie auf ihre Stirn. Er küsste ihren Hinterkopf. Das tat gut.

»Was hast du gedacht, als ich dir die Hose heruntergezogen habe?«, fragte er mit einer für ihn ungewohnt weichen Stimme.

»Dass jetzt alles klar ist.«

»Warst du erschrocken?«

»Was denkst denn du!«
»Wollen wir jetzt malen?«
»Nein.«

Ida hatte den Sessel zum Schreibtisch gezogen und es sich darin gemütlich gemacht. Ziffer für Ziffer diktierte sie Sofi die Lösung. Sofi tippte und wiederholte jede Zahl.

»Wie können wir wissen, ob alle Ziffern stimmen?«, fragte sich Sofi am Ende der Kolonne.

»Sie tun es. Die Kontrollzahl ist das Quadrat aus der Summe aller Ziffern geteilt durch 10. Ich hatte erst eine andere Rechnung erwartet. Im Buchhandel rechnet man nicht so.«

Sofi blinzelte, ohne dass Ida es sehen konnte. Ida war die einzige Buchhändlerin der Welt, die die Kontrollziffer im Kopf ausrechnen konnte. »Okay. Aber für die Kontrollziffern ist gar kein Platz mehr.«

»Bist du sicher, dass wir drei Versuche haben?«

Sofi nickte. Und klickte auf *Enter*. Der Server verarbeitete die Eingabe und forderte sie dann auf, die Karte einzustecken und die Sicherheitszahl einzugeben.

»Raffiniert«, fand Ida. »Dann ist es doch keine normale Kontrollziffer, sondern eine fiese Fangfrage.«

Sofi tippte die Ziffern 2, 0, 5 und 9 ein.

Unter der Decke war ihr wohlig warm, John bewegte sich nur langsam. Er war nicht so kühn wie beim letzten Mal. Es klingelte an der Tür. Linda zuckte zusammen und atmete danach lauter und tiefer.

»Dein Vater?«

Sie schüttelte den Kopf. Nein, Papa würde nicht herkommen. Das würde er nicht tun. Doch dann klingelte ihr Mobiltelefon in ihrer Manteltasche. Der Mantel hing neben der Wohnungstür am Haken. John schnitt eine Grimasse.

»Schsch!«, machte sie, horchte und kicherte dann. Papa hatte bestimmt gelauscht, ob er ihr Telefon im Atelier hören konnte.

»Vielleicht will er mich verhaften?«

»Das würde er nicht tun, Dummer!«

Sie atmete jetzt heftig und stoßweise.

»Und wenn er glaubt, dass ich dir etwas antue?«

»Dann wäre die Tür längst offen«, sagte sie.

Inzwischen waren Barbro und Kjell eingetroffen und standen hinter Ida und Sofi, die vor dem Schreibtisch saßen. Sofi hatte die Wartezeit genutzt, um sich im Bad umzuziehen und den Schneehasenanzug in ihrer Tasche zu verstecken. Ida drückte Kjell Lindas Notizen in die Hand. Er lächelte.

»Du hast schon wieder ein neues Talent an ihr entdeckt.«

»Aber fünf Minuten später hätten wir es auch gehabt«, log Ida.

Kjell griff zu seinem Telefon und rief zu Hause an. Dort hob niemand ab. Als Kommissarstochter war Linda mühsam darauf dressiert worden, immer abzunehmen, wenn das Telefon klingelte. Dann war sie also bei Vivian oder Cissi. Oder im Atelier. Natürlich war sie da oben! Eine Minute später stand er vor der Tür im sechsten Stock. Instinktiv wollte er an der Tür horchen, aber dann besann er sich und drückte mit Anstand die Klingel. Niemand öffnete. Vorhin hatte er von der Straße einen Blick hinaufgeworfen. Die Fenster waren dunkel gewesen. Dann war sie also doch bei einer Freundin. Er nahm sein Telefon und wählte die Nummer von Lindas Mobiltelefon. Jenseits der Tür begann es zu klingeln. Er schrak zusammen und presste seinen Daumen auf die rote Taste seines Telefons. Dann schlich er die knarzenden Stufen wieder hinab.

Im Arbeitszimmer warteten Ida und seine Kollegen.

»Wir müssen nur noch auf *Enter* drücken, dann sind wir drin«, erklärte Sofi. »Das Passwort wurde bereits akzeptiert.«

»Dann los.« Er zwang alle Konzentration auf den Bildschirm, um seine grobe Ungeschicklichkeit von eben aus seinem Kopf zu verdrängen. Über den Bildschirm rasten Programmzeilen, denen nur Sofi folgen konnte.

Sofi sank erleichtert zusammen. Die anderen schlossen daraus, dass bisher alles gut lief. »Er decodiert den ganzen Inhalt. Ist das schön!« Dann erschienen vier kurze Zeilen. Sofi beugte sich vor zum Bildschirm, als wäre der Rest nur schlecht zu sehen. Aber da war nichts zu sehen.

»Ich fürchte, das war alles.«

Sie starrten auf den Bildschirm. Dort standen zwei Adressen. Kairo und Madrid. Und zwei Termine am kommenden Freitag.

»Und der Diskos?«, fragte Kjell.

Ida legte ihren Arm um ihn und streichelte seinen Nacken. »Wer hätte gedacht, dass der Text auf dem Diskos zwei Adressen sind und dazu noch in Madrid? Aber von der Länge des Textes her könnte es stimmen.«

Sofi und Ida lachten erschöpft.

»Was machen wir jetzt?«, fragte Barbro.

»Ausdrucken«, sagte Sofi und gab den Befehl ein. »Ich muss es wieder codieren. Sonst kann es jeder lesen.«

»Mich würde interessieren, was es dort zu holen gibt«, murmelte Henning.

23

Spät am Abend stand Ida zum ersten Mal im Flur seiner Wohnung. »Genau so hab ich's mir vorgestellt«, gestand sie.

In ihrer Tasche lagen ein Buch, frische Unterwäsche und eine Zahnbürste. Sie blickte sich ehrfürchtig in der Wohnung um. Überall an den Wänden lehnten oder hingen Lindas Leinwände.

Während Kjell in der Küche Galettes mit Spinat und Spiegelei briet, unternahm sie kurze Streifzüge durch die anderen Räume. Alle Auskünfte über die letzten zehn Jahre, die Ida sich abringen ließ, deuteten auf ein erfülltes Leben und eine Reihe mieser Jobs hin.

»Hoffentlich kommt Linda bald«, sagte er beim Essen. »Dann kann ich ein wenig mit dir angeben.«

»Darfst du Frauen mitbringen?«, fragte sie.

»Weiß ich noch gar nicht.«

»Wo bleibt sie?«

»Sie ist bei Osborne.«

»Malt sie?«

»Schätze kaum, bei ausgeschaltetem Licht.«

»Was dann?«

Er kannte Ida und wusste, dass er es ihr unzweideutig erklären musste.

»Was wohl, Ida? Sie schläft mit ihm.«

Ihre Pupillen weiteten sich langsam. Sie hielt sich die Hand vor den Mund. »Das ist nicht dein Ernst! Der ist vierzig!«

»Ja«, antwortete er trocken. »Die Altersdifferenz ist höher als ihr Alter.«

»Macht sie so etwas oft?«

»Seit vorgestern macht sie das oft, ja. Sie hat sich bei Osborne zu einer Art Intensivseminar für verspätete Jungfrauen eingeschrieben.«

Ida lachte laut und lange.

»Lachst du mich aus?«

Sie nickte. »Du siehst lustig aus, wie du gerade schaust. Gefällt dir Lindas Wahl nicht?«

»Die passen doch nicht zusammen.«

»Wenn ihre Körper zusammenpassen, dann tut das der Rest auch. Sie werden schon nicht gleich heiraten. Außer, sie wird schwanger, dann schon.«

»Sie kann nicht schwanger werden. In ihrem Unterarm steckt ein Hormonstäbchen.«

Jetzt wurde Ida ernst. »So etwas hatte ich damals nicht, als du dich nächtelang in meinem Bett geräkelt hast.«

Als er nicht antwortete, stieß sie ihm unter dem Tisch gegen das Schienbein.

»Ich will einfach nicht glauben, dass sie in ihrem Alter nicht zuerst Liebe sucht«, fügte er zur Bekräftigung hinzu, aber er merkte sofort, wie blöd das klang.

»Warum soll sie Liebe suchen?«

»Eigentlich sucht sie die Liebe! Ich kenne sie ja.«

»Das möchtest du.«

»Wir haben bisher viel darüber geredet.«

Idas Augenbrauen wölbten sich amüsiert. »Ich stelle mir gerade vor, wie ich mit siebzehn mit meinem Vater über Liebe rede«, kicherte sie und aß eine Weile schweigend. »Du unterstellst ihr, dort Liebe zu suchen. Zugleich glaubst du, dass sie sie dort nicht finden kann.«

Er legte sein Besteck ab. Ida wollte ihn die enge Gasse seiner Verbohrtheit entlangtreiben. Bestimmt hatte sie schon vorausgeplant, wie sie an der nächsten Ecke lässig wie Sokrates an die Wand gelehnt auf ihn warten und mit dem Widerspruch winken konnte.

»Dann erklär mir doch, was sie sucht.«

»Mit wem sie ins Bett geht, ist doch gar nicht so wichtig.«

Er hustete. »Was dann?«

»Was sie dabei empfindet und erlebt. Sie will sich ein bisschen schmutzig machen!«

Idas Augen funkelten.

»Was redest du da?«

»Am Leben, Kjell, nicht an der Sünde! Sie will sich ihre Hände am Leben schmutzig machen. Nicht *beschmutzen*. Sie holt weit aus und greift hinein.« Ida bemerkte Kjells fassungslosen Blick.

»Mein Gott! Sie geht ins Atelier, um sich einmal leidenschaftlich lieben zu lassen. Das wirst du doch wohl kapieren.«

Es war mitten in der Nacht. Die leeren Teller standen vor ihnen. John redete seit einer halben Stunde über Kunsttheorie. Etwas Väterliches war in ihm aufgeblüht. Damit wollte er ein unangenehmes Schweigen überspielen, das beim Essen entstanden war. Linda wollte das nicht. Sag doch was, flehte sie im Stillen. Sie dachte an die Nächte, wenn Papa sie aus dem Schlaf weckte. Dann hatte er Spaghetti gekocht, immer zwischen zwei und drei Uhr. Während sie aßen, erzählte er, ob er sich einsam fühlte oder gerade glücklich war. Über solche Themen sprachen sie nur zu dieser Stunde. Und sie antwortete dann, worauf sie alles hoffte und wovor sie sich fürchtete. Sie hatte immer mehr gehofft als gefürchtet.

»... findet Jone«, beendete John einen Satz, dessen Anfang Linda verpasst hatte.

»Jone?«, fragte Linda.

»Meine Frau«, antwortete John erstaunt.

»Du hast eine Frau?«

»Hast du das nicht gewusst? Einen Sohn habe ich auch.«

»Nein«, flüsterte Linda und rieb sich über die Augenhöhlen. »Das habe ich nicht gewusst.«

Vor der Haustür blickte er zum Himmel hinauf, wo die Sterne so hell strahlten, dass sie unweigerlich die Aufmerksamkeit auf sich zogen. Er hatte den dicken Sportanzug angezogen, der mit Sicherheit gerade seinen einzigen Einsatz in diesem Winter erlebte. Gelegentlich streifte ihn eine kalte Bö. Er lief über das Schneefeld am Schuppen vorbei und folgte dann dem Weg hinab zum Ufer. Der zwei Tage alte Schnee knirschte laut, so dass Sofi ihn gleich bemerkte. Sie wartete bei den Booten. Ihre Nasenspitze war rot. Sie trug ihre himmelblaue Daunenjacke, deren gesteppte Kammern sich vor Daunen nur so wölbten. Im Büro berührte er die Jacke manchmal im Vorbeigehen, wenn sie am Haken hing. Der Stoff war weich und glatt.

»Es geht um das Passwort, oder? Dir ist etwas aufgefallen.«

Sofi nickte. »Hast du dich nicht gefragt, warum die Säpo so viel über Petersson gesammelt hat?«

»Glaubst du, dass Spionage auch zu seinen Talenten gehört hat?«

Sofi lächelte. Sie setzten sich in Bewegung und schlenderten am Kai entlang. Der Wind wehte Sofi die Haare ins Gesicht.

»Ich frage mich, wer das alles programmiert hat. Die Idee mit den Hieroglyphen stammt sicherlich von ihm, obwohl schon so gut wie jede exotische Sprache für andere Zwecke missbraucht worden ist. Aber der Rest kann nicht von ihm stammen.«

»Wieso bist du dir so sicher?«

»Weil ich bis zur Eingabe des Passworts nicht verstanden habe, was am anderen Ende der Leitung genau passieren soll. Petersson kann diese Fähigkeiten nicht besessen haben.«

Kjell verstand nun, weshalb Sofis Eifer in den letzten Tagen immer mehr geschwunden war. Sie hatte gespürt, dass ihre Fähigkeiten nicht ausreichten, die Barriere auf technischem Weg zu überwinden.

»Du glaubst an die Säpo?«

»Nein, es ist militärisch. Es ist eine völlig eigene Softwareumgebung. Sie ist nicht auf dem neuesten Stand. Ich schätze, die Version ist fünf Jahre alt. Ich kenne eine etwas ältere Variante. Und die stammt von der FRA.«

»Dem Abhördienst?«

Sofi reckte den Arm und zeigte nach Westen. »Die sitzen dort hinten auf Lovön mit ihren tausend Antennen.«

Jetzt wusste er, warum sie sich hier treffen wollte. Allerdings sah man die FRA von seinem Fenster aus noch besser. Warum standen sie hier in der Wildnis?

»Die FRA entwickelt solche Sachen für den MUST, den Militärgeheimdienst.«

»Kann jemand wissen, dass du das weißt?«

Sie schüttelte entschieden den Kopf.

»Ich bin nur durch Zufall daraufgestoßen, und das ist Jahre her. Frag dich mal, warum Petersson das Passwort in Hieroglyphen chiffriert hat.«

»Da fallen mir viele Gründe ein.«

»Mir auch.«

Zwischen ihnen entstand eine kurze Stille, bis Sofi ihm jäh das Gesicht zuwandte.

»Wer ist Ida?«

Kjell blieb stehen und sah Sofi fordernd an.

»Die Software arbeitet mit einer speziellen Form eines zweidimensionalen Interpretationsprogramms. Das ist leicht zu tarnen. Die Software hat den Nachteil, dass man nur numerische Passwörter bilden kann, also nur Zahlen von 0 bis 9. Und Ida hat das erkannt.«

»Ida erkennt ganz viele Sachen!«

»Nein, sie hat es nicht erkannt. Sie hat es *vermutet,* als sie es noch gar nicht erkennen konnte. Da kannte sie Lindas Lösung noch nicht und bezog es auf das Hieroglyphengitter. Sie muss Hintergründe kennen, oder es ist ein unglaublicher Zufall.«

Kjell gab dem Drang nach, seine Nasenwurzel und seine Augenlider zu massieren. »Dann musst du sie überprüfen.«

»Schon getan. Zwei kleine Veröffentlichungen in Fachzeitschriften zu mittelalterlicher Philosophie, diverse Nebentätigkeiten in harmlosen Firmen, keine Kreditkarte, ein Selbstmordversuch. Ihr Kontostand könnte meiner sein. Entweder ist sie so, oder sie ist professionell getarnt.«

Nein, er glaubte es nicht. Ida würde vielleicht an ihren Prinzipien scheitern. Aber sie würde niemals verraten.

»Ida hat sich immer schon für Mengenlehre interessiert. Das

hängt mit ihrer Philosophie zusammen. Von Computern hat sie nicht sehr viel Ahnung. Worauf willst du hinaus?«

»Es muss noch jemand in Peterssons Leben geben, den wir noch nicht kennen. Von ihm stammt das technische Know-how, das ein wenig veraltet ist.«

»Schweden oder Ausland?«

»Der Server kann tatsächlich überall stehen, er gibt sich allerdings sehr geschickt als ägyptischer Server aus. Aber die Software kommt aus Schweden. Schweden, Kjell!«

24

Montag, 3. Dezember

Am Morgen traf sich die Gruppe mit vier Ermittlern der Säpo. Die Angelegenheit war prekär, denn Kjell war nach Absprache mit der Reichspolizeileitung nicht bereit, die Adressen zu nennen, die sie auf dem Server gefunden hatten.

»Wir haben zwei Privatadressen und einen Zeitpunkt«, sagte Kjell. »Die Übergabe findet am Donnerstagmittag statt. Falls es eine Übergabe ist. Durch die Zeitverschiebung findet das Treffen in Kairo eine Stunde früher statt als in Madrid.«

»Das sieht wie ein LOC-System aus«, beurteilte einer der Säpo-Ermittler den Fund. »Ein verbreitetes System im internationalen Zahlungsverkehr, jedoch in der Variante, wie sie bei illegalen Transaktionen üblich ist. Der Kunde überweist den Rechnungsbetrag an die Bank des Verkäufers zu treuen Händen. Der Verkäufer schickt die Ware ab. Sobald sie eingetroffen ist, meldet der Käufer dies an die Bank, die das Geld dann freigibt. *Letter of credit at sight* nennt man das. Bei der illegalen Form bildet sich ein Waren-Geld-Kreis über mindestens drei Kontaktadressen.«

»Ihr erwartet also, dass man bei diesen Adressen Geld oder Waren abholen kann?«, fragte Barbro.

»Ja«, antworteten die vier Säpo-Leute im Chor.

»Vielleicht muss man etwas mitbringen, die Gegenleistung?«

»Bei organisierten illegalen Transaktionen werden Geld und Ware nie zusammen übergeben. Da könnte man sich ja gleich im Gerichtsgebäude verabreden. Die Übergabe von Waren und Geld wird nur im Film aus dramatischen Gründen zusammengelegt. In der Wirklichkeit gibt es das Dreiecks- und das Parallelsystem.«

»Die Frage ist nun, ob wir im Ausland auf eigene Faust agieren sollten«, merkte Kjell an.

»In Madrid kann es zu Problemen kommen, wenn wir mit der spanischen Polizei zusammenarbeiten. Was würden wir dort erfahren? Auch in Ägypten sollten wir die Behörden zunächst umgehen. Sie werden zu Recht auf ihrer Polizeihoheit bestehen. Je nachdem, was dort passiert, muss das schwedische Außenministerium dann eingreifen.«

»Aber wie wollt ihr vorgehen?«, fragte Barbro. »Hinfahren und klingeln?«

»Genau das würde ich vorschlagen«, sagte einer der Säpo-Leute.

»Warum nicht sofort?«, wollte Barbro als Nächstes wissen. »Warum warten wir bis zum Termin?«

Alle diskutierten eine Viertelstunde über diese Frage. Doch schließlich siegte die Empfehlung der Säpo, dass man den Termin abwarten solle. Die Gleichzeitigkeit der beiden Termine in Kairo und Madrid legte nahe, dass die Ware oder das Geld erst kurz zuvor dort eintreffen würden. Vielleicht würde man auch von dort zu einem anderen Ort geschickt werden.

»Und wer fährt?«, fragte Kjell.

»In Madrid haben wir Rehnberg und Vikander«, schlug Nils Kullgren vor. »Sie arbeiten mit den Spaniern und den Engländern gegen terroristische Netzwerke und sind in solchen Übergaben sehr erfahren. In Kairo haben wir zurzeit nur Freelancer.«

»Können sie die Aktion durchführen?«

»Sagen wir so, sie können hinfahren und klingeln. Erfahrung hat keiner von ihnen.«

Kjell drehte den Kopf zu Sofi. Ihr Blick erinnerte ihn ein wenig an einen Hund, der mit aufgerissenen Augen und wedelndem Schwanz an der Haustür sitzt und raus will. Sie kannte diese Stadt, sie sprach Kairener Arabisch.

»Du übernimmst die Vorbereitung, weist den Agenten ein und wartest in der Botschaft«, befahl er.

Kurz vor dem Morgen war Linda nach Hause gekommen. Kjell war davon wach geworden, obwohl sie sich alle Mühe gegeben hatte, ganz leise zu sein. Das war um halb fünf gewesen. Zuerst duschte sie und klapperte danach in der Küche diskret mit dem Geschirr. Das war eigentlich wie an jedem Morgen, mit dem einzigen Unterschied, dass sie diesmal nicht aus ihrem eigenen Bett, sondern aus dem eines fremden Mannes kam. Das war so unvorstellbar bei ihr.

Nach einer Weile schlich er sich aus dem Bett. Idas Mantel und ihre Schuhe musste Linda bemerkt haben. Sie stand in der Küche, in einer dicken grünen Jogginghose. Oben trug sie nur ein Unterhemd. Das offene Haar lag in feuchten Strähnen auf Rücken und Schultern.

»Hej«, sagte er leise.

Sie sah ihn an und lächelte bemüht. Manchmal kann man ein friedvolles und zufriedenes Lachen nicht von einem gequälten unterscheiden, überlegte er bei diesem Anblick. Ganz kurz beschlich ihn der Verdacht, dass sie geweint haben könnte. Ein wenig fahrig durchquerte sie den Äther zwischen Kühlschrank und Mikrowelle. Sie bewegte sich, als wollte sie allein sein. Er kroch wieder zu Ida unter die Decke.

Dort erfüllte ihn Stolz auf seine Tochter. Ida hatte ganz Recht. Wie immer kostete Linda alles bis zur Neige aus. Sie kam von einem erwachsenen Mann, mit dem sie wilde Nächte verbrachte, und jetzt würde sie gleich in die Schule aufbrechen, damit sie bald das Abitur ablegen konnte. Alles lief also bestens.

Wären die Umstände nicht so merkwürdig gewesen, hätte sich die Freude auch viel freier in ihm ausbreiten können. Er war es doch gewesen, der sich seit drei, vier Jahren fragte, wann sie ihren ersten Freund haben würde. Nun war er auf einmal das Hemmnis.

Als sie später aufstanden, war Linda längst zur Schule aufgebrochen. Auf dem Küchentisch hatte sie den Benachrichtigungszettel für den Elternsprechtag am Abend liegenlassen. Und ihre Wärmflasche hing auch nicht mehr an dem dicken Zimmermannsnagel hinter der Küchentür.

Am späten Vormittag machte Henning Larsson in den Unterlagen von Carl Petersson eine Entdeckung. Zum ersten Mal tauchte dort der Name Mari auf. Er fand das Blatt in einem Aktenfach neben Kontoauszügen und ähnlichen Papieren.

Es handelte sich um eine Aufstellung. Die Tabelle bestand aus zwei Spalten und war mit Maris Namen überschrieben. In der linken Spalte standen Datumsangaben, in der rechten Beträge, die Henning für Geldsummen hielt. Er addierte sie und erhielt ein Ergebnis von 1 350 000,– Kronen.

Diese Zahl verglich er mit anderen Summen, darunter die Bareinzahlungen auf die Konten von Mari Svahn und ihrem Vater sowie im Haus gefundene Rechnungen, die nicht vom Konto aus bezahlt worden waren. Und schließlich verglich er die Einzelposten mit Barabhebungen von Peterssons Konto. Dort fand er einige mögliche Übereinstimmungen. Aber andere Posten auf der Übersicht schienen aus dem Nichts zu kommen, vielleicht aus einer verschollenen Schwarzgeldkasse des Toten.

Kjell bewertete diese Neuigkeit als sehr wichtig. Denn nun konnte man nachweisen, dass Mari Geld von Petersson bekommen hatte. Dabei konnte es sich um ein Darlehen, ein Gehalt oder reines Mäzenatentum handeln.

Die Statistik sprach für Prostitution. Nach dem, was sie über Petersson wussten, schlossen sie Freigiebigkeit vorerst lieber aus.

»Bei einem Darlehen müssen wir uns natürlich fragen, wie Mari es zurückbezahlen wollte«, überlegte Henning. »Die Liste reicht die letzten zwei Jahre zurück. Umgerechnet in ein Monatsgehalt, ergibt das fünfzigtausend brutto.«

»Es könnte das Gehalt einer Sekretärin sein, die sehr bestechende Fähigkeiten haben muss. Aber in ihrem Fall ist brutto auch noch netto, denn offiziell hat sie ja gar nicht für ihn gearbeitet. Sie hat nie Steuern bezahlt.«

»Wir wissen ja auch nicht, ob das auf der Liste wirklich alles ist.«

Zur Mittagszeit betrat Kjell das Antiquariat. Nun war die Vorweihnachtszeit wirklich angebrochen. Das Geschäft war voll lesender und blätternder Menschen. Wessén hatte trotzdem Zeit für eine Tasse.

»Du kommst aber oft!«, staunte Wessén. »Willst du etwa den ganzen Laden kaufen?«

Sofi und Henning waren seit dem Mittag mit den Reisevorbereitungen beschäftigt. Barbro brach am Nachmittag auf, um Linda eine Fahrstunde zu geben. Seit dem Vormittag schneite es unablässig, und die beiden wollten nach Norden Richtung Hagapark, um dort auf einem einsamen Weg mit der Handbremse zu üben.

Kjell wartete gespannt auf Barbros Rückkehr. Sie war eine der wenigen Menschen, die Linda mit ihrer Meinung niemals schonten. Seit Beginn des Fahrunterrichts konnte er an Linda den einen oder anderen Sinneswandel beobachten.

»Können wir über Linda sprechen?«, fragte Barbro nach ihrer Rückkehr.

»Ich wollte dir einen Vorschlag machen«, begann sie, als sie sich mit einer Tasse Kaffee und zwei Stück Kuchen in der Cafeteria gegenübersaßen. »Du wirst wohl nein sagen, aber ich glaube, dass Linda eine kleine Pause braucht. Das denkst du doch auch, oder?«

»Raffinierte Einleitung.«

»Sofi soll Linda mitnehmen.«

»Nach Ägypten?«

Barbro nickte entschieden.

»Bist du wahnsinnig?«

»Sie soll ja nicht mit zu der Kontaktadresse fahren«, lachte Barbro. »Aber im Sommer wollten die beiden doch ohnehin zusammen nach Kairo fahren und diese Freundin besuchen. Nura heißt sie, glaube ich. Da das damals nicht geklappt hat, kann Sofi sie doch jetzt mitnehmen.«

Kjell rieb sich die Augen. Jetzt wurde die Lage noch chaotischer. Er betastete ängstlich seine Schilddrüse, ob sie schon anschwoll.

»Dort könnte sie einige Tage lang über sich, das Leben und die Liebe nachdenken«, fügte Barbro zur Bekräftigung hinzu.

Noch mehr Sorgen! Er schüttelte energisch den Kopf.

Barbro tätschelte seine Hand und grinste aufmunternd. »Das wird man später in der Geschichtsschreibung als Kjell-Cederström-Kehre bezeichnen.«

Er lächelte gequält.

25

Kjell robbte auf der Matratze zum Fenster. Er konnte es vom Bett aus öffnen. Die Luft im Schlafzimmer war stickig, aber draußen war es zu kalt, um das Fenster die ganze Nacht offen zu lassen.

Der Eiswind schlug ihm ins Gesicht und trieb ihm Tränen in die Augen. Der schmale Streifen Schnee auf der Fensterbank war festgefroren. Er sah oft aus dem Fenster. Das taten hier alle. Wer auf Reimersholme wohnte, lebte am Fenster.

Wessén war zuerst nicht davon begeistert gewesen, dass sein Geschäft zu einer Mätressenapanage verkommen sollte, und schlug stattdessen eine Modeboutique für Ida vor. Deshalb hatte Kjell Ida gebeten, am Abend ein Buch für ihn abzuholen. Natürlich wusste sie nicht, dass sie das Opfer einer Intrige war, und hatte in treuem Glauben das Buch bezahlt und mitgebracht. Wessén hatte Idas Bewerbung akzeptiert. Das Geschäft lag ja gleich bei ihr um die Ecke. Kjell hätte wissen können, dass die beiden sich kannten.

Er stand auf und ging in die Küche. Die türkisblauen Ziffern der Mikrowellenuhr zeigten zwei Uhr und dreizehn Minuten an. Er suchte die nötigen Zutaten zusammen und setzte einen Topf mit Wasser auf. In der Pfanne erhitzte er Olivenöl und gab Chilischoten und Knoblauch dazu. Es gab Spaghetti ultimae rationis.

Diese Rituale – es gab eine Reihe davon – waren alle in den Wochen nach Madeleines Tod vor vier Jahren entstanden. Linda hatte nachts gewimmert, immer nur in der Nacht. Und ihm war nichts Blöderes eingefallen, als mit ihr Spaghetti zu kochen. Das hatte gut funktioniert. Bald waren die Gründe für diese Rituale weggefallen, die Trauer hatte sich gelegt, aber dennoch kochten sie nachts weiter. Keiner von beiden zweifelte an der Bedeutung.

Diese Rituale schweißten sie zusammen, und Linda gefiel die Verruchtheit, drei Stunden vor dem Frühstück Spaghetti zu essen, die sie wegen ihrer Schärfe kaum herunterbekam. Diese Vertrautheit zwischen ihnen spürte er seit Tagen nicht mehr. Er kam sich lächerlich vor bei dem, was er da tat.

Dann stand sie auf einmal in der Tür. Der scharfe Geruch musste sie geweckt haben. Vielleicht hatte sie gar nicht geschlafen, überlegte er, vielleicht hatte sie auch nur dagelegen. Sonst gab es immer ein Lachen und Hüpfen, wenn sie dann in die Küche kam, heute gab es nur ein verhaltenes Lächeln. Aber sie nahm das Angebot an und schien es im Gegensatz zu ihm gar nicht lächerlich zu finden.

Wortlos begann sie, den Tisch zu decken. Sie aßen schweigend. Mehrmals setzte sie an, etwas zu sagen, aber dann hielt sie inne, suchte seinen Blick und betrachtete ihn amüsiert.

»Schöne Grüße von Åke, deinem Physiklehrer.«

»Oh«, sagte sie. Ihre Stimme klang erfreut.

»Die Arbeit war gut, du hast dich bei Joe erst am Ende verrechnet. Ich soll dir ausrichten, dass man Summen nicht kürzen kann. Deshalb braucht Joe in deinem Universum auch nur zwölf Sekunden, um die Sonne zu umkreisen. Ein Joe-Jahr dauert also zwölf Sekunden. Du hast ein schwarzes Loch erschaffen.«

Linda krümmte sich vor Lachen.

»Das mit dem Passwort hast du sehr gut gemacht. Alle sind beeindruckt von dir. Sogar ich.«

Sie hob interessiert die Augenbrauen und schob sich eine Gabel mit einer ehrgeizigen Menge Nudeln in den Mund, an der sie lange zu kauen hatte. Das nutzte er aus.

»Und wie geht es dir?«, fragte er.

»Prima!«

Der kurze Moment, als sie ihre Finger um die Gabel presste, verriet sie.

»Sofi muss nach Kairo«, flocht er unauffällig in das Gespräch ein. »Weißt du, was sie erzählt? Die Wüste, die Pyramiden, das habe damals, als sie in deinem Alter war, alles in ihrem Kopf und in ihrer Brust geklärt.«

Linda aß schweigend weiter.

»Der Abflug ist übermorgen.«

»Das ist echt gemein von dir.«

Das sah er ganz anders. Bliebe sie hier, wäre es umso schneller vorbei. Aber das sagte er nicht. »Vier, fünf Tage! Das würde doch keine Rolle spielen. Du darfst sogar die Schule schwänzen. Ich dachte nur, dass du vielleicht etwas nachdenken möchtest.«

Linda suchte in den Augen ihres Vaters nach Spuren von Arglist. Sie wusste genau, wo sie in so einem Fall suchen musste. »Ich überlege es mir«, sagte sie.

26

Dienstag, 4. Dezember

Am Morgen traf sich Barbro Setterlind in der Mensa der Universität mit Alva Sundin. Sie trug eine Mütze, so dass Barbro ihre Haare leider nicht zu Gesicht bekam. Barbro hätte gerne gesehen, worüber Kjell seine Späße gemacht hatte. Es war noch nicht viel los um diese Zeit, im Hintergrund stapelte jemand Teller zu hohen Türmen auf. Eine Handvoll Studenten saßen beim Frühstück. Der Kaffee war um diese Zeit schon verkocht und schmeckte bitter und schleimig.

»Wir haben immer noch keine Spur von Mari«, begann Barbro, bevor sie zu ihrem Anliegen kam. »Deshalb müssen wir ihre Vergangenheit genauer untersuchen. Kennst du irgendjemanden, mit dem Mari engeren Kontakt hatte? Hatte sie einen Freund?«

»Als ich sie kennenlernte, war sie mit jemandem zusammen.«
Barbro wartete einige Sekunden, aber Alva sprach nicht weiter. »Hast du ihn mal gesehen, oder kennst du seinen Namen?«

Alva konnte sich nicht erinnern und war vor allem mit ihrem Schnupfen beschäftigt. Deshalb beendete Barbro das Gespräch und fuhr hinaus nach Nacka. In Maris Zimmer gab es mehrere alte Kalender, die Barbro nun genauer studierte. In dem Kalender vom vorletzten Jahr fand sie eine Reihe von Eintragungen, die nur aus einem Namen bestanden: Fredrik. Auf den letzten Seiten gab es ein Adressverzeichnis mit allerhand Namen, aber ein Fredrik war nicht darunter. Barbro rief einige der Nummern an und kam immer auf dasselbe Ergebnis. Der Kontakt war vor anderthalb bis zwei Jahren stark zurückgegangen und dann abgerissen. Einige ihrer ehemaligen Freundinnen und Freunde kannten Fredrik, aber niemand wusste mehr über ihn als seinen Vornamen. Doch am Ende landete sie einen Volltreffer. Sie sprach mit dem jungen Mann, über den Mari Fredrik einst kennengelernt hatte. Mari hatte die Beziehung vor anderthalb Jahren beendet. Niemand hatte begriffen, wieso.

Fredrik hieß mit Nachnamen Ulvenstam und arbeitete bei einem Reiseunternehmen. Barbro fuhr sofort hin. Die Firma saß am Industriehafen und stellte sich als internationales Transportunternehmen für Seefracht heraus. Fredrik Ulvenstam sah sportlich aus. Er war kein hässlicher Mann, gehörte aber zum Typ der Fleischnackigen. Barbro konnte nur Gewöhnliches an ihm entdecken. Er war sechsundzwanzig Jahre alt, also um wenige Jahre älter als Mari. Barbro servierte ihm die Version, dass Mari verschwunden sei. Fredrik Ulvenstam freute sich darüber. Es stellte sich nämlich heraus, dass Mari die Beziehung beendet hatte, weil sie einen anderen Mann kennengelernt hatte, von dem Fredrik nur wusste, dass er bedeutend älter war. Barbro hatte gehofft, von dem Exfreund eine sachlichere Beschreibung der Vergangenheit zu bekommen, aber Fredrik war verbittert und konnte sich nichts außer einer Gehirnwäsche vorstellen, was Mari in die Arme des anderen getrieben haben konnte. Bei Fredriks Anblick hätte Barbro noch den einen oder anderen Grund hinzufügen können. Eines musste man Petersson trotz seines fortgeschrittenen Alters lassen. Er hatte Stil gehabt, und sein Äußeres war alles andere als abschreckend gewesen. Sie selbst wäre auch zu Petersson übergewechselt. In dieser Hinsicht hatte sich der Besuch bei Fredrik Ulvenstam gelohnt. Bei der letzten Fahrstunde hatte sie Linda gefragt, was sie an Osborne fand. Dass er ein berühmter Maler war? In dieser Hinsicht versprach sich Linda anscheinend nicht viel. Der Grund war ein anderer. Osborne hatte zugepackt und mit ihrer Hose auch all ihre Verwirrung von ihr gerissen. Barbro war sich auf einmal sicher, dass es Mari ebenso ergangen war.

In der Nacht wurde Kjell vom Piepsen seines Telefons geweckt. Ida lag mit dem Kopf auf seinem Arm. Er befreite sich sanft und ging mit dem Telefon in den Flur.

Es war Barbro. »Die spanische Polizei hat Mari Svahn verhaftet. Du musst sofort kommen und ein paar Anträge unterschreiben.«

Als er Barbro und Henning im Präsidium traf, war es kurz vor drei. Alle hatten nur so viele Kleidungsstücke über ihrer Schlafkleidung angezogen, dass es bei einer Autopanne oder Verkehrskontrolle kein Gelächter gab. An der Stelle, wo Barbro mit dem Kopf auf dem Kissen gelegen hatte, fiel Kjell eine Beule in ihrer Frisur auf, aber kurz darauf fiel sie auch Henning auf, und er brachte sie in Form.

Kjell rief Sofi an, um sie zu wecken und über Maris Verhaftung zu informieren. Linda übernachtete heute bei ihr, denn die beiden mussten früh zum Flughafen aufbrechen.

»Schläft Linda noch?«, fragte er.

»Ja.«

Er hörte ihrer Stimme an, dass sie log. »Gib sie mir.«

»Das geht nicht.«

»Ist sie bei John?«

»Jaaa! Ich hole sie dort ab.«

Er bemühte sich um eine milde Stimme. »Ihr müsst mich nicht anlügen.«

»Man kann überhaupt keine Geheimnisse vor dir haben! Immer platzt du mit deiner gezielten Zufälligkeit dazwischen.«

»Gezielten Zufälligkeit?«

»Als sie im Sommer vor eurer Haustür ihren ersten Kuss bekam, kamst du gerade mit dem Wagen an und hast fünf Meter weiter drei Minuten lang eingeparkt.«

»Ich hab noch nie drei Minuten für eine Parklücke gebraucht.«

»Ich kann mich selbst an zwei Fälle erinnern.«

»Linda kann doch dort sein, wenn sie mag.«

»Sie war so unruhig. Ich hole sie um fünf Uhr beim Atelier ab. Dann fahren wir gleich zum Flughafen.«

»Hoffentlich steht sie dann angezogen bereit«, gab er zu bedenken. Sofi wusste ja nicht, wie Linda am Morgen war. Und er wusste nicht, wer seiner Tochter ihren ersten Kuss gegeben hatte und warum es dafür seine Kollegen wussten.

Kjell, Barbro und Henning gaben sich alle Mühe, mehr über die Hintergründe von Maris Verhaftung herauszufinden, aber es gelang ihnen nicht. Mari war in Sevilla in einer Bank in der Nähe der Kathedrale festgenommen worden. Wahrscheinlich hatte sie sich dort ausweisen müssen. Was sie dort getan hatte, war nicht bekannt.

Kjell hoffte, dass sich Mari in Spanien nichts hatte zu Schulden kommen lassen. Das würde ihre Auslieferung verzögern. Dann kam ein Fax vom Polizeipräfekten von Sevilla. Mari Svahn hatte versucht, ein Bankschließfach zu mieten, und bei der Überprüfung ihrer Personalien hatte sich herausgestellt, dass sie von der Reichskrim international gesucht wurde. Kjell schrieb sich eine Notiz auf seinen Zettel: Teresa Hernández verhören.

Um neun Minuten nach vier klingelte Kjells Mobiltelefon. Auf der Anzeige sah er, dass der Anruf von Linda kam.

»Papa?«

Ihre Stimme klang dünn und aufgeregt.

»Bist du im Atelier?«

»Ja«, flüsterte sie, nachdem sie für eine Sekunde gestaunt hatte.

»Ist etwas passiert? Du klingst so komisch.«

»Hör bitte nur zu«, bat sie eindringlich. »Ich sitze hier an dem großen Fenster. Schon seit zwei Stunden.«

»Wo ist John?«

»Er schläft schon lange.«

»Was ist denn?«

»Da sind Leute im Haus gegenüber. In der vierten Etage. Das ist genau gegenüber von der Wohnung von diesem Petersson. Die sind schon seit einer Viertelstunde dort. Es ist dunkel. Ich glaube, sie kriechen über den Boden. Da sind Lämpchen und … Computermonitore. Und Taschenlampen. Ich kann es nicht genau erkennen.«

Zweiter Teil

Akazienmädchen

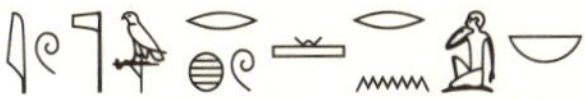

Gott kennt jeden Namen.

Lehre des Königs Amenemhet

27

Mittwoch, 5. Dezember

Sofi war jetzt eine andere. Das spürte Linda zum ersten Mal, als sie nebeneinander liefen und der Gang niemals enden wollte. Sofi ging beschwingt und mit federnden Schritten. Sie ließ keinen Zweifel, dass sie hierher gehörte. Linda bereitete es Angst, ihr Leben zu verlassen, ausgerechnet jetzt, wo so viel darin geschah. Sie nahm sich vor, in den kommenden Tagen mit etwas anderem sehr glücklich zu sein. Womit, wusste sie noch nicht. Die Gerüche konnte sie noch nicht einordnen. Der Gang von der Landebahn zum Ausgang des Flughafens führte schnurgerade zur Zollsperre. Hier hörte sie Sofi zum ersten Mal Arabisch sprechen. Um die Sperre passieren zu dürfen, musste man sich an einer Theke eine Gebührenmarke kaufen und damit ein Visum beantragen. All das verstand Linda aber erst, als Sofi es ihr erklärte. Das Durcheinander war so groß, dass Linda das Durcheinander in ihrem Inneren seit der Landung völlig vergessen hatte.

Wartenummern gab es hier nicht, Sofi musste wie eine Löwin kämpfen. Linda sah ihr aus sicherer Entfernung dabei zu, wie sie zwei arabische Draufgänger davon abhielt, sich vorzudrängeln.

Neben ihr stand eine Frau, die Linda um zwei Köpfe überragte. Ihre Haut glänzte so schwarz wie der Lavastein in Cissis Zimmer. Auch die Frau beobachtete die Szene vor der Visumsausgabe und drehte den Kopf langsam zu Linda, als sie ihren

Blick auf sich spürte. Linda versuchte zu lächeln und glaubte, dass die Frau etwas Vergleichbares tat. Aus Ägypten stammte sie bestimmt nicht, auch wenn Linda bisher kaum einheimische Frauen gesehen hatte.

Sofi kam mit den Pässen zurück und strahlte über das ganze Gesicht. Sie zog Linda zur Zollschleuse ganz außen, wo am wenigsten Andrang herrschte. Das war der Durchgang für Menschen aus der Ersten Welt, erklärte ihr Sofi und fand das offenbar ganz normal.

Linda war zum ersten Mal in der Dritten Welt. Sie hatte sich nicht bewusst gemacht, dass Kairo dazugehörte. Bisher war die Dritte Welt immer woanders gewesen. Außerdem war sie ja jetzt in Afrika. Sie hatte sich Ägypten stets als etwas ganz Eigenes vorgestellt. Das änderte sich jetzt. Der breite Gang mündete bald in eine große Halle, die durch ein Absperrgitter geteilt wurde. Auf der einen Seite lagen die Gepäckbänder, vor denen nur wenige Menschen auf ihre Koffer warteten. Jenseits der Absperrung drängten sich Hunderte von Menschen. Sie riefen und fuchtelten mit den Armen.

Linda und Sofi waren die einzigen Europäer. Mit ihren Taschen drängten sie sich durch die Menge. Viele fremde Menschen klopften Linda freundlich auf die Schultern und hießen sie in Ägypten willkommen.

Draußen schlug ihnen der warme Wind entgegen. Es roch nach Juni. Der Flughafen lag mitten in der Wüste.

Nuras Pferdeschwanz war so dick wie ein Schiffstau. Sie stand an einen Wagen gelehnt. Ihr Gesicht wirkte eher südeuropäisch als arabisch. Sofi hatte ihr erzählt, dass es bei Kopten nicht üblich war, sich mit den arabischen Einwanderern zu vermischen, ihre Ähnlichkeit zu den Frauen auf altägyptischen Wandmalereien war also kein Zufall. Sofi und Nura sprachen nicht, schlossen einander aber so fest in die Arme, dass Linda drei Schritte zurückwich. Nuras Hand fuhr Sofi im Nacken durch das Haar, und Sofi schmiegte sich an sie. Sie gaben sich Küsse. Sofi verwirrte Linda.

Sofi löste die Umarmung und stellte Nura und Linda einander vor. Nura schloss auch sie in die Arme und flüsterte ihr etwas ins Ohr. Als Linda begriff, dass es gebrochenes Schwedisch war, konnte sie den Inhalt schon nicht mehr rekonstruieren. Nura fasste in Lindas feine blonde Haare und grinste breit. Sie roch sehr gut, süß und frisch. Nura verschenkte ihre Küsse auch an sie.

Linda saß allein auf der Hinterbank. Nura und Sofi hielten sich an den Händen. Linda hatte noch nie gesehen, dass Sofi einen Menschen länger als einen Augenblick berührte. Die Fenster waren heruntergelassen, der Wind blies warm und weich. Die Straße lief lange Zeit gerade durch die Wüste und war eine Verlängerung des Ganges im Flughafengebäude. Nura rief Fragen gegen den Rückspiegel. Linda beugte sich nach vorn und strich sich die wehenden Haare aus dem Gesicht, ehe sie antwortete. Der Motor rasselte laut. Nach einer Viertelstunde tauchten die ersten Häuser auf, und die Straße verbreiterte sich. Sofi schaltete das Radio ein und stellte es laut. Sie drehte sich zu Linda um und zwinkerte ihr zu.

Der Verkehr wurde immer dichter. Nura und alle anderen Ägypter fuhren wohl vor allem deshalb Auto, damit sie die ganze Zeit hupen konnten. Linda legte den Arm auf den Fensterrahmen und bettete ihren Kopf darauf. Palmen und Eselkarren zogen an ihr vorbei. Linda verstand jetzt, warum Jamal, der Zeitungshändler vom Hornstull, immer mit heruntergelassenen Fenstern und lauter Habibimusik durch Söder fuhr. Das würde sie zu Hause auch ausprobieren.

Sie seufzte leise. Es gab wirklich keinen Grund, sich zu sorgen, dass sie zu Hause etwas verpassen könnte. Hier geschah deutlich mehr. Und dabei steckten sie noch in den Vororten. Kairo schmeckte nach Blei und Ruß. Zum ersten Mal seit vier Tagen konnte sie es nicht erwarten zu zeichnen.

28

Kjell blickte aus dem Fenster. Die Bäume im Kronobergspark waren mit dicken Schneekronen bedeckt. Abgebrochene Äste versperrten die Wege. Es wurde langsam Zeit, einige Stunden zu schlafen. Der Nachmittag hatte begonnen. Er wandte sich vom Fenster ab und setzte sich wieder zu Barbro und Henning an den Besprechungstisch.

Viktoria und ihre Kollegen hatten die Anwohner nach Nachnamen sortiert. So war es niemandem aufgefallen, dass zwei Wohnungen im Haus gegenüber leerstanden. Die eine Wohnung befand sich im zweiten Stock, lag aber zur anderen Seite zum Hof hinaus. Die zweite war im vierten Stock, genau gegenüber von Peterssons Wohnung. Das Fenster lag einen Meter höher, so dass man von dort auf Peterssons Schreibtisch blicken konnte.

Linda hatte mit ihrem Telefon drei Fotos geschossen. Darauf sah man sogar etwas leuchten. Sonst waren die Bilder unbrauchbar. Die eingebaute Kamera hatte versucht, die Dunkelheit aufzuhellen und die Bilder körnig und unscharf gemacht. Linda hatte niemanden aus dem Haus kommen sehen, nachdem die Lämpchen in der Wohnung erloschen waren. Alles war dunkel geblieben.

Bisher hatten sie noch nichts unternommen, nur einen Blick aus dem Fenster des Ateliers riskiert und eine Kamera von dort auf die Fenster der Wohnung gerichtet. In Idas Wohnung befanden sich seit sieben Uhr zwei Polizisten. Ein weiterer war um neun Uhr in das Haus geschlichen und auf eine Tür zum Hof gestoßen. Folgte man diesem Weg über zwei Innenhöfe, stand man am Ende auf der Dalagatan, die parallel zur Västmannagatan verlief. Überall waren unauffällig Polizisten postiert.

Nun mussten sie hoffen. Bestimmt hatten die Männer nicht damit gerechnet, von Linda beobachtet zu werden. Alle fragten sich, ob sie noch einmal zurückkehren würden.

»Die Wohnungsgenossenschaft sagt, dass die Wohnung seit zwei Monaten leersteht«, teilte Barbro mit.

Sie hörten sich die Aufzeichnung von Lindas Anruf noch einmal an.

»Willst du also wirklich warten?«, fragte Barbro.

»Wenn wir die Wohnung betreten, finden wir vielleicht nicht viel, haben uns aber verraten.«

»Aber es könnte die Sache aufklären«, gab Henning zu bedenken. »Wir tun jetzt so, als hätten wir dort drüben Peterssons Mörder entdeckt. Es kann auch etwas völlig Harmloses oder Zufälliges sein.«

Das besprachen sie nun zum fünften Mal.

»Aber Kjell hat Recht«, fand Barbro. »Das ist eine unglaubliche Chance. Wenn wir uns nicht verraten haben, rechnet dort drüben niemand damit, dass wir etwas gemerkt haben.«

»Wenn wir die Nachbarschaftsbefragung nicht der lokalen Kripo überlassen hätten, wüssten wir längst davon.« Henning klang sauer. »Dann besäßen wir einen Grundriss von jedem Stockwerk und hätten alle leeren Wohnungen geöffnet.«

Kjell beschwichtigte seine Kollegen mit erhobenen Händen. »Gehen wir mal davon aus, dass jemand Peterssons Wohnung beobachtet hat. Die beiden Fenster liegen einander genau gegenüber, und wenn wir Lindas Angaben Glauben schenken, sieht es nach einer Überwachung aus. Es könnte sich um die Presse handeln. Irgendjemand hat ihnen einen Tipp gegeben, und sie haben sich auf die Lauer gelegt.«

»Dann hätten sie alles mitbekommen«, folgerte Barbro. »Sofis ganze Entschlüsselung des Passworts. Vielleicht *Aftonbladet*. Dort liegt doch die halbe Belegschaft irgendwo auf der Lauer. Und der Rest schreibt Kolumnen.«

Henning winkte ab. »Keine Journalisten. Sie könnten die Bilder doch gar nicht verwenden.«

»Sie wären wohl auch nicht in die Wohnung gelangt«, gab Barbro zu.

Kjell hakte die Journalistentheorie ab. »Gehen wir davon aus, dass die Beobachtung bereits vor Peterssons Tod begonnen hat. Kullgren hat mir versichert, dass die Säpo nicht dahintersteckt. Glauben wir ihm?«

»Ich glaube Kullgren nie«, antwortete Barbro. »Aber in diesem Fall glaube ich nicht an die Säpo.«

»Es ist genau ihr Stil.« Henning war bei der Schnitzeljagd in der Februarnacht vor zwanzig Jahren als junger Polizeiassistent dabei gewesen. »Genauso arbeitet die Säpo.«

»Also hat jemand anderes Petersson beobachtet.« Kjell sah fragend in die Runde.

Henning lud sich eine ordentliche Ladung Schnupftabak auf den Handrücken, schnupfte und rückte beim Aufstehen den Bund seiner Hose zurecht. Es war stets eine ernstzunehmende Geste, wenn er das tat. »Ich würde nicht mehr warten«, sagte er. »Die haben, was sie wollten. Uns bleiben dort nur die Spuren.«

29

Donnerstag, 6. Dezember

Erst als sie bereits im Wagen saßen, wurde es mit einem Schlag hell. Dennoch hatte Linda den Eindruck, dass sie und Nura von allen Menschen in Kairo am längsten geschlafen hatten. Ein Junge in ihrem Alter manövrierte eine lange Stange, an der zu Ringen geformte Brötchen hingen, zwischen den vielen Menschen hindurch. Linda winkte ihm zu. Die Freundlichkeit hier war so ansteckend. Der Wagen quälte sich durch die Straßen.

Linda überlegte, wie lange es noch dauern würde, bis sie die Stadt hinter sich ließen und sie die Pyramiden sah. Sie durchquerten den Süden der Stadt, das Wort »Giza« tauchte auf vielen Schildern auf. Die Häuser waren voller Reklametafeln. Auf einer weiten Kreuzung wollte Nura links abbiegen, musste aber in der Mitte anhalten. Sie hatte sie nicht vorgewarnt. Als Linda in die Querstraße hineinsah, entfuhr ihr ein dünnes Krächzen. Zwischen den Häuserfluchten stand die Pyramide. Sie war noch weit entfernt, und obwohl sie gar nicht so riesig wirkte, wie Linda es sich ausgemalt hatte, überragte sie bereits alle Häuser wie ein Berg am Horizont. Sie fuhren mehrere Minuten lang darauf zu, aber die Pyramide wuchs nicht. Als sie dann vor dem Gelände ankamen und die Pyramide nur noch dreihundert Meter entfernt war, wirkte sie genauso groß wie eine Viertelstunde zuvor. In einem Café tranken sie Tee, und Linda hatte einen Augenblick, um die drei Pyramiden und den Sphinx aus der Ferne zu betrachten. Nura erklärte ihr, dass man nicht wusste, ob der Sphinx König Chefren oder Cheops darstellte. Die Einheimischen nannten ihn nur den Vater des Schreckens. Neben den Pyramiden wirkte er winzig. Er sah sie an wie John. Durchdringend und zum Sprung bereit.

Die Touristen würden erst viel später mit Bussen kommen. Nur ein ägyptischer Wachmann stand vor dem Eingang, der einige Meter über dem Boden lag. Nura steckte ihm Geld zu und machte eine einladende Geste.

»Geh alleine hinein«, sagte sie auf Schwedisch. »Jetzt ist es schön leer!«

Linda starrte Nura an. Das war es also, worüber Nura und Sofi am Abend getuschelt hatten.

»Keine Angst, du passt schon rein. Es gibt auch nur einen Weg wieder heraus. Kannst dich gar nicht verirren.«

Man sah es den Ägyptern nicht an, wenn sie einen Scherz machten. Man musste schon gut zuhören.

Linda folgte dem waagerechten Stollen, dann musste sie gebeugt einem engen und steilen Tunnel folgen. Schließlich stand sie vor einer riesigen Treppe. Die Wände waren viele Meter hoch. Beim Hinaufschreiten hielt sie sich an dem Holzgeländer fest. Sofi hatte sie ermahnt, dass man dem Fluch nur entgehen könne, wenn man auf dem Rückweg darauf hinunterrutschte. Oben warf sie unsicher einen Blick hinab. Die Kuppel der Globenarena war winzig dagegen.

Die Grabkammer entsprach in ihrer Größe dem Wohnzimmer zu Hause. Sie war ganz schmucklos und geometrisch. Ein leerer Sarkophag stand darin, und Linda hatte vor Augen, wie sie mit John gebadet hatte. Sie lehnte sich gegen die Wand und glitt daran hinunter. Sie war noch nie so allein gewesen. Das fühlte sich gut an.

30

Es war sechs Uhr dreißig. Sie gingen davon aus, dass die meisten Hausbewohner noch beim Frühstück saßen. Kjell und Henning standen mit Per vor der Wohnung. Henning hatte am Vortag den Schlüssel von der Wohnungsverwaltung geholt. Nun stellten sie fest, dass er nicht ins Schloss passte. Damit an Schloss und Klinke keine Spuren zerstört würden, setzten die Polizeischlosser zwei Hydraulikrammen gegen die Stellen, wo die Scharniere saßen. Es gab einen lauten Knall. Die Saugnäpfe an den Rammen verhinderten, dass die Tür durch die Wohnung flog. Per schlug sie in Folie ein und ließ sie ins Präsidium transportieren. Dann machte er sich sogleich an Stellen zu schaffen, die aus der Erfahrung Spuren aufweisen könnten. Kjell und drei weitere Polizisten drängten in die Wohnung.

Sie war leer. Vor dem Fenster, das Linda beobachtet hatte, standen grüne Topfpflanzen, solche, wie man sie in Büros von

Sachbearbeitern findet. Aus der Nähe erwiesen sie sich als unecht. Die Pflanzen waren das Einzige, was die Gestalten von gestern Nacht in der Wohnung zurückgelassen hatten.

Die letzte Mieterin war vor zwei Monaten in ein Altersheim gezogen. Bei den Malerarbeiten hatte sich herausgestellt, dass die Küche wegen eines unentdeckten Wasserschadens von Schimmel befallen war, der sich tief ins Mauerwerk vorgearbeitet hatte.

Da es nicht viel zu sehen gab, überließ Kjell die Wohnung der Spurensicherung. Vor dem Haus wartete die Mitarbeiterin der Wohnungsgesellschaft, die die Wohnung betreute.

»Entschuldige, dass wir dich aus dem Bett geholt haben«, begrüßte Kjell sie. »Die Sache ist sehr wichtig.«

Die etwa vierzigjährige Frau lächelte gequält, aber verständnisvoll. Sie hieß Elsa Lumholt und trug eine kurze Fönfrisur. Ihre Haut und sogar ihre Lippen schimmerten grau. Wie lange es wohl bei ihm gedauert hätte, bis er auch so herumlief, wenn Ida nicht gekommen wäre? Sie setzten sich in die Konditorei an der Ecke und bestellten Kaffee und Hörnchen.

»Frau Adell ist zum 1. Oktober ausgezogen«, sagte Elsa. »Ich habe das Übernahmeprotokoll selbst erstellt. Die Wohnung war leergeräumt.«

»Und die Plastikpflanzen?«

Elsa schüttelte den Kopf. »Die Wohnung ist entrümpelt worden. Das Zimmer war leer. In der Küche war es nötig, die Kacheln und die Einbauküche zu erneuern. Die Mieterin hat sogar die Küche von oben bis unten geputzt, obwohl sie wusste, dass wir alles aufreißen müssen. So sind eben alte Leute. Den Wasserschaden haben wir aber erst entdeckt, nachdem die Küchenschränke und die Kacheln entfernt waren.«

»Wer besitzt einen Wohnungsschlüssel?«

»Das kann ich dir genau sagen. Die Tür und den Rahmen haben die Handwerker gleich in den ersten Tagen ausgetauscht. Es gibt vier Schlüssel. Einen hatte die Sanierungsfirma. Die Arbeiten wurden aber bis Mitte Januar eingestellt. Bis dahin haben wir den Schlüssel wieder in Verwahrung genommen.«

»Wann war zum letzten Mal jemand in der Wohnung?«

»Das war am 14. November, einem Dienstag, glaube ich. Ich habe mich mit dem Chef der Sanierungsfirma getroffen und den Kostenplan diskutiert. Dabei haben wir auch den Termin vereinbart, wann die Sanierung beginnen soll. Das ist Montag, der 14. Januar.«

»Du hast also die Wohnung abgeschlossen und bist seit diesem Zeitpunkt im Besitz aller Schlüssel?«

Elsa nickte.

»Bist du sicher, dass dies der richtige Bund ist?«, fragte Kjell und deutete auf den Ring, an dem vier identische Schlüssel hingen.

Sie zeigte ihm das Plastikschild, das auch am Ring hing. »Das bringen wir immer gleich beim Auswechseln des Zylinders an, damit es später keine Unklarheiten gibt. Ich habe sie ja auch mehrmals benutzt.«

Nach Pers Information war der Zylinder, der jetzt in der Tür eingesetzt war, ein übliches Modell, das man in jedem Baumarkt kaufen konnte. Die Wohnungsverwaltung benutzte eine andere Marke. Dass Elsa die Schlüssel verwechselt hatte, war also ausgeschlossen. Nun brauchten sie Fingerabdrücke und DNA aller Arbeiter der Sanierungsfirma, die die Wohnung betreten hatten.

Barbro Setterlind klingelte an einer der Türen im vierten Stock. Eine alte Frau öffnete. Ihre langen weißen Haare waren zu einem nationalromantischen Dutt frisiert. Barbro stellte sich vor und zeigte ihren Dienstausweis. Annie von Krusenstjerna hatte vorher bereits mehrmals die Tür geöffnet und neugierig nach dem Rechten gesehen. Nun war sie sichtlich erfreut, endlich an der Reihe zu sein, und lud Barbro in ihre Küche ein. Sie hatte schon einen Kleiderbügel zur Hand, bevor Barbro über die Schwelle getreten war. Ungefragt goss sie ihr über der mattgescheuerten Spüle Kaffee ein. Jeder Polizist weiß, dass eine Tasse Kaffee bei alten Leuten das Leben um ein bis zwei Jahre verkürzen kann, doch Annies Kaffee schmeckte so, wie er in der Fernsehwerbung aussah. Barbro lobte und lobte.

»Ich war ja auch Sekretärin«, erklärte Annie lachend in reinem Reichsschwedisch.

Der Tisch war zum Frühstück gedeckt. Barbro hatte seit dem Aufstehen noch nichts gegessen und spürte, wie sich ihr Magen über den Anblick freute. Annie hatte frisch gebacken. Erst jetzt entdeckte sie den Nymphensittich, der frei auf der Fensterbank hockte und sie kritisch musterte. Einen Käfig gab es in der Küche nicht.

»Seid ihr wegen der Skinheads hier?«, fragte die alte Frau.

»Skinheads?«

»Diese Typen, die hier durchs Treppenhaus laufen. Seit Wochen geht das so.«

»Das ist ja interessant«, fand Barbro. Das war es wirklich, denn die anderen Nachbarn hatten davon nichts bemerkt. Jetzt ergab sich die Frage, ob die Skinheads wirklich im Treppenhaus herumliefen oder nur in Annies Kopf. In ihrer Anfängerzeit war Barbro einmal auf einen freundlichen alten Herrn hereingefallen, der nicht mehr zwischen dem unterscheiden konnte, was er wirklich erlebt und was er im Fernsehen gesehen hatte. »Was sind das denn für Leute, und was tun sie?«

»Ganz jung sind sie nicht mehr. Sie waren immer zu dritt. Ihre Haare waren ganz kurz. Und sie trugen Lederjacken. Wie man es im Fernsehen immer sieht.«

»Aha«, sagte Barbro. Annie litt an altersbedingten Assoziationen. »Und das waren richtige Skinheads? Neonazis?«

»Richtige Nazis waren das natürlich nicht. Solche hätte man früher verprügelt.« Annie von Krusenstjerna blickte zum Fenster hinaus. »Der Führer hat uns ja alle betrogen«, seufzte sie aus heiterem Himmel. Ihre Hand zitterte.

Barbro musste sich zusammenreißen, um nicht zu lachen, und trank von ihrem Kaffee. »Wer hätte das ahnen können!«, bemerkte sie dann, um eine Reaktion zu zeigen.

»Was denn?« Annie schien zurück zu sein.

»Dass der Führer ein Betrüger ist.«

»Welcher Führer?« Die Bemerkung hatte sie irritiert. »Möchtest du ein Brot essen? Ich habe es selbst gebacken.«

Barbro nahm gerne an. Die Küche war so sauber, dass sie sich hier sogar den Blinddarm herausnehmen ließe. An der Wand hing eine alte Fotografie. Annie bemerkte Barbros Interesse.

»Das war meine Urgroßmutter, 1886.«

Urgroßmutter balancierte einen weißen Hut mit einem halben Meter Durchmesser auf ihrem Kopf und saß als Beifahrerin mit ihrer Begleiterin in einem Autoskooter. Die beiden waren kurz davor, von einem allein fahrenden Herrn mit Sommerstrohhut unredlich gerammt zu werden. Der glattrasierte Mann war ein Hallodri, das konnte man auf Anhieb erkennen. Ehrbare Männer trugen damals dicke Backen- und Kinnbärte. Barbro hätte nicht gedacht, dass es schon so lange Autoskooter gab.

»Was haben diese drei Männer denn gemacht?«

Der Sittich flatterte auf den Küchentisch und bediente sich von dem Brot auf Annies Teller. Annie nannte den Sittich Olof, weil ihm eine Kopffeder ins Gesicht ragte. Das erklärte auch, warum er Barbro so klassenfeindlich beäugte.

»Sie standen hier im Gang bei der Treppe. Ich habe sie durch den Spion beobachtet. Sie kamen einmal mitten am Tag und einmal nachts.«

»Wann war das?«

»Das ist bestimmt schon zwei Wochen her.«

31

Ein schiefergrauer Vollbart rahmte das freundliche Lächeln des Botschafters ein. Sofi hatte gestutzt, wie widerstandslos er ihr seine Hilfe angeboten hatte. Sie saß inmitten von schwedischen Designermöbeln aus hellem Holz und blickte zum Fenster hinaus. Die Botschaft lag in der Parallelstraße zu Nuras Haus direkt am Nil. Jenseits des Flusses lief die Corniche, die lange Uferpromenade. Dort saßen abends heimliche Paare und hielten Händchen. Früher war Sofi gerne dort gewesen, wenn sie allein sein wollte. Einmal war ein französisches Pärchen dort gesessen und hatte ein wenig gekuschelt, während hundert ägyptische Paare fasziniert hingestarrt und gekichert hatten.

Die Einrichtung wirkte grotesk, wenn man die Häuserfront von der Corniche aus betrachtete, als wäre ein Glutwind über das Viertel hinweggefegt und hätte nur das Mauerwerk übriggelassen. Und natürlich das Mobiliar der schwedischen Botschaft, das die Pyramiden überdauern würde.

Sofi saß seit neun Uhr am Schreibtisch. Nach einem halben Jahr bei der Taktischen stand ihr erster eigener Einsatz bevor. Sie verspürte leichtes Heimweh nach Kjell, aber auch Freude, ihn los zu sein. Als er sie im Frühsommer unerwartet in seine Gruppe berief, waren all ihre Freundschaften in der Polizei im selben Moment gekappt worden. Mit einer ihr heute merkwürdig erscheinenden Vorstellung von Kjell als Sagengestalt hatte sie ihren ersten Tag bei der Gruppe angetreten. Ohne Uniform zu arbeiten, hatte sich komisch angefühlt, und sie hatte sich alles strenger und professioneller vorgestellt. Da Kjell sich seine Mitarbeiter selbst aussuchte und meist auch seine Fälle, herrschte in der Gruppe eine freundschaftliche Stimmung, die Sofi in den ersten Tagen in Verwirrung gestürzt hatte. Natürlich wusste sie, dass über sie genauso wie über den Rest der Gruppe geredet wurde. Irgendjemand hatte sogar das Gerücht in Umlauf gebracht, dass Frauen sie anzogen.

William kam eine halbe Stunde zu spät. Wenn man durch sein borstiges Haar führe, würde sich eine Wolke aus Staub und Sand bilden, dachte Sofi bei seinem Anblick. Es war kurz und blond, begann aber an einigen Stellen bereits zu ergrauen. Aus der Einsatzakte wusste Sofi, dass er vierunddreißig Jahre alt war. Noch während seines Studiums der Arabistik hatte sich William mit einer syrischen Christin verlobt und ein Jahr mit ihr in Damaskus gelebt. Aber geheiratet hatten die beiden nie. Seit zwei Jahren rekrutierte die Säpo auch Akademiker. Sofi nahm an, dass er für die Säpo regelmäßig Berichte über die Entwicklung des Extremismus und des Terrorismus verfasste. Daneben arbeitete er als Korrespondent für eine schwedische und eine britische Zeitung.

William war gut ausgebildet worden, wenn auch in einem Crashprogramm. Für ihn war die Sache klar. Sie würden hinfahren und klingeln. Diese Taktik schien gut zu ihm zu passen. Seine Kleidung sah aus, als wäre er von Damaskus zu Fuß hierhergelaufen. Sofi sah ein, dass ihnen die Umstände keine andere Wahl ließen.

32

Nach dem Gespräch mit Elsa Lumholt fuhr Kjell ins Präsidium. Er musste sich langsam auf Mari Svahn vorbereiten, die am Nachmittag erwartet wurde. Er wollte nicht ins Verhör gehen, ohne sich vorher die theoretischen Zusammenhänge bewusst gemacht zu haben. Die Lage verlangte nach einer detailreichen Großgraphik auf der Tafel im Besprechungsraum. Linda fand allen Ernstes, dass er seine Konstruktionen einmal ausstellen sollte. In New York gebe es Künstler, deren Werke riesige Zahlendiagramme waren. Er musste ihr insoweit Recht geben, als es wunderschön aussah, wenn er die Tafel vollgezeichnet hatte.

Davor hatte er jedoch noch etwas anderes zu erledigen und begab sich in den Nebentrakt des Polizeikomplexes. Nach kurzem Suchen fand er das Büro von Snæfríður Jómundardóttir im Dezernat 12 für Wirtschaftskriminalität. Er klopfte, öffnete die Tür einen Spalt weit und steckte den Kopf hinein. »Snæfríður?«

Sie lachte lange und nickte. Snæfríður war eine typische Stupsnasenisländerin mit großen Augen. »Es heißt *Snaifrithürrr* mit *th* wie im Englischen, aber du kannst ›Schneefräse‹ sagen, wie die anderen hier. Oder Lilja. Das ist mein zweiter Vorname.«

»Dann Lilja.«

»*Ókei.*«

Kjell überlegte, ob der Spitzname »*Schneefräse*« am Ende gar nicht von ihrem Namen abgeleitet war, sondern eher von ihrer Art zu lachen.

Wirtschaftlich stand das Antiquariat viel besser da, als Kjell erwartet hatte. Die jahrelange Jammerei von Wessén hatte ihn mit der Vorstellung mariniert, dass es in dieser Branche nichts zu verdienen gab. Snæfríður bestätigte, was man auch aus den Exlibris in all den Büchern wissen konnte. Wessén kaufte sein Sortiment en gros von Witwen, die nach angemessener Trauerzeit von einem Tag bis zu neun Monaten die Privatbibliothek des verstorbenen Gatten als Gesamtpaket anboten und mit dem Erlös auf Weltreise gingen. Wenn Wessén die Bücher dann einzeln weiterverkaufte, machte er einen bald schon unanständigen Gewinn. Er profitierte auch davon, dass die Anbieter den Wert einzelner Bücher oft verkannten. Das Antiquariat stand also gar nicht schlecht da. Man konnte freilich nicht reich damit werden. Wenn man aber die Immobilie besaß und keine Miete zahlen musste, lebte man gut. Vor allem aber lebte man glücklich und nicht allzu unbequem.

Zurück im Büro rief er Wessén an. Er wollte es zum Abschluss bringen, da er nicht wusste, wie viel Zeit ihm in den nächsten Tagen bleiben würde. Wessén nannte seinen Preis. Der umfasste alles von der Immobilie bis zum Wechselgeld in der Kasse. Wesséns Vorstellung orientierte sich eher daran, wie viel er für den Rest seiner Tage noch benötigte. Das war so wenig, dass der Kerl irgendwo Geld deponiert haben musste. Kjell war sich nicht sicher, ob er für die Immobilie allein sogar mehr herausgeschlagen hätte. Er sagte zu und rief danach noch beim Notar und bei der Bank an. Sein Anlageberater freute sich, denn Kjell hatte noch nie von sich aus angerufen. Nachdem er sich drei Jahre zuvor gewissenhaft um Lindas Anteil am Erbe gekümmert hatte, konnte er sich seitdem zu weiteren Anlagegeschäften nicht aufraffen. Er legte dem Anlageberater seinen Plan dar, und im Anschluss lachte der Berater. Sein Lachen wurde heller und dunkler und dann wieder heller, ein Phänomen, das man in der Physik Dopplereffekt nennt und das auch durch heftiges Kopfschütteln beim Lachen verursacht werden konnte. Kjell hörte ihn auf seiner Computertastatur herumtippen. Der Berater staunte, denn der Wert der Immobilie schien viel höher zu liegen als der Kaufpreis des ganzen Geschäfts. Das Lachen erstarb.

Per lieferte seinen mündlichen Vorbericht während des Mittagessens in der Kantine ab. Er hatte mit der Wohnungstür begonnen. Das Schloss war ausgetauscht worden. Die Wohnungsverwaltung hatte sich nicht vertan. Sie verwendete eine andere Zylindermarke. Per hatte daraufhin untersucht, wie das Austauschen des Schlosses möglich gewesen war. Die Tür wies Spuren eines professionellen Einbruchs auf, also fast gar keine.

Kjell probierte den Weihnachtsmost. »Also genau wie bei Sahlins Wohnungstür. Aber dieses Mal musst du doch irgendetwas finden können.«

»Hab ich ja. Ich weiß, wie er reingekommen ist.« Per wollte erst den Bissen auskosten, den er gerade im Mund hatte, und

Kjells Ungeduld. »Schlagschlüssel. So hat er es bei Sahlin auch gemacht.«

»Und da findest du nichts?«

»Diesmal ist das Schloss billigste Ware. Er musste zweimal schlagen.«

»Wie funktioniert das überhaupt?«

»Du musst beim Fräsen des Rohlings die Maschine nur auf neun stellen.«

»Ich fräse kaum.«

»Auf die stärkste Stufe. Dann werden die Einschnitte am tiefsten ausgefräst. Und am Anschlag fräst du auch noch etwas weg, damit du den Schlüssel etwas tiefer hineinstecken kannst. Dadurch drückt der Schlüssel alle Stifte leicht hinein, hat also Kontakt. Dann schlägst du mit einem Schraubenzieher auf den Schlüssel, und die Kraft wirkt auf die Stifte fort. Das ist wie beim Crocket, wo man auf eine Kugel tritt und dagegenschlägt, und dann rollt die Nebenkugel weg. Sie springen so weit, wie es möglich ist, und in diesem Moment drehst du den Schlüssel. Normalerweise hinterlässt der Schlag außen am Schloss Spuren. Aber der Kerl war sehr geschickt und hat außerdem einen Gummipuffer darübergestülpt. Aber diesmal war das Schloss nicht so präzise, er musste noch einmal nachschlagen. Und dabei hat der Gummiring Abrieb hinterlassen.«

»Also ist er vom Fach?«

»Nicht unbedingt. *Bumping key* kann jeder in drei Minuten lernen, aber er ist Großmeister. Bei einem normalen Einbruch hätte die Spurensicherung den Abrieb nie entdeckt. Das wäre viel zu aufwändig. Ich wollte selbst erst aufgeben, aber dann behauptete Lasse, dass es heute schon wieder Weihnachtsschinken gibt. Und da habe ich noch ein bisschen weitergemacht.«

Per grinste.

Die weiteren Spuren in der Wohnung waren rar. Henning stattete der Sanierungsfirma gerade einen Besuch ab, um von allen Handwerkern, die in der Wohnung gearbeitet hatten, Fingerabdrücke und DNA-Proben zu nehmen. Es erwies sich doch noch als Glücksfall, dass die letzte Mieterin die Wohnung so akribisch gescheuert hatte.

33

Nura stand lässig gegen den Himmel gelehnt und strich sich die Haare aus dem Gesicht. »Pinkel nicht auf eine Mine«, rief sie auf Englisch.

Linda zog sich die Hose wieder hoch und ging zum Wagen zurück. Sie parkten mitten in der Wüste auf der Straße zwischen Giza und der Fajum-Oase. Linda hatte sie gebeten, hier mitten im Nichts anzuhalten. Sie machte zwei Skizzen von Nura, die sie bewunderte, und zwar alles an ihr. Ihre Familie war in der Müllbeseitigungsbranche, die Männer zogen zerlumpt durch die engen Gassen und pickten Müll auf. Müllfahrzeuge gab es in Kairo nur ganz wenige, Plastikmüll hingegen viel. Hier war es nämlich so, dass die Christen den Müll wegräumten und die Muslime ihnen dabei zusahen. Linda hatte geglaubt, dass Sofi sie auf den Arm nehmen wollte. Nura führte ein kleines Reisebüro und war als Lyrikerin im Land sehr bekannt, wobei in Ägypten jeder Lyriker im ganzen Land bekannt war.

»Und wenn einer gar keine Gedichte schreibt …«, sagte Nura mit ernster Miene, »… dann kennen ihn dennoch alle, und auf der Straße fragt ihn jeder, wann sein erster Vortrag stattfindet.«

Nura schaute ihr dabei in die Augen. Linda wusste nicht, welche Reaktion Nura von ihr erwartete. Nura klopfte ihr auf die Schulter.

»Du lernst fahren, hat Sofi erzählt.«

Linda nickte.

»Dann kannst du zeigen, hier!« Nura deutete auf die Fahrertür des Wagens. Ihr Fundus an lustigen Befehlen wie »Bitte gehst du hier!« oder »Bitte dort stehst du dort!« würde sich wohl nie erschöpfen. Dabei sprach sie gar nicht so schlecht Schwedisch, man musste ihre Wörter nur wie mit einem Meißel aus einem Steinblock herausarbeiten. Ihrer Freundin Sofi dichtete Nura ein Arabisch an, das an Vollendung nur noch vom Propheten selbst übertroffen wurde. Allerdings tat sie das auch bei jedem von Lindas Experimenten mit dem Arabischen, und dabei konnte sie gerade einmal *Shukran* sagen und einen jasminigen Morgen wünschen.

Unsicher schwang sich Linda hinter das Steuer. Zum ersten Mal war sie wirklich aufgeregt, Auto zu fahren. Viel konnte ja nicht passieren, sagte sie sich. Sie durfte nur kein Schlagloch übersehen. Und die waren schon von weitem zu erkennen.

34

Nach dem Mittagessen zog sich Kjell in den Besprechungsraum zurück. Dort begann er, alle bislang bekannten Personen und ihre Verbindungen zueinander an die Tafel zu schreiben. Erst jetzt fiel ihm auf, wie vage alles war. Die Module seiner Theorie waren bisher zu kantig, um sich locker in ein Szenario pressen zu lassen. Aber im Zurechtruckeln lag seine Stärke. Er konnte Mari Svahn und die Wohnung im Haus gegenüber nicht verknüpfen. Alles lief auf die Frage hinaus, ob es zwischen den beiden eine Verbindung gab. Es musste eine geben.

Was hatte Linda eigentlich gesehen? Zwei, drei Gestalten, die in der Nacht in einer leeren Wohnung ohne Licht herumschlichen. Zweimal hatte kurz eine Taschenlampe aufgeleuchtet. Und sonst hatten einige Lämpchen geblinkt. Außer dem ausgewechselten Türschloss war das alles. Sicher nichts Legales, aber hatte es etwas mit Carl Petersson zu tun? Selbst wenn, musste es nicht mit dem Mord zusammenhängen. Vielleicht hatten diese Leute nur von seinem Tod erfahren und dann auf eine Gelegenheit gewartet, die Wohnung unbemerkt zu betreten. Das würde bedeuten, dass es etwas in der Wohnung gab, dessen Bedeutung Kjell noch nicht erkannt hatte. Das Passwort? Das konnte sein, denn Lindas Beobachtung lag zeitlich kurz nach der Entzifferung. Ganz sicher hatten diese Leute nicht damit gerechnet, dass Linda dort oben am Fenster sitzen würde. Das war wirklich typisch für sie. Sie hatte dieses Talent von ihrem Vater geerbt, da waren sich alle in der Gruppe einig. Per hatte am Morgen Carl Peterssons Wohnung ohne Ergebnis auf Wanzen und Sender überprüft. Auch die Datenleitungen waren nicht angezapft worden.

Sie hatte dicke Oberschenkel. Das fiel ihm an Mari Svahn zuerst auf. Dem Aussehen nach hätte sie auch erst achtzehn sein können. Sie war nicht dick, aber alles an ihr wirkte rund und gewölbt, bis hin zu ihren Wangen und dem Nasenrücken. Abgerundet wie die Karosserie eines französischen Kleinwagens.

Sie kümmerte auf dem Stuhl im Verhörraum eins, als Kjell eintrat. Sie musste gespürt haben, dass er der Chef war, denn sie erhob sich artig. Da sah er, dass ihre Oberschenkel nur beim Sitzen so breitgedrückt wurden.

Mari Svahn trug ihre dunkelbraunen Haare als Pagenkopf auf Kinnlänge. Ihre Kindlichkeit erschreckte ihn. Carl Petersson hatte deutliche Züge eines alten Mannes aufgewiesen. Er mochte den Gedanken nicht haben, dass es zwischen den beiden ein sexuelles Verhältnis gegeben hatte.

Beim ersten Anblick hatte sie ernst gewirkt, fast zornig. Ihre Augenbrauen waren französische Zirkumflexe und das einzig Eckige an ihr. Ihre schwarzen Augen verstärkten den Eindruck ständigen Zorns. Dieser Ausdruck hielt an, bis sie gähnen musste. Danach deutete sich ein Lächeln an, das alles Zornige mit einem Wisch aus ihrem Gesicht vertrieb.

Zu ihm und Mari gesellten sich noch Barbro und Henning. Sie hatten Mari beim Zoll in Arlanda abgeholt. Kjell gab Mari die Hand und stellte sich vor. Alle nahmen Platz.

»Um diese Jahreszeit fährst du also an die Costa de la Luz«, begann er. »Bei dem eisigen Wind dort. Sei froh, dass du wieder hier bist.«

Ihr Gesicht verschloss sich wieder mit minimalem Aufwand, allein durch eine winzige Bewegung ihrer Augenbrauen.

»Wie ist es dir bei der spanischen Polizei ergangen?«

Sie zuckte mit den Schultern. »Das ging schon.«

»Bist du geschlagen worden oder etwas Ähnliches?«

»Nein«, gab sie zur Antwort und musste lächeln.

»Und sonst bist du gesund?«

»Ja.«

»Mari. Du wurdest von der schwedischen Polizei mit einem internationalen Haftbefehl gesucht. Wir haben einige Fragen an dich zu einem Mordfall, den wir gerade bearbeiten. Das kann etwas dauern, so lange musst du in Verwahrung bleiben.«

Maris Miene wurde wieder ernst. Sie konnte wirklich sehr ernst schauen.

»Kennst du einen Mann namens Carl Petersson?«

»Ja.«

»Und du kennst seine Wohnung im vierten Stock der Västmannagatan 84?«

»Ja.«

Es war wie das Abhaken einer Liste. Solche Verhöre mündeten in ein Geständnis oder eine Katastrophe.

»Gut.« Kjell lehnte sich zurück. »Wir warten nun auf zwei Damen. Die eine ist Ruth Liljedahl, sie ist die Anklägerin. Die Anklägerin leitet und kontrolliert unsere Arbeit.«

»Nebenbei klagt sie auch an«, fügte Barbro noch hinzu und verschränkte ihre Arme vor der Brust.

»Dies ist ein erstes Vorgespräch nach Paragraph 24/8 des Prozessrechts«, fuhr Kjell fort. »Danach kann es sein, dass die Anklägerin dich zur Verdächtigen erklärt. Die andere Dame ist Anita Möllerfors. Sie wurde dir als Rechtsbeistand zugewiesen. Sie wird bei dem Gespräch dabei sein und dich im Anschluss beraten.«

Mari nickte und betrachtete ihre Hände, die auf ihren Schenkeln viel Platz hatten.

Die Unterbrechung dauerte eine halbe Stunde. Kjell besprach sich mit Ruth, einer angenehmen Anklägerin, die sich so gut wie nie in die Ermittlung einmischte. Ihr blondes, feines Haar kringelte sich zu Löckchen. Die Wölbungen ihres Gesichts wurden nicht vom Schädel vorgegeben, sondern von den Pölsterchen darüber. Bei ihrem Anblick dachte Kjell oft an Teigkneten. Ihre Passivität hatte ihn zu Beginn ihrer Zusammenarbeit vor sieben Jahren beunruhigt. Aber es gab immer einen Punkt in einer Ermittlung, an dem die zweifache Mutter und Reihenhausbesitzerin aus Täby wie ein Pendelzug in Fahrt kam. Madeleine war auch Juristin gewesen. Glaubte man ihr, so lag das Talent eines Juristen ausschließlich darin, auf den richtigen Moment warten zu können und ihn nicht zu verpassen. Ruth beherrschte das.

Schließlich versammelten sich wieder alle im Verhörraum. Barbro bediente das Tonband, das schon lange kein Band mehr war, sondern eine Festplatte, die in die Tischplatte eingelassen war. Seitdem durfte Henning nur noch Verhöre führen, wenn er vorher versprach, nicht mit der Faust auf den Tisch zu schlagen.

»Hast du irgendwelche Quittungen oder Belege, aus denen hervorgeht, wie lange du im Ausland warst?«

Mari schnappte nach Luft. »Ich bin mir nicht sicher. Einige habe ich bestimmt noch.«

Viele Verdächtige legten sich für ein Verhör Szenarien zurecht, die komplett oder zum Teil von der Wirklichkeit abwichen. Mit seinen Fragen hin und her zu springen, erwies sich als gute Taktik. Als spielte man ein schnelles Computerspiel mit einer alten Grafikkarte. Die Verhörten konnten ihre Version nicht so schnell drehen und wenden oder durch Details komplettieren, die sie zu erfinden vergessen hatten. Das Bild begann zu ruckeln. Und dann schnappte die Kjell-Cederström-Falle zu, wie Barbro am Ende solcher Verhöre gerne konstatierte.

»Wann hast du Carl Petersson kennengelernt und wie?«

Sie biss sich auf die Lippe.

»Universitätsbibliothek. Im Lesesaal.« Sie verstummte und blickte in die Runde. Alle sahen sie erwartungsvoll an. Da begriff sie, dass sie fortfahren sollte. Mari begann, ihre rechte Hand mit der linken zu massieren. »Ich habe dort immer gesessen, und Carl auch. Wenn man etwas essen oder trinken möchte, geht man hinaus in den Flur zu den Schränken. Das war im Frühling letzten Jahres. Wir haben uns manchmal unterhalten.«

»Schön!«, fand Kjell. »Das geht doch ganz gut. Erzähl uns bitte, wie ihr euch richtig kennengelernt habt, und was das für eine Verbindung war.«

Mari kratzte sich am Haaransatz im Nacken. Sie schluckte und wusste nicht, wie sie beginnen sollte. Nach einigen Sekunden fing sie an zu reden. »Wir haben uns sehr gut verstanden und einander viel erzählt. Ich erzählte ihm von meinem Vater.«

»Stimmt es, dass eure finanzielle Lage sehr ernst war?«

»Papa konnte nicht mehr arbeiten. Also hat er kein Geld mehr verdient. Wir haben zwar etwas von der Versicherung bekommen, aber das war viel zu wenig. Und dann hat auch seine

Behandlung so viel gekostet.« Sie war durch die Sätze gestürmt und verstummte jäh.

Kjell nickte aufmunternd.

»Ich habe Carl erzählt, dass ich mein Studium wohl abbrechen müsse. Das wollte er nicht. Er fände das schade, hat er gesagt. Ich habe ihm viel über meine Abschlussarbeit erzählt. Ich hatte gerade damit angefangen.«

»Die kennen wir.«

Mari lächelte unsicher. Sie war offensichtlich davon überwältigte, wie viel die Polizei über sie herausgefunden hatte. Sie setzte ihre Erzählung nicht fort. Jetzt kam der entscheidende Punkt.

»Carl hat dir also geholfen«, kam Kjell ihr zu Hilfe. »Er hat dir Geld gegeben.«

Sie nickte. Sie schämte sich jetzt schon für das, was sie erst noch sagen musste.

»Wie viel war das?«

»Ich weiß es nicht. Sehr viel. Aber das war später, da war alles anders.«

»Welche Gegenleistung hast du dafür erbracht?«

»Gegenleistung?«, antwortete sie atemlos.

»Zuneigung zum Beispiel.«

Sie sah ihn erstaunt an.

»Es muss dir nicht peinlich sein, Mari. Ich kann das alles gut nachvollziehen, auch wenn ich nicht glaube, dass mir jemand für meine Zuneigung Geld bieten würde, oder, Barbro?«

»Sicher nicht.«

Mari musste grinsen und ächzte dabei auf. »Es war nicht so, wie du denkst. Es war kein Geschäft.« Mari hechelte von Satz zu Satz. »Er hat mir offen gestanden, dass er eine Nacht mit mir verbringen wolle. Er war charmant und sah auch gut aus. Das hat er ja nur gesagt, weil wir uns so gut verstanden haben. Er wollte mir helfen.«

Kjell beklagte innerlich, dass sein Beruf so eintönig war. Zum ersten Mal kamen ihm Zweifel an seinem Plan, Ida das Antiquariat zu schenken. »Wie war die finanzielle Situation damals?«

»Nicht so schlimm. Aber später hat er mir viel Geld gegeben. Sonst hätten wir das Haus längst verkauft.«

»Ja, warum habt ihr das nicht getan?«

»Papa hat das Haus so geliebt. Ich fürchtete, dass er aufgibt, wenn es verkauft wird. Im Krankenhaus war sein einziges Ziel, noch einmal nach Hause zu können.«

»Gut. Fang vorne an. Du musst uns keine Details verraten, aber ich möchte gerne wissen, wie es für dich war, als Carl dir dieses Angebot gemacht hat.«

»Es ist viel schlimmer, immer diese Sorgen zu haben. Es war sogar sehr romantisch. Carl hat mich nie spüren lassen, dass … Ich war dann sehr oft bei ihm. Das war eine gute Zeit. Papa ging es besser. Ich habe schließlich das Studium beendet.«

»Würdest du sagen, dass ihr eine richtige Beziehung hattet und Carl für dich gesorgt hat?«

Sie nickte.

»Hat Carl deine Abschlussarbeit denn gut gekannt?«

»Er hat mir ja gezeigt, wie man eine wissenschaftliche Arbeit schreibt. Fußnoten und so.«

»Lass uns kurz unterbrechen.«

Kjell zog sich mit Barbro, Henning und Ruth ins Besprechungszimmer zurück und beobachtete, wie Henning unauffällig seine Hose zurechtrückte. Kjell hätte nicht gedacht, dass ihn das so aufwühlte. Alle setzten sich, nur Kjell lief dozierend auf und ab. Irgendwo hatte er sein Jackett hingehängt, aber er wusste nicht mehr, wo.

»Ich möchte euch nur auf etwas aufmerksam machen im Hinblick auf das, was sie noch sagen wird. Ich glaube, dass sie Petersson umgebracht hat. Ihr habt ja gehört, wie sie die Sache bewertet. Ich weiß noch nicht, ob sie sich selbst glaubt, aber genau dieses Verhalten untersucht sie in ihrer Arbeit. Sie weist dort nach, dass all ihre intellektuellen und emotionalen Erwägungen triebhaft sind.«

»Ich verstehe nicht.« Ausgerechnet Barbro verstand nicht.

»Petersson hat mit ihr experimentiert. Mari untersucht Paarungs- und Sozialverhalten. Laienhaft ausgedrückt ist das Paarungsverhalten bei der Frau eher passiv, das Sozialverhalten hingegen aktiv, da die Frau ja das Kind aufziehen muss und so weiter. Beim Mann verhält es sich umgekehrt. Sie hat zum Beispiel Berichte von vergewaltigten Frauen untersucht und geprüft, wie sich das Verhalten einer Frau in so einer Situation in ihre Theorie einfügt. Der Witz ihrer Arbeit ist der, dass sie jede Verhaltensweise auf einen einzigen Trieb zurückführen kann. Und ich glaube, dass Petersson ihre Theorie an ihr ausprobiert hat.«

Henning verstand und grinste. »Er wollte wohl weniger die Theorie testen, sondern herausfinden, wie sich bei Mari der Trieb zum Intellekt verhält.«

»Wir müssen zuerst prüfen, ob ihr das überhaupt bewusst ist.«

»Es kann ihr auch nur für einen Augenblick klargeworden sein«, glaubte Henning.

»Und da hat sie zugestochen?« Barbro folgte nur schwerfällig. Für sie waren das nur theoretische Überlegungen. Kein Mann hatte je gewagt, mit ihr zu spielen. Jedenfalls tat sie so.

Kjell erhöhte jetzt das Tempo beim Hinundherlaufen. »Petersson hat nicht geahnt, dass auch der Mord von diesem Trieb ausgelöst würde. Das hat bei ihr einen Schalter umgelegt. Darauf wird die Sache hinauslaufen.« Er sah Henning an, dessen Gesichtsmuskeln erstarrt waren. Jungfrauen in Not brachten ihn auch nach fünfundzwanzig Jahren noch ins Schwanken. »Fünfhundert?«

Henning nahm die Wette nickend an. »Ich bekomme aber noch die dreihundert vom Englandspiel.«

Barbro erhob sich. »Er wollte vielleicht nur testen, wie aufrichtig ihre Zuneigung war.«

»Was gibt es denn da zu testen!«

Barbro starrte Henning an. »Du bist auch dauernd bei mir. Und du bist doppelt so alt wie ich.«

»Wir puzzeln doch nur.«

»Das ist viel intimer.«

Sie kehrten zurück und setzten das Verhör fort. Und wie Kjell erwartet hatte, lief die Sache genau darauf hinaus. Petersson hatte Mari dazu gebracht, das Haus nicht zu verkaufen. Er hatte ihr immer so viel Geld gewährt, dass es weiterging.

»Vor einem Jahr hat sich alles verändert«, sagte Mari. »Er erklärte mir, dass er sich das nicht mehr leisten könne. Damals glaubten wir, dass Papa bald sterben muss. Ich habe jeden Tag damit gerechnet.« Mari war keine Frau der Tränen. Ihr Geständnis war ganz sachlich. »Und dann habe ich ihm versichert, dass er alles zurückbekommen würde, wenn er mich weiter unterstützt. Ich konnte das Haus nicht verkaufen, ohne Papas Einwilligung ging das nicht. Erst nach Papas Tod war das möglich.«

Aber Gustav Svahn war nicht gestorben. Noch lange nicht.

»Carl behauptete, dass kein Geld mehr da sei. Ich habe ihm Schuldscheine unterschrieben. Das war meine Idee, und sie hat ihm gefallen, es war so altmodisch.«

Kjell fühlte sich in diesem Moment bestätigt, denn Petersson hätte sogar das Haus auf einen Schlag abbezahlen können, ohne dass es ein bemerkenswertes Loch in seine Finanzen gerissen hätte. Er hätte nur mit seiner Karte beim nächsten Geldautomaten vorbeischauen müssen.

»Als Papa dann gestorben ist, wollte ich sofort alles zurückzahlen, aber das ging nicht. Die Bank sagte mir, dass ich nur anderthalb Millionen bekommen würde, wenn die Finanzierung jetzt platzte. Das war viel zu wenig. Ich musste Carl fast zwei Millionen zurückzahlen. Er wollte mich nicht gehen lassen.«

Kjell blickte zu Barbro. Sie erwiderte seinen Blick mit einem Mundwinkelzucken.

»Hast du weiterhin mit ihm geschlafen?«

»Ja!«, rief sie. »Ich sagte ihm, ich hätte genug gegeben.«

»Erzähl uns jetzt, was in der Nacht vom 26. auf den 27. November passiert ist.«

»Ich habe ihn den ganzen Tag gedrängt, weil ich gehen wollte. Ich wollte alles klären. Aber er ließ mich nicht gehen. Er forderte immerzu, ich solle warten und noch mal warten. Ich wusste aber nicht, warum.«

»Und dann?«

»Da habe ich ihm den Brieföffner in den Rücken gestoßen.«

Mari Svahn brach in Weinen aus.

»Warum bist du nicht einfach gegangen?«

Sie schüttelte weinend den Kopf. »Ich weiß nicht.« Das Wimmern wurde so schlimm, dass Kjell das Verhör abbrach. Nun war ohnehin der Zeitpunkt gekommen, wo sie sich mit ihrer Anwältin beraten musste.

35

Freitag, 7. Dezember

Mari Svahn war in einer Filiale der *Banco de Andalucía* verhaftet worden, als sie ein Bankschließfach mieten wollte. Sie gab an, dass ihr das Risiko bewusst gewesen war, aber nachdem sie tagelang nichts über Petersson in den Internetausgaben der schwedischen Zeitungen entdeckt hatte, hatte sie fortan nicht mehr geglaubt, dass er tot und ihr die Polizei auf den Fersen war. Bis dahin war sie durchaus geschickt vorgegangen, war mit anonymen Zugtickets gereist und hatte in Hotels falsche Namen angegeben.

Der einzige Beleg, den sie vorweisen konnte, war ein *ticket de caisse* einer Bahnhofsbuchhandlung am Gare d'Austerlitz in Paris, wo Mari am 28. November eine englische Ausgabe von Harry Potter gekauft hatte.

Am Morgen trafen sich alle Beteiligten wieder im Verhörraum. Kjell hatte sich für den grauen Zweireiher mit schwarzem Pulli entschieden, da ein Kontakt mit der Chefetage möglich war. Er versuchte dort immer, den Eindruck zu erwecken, dass er sich zwar angemessen kleidete, seinen Beruf aber eher als Hobby interpretierte. Wenn man nicht erpressbar ist, bereitet die Arbeit noch mehr Erfüllung.

»In deinem Rucksack hattest du fast sechzigtausend Euro«, begann er die zweite Runde. »Ist das Peterssons Geld?«

»Ich weiß nicht, wem es gehört. Aber nicht Carl.«

»Hast du es aus seiner Wohnung mitgenommen?«

»Carl wollte nicht mit mir reden. An dem Tag wartete er auf eine Sendung, aber die kam nicht. Das Wetter war so schlecht.«

»Was für eine Sendung war das?«

»Sie kam Minuten, bevor es passiert ist. Die Sendungen kommen immer mit einem Kurier.«

»So etwas wie FedEx?«

Sie nickte. »Aber die waren es nicht. Der Mann trug auch keine Uniform. Ich habe die Tasche entgegengenommen.«

»Eine Tasche?«

»Ein Kuvert. Wenn man eine Sendung aufgibt, stecken sie es immer in solche Kuverts aus Folienpapier. Ich habe es Carl dann in sein Zimmer gebracht und für ihn mit dem Brieföffner aufgerissen. Man kann die Folie nicht mit den Händen zerreißen, damit dehnt man sie nur. Carl hat die Papiere nur überflogen. Er war ganz aufgeregt deswegen. Und ich weiß gar nicht, wie es passiert ist, auf einmal habe ich ihm den Öffner in den Rücken gestoßen. Das war gar nicht tief, aber er war irgendwie gelähmt oder hatte innere Blutungen. Ich habe dann die Schuldscheine aus dem Aktenschrank geholt und dabei das Geld entdeckt und auch mitgenommen. Dann bin ich abgehauen.«

»Hat er noch gelebt, als du gegangen bist?«, unterbrach Barbro. »Oder war er gleich tot?«

Sie schluckte vernehmlich. »Er hat mir zugesehen, aber gesagt hat er nichts mehr.«

Barbro hatte den Tatort- und Obduktionsbericht vor sich liegen und sah in die Akte. Sie fragte Mari nach den Dokumenten, und Mari gab an, dass es sich dabei um etwa zehn Seiten eines gelblichweißen Papiers gehandelt habe, die oben zusammengeleimt gewesen waren, eine Art Durchschlagpapier. Der Inhalt war Mari unbekannt, aber sie hielt es für Lieferpapiere. Noch während sie sprach, erinnerte sich Kjell daran, dass die Säpo hinter den Kontaktadressen ein illegales *Letter-of-Credit-System* vermutete. Die Frachtpapiere passten da hervorragend hinein. Es gab nur einen Haken: Die Spurensicherung hatte solche Dokumente nicht in der Wohnung entdeckt.

»Hast du die Papiere mitgenommen?«, wollte Kjell wissen.

»Ich hatte viel zu viel Angst, Carl zu nahe zu kommen. Ich wusste die ganze Zeit nicht, ob er aufstehen und auf mich losgehen würde.«

»Die Papiere lagen also vor ihm auf der Tischplatte bei den ganzen anderen Unterlagen?«

»Unterlagen?«

»Ja, seinen wissenschaftlichen Notizen. Über den Diskos von Phaistos.«

Mari sah ihn misstrauisch an.

»Du kennst den Diskos von Phaistos nicht?«

»Ich bin mir nicht sicher.«

»Kennst du die beiden Plakate an der Wand vor seinem Schreibtisch?«

Sie schüttelte den Kopf. »Da hingen dauernd andere Plakate, ich wusste nie, was sie darstellten.«

»Zwei Spiralen waren darauf.«

»Ich bin mir nicht sicher.«

»Und die Sachen auf dem Schreibtisch?«

»Der Schreibtisch war doch leer. Teresa hatte am Vormittag alles geputzt. Carl hatte alles weggeräumt und an seinem geliebten Schreibtisch herumpoliert. Den durfte Teresa nicht berühren. Nur das Telefon stand auf dem Schreibtisch, weil er am Abend mehrmals telefoniert hat.«

Der Tisch war tatsächlich poliert worden und wies keine Fingerabdrücke auf. Mit dem Telefon hatte Carl allerdings den ganzen Tag nicht telefoniert. Das wäre schön gewesen, dachte Kjell und überlegte, was das bedeuten könnte.

»Hast du davon etwas mitbekommen?«

»Ich hab im Wohnzimmer ferngesehen.«

»Bist du dir sicher, dass er telefoniert hat?«

Sie nickte heftig.

»Kennst du das hier?« Barbro hielt ihr eine Kopie des Passwortgitters hin.

Mari schüttelte den Kopf.

»Hast du das nie in seinem Zimmer gesehen?«

»Dort war ich nur selten. Er mochte das nicht.«

Kjell forderte Mari auf, alle Details zu schildern. Barbro hörte ihr dabei mit zusammengekniffenen Augen zu.

»Bist du wirklich sicher, dass es so war?«, fragte Kjell zuletzt.

Mari nickte.

Die Ermittler zogen sich in das Besprechungszimmer zurück. Henning kratzte sich stumm am Kopf. Das entsprach der Stimmung aller im Raum.

»Ich frage mich, ob sie überhaupt dabei war«, überlegte Kjell laut. »Es stimmt ja so gut wie gar nichts an ihrer Geschichte. Der Schreibtisch war in ihrer Version leer, die Wand vielleicht auch. Bei uns war der Fußboden leer, aber sie gibt an, dass ihr die ganzen Papiere aus dem Aktenschrank auf den Fußboden gefallen sind. Und dann die Tatwaffe. Wie ist die in die Spülmaschine gekommen?«

Sie hatten Mari nicht verraten, wie die Polizei die Wohnung vorgefunden hatte. Sie hatten nur ihrer Version zugehört.

»Es ist ganz einfach«, sagte Barbro. »Jemand war nach ihr da.«

Kjell rieb sich die Augen.

»Die Wohnung gegenüber«, fuhr Barbro fort. »Jetzt haben wir den Beweis, dass jemand Peterssons Arbeitszimmer von dort aus beobachtet hat.«

»Beweis kann man das nicht gerade nennen«, fand Henning.

»Es deckt sich mit dem pathologischen Befund. Sie könnte ihm den Öffner ins Rückenmark gerammt haben. Auch ihre Behauptung, dass sie die Klinge herausziehen wollte, entspricht den Verletzungen an der Wirbelsäule. Ihre Aussage passt durchaus in die Spurenlage.«

»Aber die Aussage hat in der Spurenlage viel zu viel Platz. Es ist mehr passiert, als sie getan haben kann.« Kjell stand mit einem Ruck auf. »Ich blase die Aktion in Kairo ab. Der Säpo-Mann tappt in eine Falle.«

36

Der Taxifahrer war ein ungewöhnlich stiller Mann und roch wie sein Taxi nach dem Duftbäumchen, das am Spiegel baumelte. Sofi überlegte, wie seine Frau das wohl fand, wenn er abends wie ein kanadischer Holzfäller von künstlichem Fichtennadelgeruch durchtränkt neben oder auf ihr lag. In verhaltenem Tempo fuhren sie auf der Straße am Nil entlang. Die Kontaktadresse lag im Stadtteil Maadi, einem Villenviertel ganz im Süden. Dort wohnte jeder, der es sich leisten konnte. Sofi betrachtete den Fahrer in regelmäßigen Abständen und sah dann wieder aus dem Fenster, wo das Nilufer mit den Bergen aus Plastikmüll vorbeizog. Die U-Bahn, die hier draußen schon überirdisch fuhr, überholte sie, fiel zurück und überholte sie erneut. Der Fahrer und seine Fahrweise beruhigten Sofi. Er trug sein Haar drei, vier Zentimeter lang, während alle anderen Männer hier nur Stoppeln auf dem Kopf hatten. Er wirkte weich und ein bisschen indisch. Nirgendwo in der Kabine konnte Sofi Schmutz oder Staub entdecken, als wäre der Wagen erst kurz vor der Fahrt gebaut worden. Ab und zu stieß man in Ägypten auf solche Leute, auch Nuras Seele war ja dünn wie ein Seidentuch. In der Ablage lag ein Lappen bereit, mit dem er nach jedem Kunden die Schwelle polierte.

Sofi empfand keine Aufregung, nur eine Schwere, die sich kurz nach dem Aufstehen über ihren Körper gelegt hatte. Mit William sprach sie nur das Nötigste. Irgendwie bestand keine Verbindung zwischen ihnen. Sie hatte den Eindruck, als hielte ihn dieser Auftrag von etwas anderem in seinem Leben ab, als wäre er ihm lästig.

Sofi mochte auch nicht sprechen. Am Abend waren Verwandte und Freunde zu Nura gekommen. Sie hatte mit Nura auf dem Sofa gesessen und den anderen zugesehen. Linda hatte wild getanzt. Sofi hatte nicht gewusst, dass Linda so tanzen konnte. Das Mädchen konnte sich wirklich gehen lassen.

Die vorbeiziehenden Häuser wurden immer vornehmer, immer europäischer. Zweimal musste der Fahrer am Straßenrand anhalten und sich bei spielenden Kindern nach der Straße erkundigen. Spielende Kinder gehörten in Kairo eigentlich in die Taxifahrergewerkschaft, fand Sofi, falls es so etwas gab. In den Stadtplan hatte sie noch keinen Fahrer einen Blick werfen sehen. Richtige Pläne gab es gar nicht. Niemand war verrückt genug, so etwas zeichnen zu wollen. Immer wurden Kinder gefragt. Oft bekamen sie Geld für ihre Auskünfte, von Ausländern wollten sie hingegen lieber Stifte und Kugelschreiber.

Das Taxi hielt in der Nähe des Blocks, in dem sich das Haus befinden musste. Der Fahrer hatte während der ganzen Fahrt kein Wort gesprochen und so getan, als säße er allein im Auto. Jetzt blickte er wie ausgeschaltet durch die Windschutzscheibe, ohne sich zu regen. Sofi reichte ihm zweihundert Pfund nach vorn und mietete ihn für den Rest des Tages. Der Fahrer nickte stumm. Andere Fahrer stiegen bei so einem Geschäft kurz aus, um auf der Straße zu tanzen.

Sie sah William an, der schräg nach hinten in die Richtung blickte, wo das Haus liegen musste. Er machte ihr einen nervösen Eindruck, jedenfalls rührte er sich nicht vom Fleck. Es war drei Minuten über der angegebenen Zeit, aber Minuten hatten in Ägypten keine Bedeutung.

»Alles in Ordnung?«, fragte Sofi.

William ließ die Hände auf die Schenkel sinken. Er trug eine ausgewaschene Jeans und ein T-Shirt mit kurzen Ärmeln. Das war in jedem Fall eine dumme Fahrlässigkeit und ein Zeichen, dass er die Menschen hier trotz seines Arabistikstudiums nicht verstand. So war man hier immer Außenseiter. Sie selbst trug einen langen dunkelbraunen Rock und eine weiche Strickjacke.

William seufzte. »Es ist so ruhig hier.«

Wir sind ja auch in Maadi, dachte Sofi. Aber es war in der Tat für Kairo ungewöhnlich ruhig in dieser Straße. Sofi wurde ein wenig ungeduldig. Langsam musste er sich aufraffen. William drehte sich wieder zum Rückfenster. Er traute sich nicht, sie war sich jetzt sicher.

»Du wartest hier«, sagte sie. William sah sie betreten, aber nicht unglücklich an. »Du nimmst dein Telefon und tippst diese

Nummer ein. Das ist der ägyptische Geheimdienst. Dort rufst du an, wenn ich länger als eine halbe Stunde brauche. Gerate nicht voreilig in Panik, du weißt, dass hier alles länger dauern kann. Wir werden auf jeden Fall in ernste Schwierigkeiten geraten, wenn du dort anrufst. Du musst dann sofort in die Botschaft fahren und dort bleiben.« William kniff die Augen zusammen. »Steig mit mir aus, und stell dich neben das Taxi. Halte deine Augen offen.«

Er nickte und räusperte sich seine Scham von den Stimmbändern. Sofi wartete nicht ab, bis er etwas erwidern konnte, und stieg aus dem Wagen. Langsam schlenderte sie auf den Häuserblock zu. Sanfter Wind durchfuhr den Stoff ihrer Kleider und ließ eine Palme mit ihren Blättern rascheln. Die Schwere in ihr wurde weggetragen, obwohl sie mit dem Gegenteil gerechnet hatte. Sie drückte die Zunge gegen den Gaumen, um ruhiger zu atmen.

In der Straße reihten sich flache Mehrfamilienhäuser aneinander, umgeben von bräunlichem Rasen mit vielen Kahlstellen. Die größeren Villen standen einige Blocks von hier entfernt. Sofi sprach zwei Mädchen an, die auf dem Rasen spielten. Das ältere Mädchen war um die zwölf und erwies sich leider als schüchtern. Die Kinder waren hier anders als in der Innenstadt. Aber es kannte die Adresse und deutete auf eines der Häuser, dessen Fassade ocker leuchtete. Sofi betrat das Treppenhaus, zu ihrem Erstaunen roch es darin nach Papier. Darunter lag die typische Kairener Schärfe, die die Mischung aus Putzmitteln und dem Blei der Autoabgase erzeugte.

Auf der Treppe in den zweiten Stock machte sie sich Gedanken darüber, ob sie hier wohnen könnte. Oben klingelte sie an der Tür. Es gab nur diese eine. Dahinter war es still. Nach einer halben Minute öffnete sie sich mit einem schleifenden Geräusch. Eine Frau mit sehr dunkler Haut blinzelte durch den Türspalt. Nicht arabischstämmig, schoss es Sofi durch den Kopf. Hinter dem dunklen Gesicht lag ein düsterer Flur, in dem sie nichts erkennen konnte. Der Kopf der Frau und der Hintergrund verschmolzen miteinander.

»Pitasun?«, fragte die Frau.

Es klang sehr undeutlich. Sofi erkannte Peterssons Namen erst mit einiger Verzögerung wieder. Sie nickte. Die Frau wies sie auf Arabisch an zu warten und lehnte die Tür an. Sofi wartete, es kam ihr vor wie eine halbe Minute. Das Arabisch der Frau hatte gebrochen geklungen, soweit sie das beurteilen konnte. Statt der typischen Kehllaute hatte Sofi Knacklaute gehört. War das Berberisch? Sie hoffte auf Äthiopisch. Dann riss die Frau die Tür auf und stemmte Sofi einen Rucksack entgegen, hinter dessen Größe sie ganz verschwand. Mit solchen Rucksäcken stiegen Touristen in die Berge oder umrundeten die Welt. Sofi sah, dass er rot war, und zuckte zusammen. Sie umschlang den Rucksack, den die Frau gegen ihre Brust drückte. Er war viel leichter, als Sofi erwartet hatte. Die Frau nickte fragend. Sofi nickte auch, wusste nicht, was von ihr erwartet wurde. Dann schloss die Frau die Tür. Sofi hielt den Atem an und wandte sich zum Gehen. Sie lief die Treppen hinab, ohne das Gewicht des Rucksacks wirklich zu spüren. Draußen durchzuckte sie die Erleichterung wie ein Stromstoß, fast beschwingt schwebte sie über den Rasen.

William lehnte wie befohlen hinter dem Taxi an einer Mauer. Sie überquerte die Straße und winkte unauffällig, dass er einsteigen solle. Am Wagen öffnete sie die Hintertür und hievte den Rucksack und sich selbst hinein.

»Wir fahren zurück nach Zamalek«, rief sie nach vorne, und das Taxi startete.

Sofi strich sich eine Fliege vom Unterarm und spürte dabei, wie nassgeschwitzt sie war. Sie sprachen nicht miteinander, aber sie bemerkte, dass Williams Blick auf ihr ruhte. Sie konnte sich nicht erinnern, wann sie zum letzten Mal so glücklich gewesen war. Nichts ist schöner, als mutig gewesen zu sein. Wenn er nicht so schwach gewesen oder sie allein hergekommen wäre, hätte sie sich vielleicht nicht getraut. Seine Schwäche hatte sie stark gemacht. Ihr Mund war ganz trocken. Durch den Fahrtwind fühlte sich ihre Haut kühl und wund an.

Das Telefon summte, als sie Maadi gerade verlassen hatten. Es war auf Vibrationsalarm gestellt. Sie zog es hervor und sah auf die Anzeige. Es war Kjell.

»Ihr müsst die Aktion abbrechen, es gibt neue Erkenntnisse. Ihr dürft auf keinen Fall zu dieser Adresse.«

»Wir kommen gerade von dort.«

Die Antwort ließ einige Sekunden auf sich warten.

»Und?«

»Ich habe einen Rucksack bekommen. Er ist riesig.«

»Wieso du?«

Er klang erbost.

»Erzähle ich dir später.«

»Was ist in dem Rucksack?«

»Ich habe ihn noch nicht geöffnet.«

»Öffne ihn. Der Termin in Madrid ist in einer Stunde. Ich muss wissen, was da drin ist.«

»Warte!« Sofi begann, die beiden Schnallen der oberen Verdeckklappe zu lösen. Sie war bisher noch gar nicht auf die Idee gekommen hineinzuschauen, so glücklich war sie gewesen. Kurz schoss ihr durch den Kopf, dass eine Bombe darin stecken könnte. Unter der Klappe wartete noch eine Verschnürung. Dann kam eine Plastiktüte zum Vorschein. Es war eine Einkaufstüte, sie war oben verknotet. Sofi bohrte den Finger in das Plastik und riss es auf. Geldscheine. Sie sah Euroscheine. Grüne. Sofi griff tiefer in den Rucksack und spürte dort weitere Tüten, die auch Scheine zu enthalten schienen. Ja, auch Scheine. Sie hielt sich das Telefon ans Ohr.

»Geld, Kjell. Euroscheine.«

»Was ist noch drin?«

»Nur Geld.«

»Wie viel?«

»Ein Achtzig-Liter-Rucksack voller Hundert-Euro-Scheine. Frische Bündel. Wir sind auf dem Weg in die Botschaft.«

»Ruf sofort an, wenn du da bist!«, brüllte er ins Telefon.

Sie beendeten das Telefonat. William hatte in der Zwischenzeit die unteren Tüten inspiziert. Sie enthielten auch Geldscheine. Zum Glück sah der Fahrer stur nach vorne.

Das Taxi befand sich nun auf einer breiten Straße kurz vor dem Zentrum. Williams Telefon klingelte. Er selbst sprach nicht, hörte nur zwanzig Sekunden lang zu. Dann legte er auf.

Sofi sah ihn fragend an.

»Sie wollen in Madrid auch zuschlagen«, berichtete er. »Aber sie überlegen, ob es eine Falle ist, deshalb haben sie dort die einheimische Polizei hinzugezogen.« Er drehte sich um und stierte aus dem Heckfenster. Sofi tat es ihm nach. Dann sah er sie ratsuchend an.

»Da fahren Hunderte von Autos kreuz und quer durcheinander«, sagte sie. In Kairo war es so gut wie unmöglich herauszufinden, ob man verfolgt wurde. Andererseits glaubte sie, dass es ebenso wenig möglich war, jemandem über eine längere Strecke zu folgen, ohne ihn zu verlieren.

Erst nach einigen Kilometern ließ sie sich von Williams Unruhe anstecken. Sie sahen immer wieder aus dem Fenster und hielten Ausschau. Dann geriet das Taxi in einen Stau.

»Wir teilen uns auf«, sagte William und legte seine Hand auf den Türgriff.

Ich mit dem Geld und du nur mit deiner Jeansjacke unter dem Arm?, dachte Sofi und hob die Augenbrauen. »Was soll das bringen?«

»Ich weiß es nicht genau, aber so habe ich es gelernt.«

»Du hast Verfolgtwerden gelernt?«

»Was denkst du denn?«

William begann, die Tüten in seinen kleinen Rucksack zu stopfen. Etwa die Hälfte passte hinein.

»Nimm du den kleinen«, sagte er ritterlich. »Ich steige mit dem großen aus und nehme die U-Bahn. Du fährst mit dem Rest weiter.«

Er packte den Rucksack und zerrte ihn aus dem Taxi. Sofi sah ihm nach, froh, dass das Rot mit William im Eingang der U-Bahn-Station verschwand. Zwei Minuten später konnte das Taxi weiterrollen, wenn auch nur langsam. Sofi wies den Fahrer an, sich östlich zu halten, weil sie glaubte, dass der Verkehr dort rascher floss. Sie blickte sich immer wieder um, konnte aber nichts entdecken. In der *Shahira al-Gamaliyah* geriet das Taxi wieder in einen Stau. Heute war Freitag, und bei der Hussein-Moschee drängten Massen von Menschen über die Straßen. Sie entschied, in die Masse einzutauchen, und verließ das Taxi. Der Fahrer hatte kein schlechtes Geschäft gemacht und konnte sich für den Rest der Woche mit seinem Wischtuch gehenlassen. Doch das konnte ihn nicht dazu bringen, zum Abschluss zu lächeln oder Sofis Gruß zu erwidern. Sie hastete kreuz und quer durch die Gassen des Bazars und schlüpfte am anderen Ende durch eine schmale Gasse, in der sich die Hausfassaden wie im Mittelalter oben so aufeinander zuwölbten, dass vom Himmel nur ein schmaler Schlitz zu sehen war. Sie mündete in eine große Straße. Sofi winkte sich ein neues Taxi herbei und ließ sich nach Zamalek bringen.

Die Fahrt verlief reibungslos. Der Fahrer redete wie ein Wilder, und die lebhafte Unterhaltung tat ihr gut. Sie stieg direkt vor der Botschaft aus und ging hinein. Hinter der Eingangstür stützte sie sich an der Wand ab und atmete tief durch.

William war noch nicht angekommen. Doch in der Nähe gab es auch keine U-Bahn. Er musste vom Museum aus die Brücke überqueren und dann die ganze Uferstraße hochlaufen oder ein

Taxi nehmen. Sie setzte sich wieder an ihren Schreibtisch, plünderte den Rucksack und riss die Tüten auf. Sie zählte ein Bündel durch und multiplizierte das Ergebnis mit der Anzahl der Bündel. Es waren zwei Millionen Euro, zusammen waren es vier oder ein bisschen mehr.

Sie rief Kjell an.

»Ich bin jetzt in der Botschaft. William ist noch nicht da. Wir haben uns zur Sicherheit aufgeteilt. Im Rucksack waren acht Millionen. William hat die Hälfte davon bei sich.« Sie schilderte Kjell alles ganz genau.

»Die Aktion in Madrid ist bereits gelaufen«, sagte er dann. »Die Säpo-Leute waren zusammen mit zwei spanischen Ermittlern dort. Es war auch eine Privatadresse.«

Sofi lachte. »Und?«

»Nichts. Ein Mann hat geöffnet und war sehr verwundert. Anscheinend ist uns jemand zuvorgekommen. Er glaubte, die Tasche dem Falschen übergeben zu haben, und geriet in Panik. Sie verhören ihn gerade. Der Mann, der jetzt die Tasche hat, war vermutlich Schwede. Jedenfalls behaupten das die spanischen Ermittler. Die Säpo-Leute dürfen nicht beim Verhör dabei sein.«

Nach dem Telefonat konnte Sofi nichts anderes tun als zu warten. Sie lieh sich bei der Sekretärin ein Headset, das sie an ihr Notebook anschloss. Dann begann sie, die Seriennummern des ersten und letzten Geldscheins jedes Bündels in das Mikrophon zu diktieren. Die Scheine waren neu, aber die Nummern in den Bündeln nicht aufsteigend. Als sie damit durch war, nahm sie noch von anderen Bündeln Stichproben. Um vier Uhr hatte Sofi viele Nummern diktiert, aber William war noch nicht eingetroffen. Sie rief Nura an, um anzukündigen, dass es spät werde. Dann ließ sie die Sprachdateien durch ein Spracherkennungsprogramm laufen und mailte die Liste nach Stockholm.

Anschließend diktierte sie weiter, denn es gab vorerst keine Möglichkeit, das Geld außer Landes zu schaffen. Das musste die Botschaft erledigen.

Nach zwei Stunden rief Kjell erneut an. Sofi hatte am Fenster gesessen und auf den Nil geblickt.

»Er ist immer noch nicht da.« Sie lallte schon vom stundenlangen Diktieren. Wenn sie die Augen schloss, sah sie lilafarbene Zahlen vorbeischweben.

»Die Säpo meint, du sollst dir keine Sorgen machen. Er kommt wahrscheinlich erst morgen. Wir haben deine Mail erhalten. Die Seriennummern sagen uns etwas.«

Sofi saß mit einem Mal aufrecht. »Was denn?«

»Es ist schwedisches Staatsvermögen. Die Reichsbank hat dieses Geld von der Europäischen Zentralbank gekauft.«

»Bargeld?«

»Wir haben den Sinn noch nicht begriffen, glauben aber, dass das Geld dem Außenhandelsministerium gehört. Aber erzähl William nichts davon. Übrigens gehört das Geld, das bei Mari beschlagnahmt wurde, auch zu diesem Kontingent.«

»Hör mal!« Sofi schluckte. »Ich habe so ein Gefühl, dass wir William und das Geld nicht mehr wiedersehen werden.«

»Was willst du damit sagen? Dass er damit eine Cocktailbar in Phuket eröffnet?«

»Er hat genau von dem Moment an von Verfolgung gesprochen, als er das Geld gesehen hat.«

37

»Warum bist du nach Spanien gereist?«

Mari sah Kjell verwundert an. »Das habe ich doch schon gesagt.«

»Wir glauben dir nicht mehr. Genau genommen glauben wir

dir überhaupt nichts mehr.« Dieser Satz funktionierte immer. Er hatte ihn oft genug an Linda erprobt.

Mari schrak zurück und prallte mit dem Rücken gegen die Lehne. Sie schielte zu ihrer Anwältin, aber die konnte ihr nicht helfen.

»Von dem Geld, das du mit dir geführt hast, hast du knapp hunderttausend Kronen von Peterssons Konto abgehoben, ja?« Mari nickte. »Und der Rest des Geldes, die Euroscheine?«

»Lag in dem Aktenschrank.«

»Und wofür war das Geld?«

»Ich habe keine Ahnung.«

»Wie viel war es genau?«

»Etwa fünfzigtausend Euro.«

»Also genau so viel, wie wir bei dir gefunden haben?«

»Ja. Warum denn? Glaubt ihr, ich habe etwas versteckt?«

»Das können wir dir sogar beweisen. Dieses Geld stammt aus dem Bargeldfundus des Außenministeriums und sollte nach Madrid. Ist es nicht ein ganz schöner Zufall, dass du genau dorthin geflohen bist? Nun glaube ich dir ohne weiteres, dass du auch die einzigartige andalusische Landschaft genießen wolltest, aber der eigentliche Grund deiner Reise war, vier Millionen Euro mit dem Zug nach Madrid zu bringen.«

Das war ein Versuch ins Blaue.

Mari standen Augen und Mund weit offen.

»Im Übrigen glauben wir dir auch den Mord nicht, denn nichts ist so passiert, wie du es uns geschildert hast. Er war in jedem Detail anders. Als hätte dich jemand am Telefon nur instruiert, dass ein Brieföffner im Spiel war. Zum Beispiel glauben wir nicht daran, dass Carl Petersson um ein Uhr nachts mit einem Brieföffner im Rücken den Computer aus der Ecke selbst hervorgekramt und aufgebaut hat. Wahrscheinlich stand ihm auch der Sinn nicht danach, das Geschirr zu spülen oder einen Schlüssel für seine Wohnung nachmachen zu lassen.«

»Aber der Computer stand auseinandergenommen in der Ecke!«, schrie sie. »Er hat am Morgen den Schreibtisch geputzt und eingerieben.«

»Und das Telefon hast du also irgendwo in Frankreich aus dem Zug geworfen. Bleibst du dabei?«

»Was sollte ich denn mit dem Scheißding? Es sendet nicht mal dreihundert Meter weit!«

38

Am Morgen war Nuras neunzehnjährige Nichte Rahi gekommen und hatte Linda bei der Hand genommen. Da hatte Linda noch nicht geahnt, dass Rahi sie in den nächsten vier Stunden nicht mehr loslassen würde. Zu diesem Zeitpunkt hatte sich solch ein Vakuum zwischen ihren Handflächen gebildet, dass Linda beim Lösen ein lautes Plopp zu hören glaubte. Rahi hatte sie aus der Wohnung gezogen, in einen dunklen Taxibus ohne Fenster verfrachtet und später über den Bazar gezogen. Dann hatte Linda im koptischen Viertel alle sechshundert Verwandten, Nachbarn und Freunde kennenlernen und umarmen dürfen. Rahi war sehr stolz gewesen, eine europäische Freundin mit blonden Haaren zu besitzen, und alle, denen sie vorgestellt wurde, hatten es für wert befunden, einmal hineinzufassen. Andererseits konnte sich Linda nicht erinnern, dass ihre Haare je so ordentlich auf ihrem Kopf gelegen hatten wie jetzt. Die hatten einfach irgendwann aufgegeben und hingen jetzt nur noch herab. Sie war froh, dass sie nicht so hellblonde Haare hatte wie die Frau, die in Johns Haus wohnte. Wenn die Leute hier das gesehen hätten, hätte wohl jeder eine Strähne behalten wollen oder am besten gleich die ganze Frau.

Am frühen Nachmittag hatte Linda es geschafft, sich loszureißen. Seitdem zog sie durch die Stadt, ohne zu wissen, wo sie sich befand. Überall hatten die Menschen Teppiche auf den Straßen ausgebreitet und sich zum Gebet und zum Palaver darauf niedergelassen. Vor einer Moschee stand ein Pulk von Frauen und unterhielt sich angeregt. Linda blieb stehen, um die Frauen zu beobachten. Sie war vorhin durch die riesige Ibn-Tulun-Moschee geschlendert und auf das Minarett geklettert. Aber in so eine kleine Stadtteilmoschee traute sie sich nicht hinein. Auf einmal wurde eine Frau auf Linda aufmerksam. Ihr Blick blieb an ihr haften. Die anderen machten sich gerade auf hineinzugehen. Sie winkte Linda einladend herbei. Sie dachte wohl, dass Linda auch hineinwollte. Linda bewegte sich unsicher auf den Eingang zu. Sich jetzt abzuwenden, wäre unhöflich gewesen.

Die Frau konnte ja sehen, dass sie keine Muslimin war. Linda hatte vorhin ein Kopftuch ausprobiert, war sich damit aber blöd vorgekommen. Die Frau erkannte Lindas Unsicherheit, aber auch ihre Neugier und sagte einige Worte zu ihr, deren beruhigende Wirkung eintrat, obwohl Linda nichts davon verstand. Es war ihr schon den ganzen Tag lang aufgefallen, dass das Temperament und die heftigen Gesten nicht bedeuteten, dass die Menschen hier feine Dinge übersahen.

In dem kargen Vorraum unterzog die Frau Lindas Arme und Füße einem Waschritual, auf das sie der Gesellschaftskundeunterricht in der neunten Klasse gut vorbereitet hatte. Obwohl sie sich davor nicht sündig gefühlt hatte, fühlte sie sich danach gereinigt. Aber Nura hatte ihr gestern beim Picknick am Ufer des Fajum-Sees zwischen den Enten bereits erklärt, dass ihr ohnehin alle Sünden vergeben würden, weil sie ja viel geliebt hatte. Den Kopten diente die Bibel vor allem als Katalog für Begründungen aller Art.

Geliebt hatte sie allerdings. Wahrscheinlich hatte noch keiner so geliebt wie sie.

Im Gebetsraum bildeten die Männer einen eigenen Block und waren offensichtlich durch einen anderen Eingang hereingekommen. Linda kniete in der drittletzten Reihe und begann sich erst fremd zu fühlen, als es losging. Aber nur für einige Augenblicke. Es ging auf und nieder, eine Ewigkeit lang. Wie schnell die Menschen innerlich umschalten konnten! Vor wenigen Minuten hatten sie sich draußen noch lautstark unterhalten. Das Auf und Nieder gefiel ihr gut, Linda tat es bald mit Hingabe.

39

Sofi träumte, dass sie ins Bett machte. Erwachsene Menschen erwachen dadurch. Auch Sofi erwachte jetzt. Sie lag auf einer harten Unterlage. Sie öffnete die Augen und war sofort hellwach. Zwei Augen fixierten sie, dunkel und rund wie schwarze Murmeln. Es war ein Araber. Er sah sie nicht feindselig an, nur mit Konzentration und Ernst.

Sofi spürte ihren Körper. Sie steckte noch in ihrem Nachthemd, aber ihr Unterkörper war nackt. Sie konnte ihn nicht bewegen. Ihre Handgelenke waren über dem Kopf aneinandergefesselt. Quer über ihrer Brust war eine Leine gespannt. Daran hing ein Tuch und versperrte ihr die Sicht. Alles unterhalb ihrer Brust war verdeckt. Jemand hielt ihre Beine fest. Es mussten mehrere Menschen sein, sie spürte überall Hände. Sie konnte sich von den Hüften abwärts nicht rühren.

Die warme Flüssigkeit zwischen ihren Beinen kam nicht aus ihrem Körper. Jemand goss sie über ihren Schoß. Sie rann durch ihr Schamhaar und sammelte sich unter ihren Pobacken.

Ihr Kopf lag auf der Seite, dem Gesicht des Mannes zugewandt. Die Unterlage, auf der sie lag, konnte ein Tisch sein. Jemand, den sie nicht sah, hielt ihren Kopf in dieser Lage.

Ihr Körper war so fixiert, dass sich die Panik in ihr staute, ohne ausbrechen zu können. Nein, keine Panik, Jammern.

Der Mann sah sie nachdenklich an, als versuchte er, sie zu ergründen. Sie begann zu zittern. Obwohl die Hände unten an ihrem Körper den Druck verstärkten, schlotterten ihre Knie. Die Hände der Leute hinter dem Tuch mussten kämpfen, immer wieder nachgreifen, um ihre Knie im Zaum zu halten. Ihre Knie waren stärker, der Kontakt zu ihrem Gehirn war abgebrochen. Ihre Knie kämpften für sich.

Der Mann legte seine Hand auf Sofis Wange.

Sie beruhigte sich ein wenig, aber das Zittern hatte sich verselbständigt. Die ganze Zeit sah der Mann ihr in die Augen und streichelte dabei ihre Wange mit seinem wulstigen Daumen. Ob Sekunden oder Minuten vergingen, das wusste sie nicht.

Diese wahnsinnige Kälte, die sie durchfloss! Sie kam nicht aus der Luft und auch nicht von dem Wasser. Das war warm.

Auf einmal versiegte der Strahl an ihrem Unterleib. Sofi konnte nicht mehr denken, es gab keine Gedanken mehr in ihrem Kopf. Sie hörte Klopfgeräusche. Sie waren schon länger da, aber erst jetzt nahm sie sie wahr. Sie kamen von ihr, von ihren Gliedern, die gegen die Unterlage schlugen. Ihre Fersen. Sie hatte höllische Schmerzen in ihren Fersen. Nur ihre Bewegungsunfähigkeit verhinderte, dass aus dem Zittern und Schlottern ein Zappeln und Umsichschlagen wurde.

Zwischen ihren Schamlippen war etwas. Etwas Lebendiges, ein Finger. Ja, es war eine Fingerspitze. Sofi war sich sicher. Die Person fuhr mit der Fingerspitze hinauf zu ihrer Klitoris und stimulierte sie gekonnt und intensiv. Als sie angeschwollen war, nahm die Hand sie zwischen Zeigefinger und Daumen. Sofi begriff und begann zu weinen. Wie ein kleines Kind weinte sie. Die Tränen rannen in mehreren Kanälen ihre Wangen hinab und kitzelten.

Die Hand bewegte ihre Klitoris zwischen den Fingerspitzen, rieb und drehte sie. Sie spürte kaltes Metall an ihren Schamlippen. Sofi wimmerte, sie wollte dem Mann, der sie so ruhig anblickte, in die Arme fallen. Wenn sie nur gekonnt hätte. In ihrer Kehle geschah etwas. Laute kamen aus ihrem Mund, sie versuchte, alles zu sagen, alles zu versprechen. Aber es waren nur Laute. Sofi versuchte, aus Silben Wörter zu bilden. Es gelang ihr nicht.

Der Mann sah sie unverändert an.

Plötzlich erklang eine andere Männerstimme aus dem Dunkel. »Das ist eine andere Frau. Der Schwede hat gelogen.« Das war Arabisch, und Sofi verstand die Wörter eines nach dem anderen trotz des starken Berbereinschlags. Der Mann zog seine Hand von ihrer Wange zurück und drehte seinen Kopf in die Richtung, aus der die fremde Stimme kam.

»Diese hier muss von der Polizei sein, sie war in der Botschaft«, sagte die Stimme.

Der Mann neben ihr wandte ihr wieder den Kopf zu, musterte sie eine Weile. Dann begann er zu sprechen. Anscheinend wusste er nicht, dass Sofi Arabisch verstand, denn er sprach englisch.

»Du gehst zur Botschaft, holst das Geld und bringst es zu der Adresse zurück.«

Die Hand an ihrem Kinn lockerte ihren Griff. Sofi nickte. Er hatte gesagt, was sie die ganze Zeit zu sagen versuchte. Sie würde alles zurückgeben.

Der Druck des Metalls verschwand, die Griffe wurden langsam gelockert. Sie schlackerte immer noch, vor allem mit den Beinen. Jemand kam und stellte etwas auf dem Boden ab. Sofi roch Rauch. Der Mann steckte sich das Ende eines Schlauchs in den Mund und zog daran. Sie hörte das Blubbern einer Wasserpfeife. Sein Gesicht entspannte sich und wurde mit einem Schlag freundlich.

Er hielt ihr das Mundstück an die Lippen, sie zog krampfartig daran, ohne zu zögern. Noch während sie zog, wurde ihr schummrig. Sie hörte auf zu zittern. Nur die Kälte blieb. Der

Mann hielt ihr das Mundstück wieder hin, sie sollte noch einmal daran ziehen. Ihr Körper wurde weich, entspannte sich mit einer enormen Heftigkeit. Der Griff an ihren Knien lockerte sich, sie fühlten sich an wie eingefroren. Das Tuch wurde von der Leine genommen. Sie verdrehte die Augen und blickte an sich herunter. Ihre Beine zitterten immer noch, aber sie spürte es nicht mehr. Die Kälte kam vom Schlottern, das Schlottern kam von ihrer Angst. Sie zog noch zweimal. Der Mann strich ihre Wange trocken. Sie versuchte ruhig zu atmen, ihre Lungen brannten von der Anstrengung und vom Rauch.

Zu ihren Füßen standen fünf Frauen. Bei ihrem Anblick stieg etwas aus ihrem Magen die Speiseröhre hinauf. Sie hatte alles richtig eingeschätzt. Dies war keine Täuschung gewesen. Sie sah die Frau und das Messer, das sie in einen Lumpen einwickelte. Die Frau und ihre schwarzen Augen würde sie nie vergessen. Dann sah sie nichts mehr.

40

Samstag, 8. Dezember

Erst blinzelte sie, dann richtete sie sich mit einem Ruck auf. Sofi sah sich um. Sie saß in ihrem Bett und trug ihr Nachthemd. Bevor sie überlegen konnte, was geschehen war und ob sie alles geträumt hatte, spürte sie ihren wehen Schoß. Die Kälte saß noch immer in ihren Knien und Schultern. Sofi sprang aus dem Bett, überprüfte tastend ihren Körper von oben bis unten und kam zu dem Ergebnis, dass ihr nicht mehr passiert war, als sie mitbekommen hatte. Die Schwellung war kaum zurückgegangen. Sie zog sich die dicke Hose an, die sie auf dem Flug getragen hatte, und dazu einen Pullover. In der Küche setzte sie sich eine angebrochene Flasche Barak-Wasser an den Mund und würgte das Wasser angeekelt herunter. Zu gehen bereitete ihr Schmerzen, denn ihre Gelenke waren steif. Die Lungen brannten immer noch. Da fiel ihr Linda ein, und Panik stieg in ihr auf. Sie stürmte zu Lindas Zimmer und riss die Tür auf.

Linda lag schlafend da. Sie ging näher heran. Linda atmete ruhig. Sofi keuchte vor Erleichterung und schloss dann die Tür.

Zwei Minuten später verließ sie angezogen die Wohnung und legte mechanisch die zweihundert Meter zur Botschaft zurück. Im Büro fand sie keine Anzeichen, dass William inzwischen hier gewesen war, aber sie suchte auch nicht. Sie öffnete den Tresor, entnahm das Geld und packte die Bündel in den Rucksack. Draußen winkte sie ein Taxi herbei. Sie empfand nichts und hatte keine Gedanken.

Außer dem einen.

41

Es war noch ganz früh am Morgen. Kjell löste sich langsam von Ida, die ihn mit ihren Beinen umschlungen hatte. Ida suchte eben überall nach Komplikationen. Dass sie miteinander geschlafen hatten, lag noch immer zehn Jahre zurück. Gestern hatte er die gekauften Kondome im Büro in der untersten Schreibtischschublade vor Barbro versteckt und dann vergessen. Ida hatte sich geweigert, solange ihr Testergebnis noch ausstand. Und deshalb war es ein wunderbar entspannter Abend geworden, der zugleich auch ungeheuer spannend gewesen war, weil er nicht mit dem Naheliegendsten enden konnte. Was so ein Abend alles für Möglichkeiten bereithält, an die man sonst gar nicht denkt, überlegte er, als er eine großzügige Schlaufe in seinen Bademantelgürtel knotete.

Mit einem Blick durchs Küchenfenster prüfte er, ob die Welt noch so aussah wie gestern. Es würde erst in einigen Stunden dämmern. Er kochte eine Kanne Kaffee und nahm sich vor, dann erst wieder am Nachmittag welchen zu trinken. Irgendwann hatten er und Linda angefangen, den Kaffee immer stärker zuzubereiten, mit der Folge, dass er ihnen anderswo nicht mehr schmeckte und Besucher gebeten wurden, sich ihren Kaffee selbst zuzubereiten, wenn sie das Leben liebten.

Die erste Tasse trank er im Stehen auf dem Balkon. Das war so eine Angewohnheit von ihm. Die maßlose Rankpflanze hatte im Herbst vergessen, ihre Blätter abzuwerfen. Pech, wenn man die Zeichen nicht früh genug erkennt, dachte er. Die Blätter raschelten jetzt dünn und trocken im Wind.

Die Kälte konnte ihm morgens auf dem Balkon nichts anhaben. Der anbrechende Tag schickte ein tiefes Blau am Himmel voraus. Im Sommer pflegte Linda ihre Matratze auf den Balkon zu zerren und unter freiem Himmel zu schlafen. Dann war hier um diese Zeit belegt, wenn kein Nachtregen sie vertrieben hatte.

Kjell zog wahllos ein Buch aus dem Regal und setzte sich damit an den Küchentisch. Morgens las er am liebsten Griechisch. Er schlug das Buch auf. Er hatte Diodor erwischt. Römische Geschichte. Die Verhöre mit Mari waren an einem Punkt angelangt, wo er langsam mit dem Verknüpfen von Zusammenhängen beginnen musste, und da gab es nichts Besseres, als sich über etwas Griechisches zu beugen und Partizipialkonstruktionen und erweiterte Infinitive auf sich wirken zu lassen.

Was verschwieg Mari? Diese Frage hatte ihn mitten in der Dunkelheit aus dem Bett getrieben. Er brachte die Fakten nicht zusammen, weil mehrere Szenarien möglich waren. Was ihm fehlte, war Lindas Vermögen, in Bildern zu denken. Linda war so anders als er, sie konnte sogar eine Stunde lang aufs Meer schauen, ohne unruhig zu werden. Für eine gute Ermittlung bedurfte es beiderlei, auch wenn er systematisches Denken für etwas wichtiger hielt. Bei der Aufklärung des Mordes an Carl Petersson hatte er jedoch von Anfang an das Gegenteil vermutet. Es war dieses Bild des Toten in seiner Wohnung, dieses einzelne Bild. Er stand vor der Frage, ob neben Mari Svahn noch ein anderer an Peterssons Tod Anteil hatte. Er würde Mari heute den ganzen Tag in die Mangel nehmen, und am Abend wollte er die Antwort auf diese eine Frage haben. Er musste endlich ein Bild davon bekommen, wie diese Nacht verlaufen war.

Er blickte erneut in das Buch. Diodor erzählte vom Kampf der Römer gegen König Pyrrhos. Kjell wollte in seiner Lage lieber nicht von Pyrrhos hören und blätterte weiter. Ein oskisches Söldnerheer hatte Messana in Sizilien erobert, alle Männer getötet und sich Frauen, Kinder und den Rest der Stadt selbst zum Geschenk gemacht. Nach dem Kriegsgott Mars, der bei den Oskern »Mamerts« hieß, nannten sich die Söldner Mamertiner. Als sie in Bedrängnis gerieten, riefen sie sowohl Rom als auch Karthago zur Hilfe und verursachten damit den ersten Punischen Krieg.

Kjell klappte das Buch zu. Ohne klüger zu sein, schenkte er sich die dritte Tasse ein.

42

Linda aß ihr Frühstück auf dem Balkon. Sie tunkte Fladenbrot in die Milch und nannte das Berberfrühstück. Ihre Füße lagen auf dem Geländer und wippten zum Takt der Musik, die aus dem Radio kam. Es stand sogar ein Fernseher im Zimmer, aber dort gab es nur CNN, BBC und einen deutschen Privatsender, der abends nur Softpornos sendete. Da war es eigentlich kein Wunder, dass es hier so viele Terroristen gab.

Auf einmal hörte sie jemanden hinter sich stehen und drehte sich um. Es war Sofi.

»Wie war die Nacht?«

Diese Formulierung irritierte Linda, aber vor allem die Härte in Sofis Stimme.

»Gut«, lachte Linda verunsichert. »Und bei dir?«

»Zieh dich bitte an. Und pack deine Sachen. Wir fliegen zurück.«

Linda schluckte ihren Bissen herunter und starrte sie an. »Aber ich …«

»Pack deine Tasche, Linda!«

Sofi hatte noch nie so mit ihr geredet. Linda sprang auf. »Okay.«

Zwei Stunden später saßen sie in der Cafeteria am Flughafen. Die Einrichtung war blassgrün wie eine Zahnarztpraxis, und auch Sofis Gesichtsfarbe tendierte in diese Richtung. Warum hatten sie sich nicht von Nura verabschiedet? Hatten die beiden sich gestritten? Ohne ein Wort waren sie zum Flughafen gerast. Am Schalter hatte Sofi zwei neue Tickets mit ihrer privaten Kreditkarte gekauft. Danach wollte sie sofort einchecken, obwohl der Flug erst in zwei Stunden ging. Im Wartebereich konnte man wirklich nichts anderes tun als zu warten, nur drei Geschäfte und diese Cafeteria brachten die Leute davon ab, wahnsinnig zu werden. Dort saßen sie nun seit einer Stunde. Linda wagte nicht zu fragen.

Der Abflug war wie eine Erlösung. Auch während des Fluges änderte Sofi ihr Verhalten nicht. Den ganzen Tag hatten sie nur das Nötigste geredet. Vier Sätze.

43

Mari Svahn behauptete, die in der Nacht gelieferten Dokumente nicht mitgenommen zu haben. Sie waren auf der Schreibtischplatte liegengeblieben, die sonst leer gewesen war. Außerdem sei ein Haufen ähnlicher Dokumente zu Boden gefallen, als sie den Aktenschrank durchwühlte. Die Polizei hatte weder auf dem Tisch noch auf dem Boden solche Dokumente gefunden.

Um acht Uhr erreichte Kjell das Polizeigebäude. Die Morgenlektüre und der anschließende Fußmarsch über die Westbrücke nach Kungsholmen hatten seine Gedanken in Schwung gebracht, aber von einer Eingebung konnte nicht die Rede sein. Als er das Büro betrat, wartete Barbro mit einer Überraschung auf ihn.

»Petersson hat wirklich eine Lieferung erhalten. Der Paketdienst heißt *Transglobal* und ist auf den internationalen Versand von Dokumenten spezialisiert. Peterssons Kuvert wog 340 Gramm und wurde um 0 Uhr 48 zugestellt. Die Unterschrift ist von Mari. Und nun kommt es! Der Absender ist unser Kontaktmann in Maadi in Kairo, *Herr Ahmed Fayed.* Der Name ist sicher falsch. In Schweden hieße er Sven Svensson.«

»Das ist allerdings eine Überraschung.«

»Nein. Eine Überraschung ist, dass Fayed das Paket in Madrid und nicht in Kairo aufgegeben hat.«

Mari klagte über Magenschmerzen. Sie war noch blasser als sonst und roch aus dem Mund. Kjell besorgte ihr Hennings Magentropfen aus seinem Büro und träufelte zehn Tropfen davon in ein Glas mit warmem Leitungswasser.

Kjell hatte das Strafgesetzbuch in den Verhörraum mitgebracht, das er ihr nach einer kurzen Einweisung zum ständigen Gebrauch ausleihen wollte.

»Ich schlage mal eine beliebige Stelle auf«, sagte er und begann laut zu lesen. »Zweiter Abschnitt, drittes Kapitel. Über Verbrechen gegen Leben und Gesundheit. Na, das passt ja! Paragraph eins. Wer einen anderen seines Lebens beraubt, wird für Mord zu zehn Jahren oder auf Lebenszeit verurteilt.«

Mari verzog das Gesicht. Er war sich nicht sicher, ob sein

Vortrag gelang, oder ob das noch der Geschmack der Magentropfen war.

»Für diesen Fall würde ich dir auch noch diese schöne Ausgabe von Diodor dazu mitgeben.« Sein Zeigefinger fuhr zum nächsten Paragraphen. »Es gibt hier noch veranlassten Mord und mildernde Umstände für sechs bis zehn Jahre.«

Mari starrte ihn an und biss sich auf die Lippen.

»Körperverletzung, zwei Jahre, und Körperverletzung mit Todesfolge, ein bis zehn Jahre. Und da sind wir auch schon beim Punkt, Mari. Ich hoffe, du weißt den dramatischen Aufbau meiner Voransprache zu würdigen. Und jetzt denkst du gut nach. Wie es aussieht, musst du dich nämlich selbst entlasten. Dafür stehen die Aussichten gar nicht schlecht.«

Mari nickte gequält und trank ihre Medizin aus.

»Kannst du dich etwas genauer an die Papiere erinnern?«, legte er nach.

Sie ließ sich, angewidert vom bitteren Geschmack, zurücksinken. Dann nickte sie. »Das war ein ganzer Stapel, einen halben Zentimeter dick vielleicht. Vieles war auf Arabisch, aber der Frachtbrief war auf Englisch. Und dann noch ein längerer Text, aber davon habe ich nichts gelesen.«

»Was wurde da geliefert?«

»Ich hab nicht draufgeschaut.«

»Hast du darauf etwas anderes erkannt? Einen Absender oder einen Empfänger?«

»Das waren immer irgendwelche normalen Namen. Von Personen oder Firmen in Spanien oder England.«

Das war einer dieser Momente, wo Kjell um seine Fassung rang. Warum hatte sie nicht wenigstens einmal genauer hingeschaut? Mari ließ sogar Linda wie einen Amateur aussehen. »Soll ich nochmal vorlesen?« Er deutete auf das Buch.

»Manchmal kamen auch andere Dokumente, aber nicht mit dem Kurier, sondern hier aus Stockholm. Ich weiß nicht, wie. Es war irgendetwas mit S und N. SHF oder SNF glaube ich. SNCF oder so.«

»So heißt aber die französische Bahn, mit der du gereist bist, Mari. So wie in Schweden die SF.«

»Drei! Drei Buchstaben. S, N, F oder C.«

Er notierte. »Und sonst? Was hast du von seinem Leben mitbekommen? Hatte er Geschäftsfreunde oder private?«

»Damit hatte ich nie zu tun. Nur einmal, da waren wir in dem Sommerhaus. Der Mann hieß Kenneth. Das war im Norden, Norrtälje.«

»Wie lange ist das her?«

»Das war erst im August. Als diese Stürme waren.«

»Findest du dahin?«

Sie zuckte mit den Schultern.

Mari kehrte in die Arrestzelle zurück, wo sie sich von ihren Magenschmerzen erholen konnte. Kjell und Barbro ließen sich im Besprechungsraum enttäuscht auf den Stühlen nieder.

»Du bist genervt von ihr, oder?«, sagte Barbro irgendwann.

»Nach so was wie ihr kannst du lange suchen!«

»Führ dir mal vor Augen, wie es zwischen den beiden ausgesehen hat! Der hat sie bestimmt nicht eingeweiht. Wahrscheinlich hat er es nur mit ihr getrieben.«

Er stand jäh auf.

»Entschuldigung«, rief Barbro. »Das sollte keine Anspielung sein.«

Er füllte ein Glas mit Leitungswasser und trank es in einem Zug leer.

Barbro blätterte in der Akte. »War Sofi nicht dort? In Norrtälje? Sie hat doch mit dieser ehemaligen Studentin gesprochen. Hier! Kajsa Björklund. Sie hatte damals ein Verhältnis mit Petersson.«

»Ich fahre mit Mari hoch. Vielleicht finden wir das Haus.«

»Fang am besten bei Kajsa an. Vielleicht ist es dort.«

»Kannst du dich nach dieser Firma erkundigen?«

»Wenn die wirklich mit S beginnt, sehen wir alt aus. Das steht bestimmt für ›schwedisch‹.«

44

Sofi beobachtete Linda, die in ihrem Sitz zusammengekauert auf Albanien blickte. Sie hatten beide das Essen abgelehnt. Mit Mühe hatte sie ein Glas Wasser herunterbekommen. Was hätte sie nur tun sollen, wenn ihr etwas zugestoßen wäre?

Linda bewegte sich. Sie kramte in der Hosentasche nach einem Taschentuch. Erst jetzt sah Sofi, dass Lindas Gesicht verweint war. Es tat Sofi ja leid, aber es reichte nicht zu dem Entschluss, es ihr durch ein Wort oder eine Geste zu zeigen. Sie empfand einfach überhaupt nichts. Nicht mal einen Kater hatte sie. Nur die Übelkeit kam in unregelmäßigen Schüben, und sie konnte kaum sitzen. Sie hatte auch keine Gedanken.

Irgendwie gelang es ihr, den Arm um Linda zu legen. Das tat Linda gut. Sie blickte sie mit offenen Augen an und hörte auf zu weinen. Sie hatte anscheinend verstanden, dass sie Sofi keine Fragen stellen durfte. Nur ganz zaghaft entstanden die Fragen in ihrem eigenen Kopf, ohne dass sie Lust verspürte, zu sehr nach einer Antwort zu suchen. Auf welche Frau hatten diese Leute es eigentlich abgesehen? Mari? Die mussten sie mit Mari verwechselt haben. Mari war im Präsidium in Arrest, ihr konnte nichts passieren. Und wer war »der Schwede«? Petersson? Das konnte sie sich nur schwer vorstellen. Er war zu lange tot. »Der Schwede« musste sie verraten haben. Die Männer letzte Nacht konnten die Adresse in Maadi nicht gekannt haben, sonst hätten sie das Geld selbst abholen können. »Der Schwede« hatte diese Leute auf sie, Sofi, angesetzt.

Vorhin hatte sie kurz an William gedacht. Aber nicht lange. Sie wusste wohl, wie schlimm es war, dass sein Schicksal ihr egal war, aber daran war nichts zu ändern. Erst auf dem Rückweg hatte sie sich zu wundern begonnen, dass man sie gehen ließ, obwohl sie nur die Hälfte des Geldes gebracht hatte. Die Antwort konnte nur sein, dass sie den anderen Teil bereits hatten. Aber was war aus William geworden? Vielleicht hatten sie auch keine Ahnung, wie viel Geld in dem Rucksack gewesen war.

Ob Mari in Gefahr war?

45

Kjell und Mari fuhren auf der E18 nach Norden. Er hätte es komisch gefunden, in ihrer Gegenwart Radio zu hören. Daher gab es nur die Geräusche des Motors. Am Morgen hatte eisiger Wind jeden längeren Aufenthalt im Freien unerträglich gemacht. Inzwischen war es Mittag, er würde jede Wette eingehen, dass es vor dem Abend wieder schneien würde. Die Straßenbedingungen verschlechterten sich, nachdem sie um ein Uhr Norrtälje hinter sich ließen. Er fuhr mit ihr in das kleine Södersvik, aber Mari war sich sofort sicher, dass sie hier noch nie gewesen war. Sie schien ihm jetzt sehr aufmerksam zu sein und vieles wiederzuerkennen. Mit der Hoffnung, vielleicht doch die richtige Stelle zu finden, hob sich seine Stimmung. Sie fuhren von Södersvik, das isoliert auf einer Landzunge lag, zurück bis Norrtälje. Wenn sie eine neue Richtung ausprobieren wollten, mussten sie durch die Stadt. Kjell schaltete doch noch das Radio ein.

»Da!«, rief Mari und deutete auf das Wegweiserschild. »Arholma. Da ist es gewesen!«

Sie durchquerten die Stadt und folgten der Landstraße nach Arholma.

»Lag es auf der Insel?«

»Nein, nein, noch auf dem Festland. Aber in der Nähe ging die Fähre.«

Mari war jetzt sehr aufgeregt und hatte Mühe, die durch den Schnee veränderte Landschaft wiederzuerkennen. Der Boden war dort, wo er nicht felsig war, aufgeweicht und lehmig. Nach einer Stunde fanden sie das Haus, ein kleines falurotes Holzhaus, das sich nur in der Lage von den anderen unterschied. Es gab mindestens ein Dutzend davon.

Sie mussten den Wagen an der Straße stehenlassen. Kjell entdeckte eine Loipe, die von der Straße aus an den Grundstücken vorbeiführte. Der Wind hatte die Spuren schon stark verweht. Anscheinend kam hier zu dieser Jahreszeit kaum ein Mensch vorbei. Als er näher herantrat, entdeckte er den eingesackten Streifen in der Schneedecke. Darunter musste ein Weg liegen. Sie stapften hundert Meter durch den knietiefen Schnee bis zum Haus. Der Meereswind hatte ihn so verweht, dass man nicht vorhersehen konnte, wie tief man beim nächsten Schritt einsank. Das Haus wurde beim Hinlaufen kaum größer. Als sie davor standen, wirkte es noch winziger als von der Straße aus. Es war verlassen und winterfest verbarrikadiert. Die Außenfarbe war zu Kjells Erstaunen nicht im Baumarkt gekauft, sondern noch hausgemachtes Falurot aus Mehl, Kupferpigment und reichlich Schweineblut. Wer war heute noch so wahnsinnig? Södersvik lag in der Luftlinie nur wenige Kilometer südlich. Nur vereinzelt wuchsen Fichten und Sträucher, denn die Häuser standen auf einer Felsplatte, die hundert Meter weiter ins Meer abfiel.

An dem Haus selbst gab es keinen Hinweis darauf, wem es gehörte. Die Fenster waren von innen mit Kartons abgedichtet.

»Bist du sicher, dass es dieses Haus ist?«

Sie nickte und deutete auf die Fahnenstange, die nur das Nachbarhaus besaß. Kjell pochte gegen die Tür und die beiden Fenster, doch es rührte sich nichts.

Zurück am Auto stellte Kjell mit Hilfe des Navigationssystems die geographischen Koordinaten fest, ging noch einmal zurück und machte einige Fotos vom Haus und der Umgebung. Mari wartete im Wagen, während er im Laufschritt die anderen Häuser ablief, um zu prüfen, ob sich dort jemand aufhielt. Obwohl es wieder dunkel wurde, leuchtete bei keinem der anderen Häuser Licht. Der Wind trieb ihm unablässig Schneekristalle ins Gesicht, in die Nasenlöcher und in jede Ritze seiner Kleidung. Alle Häuser waren ähnlich verrammelt. Das war kein Wunder, so wie man hier dem Meereswind ausgeliefert war. Dies war kein Ort für den Winter.

Sie machten sich auf den Rückweg. In Norrtälje hielt er vor einem Dorfcafé. Dort tranken sie Kaffee und aßen Zimtschnecken. Er hatte mit ihr sprechen, in einer neutralen Umgebung ein väterliches Wort an sie richten wollen, aber jetzt waren sie beide noch viel zu durchgefroren dazu. Mari hatte der Aufenthalt an der frischen Luft gut getan. Er rief im Präsidium an und sprach mit Barbro. Vor Montag würden sie den Besitzer des Hauses nicht ermitteln können. Solche Erkundigungen übertrug man am besten Henning. Wenn Hammarby IF heute gewann, würde er dafür nur fünf Minuten brauchen. Barbro wollte ihm einen Zettel auf den Schreibtisch legen. Kjell entschied sich doch um und bat Barbro, ihm die genaue Adresse von Kajsa Björklund zu geben.

Er ließ Mari im Wagen und prophezeite ihr, dass sie es diesmal nicht bis Andalusien schaffen würde. Ein etwa gleichaltriger Mann in einem grauen Isländerpulli öffnete die Tür. Kjell nahm sich vor, die Schneefräse zu fragen, wie man Isländerpullis auf Island nannte. Er stellte sich vor und entschuldigte sich für die Störung. Er hieß Lasse Björklund und war Kajsas Mann.

»Kajsa ist gar nicht da.« Er machte keine Anstalten, Kjell hereinzubitten.

Kjell wollte es kurz machen. »Habt ihr ein Sommerhaus?«

»Ein Sommerhaus?«

»Sommerhaus, ja.«

Lasse schüttelte verwundert den Kopf und deutete mit dem Daumen über seine Schulter auf sein Holzhaus. »Wozu brauchen wir denn ein Sommerhaus? Hast du etwa eine Ferienwohnung in Stockholm?«

Sie brauchten eine Stunde zurück in die Stadt. Unterwegs ließ er sich von Mari noch einmal den Verlauf des Abends erzählen, aber das führte zu keinen neuen Eingebungen.

Barbro hatte eine Firma entdeckt, die den Namen SHF trug, den »Schwedischen Handelsverbund«. Interessant daran war, dass die Firma internationale Geschäfte im Auftrag des Außenhandelsministeriums tätigte. Die SHF war zwar in Privatbesitz, jedoch ein reines Durchführungsunternehmen für den schwedischen Staat. Barbro war so raffiniert gewesen, von der Internetseite des Ministeriums aus nach der Firma zu suchen, und bald fündig geworden.

Und es gab noch eine zweite Überraschung. Sofi und Linda waren um drei Uhr am Flughafen in Arlanda angekommen. Sie hatten niemandem Bescheid gesagt und auf eigene Faust den Zug in die Stadt genommen.

»Was hat Sofi denn gesagt?«, wollte Kjell wissen.

»Nichts«, antwortete Barbro. »Linda hat angerufen. Sie sind beide zu Hause. Du solltest besser vorbeifahren. Linda klang niedergeschlagen. Irgendwas stimmt mit Sofi nicht.«

Kjell nahm den Dienstvolvo. Erst auf der Fahrt fiel ihm ein, dass Linda vielleicht erstaunt sein könnte, eine Frau in seinem Schlafzimmer vorzufinden. Vor Schreck bremste er, der Volvo wollte wegen der vereisten Straße dabei nicht mitmachen. Das Auto kam ins Schlingern. Als er später im Aufzug seines Hauses nach oben fuhr, wusste er nicht, ob ihn oben ein Drama oder etwas anderes Skurriles erwartete. Er hatte noch nie eine Frau mitgebracht und konnte nicht voraussehen, wie Linda reagieren würde. Im Fahrstuhl stiegen Phantasien in ihm auf. Darin wälzten sich Linda und Ida auf dem Boden im Flur. Linda hatte sie mit Anlauf angesprungen und sich in ihrem Nacken verbissen.

Doch Ida war gar nicht da. Sie hatte allerdings unübersehbare Beweise für ihren Besuch in der Wohnung zurückgelassen, und die Frage war, ob Linda sie bemerkt hatte.

Sie lag in der Badewanne. Er klopfte, und sie rief hallo. Er filterte den dumpfen Hall aus ihrer Stimme und kam zu dem Ergebnis, dass sie fröhlich klang. Nach zwei Minuten erschien sie mit einem Turban auf dem Kopf. Er wusste nicht, wie er die Unterhaltung beginnen sollte, doch zu einer Verlegenheit kam es gar nicht. Sie kam auf ihn zu und fiel ihm um den Hals. Ihre Haut hatte noch die Temperatur des Badewassers. Er spürte sie durch den Bademantel hindurch. Sie roch gut, nicht mehr nach sündiger Magdalena, sondern wieder nach Tochter. Ihre Stirn bettete sie in die Neige zwischen seiner Schulter und seinem Hals. Nach einer Weile reckte sie ihren Kopf und lächelte ihn an.

»Da bist du ja!«, sagte sie. »Ich hab schon auf dich gewartet.«

»Geht es dir gut?«

Sie nickte. Niedergeschlagen wirkte sie nicht, eher glücklich und entspannt.

»Papa, mit Sofi stimmt etwas nicht.« Sie erzählte ihm von Sofis merkwürdigem Verhalten am Morgen. »Wir haben uns nicht mal von Nura verabschiedet. Und sie war auch froh, als sie mich loswurde.«

»Warum bist du denn mitgeflogen? Dein Ticket gilt doch erst am Dienstag.«

»Sie hat neue gekauft, für fünfhundert Dollar!«

Linda setzte Teewasser auf. In alter Eintracht setzten sie sich an den Küchentisch. Kjell ließ sich nicht anmerken, wie sehr Sofis Verhalten auch ihn verwunderte. Mit einer Tasse Tee vor sich stützte Linda beide Ellenbogen auf die Tischplatte, legte den Kopf zwischen die Hände und machte ein Hamstergesicht.

»Hast du John vermisst?«, fragte er arglos, um ihr zu zeigen, dass man mit ihm durchaus über dieses Thema reden konnte.

Sie antwortete mit einer Miene, die er nicht deuten konnte. Sie schüttelte den Kopf und verengte die Augen, als belästigte sie der Gedanke daran. »Du kannst dir gar nicht vorstellen, wie schlecht die Luft in Kairo ist. Mein Kopf hat die ganze Zeit wehgetan.«

Anscheinend hatte diese Nura seiner Tochter eine Menge beigebracht. Sie wusste, dass Frauen mit Kinderwagen schneller über die Straße gingen, wenn man mit durchgedrückter Hupe auf sie zuraste. Und sie konnte akzentfrei »Deine Muttermilch war Kamelpisse!« aus dem Fenster brüllen und gleichzeitig schalten. Es wäre ein guter Moment gewesen, ihr von Ida zu erzählen. Oder vielleicht auch nicht. Neben der Offenbarung, dass sie die neue Frau an seiner Seite sein sollte, gab es noch die Kleinigkeit, dass er mit Ida vor zehn Jahren ihre Mutter betrogen hatte. Dass Madeleine auch unter die eine oder andere Decke geschlüpft war, konnte er kaum als Rechtfertigung vorbringen.

Er musste nach Sofi sehen. Dass sie eigenmächtig Entscheidungen traf, war nichts Ungewohntes, aber dass sie sich weder mit ihm noch mit Barbro in Verbindung setzte, war ganz und gar unüblich. Er korrigierte sich, es kam eben doch vor, immer wenn ihr etwas entglitten war, begann sie, im Stillen daran herumzudoktern. Dann musste man schnell sein.

Sofi Johansson öffnete ihre Tür nicht, obwohl er Sturm klingelte und am Ende sogar wie ein Dreijähriger mit dem Fuß dagegentrat. Nach einer Viertelstunde entschied er, dass sie nicht zu Hause war, und hatte den Verdacht, dass er es im Büro probieren musste.

Er fand sie an ihrem Schreibtisch vor dem Computer. Sie trug noch ihre dicke Jacke und hatte nicht einmal den Schal von ihrem Hals gewickelt.

»Was ist los, Sofi?«, fragte er ohne Begrüßung.

Sofi floh vor seinem Blick und lächelte unecht. Er zog seine Jacke aus und nahm an seinem Schreibtisch Platz. Nun saßen sie sich gegenüber, nur die beiden Tische trennten sie.

»Ich habe das Geld verloren. Ich bin überfallen worden.«

Sie sprach in schnellen und abgehackten Sätzen.

»Aber du warst doch schon in der Botschaft damit.«

»Sie hatten William. Und mich haben sie auch bekommen. Ich habe das Geld zurückbringen müssen.« Dann folgte eine einminütige Stille. Sie atmete schwer. »Ich habe den Bericht schon geschrieben. Kann ich ein paar Tage frei nehmen?«

Er nickte. Neben ihm begann schon der Drucker zu surren. Kjell schnappte sich die beiden Blätter. »Ist noch mehr passiert? Du siehst nicht gut aus.«

»Ich bin nur niedergeschlagen. Bekommen wir Ärger wegen des Geldes?«

Er schüttelte den Kopf. »Wir haben die Scheine schon identifiziert. Das Geld kann uns egal sein. Mach dir keine Sorgen. Ihr wart gut!«

Sie nickte nur.

»Wie haben sie dich denn … bekommen?«

»Das steht da drin. Sie haben mich verwechselt, ihren Irrtum aber bemerkt. Ich glaube, sie hielten mich für Mari.«

»Mari?«

»Ein Schwede hat sie benachrichtigt, dass Mari nach Kairo kommt.« Sie zuckte mit den Schultern, um anzudeuten, dass sie auch nicht mehr verstand. »Kann ich nach Hause gehen?«

»Ich fahre dich, ja? Oder willst du in Gesellschaft sein? Bei mir steigt gerade eine Familienfeier.«

Sie schüttelte den Kopf.

46

Sonntag, 9. Dezember

Es war Sonntag, und die Luciawoche begann für Kjell ganz hervorragend, obwohl er vor Sorge um Sofi kaum geschlafen hatte. Am frühen Abend erhielt er einen Anruf vom Pathologen Hans Ekeblad. Der Grund dafür war Ida. Ihr war von Patrik Nygren nichts geblieben als der Wohnungsschlüssel, an dem Ida sich längst abreagiert hatte. Er machte sich gleich auf den Weg.

Kjell hatte sich immer davor gefürchtet, dass sein Privatleben einer chaotischen Ermittlung glich, dass viele Fäden offen dalagen, und er nicht wusste, wie er die Enden miteinander verknüpfen sollte. Nun war genau das eingetreten, doch er fühlte sich in dieser Lage gar nicht so unbehaglich.

An einer roten Ampel rief er Snæfríður an. Sie war ein wenig erstaunt darüber, an einem Sonntag angerufen und gefragt zu werden, wie man bei ihr zu Hause Isländerpullis nannte. Einfach nur »Wollpulli«, *lopapeysa*. Irgendwo musste es ja ein Ende geben, schoss es Kjell durch den Kopf, und das sagte er auch, irgendwo mussten alle Fäden doch zusammenlaufen. Na ja, fand Snæfríður, ihre Familie habe sich zwar schon vor Generationen vom Stricken und vom Schaf im Allgemeinen zurückgezogen, aber sie wisse auf Anhieb nicht, wo bei einem Pulli alle Fäden zusammenlaufen sollten.

»Die sind doch wie ein Netz gemacht«, spekulierte sie. »Es gibt keinen Anfang und kein Ende.«

Kjell dankte und legte auf. Gerade war sein Bild von Petersson zusammengebrochen, in dem er wie ein Puppenspieler an den Fäden zog. Es wurde grün, und Kjell drückte aufs Gas.

Über Idas entspanntem Gesicht lag Freude. Sie hatte gestern bis spät am Abend arbeiten müssen, bis weit in den Nachmittag hinein geschlafen und seitdem im Bett gelegen und nichts getan. Sie trug nur ein Nachthemd und war bettwarm. Das waren ideale Voraussetzungen.

»Patrik kannst du jetzt für immer vergessen.«

Ida grinste unbeherrscht und half ihm im Flur aus dem Mantel. Ihre Jacke lag noch auf der Kommode, auf dem Küchentisch war eine volle Einkaufstüte umgekippt. Er nahm am Tisch Platz. Ida fasste in die Tüte, als gälte es, ein großes Weihnachtsgeschenk auszupacken. Doch sie holte eine Flasche Rotwein heraus. Er freute sich, dass sie den Wein nur für ihre gemeinsamen Stunden gekauft hatte. Und er freute sich auch, dass er kein Malzbier mehr trinken musste. Sie begann, die Flasche zu entkorken, und leerte den Rest der Tüte. Sie hatte frisches Brot und eingelegtes Gemüse gekauft.

Beim Essen erzählte sie eine Reihe apokalyptischer Passagen aus der Hölle einer Hilfsverkäuferin in der Vorweihnachtszeit. »Die Männer sind so gestresst, dass sie nicht mal mehr Zeit haben, mir an den Hintern zu fassen oder wenigstens beim Anstehen an der Kasse mal draufzuschauen.«

Er verstand nicht, warum eine juristische und medizinische Fachbuchhandlung vor Weihnachten mehr verkaufte als sonst. Ida erklärte ihm, dass alle Angestellten aus der Gegend um den Sveavägen dort Bücher bestellten, die sie zu Weihnachten verschenken wollten, und sie dann nach Büroschluss dort abholten. Ida war die Person, die die Bestellungen heraussuchen und stapeln musste. Und es musste auch jemanden geben, der alles liebevoll in Weihnachtspapier einwickelte, kassierte und dabei nett lächelte und fröhliche Weihnachten wünschte.

Da fiel ihm ein, dass ja gestern Idas letzter Arbeitstag gewesen war. Das würde sie freuen. Er hoffte es.

Barbro seufzte, als sie das Telefon in der Küche läuten hörte. Es musste die Reichspolizeileitung sein. Sanft schob sie Emelie von sich, die heute in ihrem Bett schlafen durfte, und schlich durch die dunkle Wohnung. Nach dem Abheben erfuhr sie, dass ein Gespräch aus Madrid zu vermitteln war. Comisario Principal Izquierdo von der Brigade für Wirtschafts- und Bandenkriminalität glänzte mit feinem Englisch und bat sie, ihn Alfonso zu nennen. Alfonso und seine Kollegen hatten soeben das Verhör mit dem Kontaktmann beendet.

»Ihr glaubt, dass sich Geld in der Tasche befunden hat?«, fragte er.

»Eine ganze Menge sogar.«

»Nun, das kann nicht sein. Fernando Álvarez behauptet, es habe sich um eine recht kleine Tasche gehandelt, in der sich ein Schlüssel und Dokumente befunden haben sollen.«

»Tatsächlich?«

»Eure Vermutung ist daran schuld, dass sich die Vernehmung so lange hingezogen hat. Erst glaubten wir Álvarez nicht, aber nun sind wir uns sicher, dass er die Wahrheit sagt.«

»Und wer hat die Tasche abgeholt?«

»Ein Mann mit sehr kurzen dunklen Haaren. Wegen der hellen Augen glaubt Álvarez, dass er aus dem Norden kommen könnte, obwohl es auch hier Helläugige gibt und er für einen Schweden ungewöhnlich klein gewesen sein soll.«

Barbro dachte an Annie von Krusenstjerna. »Wie kurz waren seine Haare?«

»Sehr kurz.«

»Und was trug er?«

»Eine rote Winterjacke.«

»Aber sicher ein Europäer? Kein Orientale?«

»Dem Akzent nach aus Holland, Deutschland oder Skandinavien. Er sprach Englisch, aber Álvarez hält es nicht für seine Muttersprache.«

»Und wann war er da?«

»Am Montag, am späten Nachmittag.«

So früh, dachte Barbro. Das war am Tag, nachdem sie das Passwort entziffert hatten. Sie hatte doch Recht gehabt. Die Polizei hätte sofort hinfahren sollen.

Alfonso erzählte, dass Álvarez unwissend sei. Er betreibe ein Güterlager, in dem hauptsächlich Möbel und Autos gelagert wurden, und habe diesen Dienst für einen Geschäftspartner von der Südküste erledigt. Solche bezahlten Gefälligkeiten kamen nach seinen Angaben nicht selten vor. Der nordeuropäische Mann sei mit dem Inhalt der Tasche unzufrieden gewesen. Als Álvarez erwiderte, dass er mit dem Inhalt nichts zu tun habe, solle sich eine kurze und hitzige Diskussion ereignet haben.

»Und sonst wisst ihr nichts über Álvarez und die Herkunft der Tasche?«

»Mehr haben wir noch nicht herausgefunden, aber zu der Gefälligkeit gehörte noch etwas anderes. Álvarez sollte bereits am 26. November ein Paket aus Algier nach Stockholm weitersenden und dazu einen bestimmten Absender verwenden, an den er sich nicht mehr erinnern kann. Den Empfänger hingegen weiß er noch, ein gewisser Carl Petersson.«

Später war Ida nur schwer noch einmal dazu zu bringen, das Haus zu verlassen. Draußen breitete sich in ihnen das Gefühl aus, dass die menschenleere Straße ihnen gehörte. Der Schnee war pappig und blieb am Saum der Hose kleben. Er verschluckte alle störenden Geräusche der Stadt. Idas Atem klang beim Gehen intim.

Vor dem Antiquariat zog er den Schlüssel aus der Tasche, den er seit einigen Tagen immer bei sich trug.

Ida stutzte. »Du musst ja ein guter Kunde sein!«

»Ich bin bei weitem der beste Kunde«, gab er zur Antwort und genoss es, dass Ida einmal die Unwissendere von ihnen war.

Sie traten in den dunklen Laden und tasteten sich voran. Kjell hatte keine Ahnung, wo sich der Lichtschalter befand. Ida stellte keine Fragen. Sie tasteten sich durch die dunklen Räume und warfen dabei zwei Büchertürme um. Den Schalter fanden sie erst nach einigen Minuten in dem mit Bücherstapeln zugestellten Durchgang zwischen Lagerraum und Hinterzimmer.

Im Hinterzimmer füllte er Wasser in den Kocher und nahm zwei Teebeutel aus der Packung. Er war von einer Malzbierhölle in eine Früchteteehölle geraten. Von Ida war nichts zu hören, sie stapelte die umgefallenen Bücher zu neuen Türmen auf. Er stellte die beiden dampfenden Tassen auf den Tisch, wartete geduldig und entdeckte dabei eine Nische, in der man Malzbierkisten stapeln könnte. Nach zehn Minuten schaute er neugierig um die Ecke und reichte ihr eine Tasse.

»Schau, er hat sogar Agrippa von Nettesheim.« Sie setzte sich zu ihm und nippte an ihrem Tee. »Mm, Früchtetee, mag ich fast so gern wie Malzbier. Bist du oft hier? In der Nacht, meine ich.«

»Zum ersten Mal.« Er sah sich um. Das Zimmer hatte dreiundzwanzig Quadratmeter. Wenn man es renovierte, könnte sie hier arbeiten. Das wäre dann das erste Antiquariat, das nachts geöffnet hatte. Seven-eleven-Läden würden sich bald in der Nachbarschaft ansiedeln, später Nachtclubs und Cafés.

Ida fragte nicht, wieso sie hier waren. Sie hatte die seltene Fähigkeit, eine Situation unwissend zu genießen. Sie reagierte generell nicht neugierig auf Reize aus ihrer Umgebung, nur Ideen oder Fragen, die sie sich selbst stellte, konnten bei ihr Neugier auslösen. Er hatte sich so gefreut, es ihr zu eröffnen, aber nun traute er sich nicht.

»Du weißt ja, dass ich von Madeleines Eltern geerbt habe.«

Was für ein katastrophaler Einstieg, aber nun gab es kein Zurück. »Ihr Vater ist kurz nach ihr gestorben. Davor hat er noch das Landhaus verkauft, weil er nicht wollte, dass Linda und ich es aus schlechtem Gewissen behalten würden. Gerissen, wie er war, hat er eine Menge dafür bekommen. Aber das war nur ein kleiner Teil seines Vermögens. Linda und ich erbten je die Hälfte. Wir haben uns immer gemocht, und er hat mir nie geglaubt, dass es mir bei der Polizei wirklich gefällt. Dort habe ich ja nur angefangen, weil Linda kam. Er wollte, dass ich es mir erlauben kann, wieder zu kündigen. Das Geld liegt sinnlos herum, und ich muss es endlich anlegen. Jedenfalls habe ich das Geschäft gekauft.«

Idas Augen standen weit offen. »Es gehört dir? Das bedeutet ja, dass ich mir alles ausleihen kann! Wenn ich mal ein bestimmtes Buch lesen möchte, kann ich es mir bei dir einfach ausleihen.«

»Das kannst du, sicher.«

»Jetzt suchst du eine Verkäuferin. Da bewerbe ich mich gleich! Ich bin sehr beanspruchbar, wie du weißt.« Sie stemmte sich hoch und gab ihm ein Bewerbungsküsschen.

»Jetzt kommt der heikle Teil«, sagte er und nahm all seinen Mut zusammen. Er legte den Schlüssel vor sie hin. »Der gehört dir.«

»Ich bekomme einen eigenen Schlüssel?«

Er hatte Idas Gespür für dramatische Bildsprache reichlich überschätzt.

»Du sollst den Laden führen. Wenn du das möchtest. Dafür gehört dir die Hälfte von allem.«

»Wir haben zusammen ein Buchgeschäft?«

»Lieber nicht. Dein stiller Teilhaber heißt Linda. Ich halte mich raus. Wir beide teilen etwas anderes.«

Er grinste und sah zum Ausgang.

47

Montag, 10. Dezember

Es war Montag, der zweite Tag der Luciawoche. Barbro zündete zwei Kerzen am Adventskranz auf dem Besprechungstisch an. Offenbar war Henning am frühen Morgen bereits hier gewesen und hatte Barbros Zettel auf seinem Schreibtisch entdeckt. Er sei sogleich nach Norden aufgebrochen, um den Eigentümer des Sommerhauses zu ermitteln, teilte er ihnen ebenfalls auf einem Zettel mit. Die heilige Lucia brachte weiterhin Geschenke. In der Hauspost lag ein Brief, adressiert an Carl Petersson und wie alle anderen Briefe an ihn ins Präsidium umgeleitet. Barbro blickte ihm über die Schulter, als er den Brief öffnete.

Er hielt eine Mahnung an Carl Petersson in den Händen. Petersson war nicht mehr dazu gekommen, eine Rechnung zu bezahlen. Es hatten sich bereits einige Mahnungen bei der Polizei angesammelt, aber diese ließ Kjell das Herz höher schlagen. Der Brief kam von einem Anwaltsbüro in Östermalm und enthielt als Leistung das Wort »Testamentserstellung«. Nun war klar, weshalb Henning nichts gefunden hatte. Das Testament musste ganz frisch sein, und der Anwalt hatte keine Möglichkeit gehabt, aus der Presse zu erfahren, dass er das Testament nun vollstrecken konnte.

Kjell griff zum Telefon und rief in der Kanzlei an. Die Auskunft war erschöpfend. Der Anwalt erinnerte sich gut an das Gespräch mit Petersson vor sechs Wochen. Petersson war an einem Montagmorgen dort unangemeldet aufgetaucht, um sich ausführlich darüber beraten zu lassen, wie man sein Testament ändern konnte.

»Die Begünstigte ist eine Mari Svahn. Herr Petersson informierte mich, dass es keine lebenden Verwandten mehr gebe.«

Kjell sah sich mit all seinen Spekulationen schon ans andere Ende des Regenbogens zurücklaufen. »Gibt es denn ein älteres?«

»Das gibt es, aber ich konnte es nicht einsehen. Herr Petersson äußerte sich nur vage und erklärte, dass er auf das ältere Testament keinen Zugriff mehr habe. Er wollte im neuen ausdrücklich erwähnen, dass das alte seine Gültigkeit verliert.«

»Und wer war darin der Begünstigte?«

»Den Namen wollte er nicht nennen. Ich konnte nur heraushören, dass dieses Testament vor nicht allzu langer Zeit niedergeschrieben worden war, allerdings ohne Rechtsbeistand.«

»Hat er einen Grund für seinen Sinneswandel verraten?«

»Allerdings. Im Hinblick auf Frau Svahns Geburtsdatum habe ich ihn gründlich aufgeklärt. Ins Gewissen geredet, wenn der Kommissar so möchte. Da habe ich schon so einiges erlebt. Aber Herr Petersson klang sehr entschieden. Er liebe Frau Svahn aus ganzem Herzen, wie er mir erklärte, und wolle, dass sie gut versorgt ist.«

Nach dem Gespräch betrachteten Kjell und Barbro einige Minuten lang die Lichter am Adventskranz, dessen Nadeln schon ausgetrocknet rochen.

»Wenn er ihr sein legales Vermögen vermacht hat, dann vielleicht auch den Rest«, sagte sie schließlich.

»Rest ist gut! Das scheint das meiste zu sein.«

»Das mit der Liebe erstaunt mich. Ich habe bisher geglaubt, dass er bösartig war. Du hast doch behauptet, er experimentiere mit ihr.«

»Vielleicht wollte er sie erst prüfen. Oder es war seine Art zu lieben.«

»Damit ist er wohl zu weit gegangen. Das erste Testament ist auch noch nicht so alt, sagst du? Wen kann es begünstigt haben?«

Darauf wussten sie beide keine Antwort. Sie erhoben sich von ihren Stühlen. Barbro pustete die Kerzen aus, damit es kein Unglück gab.

48

»Erik von der Feuerwehr hat gleich gewusst, dass es Brandstiftung war«, sagte Inspektorin Moa Bergstrand. Ihre Stimme klang brummig und ermattet.

Sie hatten sich in der Stadt getroffen, und Henning war ihr dann in seinem Wagen zum Haus gefolgt.

»Ganz schön heruntergebrannt«, kommentierte er den Anblick.

Irgendwo schrie eine Krähe. Wahrscheinlich dachte sie dasselbe.

Obwohl das Haus nahe am Wasser gestanden hatte, schmeckte die Luft noch immer rauchig, und der Brandgeruch überlagerte den Geruch von Schnee und Salzwasser. Henning hielt das Foto, das Kjell am Samstag geschossen hatte, mit ausgestrecktem Arm von sich und verglich die beiden Ansichten. Schade darum, fand er. Nur das einen halben Meter hohe Steinfundament ragte noch aus dem Felsplateau hervor. Die roten Planken der Wände lagen wie Mikadostäbe in bis zu zwanzig Metern Entfernung um das Fundament herum. Ein Feuerwehrmann machte eilig Fotos, denn alles drohte, bald vom fallenden Schnee begraben zu werden.

»Was habt *ihr* denn mit dem Haus zu tun?«, wollte Moa wissen. »Ist schon ein Zufall, dass es genau dann abbrennt, nachdem einer von euch da war.«

»Nein«, sagte Henning, aber er sagte es mehr zu sich selbst. »Zufall ist das aber nicht. Wer ist der Eigentümer?«

»Eine Kajsa Björklund. Sie wohnt in der Nähe in Södersvik.«

»Tatsächlich?« Henning rückte sein Hose zurecht. »Was sagt sie dazu?«

»Sie weiß es noch gar nicht.«

»Das ist allerdings ein Zufall, und zwar ein recht glücklicher!«

»Zufall ist das aber nicht«, erwiderte Moa. »Ich hab drei Kinder zu Hause. Wenn du nicht angerufen hättest, wäre ich erst heute Nachmittag, hinausgefahren. Wir haben auch erst vor zwei Stunden herausgefunden, wem das Haus gehört. Scheint auch nichts passiert zu sein. Im Winter ist hier ja keiner.«

Das Sommerhaus in Nysättra war kurz vor dem Morgen in Flammen aufgegangen. So wie es hier aussah, musste es explodiert sein.

Einer der Feuerwehrleute stieg in seinen schweren Stiefeln über die Fundamentmauer und stapfte durch den Schnee auf sie zu. Henning und Moa waren bei den Autos an der Straße stehengeblieben.

Der Chef der Feuerwehreinheit begrüßte Henning mit Handschlag und stellte sich mit »Bengt, Feuerwehr« vor. »Da standen sieben Benzinkanister in Reih und Glied«, begann Bengt. »Wie ein Knallfrosch …«

Weiter kam er nicht. Einer von Bengts Kollegen rief mit tiefer Stimme »Heee!«, und bewegte seinen Arm schürfend durch die Luft als Zeichen für die drei, sich zu beeilen. Er stand mitten in der ehemaligen Stube und hielt mit dem anderen Arm das Ende einer verkohlten Holzplatte hoch.

Sie kämpften sich durch das Schneefeld. Am Haus angekommen hielt der Mann noch immer die Platte hoch, jetzt mit beiden Händen.

»Da ist ein Körper.« Bengt taumelte einige Schritte zurück. »Herrgott Jesus!«

Moa war die Wachpolizistin vom Dreimannrevier Nysättra, das zu Norrtälje gehörte. Zum Glück war bei der Nysättra-Wache den ganzen Morgen niemand ans Telefon gegangen. So hatte er irgendwann seine Geduld verloren und war nach Nysättra aufgebrochen. Zusammen mit Moa fuhr er nach Södersvik zu Kajsa Björklund und rief auf der Fahrt Kjell an.

»Das Haus gehört Kajsa Björklund?«, fragte der.

Henning hörte, wie erstaunt Kjell am anderen Ende der Leitung klang. »Wieso erstaunt dich das so?« Jetzt war Henning selbst erstaunt.

»Ich war am Samstag mit Mari dort, weil sie im Sommer mit Petersson dort gewesen war. Und der Mann mit dem Geld war auch dort.«

»Weißt du, was das bedeutet?«, fragte Henning.

»Sag es mir.«

»Dass wir ganz dicht dran sind, ohne es zu wissen.«

»Redest du von der Observierungswohnung?«

»Und vielleicht gibt es noch mehr. Wir haben einige Dinge herausgefunden, und irgendjemand hat nicht damit gerechnet. Ich schwöre dir, wir stehen schon mitten auf der Lichtung.«

»Vielleicht war es in Kairo auch so. Und wir wissen sogar von der Verbindung mit dem Geld. Die Firma heißt SHF. Ich fahre gleich mit Barbro hin.«

»Sollen wir laut oder leise weitermachen?«

»Bist jetzt waren wir laut, oder?«

»Ja«, sagte Henning abgehackt.

»Wir verhalten uns weiter laut und dumm.«

»Noch etwas … In dem Schutt liegt eine Leiche.«

»Wer ist es?«

»Wir sehen bis jetzt nur den verkohlten Rücken tief in der Schlacke. Haare sind keine mehr dran. Per und Hans sind unterwegs.«

»Wisst ihr wenigstens, ob es eine Frau oder ein Mann ist?«

»Nein«, sagte Henning. »Die Leiche liegt zu tief im Ascheschlamm. Wir sind auf dem Weg zu Kajsa Björklund.«

»Ich würde dir empfehlen, vorher mit ihrem Mann Lasse zu sprechen. Der wusste am Samstag nämlich nichts von diesem Haus. Ich habe mir nichts dabei gedacht, die Nähe hätte ja auch Zufall sein können, dort haben so viele Leute Häuser. Nach Sofis Notizen arbeitet er in Norrtälje als Lehrer am Gymnasium.«

Henning und Moa fuhren zum Gymnasium und ließen den Direktor Lasse Björklund aus seiner Klasse rufen. Lasse unterrichtete Gemeinschaftskunde, und Henning war gespannt, was er von Brandstiftung hielt. Lasse trug einen grauen Pulli, der sehr weich aussah, und einen Dreitagebart, an dem sich er hin und wieder kratzte. Sie setzten sich in die Schulcafeteria, wo zwei Damen am Ende ihrer besten Jahre gerade die Unordnung der großen Pause aufzuräumen begannen. Aus der Küche roch man, dass es Weihnachtsschinken zu Mittag geben würde.

»Mein Kollege war ja am Samstag schon bei dir wegen des Hauses in Nysättra«, begann Henning und riss das kleine Zuckerpäckchen mit seinen karottendicken Fingern auf und ließ den Zucker langsam in seinen Automatenkaffee rieseln. »Und dieses Haus ist am Wochenende abgebrannt.« Henning legte das Tütchen auf den Tisch und strich mit der Handkante die danebengegangenen Zuckerstreusel von der Platte. Er rührte langsam mit einem Holzstäbchen im Becher. Von seiner geschiedenen Frau wusste er, wie sehr er Menschen damit zermürben konnte.

Lasse legte seine Stirn in Falten, in der Mitte bildete sich eine senkrechte Kerbe. »Ich habe am Samstag doch bereits gesagt, dass ich dieses Haus gar nicht kenne. Ich weiß also nicht, wieso …«

»Hast du denn deiner Frau oder jemand anders davon erzählt, dass du danach gefragt worden bist?«

In Lasses Blick lag immer noch Unverständnis. »Ich habe

Kajsa am Telefon erzählt, dass die Polizei wieder da war. Aber das Haus habe ich vergessen. Das war ja nur eine kleine Nebenfrage gewesen.«

»Du hast ihr also ganz sicher nicht davon erzählt?«

»Nein. Sicher nicht. Ich dachte, es handle sich um eine Verwechslung. Wir haben nur kurz telefoniert. Was ist denn das für ein Haus?«

Immer mit der Ruhe, dachte Henning. Das erzähle ich dir, wenn du deiner Frau gegenüberstehst. Henning freute sich schon darauf. »Ist deine Frau berufstätig?«

»Nur zwei Tage in der Woche. In Uppsala. Sie arbeitet dort in der Universitätsbibliothek. Immer montags und dienstags.«

»Dann ist sie jetzt in Uppsala?«, fragte Henning enttäuscht.

»Dort ist sie schon seit Freitag. Sie fährt sonst immer am Sonntagabend und kommt dienstags nach Feierabend zurück. Sie wohnt dann in der Wohnung ihrer verstorbenen Mutter gleich neben dem Dom.«

Hennings Freude an der List verwandelte sich in Besorgnis. »Ist das so eine Art eheliches Arrangement?«

»Äh, ja, so kann man das nennen. Da kann sie in Ruhe ihren Interessen nachgehen. Ich habe dafür den Mittwoch und Donnerstag. Dann kümmert sie sich um die Kinder.«

Wenn Kajsa noch am Leben war, gab Henning ihrer Ehe noch drei oder vier Jahre. »Und was tut sie dort? Welche Arbeit hat sie?«

»Sie ist für Neuanschaffungen zuständig und Verschlagwortung. Sie bearbeitet nur die Titel ihres Fachgebiets, Alte Geschichte, Archäologie und Orient.«

»Sie hat also Zugang zu sämtlichen Büchern dieser Themen?«

»Alle Bücher gehen durch ihre Hände, bevor sie in den Katalog und ins Magazin wandern.«

»Liest sie diese Bücher?«

»Einige, ja. Oder blättert sie durch. Es sind ja sehr viele Bücher.«

»Dann ist sie also auf dem neuesten Stand der Forschung, könnte man sagen?«

Lasse nickte nachdenklich.

»Gut.« Henning hakte dieses Thema ab, als wäre es nicht wichtig. »Warum ist Kajsa auch am Wochenende in Uppsala gewesen?«

»Sie wollte sich mit Freundinnen treffen.«

»Wann hast du zuletzt mit ihr gesprochen?«

»Gestern Nachmittag. Wir haben eine halbe Stunde miteinander telefoniert und die Woche geplant.«

»Wann genau?«

»Gegen drei Uhr.«

Lasse kehrte in seine Klasse zurück. Die Unterrichtsstunde würde in zehn Minuten zu Ende sein. Henning und Moa blieben noch einen Moment sitzen.

»Was ist denn mit dieser Kajsa?«, fragte Moa.

»Ehrlich gesagt ist es mir ein Rätsel. Aber ich befürchte, dass es ihre Leiche ist, die wir gefunden haben.«

49

Kenneth Fohlin sah aus wie ein Fremdenlegionär im Konfirmandenanzug. Wie ein Mamertiner, schoss es Kjell durch den Kopf. Trotz seiner breiten Schultern saß der graue Zweireiher ausgezeichnet und war sicher eine Maßanfertigung. Kjell und Barbro saßen an einem niedrigen Glastisch und tranken Kaffee aus dünnwandigen Tassen. Der Kaffee war aber schön stark.

Kjell überreichte Fohlin eine mehrseitige Liste, die er am Morgen noch mit dem neuen Bindegerät spiralgebunden hatte. Er war ein leidenschaftlicher Sammler und Jäger von Büroartikeln. Jeder seiner Abstecher zum Papierlager brachte den Staat um ein kleines Vermögen. Die Liste enthielt fünfhundert Seriennummern von Hundert-Euro-Scheinen, ein Bruchteil dessen, was sich in dem Rucksack befunden hatte. Fohlin nahm die Liste mit fragender Miene entgegen.

»Geld«, erklärte Kjell. »Euer Geld oder besser gesagt, das der Bürger von Schweden, das sich in eurer Obhut befindet. Wir möchten dieses Geld gerne für einen Moment in den Händen halten oder erfahren, was daraus geworden ist.«

Fohlin blätterte die Liste durch und sah dann auf. »Unser Geld?«

»Das sind die Seriennummern.«

Kjell war sich ganz sicher. Kenneth Fohlin war soeben sehr erschrocken, hatte das aber gut verbergen können. Nur seine Augen verrieten ihn. Kjell tat, als hätte er das nicht bemerkt.

»Seriennummern verzeichnen wir nicht, damit kann ich gar nichts anfangen.«

»Dieses Geld hat das Außenministerium direkt von der EZB angekauft und dann an euch weitergeleitet. Wir wissen auch, zu welchem Zweck. Das ist der Anfang, aber wir kennen auch das Ende. Das Geld ist in Kairo gelandet und nimmt die tragende Rolle bei einem Verbrechen ein. Und wir möchten gerne von dir wissen, wie es dorthin gekommen ist.«

»Kairo?«

»Ja. Kairo.«

Fohlin pustete Luft aus seinen Lungen. Dabei sah er hilfesuchend durch die Fensterfront. Aber da waren nur Schnee und eine Niederlassung des Finanzamtes. »Wir haben uns ganz bestimmt nicht an einem Verbrechen beteiligt, womit ich nicht sagen möchte, dass wir es nicht mit Verbrechern zu tun haben. Anders geht es in unserer Branche leider nicht.«

Kjell bat Fohlin, ihm zu erklären, was seine Firma eigentlich tat.

»Heute will jeder nach Osteuropa oder Asien expandieren. Die Unternehmer stellen sich das meist zu einfach vor. Sie glauben, man müsse dort nur eine Fabrik und Läden eröffnen. Viele tun das auch. Oft werden diese Filialen auch noch von einem Schweden geleitet, der das Land gar nicht kennt. Diese Auslandsausflüge dauern meist nicht länger als zwei Jahre. Vor drei Monaten ist ein schwedischer Papierhersteller in Konkurs gegangen. Sein russisches Lager quoll über. Man hatte zwar allerhand Leute bestochen, aber den Transportminister vergessen. Deshalb wurde die Genehmigung zum Bau der Eisenbahnstrecke zum Lager nicht erteilt. Mit uns wäre das nicht passiert.«

»Also seid ihr eine Bestechungsagentur?«

»Wir bieten Komplettservice. Wir bauen Fabriken, Bürogebäude, Bahnstrecken, stellen das Personal ein und beseitigen alle Hindernisse. Wenn die Tochter des Transportministers gerade den Führerschein macht, dann wissen wir das natürlich und stellen ihr einen schwedischen Geländewagen vors Haus. Das gehört natürlich auch dazu.«

»Dann betreibt ihr also die Auslandsniederlassungen.«

»Ganz recht.«

Während Kjell sich Notizen machte, überlegte er, ob er Fohlin auf Petersson ansprechen sollte, aber eine ungewisse Ahnung hielt ihn zurück. Es gab auf jeden Fall eine Verbindung zwischen den beiden, die über das gefundene Geld weit hinausging. Steckten die beiden unter einer Decke, oder waren sie Gegner? Ein Frontalangriff würde scheitern. Sicherlich hätte Fohlin eine gute Antwort vorbereitet. Dass die Polizei den Mord an Petersson untersuchte, wusste Fohlin auf jeden Fall. Nein, beschloss Kjell. Fohlin sollte in dem Glauben bleiben, dass die Polizei keine Verbindung zwischen dem Mord und dem Geld erkannte.

»Und wie viel kostet euer Service?«, fragte er.

»Zwanzig Prozent vom Jahresgewinn. Wir arbeiten auf Erfolgsbasis.«

»Ist das nicht riskant?«

»Nein. Wir kennen jeden, der zwischen Tallinn und Shanghai etwas zu sagen hat.«

»Und diese Leute bevorzugen Bargeld, denke ich mir. Aber warum bekommt ihr das Geld vom schwedischen Staat und nicht von den Unternehmen selbst?«

»Letztlich bezahlen natürlich nicht die Steuerzahler dafür, sondern die Unternehmen. Dieses Geld dient Investitionen, die allen schwedischen Investoren zugutekommen. Infrastruktur, sozusagen.«

»Du sprichst von Grundlagenkorruption?«

»Von Infrastruktur. Die Kosten werden am Ende auf die Nutznießer umgelegt und vom Außenhandelsministerium in Rechnung gestellt. Was danach mit dem Geld passiert, ist Sache der neuen Besitzer.«

»Das klingt doch alles sehr vernünftig, und ich würde es dir gerne glauben. Aber alle Scheine gehören genau zu der Lieferung, die die SHF vom Außenhandelsministerium erhalten hat.« Und in Gedanken fügte Kjell noch das Weihnachtswunder hinzu, dass sich alle Scheine in Originalbündeln am Ende in einem Rucksack in Kairo wiedergetroffen hatten. Aber er wollte Fohlin nicht zu viel verraten.

»Ja«, bemerkte Fohlin. »Wir werden versuchen, den Verbleib des Geldes zu ermitteln. Das lässt sich bestimmt klären.«

»Das wäre nett.«

Sie verabschiedeten sich. Es ist gut gelaufen, dachte Kjell beim Hinausgehen. Hoffentlich hatte er Fohlin den Eindruck vermittelt, die Polizei sehe das Geld, aber nicht die Zusammenhänge.

Draußen mussten sie die Windschutzscheibe vom Schnee befreien, der in der letzten halben Stunde gefallen war.

»Sobald wir zurück sind, verfasst du eine Pressemitteilung«, ordnete Kjell an.

Barbro hielt inne. »Warum das denn?«

»Damit Fohlin es in der Zeitung lesen kann.«

»Und was soll ich schreiben?«

»Dass der Mord an Carl P. am 27. November aufgeklärt ist. Er wurde von seiner Geliebten bei einer häuslichen Auseinandersetzung im Affekt erstochen.«

»Wie ist dein Plan?«

»Wir müssen Fohlin noch einmal aufscheuchen, ihn zum Handeln zwingen.«

»Und wie?«

»Mir ist schon etwas eingefallen.«

Barbro nickte und ging zum Heck des Wagens, um die Scheibe vom Schnee zu befreien. Anscheinend hatte im Bürohaus gerade die Mittagspause begonnen. Die Angestellten strömten in kleinen Gruppen aus dem Vordereingang. Nur ein Mann von geringer Größe bahnte sich in die andere Richtung seinen Weg durch die Angestellten hindurch und verschwand im Eingang. Sein kurzes Haar und die schwarzglänzende Jacke hatten Barbros Aufmerksamkeit erregt. Woher war der Mann denn gekommen? Seit einer Viertelstunde waren kein Fußgänger und kein Wagen durch die Einfahrt des Parkplatzes gekommen, der sich um drei Seiten des Bürogebäudes wand. Schon während des Gesprächs mit Fohlin hatte Barbro an Annie von Krusenstjerna denken müssen. Trotz seines Anzugs, seines Büros und seines höflichen Auftretens wirkte Fohlin wegen seiner kurzen Haare und seines muskulösen Körpers unweigerlich martialisch. Doch dieser Mann hier glich aus der Entfernung noch viel mehr der Beschreibung von Annie. Sie konnte sich gut vorstellen, dass Annie die beiden mit Skinheads verwechselte.

»Ich bin gleich zurück«, sagte sie und ging zurück zum Eingang. Der Mann war nirgendwo zu sehen. Von der Treppe kamen immer mehr Angestellte. Barbro fragte die Empfangsdame, doch in dem Gedränge hatte sie den Mann nicht bemerkt. Barbro ging wieder hinaus und tippelte durch den knöchelhohen Schnee auf den linken Seitenflügel des Parkplatzes. Von dort musste der Mann gekommen sein. Auf dem Seitenflügel standen zwei Dutzend Autos. Sie lief auf der Mitte des Weges und inspizierte die Reifenspuren im Schnee. Es gab drei frische Spuren, aber der heftige Schneefall rundete die scharfen Kanten im Nu ab. Eine der Spuren führte zu einem parkenden Peugeot. Unter der Schneehaube war er hellgrau. Barbro hielt ihre Hand an den Kühlergrill und spürte Wärme. Im Inneren lief sogar noch die Motorlüftung. Sie notierte das Kennzeichen. Dann verfolgte sie die anderen Spuren bis zu ihrem Ende und fand einen BMW, dessen Alter sie nur schwer schätzen konnte. Auch hier strömte warme Luft aus dem Kühlergrill. Der dritte Wagen stand abseits. Ein kleiner Japaner in Schlammblau. So einen hatte sie einmal als Leihwagen gehabt, in Goldmetallic mit zwei Schaltknüppeln und karamelbraunen Sitzen.

Barbro traute sich kein spontanes Urteil zu, mit welchem der drei Autos der Mann gekommen sein konnte. Die Fußspuren zu sortieren erschien ihr nach einem Versuch bald aussichtslos. Sie notierte zur Sicherheit noch die anderen siebzehn Kennzeichen und kehrte dann zu Kjell zurück, der schon im Wagen wartete und sich vom Gebläse der Heizung wärmen ließ.

»Was war denn?«, fragte er.

»Sage ich dir später.«

50

Die Arbeiten der Spurensicherung in der Ruine des Sommerhauses würden bis zum Abend dauern. Henning konnte Kjell am Telefon jedoch schon nähere Informationen geben. Das einstöckige Haus, das nur aus einem Raum, einer kleinen Küche und einem Bad bestanden hatte, war voller Unterlagen und Bücher gewesen. Außerdem hatte man mehrere zerborstene Benzinkanister gefunden. Der Brandtechniker aus Stockholm untersuchte seit zwei Stunden die Spuren und wunderte sich. Offenbar hatte man nur eine kleine Menge des Benzins ausgeschüttet, um den Brand zu legen. Durch das Papier hatte das Feuer schnell enorme Ausmaße erreicht. Das allein führte schon zu einem heftigen, aber wegen des entstehenden Sauerstoffmangels kurzen Brand. Doch bevor auch das Holz der Wände richtig verkohlen konnte, waren die noch fast vollen Benzinkanister explodiert.

»Der Täter hat die Kanister neben die Leiche gestellt.«

»Und wie hat er sie entzündet, ohne selbst mitzuverbrennen?«

»Mit einer Lunte. Der oder die Tote war die Lunte. Er hat die Leiche, den Schreibtisch und die Regale mit Benzin übergossen.«

Das Haus brannte nicht ab, sondern zerbarst. Das lag nicht nur an den entzündlichen Stoffen, sondern auch an der Hitzeentwicklung durch das viele Papier. Die Explosion hatte die Wände des Hauses in alle Richtungen weggesprengt. Wenn man aus einiger Entfernung in die Hocke ging und auf die Stelle blickte, sah man die Bretter und Trümmer nicht mehr, nur noch eine gusseiserne Badewanne, die mitten in der schwedischen Landschaft herumstand.

»Davon darfst du dich nicht täuschen lassen«, erklärte der Brandmeister Henning. »Die hat einen Salto gemacht. Die Füße sind abgebrochen.«

Der Brandverlauf hatte zur Folge, dass das Feuer sofort wieder erlosch, da das Brennmaterial in alle Winde verstreut war. Leider war das Papier wegen des Hitzestaus in Sekundenschnelle verglüht. Der Brandstifter hatte die Tür beim Verlassen des

Hauses nicht geschlossen und dem Feuer somit viel Luft zum Atmen gegeben. Die Leiche befand sich nun in der Pathologie in Solna. Sie war äußerlich stark verkohlt, im Inneren jedoch intakt. Wäre das Haus langsam abgebrannt, wäre das anders gewesen.

Es war der Körper einer Frau.

Henning und Moa fuhren gemeinsam nach Uppsala. Selten hatte ein so harmonisches Schweigen zwischen zwei Menschen geherrscht wie in dieser Stunde in Hennings Dienstvolvo. Die Stille wurde nur gelegentlich von einem kurzen Brummen unterbrochen, das abwechselnd von ihm oder Moa kam, und einmal auch vom Volvo, als die ungeahnte Kraft seiner Lenden Henning vor einer Kreuzung etwas zu heftig auf die Bremse treten ließ.

Die Wohnung von Kajsa Björklund befand sich im Stadtzentrum von Uppsala in der Torsgatan. Zuerst fuhren sie zur Bibliothek und erfuhren dort, dass Kajsa heute nicht zur Arbeit erschienen war. Sie teilte sich ein Büro mit zwei Kolleginnen. Sie hatten die gleiche Aufgabe wie Kajsa, betreuten jedoch andere Fachgebiete. Der Abteilungsleiter der Universitätsbibliothek gesellte sich nach wenigen Minuten dazu.

»Ich darf euch leider nichts mitteilen«, erklärte Henning. »Bitte verlasst das Büro. Ich muss es versiegeln.«

Kajsa benutzte den Schreibtisch nur an den beiden Wochentagen, an denen sie hier war. An den anderen Tagen saßen ihre Kollegen daran. Persönliches Ambiente gab es nur in eingeschränktem Umfang. Da hier aber vor allem Frauen arbeiteten, gab es einige Pflänzchen an den Fenstern und einen Adventskranz. Es duftete nach Zimt.

Henning und Moa kehrten nach Norrtälje zum Gymnasium zurück. Unterwegs rief er bei Kjell an und erstattete Bericht.

»Barbro ist nach Solna rausgefahren«, sagte Kjell. »Brauchst du Verstärkung?«

»Ich muss es Lasse Björklund bald sagen. Da brauche ich dann Verstärkung.« Henning erklärte Kjell, was alles darauf hinwies, dass Lasses Frau nicht mehr am Leben war.

»Hör zu, wir brauchen Fingerabdrücke und DNA von Kajsa aus ihrem Haus. Per will bald zu dir aufbrechen.«

Sie fanden Lasse Björklund besorgt im Lehrerzimmer. Inzwischen hatte er in der Bibliothek angerufen und dort erfahren, dass seine Frau nicht zur Arbeit erschienen war.

»Wir müssen jetzt zu euch nach Hause«, sagte Henning. Moas bloße Anwesenheit beruhigte ihn und erleichterte alles.

Zu dritt fuhren sie nach Södersvik. Vor dem Haus wartete Per schon in seinem Wagen. Henning fragte sich, wie er es immer schaffte, so schnell zur Stelle zu sein. Das Haus war leer, die beiden Kinder waren bis fünf Uhr im Hort. Lasse sah sich um und war sich dann sicher, dass Kajsa seit dem Morgen nicht hier gewesen sein konnte.

»Das ist Per Arrelöv«, stellte Henning den Kriminaltechniker vor, bevor der es am Ende noch selbst tat. »Er muss jetzt euer Haus untersuchen.«

Lasse nickte. Sein Unverständnis war unverringert, dennoch fügte er sich in die Ereignisse und Maßnahmen, die er nicht verstand. Während Per seine Arbeit aufnahm und Lasse Tee kochte, setzten sich Henning und Moa auf die große braune Couch im Wohnzimmer. Genau so eine hatte er 1981 unglücklich in den Sperrmüll gegeben, erinnerte sich Henning. Seine Frau hatte darauf bestanden.

»Nun, Lasse«, begann Henning dann behutsam. »Wir wissen, dass das Haus in Nysättra deiner Frau gehörte. Es ist niedergebrannt, und wir haben darin die Leiche einer Frau gefunden. Wir wissen nicht, ob es Kajsa ist, aber es könnte möglich sein.«

Lasse schloss die Augen, bewegte die Lippen und schmatzte dabei. Er stülpte sie nach innen und nach außen, als kaute er die Nachricht durch. Aber er verstand sie nicht. Für ihn kam alles aus heiterem Himmel.

51

Zuallererst fielen Kjell an Sofi die Haare auf. Sie lagen noch genau wie am Samstag. Das beunruhigte ihn. Er wusste ja von Linda, wie überstürzt sie aufgebrochen waren. Da war es doch seltsam, dass Sofi nach dieser langen Reise drei Tage lang nicht geduscht hatte. Und sie roch auch so.

Sie setzten sich auf die beiden Sessel im Wohnzimmer. Im Flur stand immer noch ihre Tasche. Sie war unausgepackt.

»Wie geht es dir?«, fragte er. »Wann kommst du wieder? Wir brauchen dich jetzt dringend.«

Sofi wusste, dass dies Fragen waren, die sie beantworten musste. Sie verhielt sich immer noch apathisch, es hatte sogar noch etwas zugenommen.

»Ich habe es mir überlegt«, sagte sie und spielte mit ihren Fingern. »Ich würde lieber aufhören.«

»Aufhören? Womit denn?«

»Kündigen. Ich würde gerne kündigen.«

Sie hatte plötzlich eine Klarsichtmappe mit einem Blatt Papier darin zur Hand und streckte sie ihm entgegen. Das hatte sie bereits am Samstag beschlossen, da war er sich im Nachhinein sicher. Er hatte es jedenfalls da schon gefühlt.

»Also, so etwas Blödes habe ich auch noch nicht gehört.« Er ignorierte das Kündigungsgesuch, obwohl sie ihm leidtat, wie sie den ausgestreckten Arm mit dem Papier in der Hand nach einer Weile zurückziehen musste. »Jetzt pass mal auf, was heute und am Wochenende alles passiert ist!« Er wollte versuchen, sie auf den Abenteuerpfad zurückzubringen. Das war bei ihr am aussichtsreichsten. Er glaubte, dass sie jetzt keine einfühlsame Nähe ertragen konnte. Doch Sofis Konzentration richtete sich nur auf das Papier in ihrer Hand und darauf, ihm dabei in die Augen zu blicken. »Jetzt lass das doch mal.« Er nahm ihr die Mappe aus der Hand, knüllte sie zusammen und warf sie in die Ecke. Doch die Plastikfolie entfaltete sich wieder, noch bevor sie auf dem Boden landete. Obwohl sie nichts verriet, war es das erste Mal, dass sie ihr Inneres nicht verbarg. Weil sie es jetzt nicht mehr kann, dachte er.

In diesem Moment klingelte es.

»Das ist Barbro.« Er sprang auf. Barbro hatte wieder eine Punktlandung geschafft. Er öffnete die Tür und ließ sie angelehnt. Dann setzte er sich wieder zu Sofi. Kurz darauf erschien Barbro im Zimmer. Sie keuchte.

Kjell deutete auf das Papier am Boden, das dicht neben Barbro lag. »Schau dir das an, Sofi will kündigen.«

Er konnte darauf vertrauen, dass Barbro das Richtige tat. Barbro runzelte die Stirn, als ob sie sich vor diesem Gedanken ekelte, und nahm das Papier auf. Sie strich es glatt und las. »Man kann doch gar nicht bei der Gruppe kündigen«, sagte sie dann kopfschüttelnd. »Man wird hineingeboren und scheidet erst durch Tod aus, natürlich oder auch unnatürlich.« Barbro grinste dabei bemüht. »Zum Beispiel, wenn man von einem Brandpfeil getroffen oder von einer riesigen Schiffsschraube zerfetzt wird.« Mit diesen plastischen Beispielen ließ sie sich auf die Lehne von Sofis Sessel sinken und legte den Arm um ihre Schultern. Auch sie schien ihren verwahrlosten Zustand zu bemerken und rümpfte die Nase.

»Ich schlage vor, wir machen uns einen schönen Kaffee, und Sofi geht mal eben duschen.«

Bisher war er insgeheim davon ausgegangen, dass sich Sofi in Kairo zu weit vorgewagt hatte. Damit musste man bei ihr immer rechnen. Sofi erkannte den Punkt nicht, wo man aufgeben und um Hilfe bitten musste. Rückschläge hatte sie einige erlebt. Ihre Kollegen wurden meist nur durch ihr hektisches Gegensteuern darauf aufmerksam. Dass sie lethargisch war, hatte er noch nie erlebt. Und sie ließ sich durch nichts aus dieser Lethargie reißen. In ihrem Bericht erwähnte Sofi nicht, was genau geschehen war.

Barbro ließ nicht nach. Sie drohte Sofi, dass sie und Kjell sie zur Not auch eigenhändig waschen würden. Und man könne dazu auch noch Henning herbeiholen. Sofi stieg unter die Dusche, Barbro und Kjell kochten in der Küche Kaffee. Da sich in ihrem Kühlschrank nichts befand, zog sich Kjell die Schuhe an und ging zum Supermarkt. Als er mit drei vollen Tüten zurückkehrte, saß Sofi wieder in ihrem Sessel und trug einen grünen Sportanzug. Aus ihren zurückgekämmten Haaren tropfte noch Wasser. Er hörte, dass die beiden Frauen in ein Gespräch vertieft waren. Deshalb trug er die Tüten in die Küche und räumte den Inhalt in die Schränke. Dabei fiel sein Blick auf den Flur, an dessen anderem Ende die Tür zum Schlafzimmer offen stand. Keine Wohnung sprach so zu ihm wie die von Sofi. Die Wärme und Gemütlichkeit ihrer Wohnung erstaunte jeden, der sie kannte. Und mittendrin etwas Rotes, nämlich das Bettlaken. Das war rosenrot. Wenn man bei Sofi Rot entdeckte, konnte man nicht umhin, darin eine Bedeutung zu suchen, wie bei einem dicken Roman, der nur ein einziges Ausrufezeichen enthält. Irgendwo tauchte bei ihr immer etwas Rotes auf. Das war ihr Ausrufezeichen, für alle anderen jedoch ein Fragezeichen. Er verstand das alles noch nicht, traute sich jedoch nicht zu fragen, aus Angst, die Wahrheit könnte ganz banal sein.

Später, als Sofi endlich allein war, klingelte das Telefon. Sie schlich in den Flur und beäugte das Display. Sie kannte diese Nummer nicht. Widerwillig hob sie ab.

Niklas Kullgren. Der Chef der schwedischen Sicherheitspolizei rief bei Sofi Johansson zu Hause an.

»Sofi!« Seine Stimme klang besorgt, aber auch herrisch.

Sie schluckte, und das hörte er.

»William ist heute nach Schweden zurückgekehrt. Ich habe soeben den Bericht über die Aktion in Kairo bekommen. Cederström war auch bei mir, und ich habe ein wenig Angst, dass er nochmal mit einem Baseballschläger zurückkommt.« Kullgren lachte seinem Witz hinterher.

Sofi schwieg. Baseballwitze, die von der Säpo selbst kamen, waren blöd.

»Du hast richtig gehandelt. Cederström sagte, dass du angeschlagen bist.«

Angeschlagen? Nannte man das so bei der Säpo? Sie schniefte. Sie war ausgezählt!

»Sag mir, was passiert ist.«

Es war ein Befehl, wenn auch ein privater. Er klang väterlich streng, und Sofi gehorchte. Keinem von den Menschen, die ihr nahestanden, hatte sie etwas verraten. Ausgerechnet dem Chef der Sicherheitspolizei schüttete sie nun am Telefon ihr Herz aus.

Sie redete wohl eine ganze Viertelstunde. Er unterbrach sie nicht.

»Natürlich musstest du das Geld zurückbringen. Sie hätten dich auf jeden Fall sofort getötet oder am nächsten Tag, wenn du es nicht getan hättest. Von William Lindskog ganz zu schweigen.«

Sie sprachen noch einige Minuten darüber, wer diese Leute gewesen sein könnten. Kullgren vermutete, dass man die Mafia ausschließen konnte. Die hätte Sofi nach der Geldübergabe nicht gehen lassen. Kullgren glaubte an eine Dorfgemeinschaft, wie es in Ägypten zahlreiche davon gab. Sie bestanden aus Grabplünderern oder Fälschern.

»Die haben einen ausgeprägten Ehrenkodex. Deshalb haben sie dir nichts getan. Sie wussten wohl, dass du von der Polizei bist.«

»Es hat sich nicht angefühlt, als hätten sie Angst vor der Polizei!«, rief Sofi mit hoher Stimme in den Hörer.

»Ich sagte ja Ehrenkodex. Sie wussten, dass du nicht zur anderen Seite gehörst, von der sie sich anscheinend betrogen fühlten. Dieses Geld stand ihnen zu. Sie werden sich an allen rächen, die sie hintergangen haben, aber ihre Rache ist nicht blind.«

Nachdem sie aufgelegt hatten, dachte Sofi über alles nach. Zum ersten Mal konnte sie das. Das Gespräch hatte ihr gezeigt, dass sie nicht einfach alles verdrängen konnte. Mari und Petersson hatten diese Leute also betrogen. Vielleicht war Petersson deshalb tot, überlegte sie. Rache. Sofi setzte sich mit ihrem Notizblock unter das kalte Licht der Deckenlampe über dem Küchentisch.

52

Dienstag, 11. Dezember

Barbro hatte Sofi in ihrer Wohnung abgeholt. Sicher ist sicher, hatten ihre Kollegen gesagt. Sofi hatte sich die Augen schwarz geschminkt. Was war über die Bedeutung schwarz geschminkter Augen bekannt, fragte sich Kjell bei ihrem Anblick. Er war noch unschlüssig, wie er sich ihr gegenüber verhalten sollte. Gestern hatten sie Sofi überrumpelt. Vielleicht ließ sie sich damit eine Weile mitreißen, vielleicht reichte das sogar.

Die Besprechung begann. Sofi wirkte wie eine Besucherin. Sie schälte sich schüchtern aus ihrer Daunenjacke, baute dann aber wie immer ihr Laptop auf dem Tisch auf. Befremdet beobachtete sie den Startbildschirm und zückte mechanisch ihren kleinen Notizblock, blätterte bis zur ersten freien Seite und verweilte dabei auf den alten Notizen, deren Bedeutung sie erst wiederentdecken musste.

»Willkommen«, eröffnete Kjell und betrachtete Sofis Fassade. Mit einem Anflug von Zuneigung stellte er fest, dass die Härchen ihrer Augenbrauen kreuz und quer gebürstet waren oder jedenfalls so aussahen.

Henning hatte wie jeden Morgen die Zeitungen vor sich, was niemand als unhöflich empfand, denn indem er die Schlagzeilen überflog und die Sporttabellen studierte, konnte er beim Zuhören seine Gedanken freier entfalten. Das behauptete er jedenfalls. Heute hingegen blätterte er gezielt nach Artikeln über Petersson. Zufrieden stellte er fest, dass *Aftonbladet* und *Expressen* einspaltige Kurzberichte enthielten, die Fohlin wohl nicht entgehen würden.

»Nun haben wir endlich unsere Sofi wieder«, sagte Kjell. »Von den Ereignissen oben in Roslagen wisst ihr ja alle. Das Haus, das ich am Samstag angesehen habe, ist in der Nacht auf Montag abgebrannt. Es gehörte Kajsa Björklund.« Er wandte sich an Sofi. »Kannst du nach Uppsala fahren und dir einige Dinge anschauen?«

Sofi nickte.

»Je früher du wieder zurück bist, desto besser. Du wirst für morgen einiges vorbereiten müssen.« Dann erklärte er ihr, wie er sich die Sache gedacht hatte. Mit einer Durchsuchung der SHF wollten sie Fohlin zum Handeln zwingen.

»Warum sollte er das tun?«, fragte Sofi.

»Weil wir vorgeben, die Zusammenhänge nicht zu erkennen: Wir glauben, dass Mari Petersson ermordet hat.«

»Aber welche Rolle das Geld spielt, ahnen wir nicht?«

»Genau.«

»Und das Sommerhaus? Vielleicht haben sie es beobachtet.«

»Sie können nur mich am Samstag gesehen haben. Gestern war Henning dort, und den kennen sie nicht.«

Gleich nach der Besprechung setzte sich Barbro an ihren Computer, um die drei Kennzeichen zu überprüfen. Der BMW war auf eine der anderen Firmen zugelassen, die ihr Büro im selben Haus hatten. Der rote Franzose und der blaue Japaner waren auf zwei Frauen angemeldet, die bei SHF arbeiteten. Barbro rief Viktoria von der lokalen Kripo an. Ihre Gruppe übernahm seit acht Tagen eine Reihe von Überwachungsaufträgen. Seit gestern hatte sich einer ihrer Mitarbeiter in einem Aktenzimmer im Bürohaus auf der anderen Straßenseite verschanzt, in dem eine Niederlassung des Finanzamtes untergebracht war. Von dort beobachtete er das Büro der SHF. Barbro rief ihn auf seinem Mobiltelefon an.

»Gerade haben zwei verschlagene Typen einen zusammengerollten Teppich rausgetragen«, berichtete Peter aus dem Aktenzimmer. Barbro kannte ihn vom Sehen aus der Kantine. Er hatte feuerrotes Haar und den passenden Haarschnitt dazu. Er ließ seinen Kopf wie eine brennende Fackel aussehen. »An einem Ende haben Füße herausgeschaut. Ich weiß nicht, ob das etwas zu bedeuten hat.«

Barbro stellte Peter mit Lachen zufrieden. »Hast du mich gestern gesehen?«

»Ja, du bist herumgeirrt und hast dir die Hände am Kühlergrill gewärmt.«

»Hast du den Mann gesehen, der kurz davor ins Haus gegangen ist?«

»Das waren in einer Viertelstunde drei Personen.«

»Ich meine den Kurzhaarigen mit der schwarzen Jacke.«

»Den habe ich gesehen.«

»Weißt du, mit welchem Wagen er kam?«

»Das kann ich von hier aus nicht sehen, ich bin zu weit rechts. Aber ich habe eine Profilaufnahme von ihm vor dem Eingang. Er tauchte auf einmal an der Hausecke auf.«

Zehn Minuten später kam das Foto per E-Mail. Die Auflösung war gut, aber das abgewandte Profil ließ nicht zu, das Gesicht zu identifizieren.

Dann rief Peter erneut an.

»Ach ja, der Typ kam erst am späten Abend wieder heraus, aber dieses Foto ist unbrauchbar. Jedenfalls ging er wieder links um das Haus, aber es ist in der folgenden Stunde kein Auto vom Gelände gefahren.«

»Aber am Morgen sind die drei Fahrzeuge doch auf den Parkplatz links vom Gebäude gefahren, und dann kam er um die Ecke.«

»Ja, er und zwei Frauen. Er muss mit einem der Wagen gekommen sein.«

»Sind die drei Autos denn seitdem weggefahren?«

»Der Peugeot steht noch da.«

Das war seltsam. Hinter dem Haus war nur der Zaun, dahinter die Schnellstraße und schließlich der Wald von Nacka. Also das Nichts.

53

Sofi saß in der Abteilung für Neuanschaffungen der Universitätsbibliothek von Uppsala und betrachtete den Bildschirm des Computers. Sie war froh, am Tag und am Abend lauter Aufgaben vor sich zu haben, bei denen sie in Ruhe gelassen wurde. Sie hatte nach ihrer Rückkehr alle Anrufe von Sven Flemming von ihrer Mailbox gelöscht und nicht mehr an ihn gedacht. Siebenmal hatte er angerufen. Dass er jetzt nicht weit von ihr in einem Büro saß, bedeutete ihr nichts.

Neben der Tastatur lag Kajsa Björklunds Personalakte. Auf dem Bildschirm waren zwei Ausleihkonten zu sehen: das von Kajsa und das von Carl Petersson. Petersson hatte in den vergangenen sechs Monaten nur zwei Bücher ausgeliehen, die Sofi mit nichts in Verbindung bringen konnte. Aber Kajsas Konto ließ sie stutzen. Seit zwei Jahren lieh sie sich die gesamte Forschungsliteratur zum Diskos von Phaistos aus. Kajsa Björklund also, nicht Carl Petersson. Im Hintergrund lief der Drucker. Kajsas Leihliste nahm sieben Seiten ein, hundertdreiundsechzig Titel.

Sofi fragte sich, was sie dadurch gewonnen hatte. Kaum mehr als einen Beleg dafür, dass die beiden in den letzten zwei Jahren bis zu Peterssons Tod in regem Kontakt zueinander gestanden haben mussten.

Sie rief sich ihr Gespräch mit Kajsa ins Gedächtnis und ging alle Details und Eindrücke noch einmal durch. Sie kam zu dem Ergebnis, dass Kajsa sie angelogen haben musste, und das mit großer Überzeugungskraft. Sofi hatte alles geglaubt, wie sie ja immer alles gleich glaubte. Aber es hatte so plausibel geklungen. Ihre gemeinsame Zeit lag über zehn Jahre zurück. Petersson hatte eine andere, Kajsa war die Mutter zweier Kinder und mit einem anderen Mann verheiratet, dem sie von Petersson nie etwas erzählt hatte. Das hatte es noch glaubhafter klingen lassen. Aber wie sagte noch Kjell? Plausibilität ist die Oberfläche der Unwahrheit.

Sofi legte die beiden Listen nebeneinander. Natürlich hatten die beiden noch Kontakt zueinander gehabt! Es musste so sein. Die Worte erklangen in ihrem Kopf: »Das ist eine andere Frau. Der Schwede hat gelogen.« Die richtige Frau, das war nicht Mari. Es musste Kajsa Björklund sein. Sofi war sich auf einmal ganz sicher.

Eine Stunde später parkte sie ihren Wagen vor Björklunds Haus. Sie hatte einen kurzen Abstecher zum Universitätsgebäude gemacht, in dem Sven arbeitete, und zum beleuchteten Fenster hinaufgeblickt. Dann hatte sie Gas gegeben.

Lasse war nicht allein zu Hause. Bei ihm war eine Frau, die

sich als seine Schwester Smilla vorstellte. Auch Moa war da, die hiesige Inspektorin. Lasse atmete schwer, stand immer wieder von der Couch auf, um auf und ab zu gehen und sich wieder zu setzen.

»Darf ich mich umsehen?«, fragte Sofi.

Smilla nickte.

Sofi stieg die Treppe hinauf. Im zweiten Stock war der Dachboden zu einem Büro ausgebaut. Zwei Schreibtische standen an den einander gegenüberliegenden Wänden. An dem einen korrigierte Lasse die Arbeiten seiner Schüler, auf dem anderen nahm eine Bücherreihe die gesamte Länge der Tischplatte ein und enthielt Wörterbücher und Monographien, wohl die Titel, die Kajsa stets zur Hand haben musste. Wenn Sofi dies bei ihrem letzten Besuch gesehen hätte, hätte sie Kajsa ihre Hausfrauenfassade wohl nicht abgekauft. Die neun ausgeliehenen Bücher konnte Sofi nicht entdecken. Deshalb ging sie hinab und sprach Lasse darauf an.

»Die müssten dann auf ihrem Schreibtisch liegen«, vermutete er. »Anderswo im Haus können sie nicht sein. Vielleicht in Uppsala?«

Dort hatten sie nichts gefunden. Weil sie in dem Sommerhaus gearbeitet hat!, schoss es Sofi durch den Kopf. Kajsa, Carl und das Sommerhaus, von dessen Existenz Lasse nicht den geringsten Schimmer gehabt hatte.

Sofi suchte und kramte noch eine Weile an Kajsas Arbeitsplatz, fand jedoch nichts. Als sie die Treppe hinunterging, fiel es ihr ein. Sie sprang wieder nach oben. Die Handschrift! Die Handschrift, die in Peterssons Wohnung auf so vielen Notizen auftauchte, das war Kajsas Schrift! Sofi machte einen kleinen Luftsprung. Der alte Holzboden knarzte bedenklich.

Sie bedankte sich bei allen und stand zum Schluss vor Lasse, der in der ganzen letzten halben Stunde nervös gewirkt hatte. Ohne Absicht nahm sie ihn in den Arm und drückte ihn fest an sich. Lasse wurde augenblicklich ruhig. Auch ihr tat die Umarmung gut, obwohl sie den Mann gar nicht kannte.

Draußen im Wagen führte sie ein kurzes Telefonat mit Kjell und berichtete ihm von den Büchern, die Kajsa in den letzten zwei Jahren ausgeliehen hatte.

»Kajsa hat zur Zeit neun Bücher ausgeliehen, und ich glaube, dass sie in dem Haus verbrannt sind. Ich habe ihren Arbeitsplatz in der Universität und ihren Schreibtisch zu Hause untersucht.«

»Sind das Bücher zum Diskos?«

»Nein, eben nicht! Zur Zeit hat sie nur Bücher über antike Kunst ausgeliehen, und zwar über ein ganz bestimmtes Thema. Die Bemalung altägyptischer Särge. Und drei der Bücher beschäftigen sich mit antiker Magie.«

»Die Spurensicherung steckt noch mitten in ihrer Arbeit mit dem Haus. Da wissen wir noch nichts Genaues. Aber Per meint, dass es dort eine Menge Papier gegeben hat. Das Haus schien eine Art Büro zu sein.«

Kurz vor der Mittagszeit fuhr Henning durch die Hauptstraße von Norrtälje. Er musste noch ein gutes Stück weiter nach Norden. Er erreichte Söderby-Karl um ein Uhr. Das Navigationssystem lotste ihn nicht durch den Ortskern, sondern direkt zu einer Adresse im Süden. Als er vor dem blassgelben Haus den Wagen abstellte, trat ein älterer Mann aus dem Eingang und blieb einen Meter später stehen. Henning schritt auf ihn zu. Es war der Vorbesitzer des Sommerhauses. Die Haare des Mannes waren zerzaust und seine Strickjacke abgewetzt, seine Erinnerung jedoch nicht. In einer Viertelstunde hatten sie alles geklärt.

Kajsa Björklund war im September letzten Jahres zusammen mit einem Mann zu ihm gekommen. Die Beschreibung des Mannes passte zu Carl Petersson. Henning konnte sogar recht sicher sein, dass er es gewesen war, denn Kajsa hatte ihn als ihren Vater ausgegeben. Ihr wirklicher Vater war jedoch schon seit zehn Jahren tot.

Die gute Snæfríður hatte in Windeseile herausgefunden, dass der Kaufpreis von 250 000 Kronen weder von Carl Peterssons Konto stammte noch von dem Konto, das das Ehepaar Björklund gemeinsam führte. Zudem wusste er, dass diese Summe weit außerhalb ihrer Möglichkeiten lag. Moa hatte Lasse in diese Richtung bereits befragt. Lasse wunderte sich nur, wie geschickt Kajsa mit dem Haushaltsetat umgegangen war. Sie hatte stets reichlich eingekauft und die Kinder gut eingekleidet. Lasse hatte die Klagen seiner Kollegen über ständig steigende Preise nie so recht nachvollziehen können. Er gehörte zu den Menschen, die zu träge und bequem waren, solche Widersprüche zu ergründen. Er hatte seine Frau nie gefragt.

Da hatte Kajsa sich wohl ein bisschen dazuverdient, dachte Henning. Seine Bilanz nach dreißig Jahren bei der Polizei war, dass die zerstörerischste Kraft im Universum immer noch die Wahrheit ist. Oder auch die Lüge. Das Spannende am Leben war für Henning, dass man es nie so genau wusste und dass genug Platz für ordentliche Wetten blieb.

54

Die Abendbesprechung fand an diesem Tag schon um drei Uhr statt. Der erste Referent war Per.

»Nie und nimmer ging es da um Spurenvernichtung. Ein ordentliches Feuerwerk sollte es werden. Der Brandstifter hat die Spuren nicht vernichtet, sondern nur gut in der Gegend verteilt. Natürlich kann man …«

»Ich habe dazu auch noch etwas zu sagen«, fiel ihm Hans ins Wort.

»Dann bitte«, entschied Kjell.

Sie dämpften das Deckenlicht und sahen auf die Wand, an die Hans die Fotos aus der Pathologie projizierte.

»Die Tote konnte als Kajsa Björklund identifiziert werden«, begann er. »Bitte beachtet die Stellen an den Fuß- und Handgelenken. Es sind Wundmale von Hanfseilen, mit denen sie vor dem Tod gefesselt war. Und dann dies hier.« Hans deutete mit dem Laser auf dunkle Striche an dem verkohlten Körper. Die Einkerbungen stachen deutlich hervor. »Das sind Schnittwunden. Sie haben vor dem Brand wohl viel extremer ausgesehen und stammen von einer gebogenen, langen Klinge.«

Sofi sprang auf und rannte aus dem Zimmer. Barbro eilte ihr hinterher. Sie hörten nebenan auf der Toilette die Spülung. Sofi hustete.

»Was ist mit ihr los?«, fragte Hans. »Die ekelt sich doch sonst vor nichts.«

In der Tat hatte sich Sofi dadurch einen besonderen Platz in Hans' Herz erobert, dass sie in ihrer Anfangszeit im letzten Frühjahr einer Reihe von Obduktionen beigewohnt und nie das geringste Zeichen von Ekel gezeigt hatte. Glaubte man Barbro, so war das bei Hans eine über das Berufliche weit hinausgehende Voraussetzung, die eine Frau mitbringen musste.

»Ist sie an den Schnittwunden gestorben?«, fragte Kjell.

»Sie hatte Benzin in der Lunge und auch im Magen. Sie war wohl bei Bewusstsein, als der Brand gelegt wurde.«

Barbro kehrte zurück.

»Ist ihr noch schlecht?«, fragte Kjell.

»Ihr ist nicht schlecht. Sie heult und zittert. Kannst du mal kommen, Hans?«

Hans kam und beruhigte Sofi mit Worten und Spritzen. Die Beruhigungsspritze entfaltete ihre Wirkung, machte sie zugleich aber auch mitteilsam.

»Ich bin mir nicht sicher«, sagte sie und wischte sich trotzig mit dem Ärmel die Nase ab. »Aber ich glaube, Petersson und

Kajsa haben zusammengearbeitet, eine Art Geschäft. Dabei ging es nicht um die Entzifferung, jedenfalls nicht nur, sondern vor allem um Geld. Und sie haben den Zorn von jemandem auf sich gezogen. Die Leute, die uns in Kairo überfallen haben, sind auch Kajsas Mörder. Vielleicht sind es nicht dieselben, aber sie gehören zusammen. Ob diese hier Schweden oder Ägypter waren, weiß ich nicht. Bisher habe ich vermutet, sie hätten mich in Kairo mit Mari verwechselt. Aber es muss Kajsa gewesen sein.«

»Hast du Mari überhaupt schon einmal gesehen?«, fragte Barbro und suchte im Computer ein Bild von ihr, das sie zusammen mit Kajsas Hochzeitsbild an die Wand projizierte. »Die beiden kann man nicht verwechseln. Auch nicht mit dir.«

»So meine ich das nicht. Die wussten gar nicht, wie Kajsa aussah. Jemand aus Stockholm hat mich in Kairo angekündigt und mich für Kajsa ausgegeben. Sie nannten ihn ›den Schweden‹.«

Es klopfte. Linda steckte den Kopf durch die Tür. Kjell winkte sie herein und beobachtete genau, was sich zwischen ihr und Sofi abspielte. Das war nicht viel. Linda hatte sich seit Samstag dauernd nach ihr erkundigt, sich aber nicht getraut, bei ihr anzurufen.

»Wer ist das?«, fragte Linda und deutete auf das Bild von Mari an der Wand.

»Die kennst du nicht«, antwortete ihr Vater. »Das ist Mari Svahn, die Freundin von Carl Petersson.«

Linda nickte. Sie musste allein nach Hause fahren, Kjell konnte noch nicht weg. Er wollte aber den Abend mit ihr verbringen. Ob er ihr heute von Ida erzählen würde, wusste er noch nicht. Linda war einverstanden. Sie verabredeten sich für sieben Uhr. Kjell wollte etwas kochen.

55

Linda kannte die junge Frau auf dem Bild sehr wohl. Man konnte sogar behaupten, dass sie sie besser kannte als die meisten Menschen. Nämlich nackt. Von der Aktserie aus Johns Atelier.

Entschlossen drückte sie die Klingel. Dass sie noch einmal herkommen würde, hätte sie nicht vermutet. Einmal hatte sie ihn am Sonntag angerufen, um ihm das mitzuteilen. Aber er hatte nicht abgehoben.

Sogleich ertönte das Summen des Türöffners. Beherzt erklomm sie mit ausholenden Schritten die sechste Etage. Die Tür war angelehnt. Sie tippte sie vorsichtig auf und lugte hinein. Die Tür öffnete sich nur halb. Linda zögerte. Auf einmal riss jemand die Tür bis zum Anschlag auf. Eine Frau blickte sie an, erst verwundert, dann aber erstrahlte ein Lächeln auf ihrem Gesicht.

»Du musst Linda Cederström sein! Ich habe schon viel von dir gehört.«

Oje, dachte Linda. Sie wollte gar nicht daran denken, was Johns Frau alles von ihr gehört hatte. Sie musste es sein.

»Ich mache gerade Tee. Möchtest du?«

Linda nickte scheu und folgte ihr in die Küchennische. Ein kleiner Junge saß an dem Tisch, wo Linda vor einigen Tagen nackt auf dem Schoß seines Vaters gesessen hatte. Er aß Cornflakes und nahm keine Notiz von ihr.

»Ich bin Jone«, sagte die Frau. Obwohl sie es englisch aussprach, hielt Linda sie sogleich für eine Schwedin. »Eigentlich Johanna. Das ist Robin.«

Jone servierte Linda eine Tasse Tee und setzte sich zu ihr an den Tisch. Sie grinste. »Ich habe gehört, dass du so gut bist. Bist du gekommen, um das Bild abzuholen?«

Linda sah sie verwirrt an. Worin war sie gut? »Wo ist denn John?«, fragte sie vorsichtig.

»Der ist seit einigen Tagen in New York.«

»Ah«, seufzte Linda. Sie spürte, dass ihre Augen weit aufgerissen waren, aber sie konnte nichts dagegen tun.

»Er will dort das Bild zu Ende malen. Eigentlich wollten wir zusammen sein, aber ich habe in den nächsten Wochen hier so viel zu tun.«

Linda hatte nichts zu sagen und schwieg.

»Deine Skizzen sind wirklich toll, Linda. Dass du in deinem Alter schon so gut zeichnest, das ist wirklich außergewöhnlich.«

Linda hätte gerne gewusst, welche Skizzen Jone gesehen hatte. Und was sie wusste. Sie saß nur schweigend da und erlebte die schlimmste halbe Stunde ihres Lebens. Es war noch viel schlimmer als der Physiktest.

Später stand sie mit einem riesigen Paket unter dem Arm im fünften Stock im Treppenhaus und stützte sich mit der freien Hand am Geländer ab. Sie hatte keine Ahnung, was sie unter dem Arm trug, aber nach Maris Aktzeichnungen hatte sie natürlich nicht schauen können. Wie dämlich, sich Jone zu nennen, wenn der Mann John heißt. Sie stieg die restlichen Treppen hinab. Überall war es still im Haus, auch die Blonde stand diesmal nicht vor ihrer Wohnung.

Eine Straße weiter gab es eine kleine Grünanlage mit Bänken. Dort wischte sie halbherzig den Schnee von der Sitzfläche und ließ sich darauf fallen. Das Bild stellte sie auf ihre Knie. Es war fest verpackt und verknotet. Nachdem sie lange dagesessen hatte, war es genug. Ihr war kalt. Was würde Papa dazu sagen, dass sie mit einem verheirateten Mann zusammen gewesen war, der einen kleinen Sohn hatte?

Erst wollte sie das Paket aufreißen, vielleicht war auch ein Brief darin. Aber ihre Finger waren von der Kälte schon so taub, dass sie die Knoten nicht mal richtig anfassen konnte. Sie musste ins Warme! Und dann fiel ihr die Bar ein und auch die Bilder. Die hatte sie völlig vergessen. Sie stand abrupt auf und ging los. Es war ja nicht weit. Alle fünfzehn Meter wechselte sie den Arm zum Tragen. Das Paket war schwer, und die Kälte schmerzte in ihren Händen.

Dann betrat sie die Bar. Sie hatten gerade erst geöffnet. Alle Lampen brannten, und es lief ein kubanisches Lied. Hinter der Bar stand Siri, eine der Bedienungen.

»Hej!«, rief Siri und winkte mit ihrem Wischtuch. In der anderen Hand hielt sie ein feuchtes Glas.

Linda blieb wie angewurzelt stehen. Die Wände waren kahl.

»Wo sind denn meine Bilder?«

»Keine Ahnung. Aber ich kann Maja anrufen, wenn du willst.«

Linda nickte und ließ sich an einem der Tische nieder. Siri sprach kurz mit Maja und winkte sie dann herbei.

»Ich hab dir doch am Wochenende auf die Mailbox gesprochen, Schätzchen. Ich brauche neue Bilder, schau dir mal die Wände an.«

Linda atmete laut.

»Was ist los?«, fragte Maja.

»Mir war nicht klar, dass sie verkauft werden. Wo ist denn *Vivian?*«

»Das ist auch verkauft.«

Vivian war verkauft. Nein, dachte sie. Es stand doch vorn und hinten drauf, dass das Bild unverkäuflich ist. »Aber das wollte ich nicht. Das habe ich dir doch gesagt. Ich wollte es Vivian zu Weihnachten schenken.«

»Das tut mir leid. Ich habe es nicht selbst verkauft. Es war Rikard.«

»Aber der wusste das doch auch.«

»Er sagt, du würdest begeistert sein, wie viel er dafür bekommen hat. Weißt du was? Nimm das nicht tragisch. Du hast alle Bilder in der ersten Woche verkauft, das ist doch Spitze. Andere hängen Monate hier, und keiner fragt danach. Freust du dich nicht?«

»Doch«, antwortete Linda. Natürlich freute sie sich.

Sie hatte der Ausstellung so lange entgegengefiebert. Und dann zog sie spurlos an ihr vorüber. *Vivian* war weg. In solchen Situationen dachte sie immer an Barbro, überlegte, was sie tun würde. Es fiel ihr ein und brachte sie zum Lachen. »*Vivian* weg?«, würde Barbro sagen. »Dann reißt mir doch gleich das Herz raus.«

»Wenn dir Vivian so wichtig ist, dann malst du es neu. Verkaufte Bilder sind gute Bilder, Schätzchen. Und bring mir neue, wir hatten viele Gäste deswegen. Gib mir Siri.«

Linda reichte den Hörer weiter. Sie verstand nur, dass Siri auch ein Schätzchen war. Siri legte nach einigen Sekunden auf, nahm den Schlüsselbund und winkte Linda hinter sich her. Linda folgte ihr ins Büro, das die Größe eines Fahrstuhls hatte und die gleiche Beleuchtung. Siri öffnete den Geldschrank, nahm ein großes braunes Kuvert heraus und überreichte es Linda feierlich.

»Du sollst dich setzen und es nachzählen.«

Linda ließ sich auf Majas Bürosessel sinken und riss das Kuvert auf. Darin war eine Übersicht aller Bilder mit den Kaufsummen. Die ersten Bilder waren zu dem Preis weggegangen, den Linda mit ihrem Vater festgelegt hatte. Es war ein niedriger Einheitspreis. Dann brach das Galeristenfieber unter den Angestellten aus. Der Kaufpreis für *Vivian* war sehr hoch. Linda konnte das gar nicht glauben. Jemand hatte fünfzigtausend Kronen dafür bezahlt.

Linda wollte Rikard anrufen und es sich erzählen lassen. Aber das brauchte sie gar nicht zu versuchen, erklärte Siri. »Der hat bis Weihnachten frei. Aber er hat bestimmt nichts abgezweigt, er mag dich und war ganz stolz auf seinen Preis. Es hat wohl mehrere Angebote gegeben. Er war so cool, auf den richtigen Batzen zu warten.«

Linda fuhr mit der U-Bahn nach Hause. Sie wusste nicht, was sie empfand. So viel. Alles war dabei, Freude, Traurigkeit und Abschiedsschmerz, vor allem das Letzte. Sie wollte nie mehr Abschiedsschmerz spüren, das hatte sie sich nach Mamas Tod geschworen. Aber jetzt sah sie ein, dass man so nicht leben konnte. Eigentlich hatte sie das Paket noch in der Bar auswickeln wollen, aber das konnte sie ja zu Hause tun. Es war fast neun, als sie die Wohnungstür aufschloss. Vom Flur aus sah sie ihn durch die Küchentür. Papa stand vor dem Herd. Es roch nach überbackenem Käse.

»Entschuldigung«, stöhnte sie. »Ich habe es vergessen!«

Kjell trat auf sie zu und nahm sie in den Arm. »Was ist denn los mit dir?«, fragte er. Sie blieb ihm die Antwort lange schuldig und ließ sich in seinen Armen hin- und herwiegen.

Papa servierte, und beim Essen erzählte erst sie und dann er. Sie hatte das schon gefühlt, schon länger. Es gab jemanden in seinem Leben. Sie hieß Ida! Ganz langsam kreisten seine Sätze um eine weitere Neuigkeit. Nachdem er es gesagt hatte, lächelte sie.

»Es stört dich nicht, dass ich Mama betrogen habe?«

»Nein, Papa. Ich habe heute mit Johns Frau Tee getrunken. Es stört mich also nicht.«

Papa lachte. »Hat sie etwas gewusst?«

»Nein.«

»Du bist viel zu jung für solche Sachen. Wie willst du dich jetzt noch steigern?«

»Mir wurden viele Sünden vergeben, weil ich viel geliebt habe. Das sagt Nura.«

»Sünde? So ein Unsinn! Wo hat sie das denn her?«

»Das steht in der Bibel.«

»Gott will, dass man sich die Hände schmutzig macht, merk dir das.«

Es war bald zwei, als sie schlafen gingen. Linda schloss die Tür ihres Zimmers hinter sich und legte das Paket aufs Bett. Sie kappte die Schnüre und öffnete das Papier. Einen Brief fand sie nicht.

Sie betrachtete verwundert das Bild. Sie saß in dem Ledersessel in der Bar, vor ihr stand eine Tasse Kakao auf dem Tisch und Johns Whiskyglas.

Dritter Teil

Was in seinem Herzen war

Ich habe zu Ende gebracht,
was in meinem Herzen war.

Lehre des Königs Amenemhet

56

Mittwoch, 12. Dezember

Kjell beugte sich über Sofi herab. Sie lag schlafend auf dem Boden des Besprechungsraums in eine Decke gehüllt. Er berührte sie leicht an der Schulter. Sie erwachte sofort und zuckte heftig zusammen. Er sah sie erschrocken an. Sie strich sich das Haar aus dem Gesicht und wandte den Blick ab. Er flüsterte eine Entschuldigung, ging zum Waschbecken und füllte Wasser in die Kaffeemaschine. Immer wieder warf er verstohlene Blicke zu ihr hinüber. Sie rappelte sich langsam auf und faltete die Decke zusammen.

Auf einmal stand sie neben ihm und legte ihre Hand zwischen seine Schulterblätter, eine Geste, mit der sie ihr Zurückschrecken ungeschehen machen wollte. »Wie spät ist es?«, fragte sie und sah ihm zu, wie er mit Kaffeepulver und Löffeln hantierte.

»Sieben Uhr.« Sie machte keine Anstalten wegzugehen. »Kannst du dich noch an den Turmsprunglehrer erinnern, den wir im Sommer befragt haben?«, fragte er. »Miro hieß er.«

Sie nickte.

»Wenn man auf dem Bauch landet«, begann Kjell, »dann muss man sofort wieder hinauf und den Sprung wiederholen. Das ist ein ehernes Gesetz beim Turmspringen.«

Sofi starrte auf die blubbernde Kaffeemaschine.

»Hör auf, dich in anderen Abteilungen nach einer neuen Stelle zu erkundigen.« Er sprach leise und bestimmt. »Jede Versetzung ist ein Abstieg.«

Sie zuckte zusammen. Wieso wusste er davon? Sie hatte mit der IT-Abteilung Kontakt aufgenommen.

»Ich weiß nicht, was sein wird«, sagte sie tonlos. »Ich spüre nur noch Taubheit und dazwischen diese maßlose Angst. Sie überkommt mich beim geringsten Anlass.«

Ihre Hand klammerte sich an der Anrichte fest. Die Kaffeemaschine ging jetzt zu allem Überfluss vom Blubbern zum Röcheln über.

»Ich geh jetzt nach unten zum Duschen.«

Um halb acht war der Tisch des Besprechungsraums gefüllt. Außer den vier Mitgliedern der Gruppe waren auch die Anklägerin Ruth Liljedahl, der RKP-Chef Sten Haglund und Ragnar anwesend. Ragnar leitete wie Kjell eine der Sondergruppen, seine war auf Wirtschaftskriminalität spezialisiert. Kjell wollte, dass Ragnars Gruppe sich um den wirtschaftlichen Teil dieser Ermittlung kümmerte. Sie hatten gestern unter vier Augen die Aufgaben verteilt. So arbeiteten sie hin und wieder. Dass die Zusammenarbeit der beiden Gruppen so reibungslos lief, verdankten sie der Tatsache, dass Kjell und Ragnar seit Jahren eine tiefgehende Aufzugs- und Kantinenfreundschaft verband. Sie hatten es beruflich erst miteinander zu tun bekommen, nachdem sie beide ihre Gruppen übernommen hatten. Ihr Verhältnis war also nicht von alten Rechnungen aus der Zeit überschattet, als sie beide noch hoch hinauswollten.

Sofi kam zuletzt herein. Als sie sich auf den Stuhl gleiten ließ, versuchte sie wie in den letzten Tagen, eine Fassade aufzubauen, die allen vorgaukeln sollte, dass sie am Fortgang der Ereignisse wirklich interessiert war. Kjell bat sie, den anderen zu berichten, was sie in der Nacht erreicht hatte.

»Ich bin jetzt eingeloggt«, begann sie. »Ich musste etwas warten, weil sie eine Hardware-Firewall haben, die von außen keinen Zugriff auf den Server erlaubt. Wie erwartet sind alle Daten chiffriert. Es ist in der kurzen Zeit nicht möglich, alles zu dechiffrieren. In den letzten Tagen hat es keine gravierenden Umwälzungen gegeben. Aber ich kann den Server und alle angeschlossenen Computer mit einem Befehl einfrieren.«

»Gut«, sagte Kjell, der inzwischen gelernt hatte, dass *einfrieren* bei Sofi *lahmlegen* bedeutete. Sie hatte die ganze Nacht hindurch gearbeitet. »Bist du fit?«

Sie nickte.

»Wir gehen wie besprochen vor. Wenn ich dich anrufe, frierst du alle Computer ein, außer denen, über die wir gesprochen haben. Was gibt es bei dir, Barbro?«

»Ich bin bereit.«

Barbro sollte bei all der Unordnung, die sie heute bei der SHF veranstalten wollten, nur auf den Mann achten, der durch diesen Fall geisterte. Dabei konnte es sich nicht um Kenneth Fohlin handeln, denn immer, wenn der Mann erwähnt wurde, wurde betont, wie klein er war. Kenneth Fohlin lag hingegen mit fast zwei Metern weit über dem Durchschnitt.

»Mir gefällt nicht, dass wir schon so lange ohne Szenario arbeiten«, sagte Kjell. »Ihr wisst ja alle, wie nervös mich so etwas macht. Wir haben Mari Svahns Geständnis, aber ihre Schilderung der Tat stimmt in so gut wie keinem Punkt mit unserem Bild vom Tatort überein. Das ist immer noch der Stand der Dinge.«

Henning räusperte sich. »Nach all den Verhören muss es so gewesen sein, wie sie sagt. Unsicher bin ich mir nur bei der Frage, wann sie die Wohnung verlassen hat.«

»Nehmen wir an, es war so. Sie hat die Wohnung gleich verlassen. Bei der Wohnung gegenüber sind wir noch keinen Schritt weiter, und das macht mich noch nervöser.«

»Diese Wohnung ist der Schlüssel«, behauptete Barbro mit Nachdruck. »Da könnt ihr sagen, was ihr wollt. Ich brauche ein Foto von diesem Fohlin, das ich Annie von Krusenstjerna zeigen kann. Das Bild von dem Zwerg vom Parkplatz zeige ich ihr heute.«

»Es gibt noch eine Neuigkeit«, sagte Kjell. »John Osborne hat Schweden verlassen.«

Henning, Barbro und Sofi gaben erstaunte Laute von sich.

»Bist du froh?«, fragte Barbro.

»Ich frage mich, weshalb er ausgerechnet jetzt abgereist ist.«

»Du fragst dich, ob Linda oder Petersson der Grund sein könnten?«

»Ganz recht.«

»Bisher gibt es doch keine Hinweise, dass er in die Sache verwickelt ist«, fand Barbro. »Ich meine die Sache mit Petersson.«

»Doch«, erwiderte Henning. »Die gibt es durchaus. Er hat nur kein Motiv. Die acht Millionen Euro kann er sich doch auch mit Malen verdienen. Das dauert zwar etwas länger, aber warum soll er mit diesem Marktwert ein Risiko eingehen?«

»Vielleicht hat er Geldsorgen?«, fragte Barbro. »Er könnte mehr ausgeben, als er einnimmt.«

Henning schüttelte den Kopf. »Ich habe mich ganz ausführlich um John Osborne gekümmert. Sein Vermögen liegt bei schätzungsweise zwanzig Millionen Dollar. Er ist jetzt seit zehn Jahren berühmt, sein letztes Bild hat ihm 600 000 Dollar eingebracht.«

»Puh«, stöhnte Kjell. Er ärgerte sich, dass er sich nicht mehr ins Atelier getraut hatte. »Haben wir DNA oder Fingerabdrücke?« Er sah hastig zu Barbro, die unter normalen Umständen jetzt vorgeschlagen hätte, ob es nicht an Linda noch irgendwo Fingerabdrücke von ihm geben könnte. Ihre Augen funkelten wissend. Aber sie schwieg.

»Nein«, sagte Sofi. »Ich rufe Viktoria an, dass sie ins Atelier fährt.«

Kjell sah auf seine Notizen. »Kajsa Björklund.«

Keiner nahm das Stichwort auf, alle schwiegen betreten.

Ausgerechnet Sofi ergriff als Erste das Wort. »Sie ist der Beweis, dass Mari nicht in die Sache verwickelt ist.« Sofi bemerkte die fragenden Gesichter der anderen. »Kajsas Tod passt hervorragend zu dem von Petersson.« Sie sprach ganz sachlich und in ihren Gefühlen unbeteiligt. »Petersson blieb so in der Wohnung zurück, wie Mari es geschildert hat, die Klinge halb im Rücken. Er war nicht tot. Die Diskrepanz zu seinem späteren Zustand erklärt sich damit. Kajsa starb, weil sie etwas wusste oder etwas getan hatte. Auf jeden Fall nahm das ihr Mörder an. Und so könnte es auch bei Petersson gewesen sein. Jemand kommt in die Wohnung und versucht, in Peterssons letzten Minuten eine Information aus ihm herauszuholen. Und die hat er nicht bekommen. Um aber genau in diesem Moment dort zu sein, musste er die Sache verfolgt haben. Und jetzt kommt die Wohnung gegenüber ins Spiel. Von dort sah er übrigens auch, dass Sahlins Wohnung leer war. Wahrscheinlich wusste man das sogar schon länger.«

Kjell dachte einige Sekunden schweigend nach, entdeckte aber keinen Makel an Sofis Szenario. »Und das Geld passt auch hinein. Es ist der Grund. Nur Petersson wusste, wo es sich befindet.«

»Ich glaube schon seit langem«, fuhr Sofi fort, »dass wir das alles für jemand anders herausgefunden haben. Seit wir das Passwort entziffert haben, glaube ich das.«

»Die Wohnung war uns doch von Anfang an nicht geheuer«, schnaubte Kjell.

»Mal eine Frage«, sagte Henning. »Ich frage mich, wie diese Hintermänner in all die Wohnungen hineingekommen sind. Einen Generalschlüssel gibt es nicht. Peterssons Wohnung hat ein spezielles Schloss, das man nicht aus der Tür ausbauen kann. Nach Maris Auskunft gab es zwei Schlüssel, die sie beide mitgenommen und weggeworfen hat. Die Putzfrau hatte keinen Schlüssel. Dieses Schloss wird jedoch mit drei Schlüsseln ausgeliefert.« Er sah zu Per, der immer noch neben dem Tisch stand, weil kein Stuhl mehr frei war.

»Kajsas Schlüsselbund haben wir ja«, antwortete Per. »Aber die Schlüssel daran kann ich alle zuweisen. Ihr Haus, ein Garagenschlüssel, ein Autoschlüssel und ein Schlüssel für ein Fahrradschloss. Allerdings kein Schlüssel für das Sommerhaus.«

»Eben!«, fand Henning. »Der fehlt ja auch. Wenn Petersson jemandem den dritten Schlüssel gegeben hat, dann doch wohl ihr. Wo war Kajsa in der Mordnacht?«

»Ich habe sie damals nicht gefragt«, sagte Sofi.

Kjell sah ihr an, wie sehr sie sich darüber ärgerte. Er freute sich, dass Sofi sich wieder ärgern konnte.

»Das macht nichts«, fand Henning. »Montags und dienstags ist sie doch immer in Uppsala gewesen. Lasse sagt, dass das immer so ist.«

Sofi nickte. »Jaja, sie hat an diesen beiden Tagen regulär gearbeitet.«

»Dann war sie in der Mordnacht vielleicht hier in Stockholm.« Kjell fuhr sich über die Stirn.

»Aber mit der Wohnung gegenüber hat sie wohl nichts zu tun«, wandte Barbro ein. »Annie hat dort Männer gesehen. Und Viktorias Leute haben die Nachbarn direkt auf diese Männer angesprochen. Es gibt sie, auch wenn ihnen niemand Beachtung geschenkt hat.«

Kjell blickte in die Runde. »Auf welcher Seite stand Kajsa nun?«

57

Um halb neun fuhr Barbro in die Västmannagatan und zeigte Annie von Krusenstjerna die Aufnahme vom Parkplatz vor dem SHF-Bürohaus. Die Details auf dem Bild waren genauso vage, wie Annies Ja entschieden war. Barbro beschrieb Fohlin aus dem Gedächtnis. Auch den kannte Annie. Sie beschrieb Annie noch Tom Cruise und François Mitterrand. Die waren leider auch da gewesen. Resigniert aß Barbro ein Stück Butterkuchen und brach dann wieder auf.

Sie wollte eine halbe Stunde abzweigen, um Emelie zu sehen, obwohl es nicht gut für sie war, wenn sie kam und gleich wieder ging. Eine Nachricht, die während ihres Besuchs bei Annie auf ihrem Telefon eingegangen war, entband sie von ihren Überlegungen. Sie rief beim Observationsteam zurück.

»Der blaue Honda«, begann der lustige Peter. »Er ist um acht Uhr hier vor SHF wieder aufgetaucht. Und die Fahrerin kennen wir. Sie heißt Petra Hult und arbeitet dort.«

Mist, dachte Barbro. Sie hatte auf den roten Franzosen getippt. Petra Hult war auch die Halterin. »Wie ist der Wagen neulich vom Parkplatz gekommen?«

»Das sehen wir nicht von hier. Er stand aber nur einige Stunden da.«

Sie dankte und legte auf. Dann rief sie Kjell an und erzählte ihm davon. »Könnt ihr Petra Hult gleich festnehmen und absondern?«

Kjell versprach es.

Nachdem Observationsteam 3 gemeldet hatte, dass Fohlin seine Villa um 8 Uhr 44 verlassen hatte, fuhr Henning nach Appelviken hinaus. Das Haus lag auf einer der Anhöhen, um die sich die Straßen kreuz und quer wanden. Er parkte schief vor der Einfahrt und produzierte unnötigen Krach beim Aussteigen. Er schlug die Tür des Wagens hinter sich zu und klingelte einmal. Es tat sich nichts. Nach zwei Minuten klingelte er wieder, zweimal lang und noch einmal kurz. Während er noch überlegte, ob er eine komplette Kadenz hinterherschicken sollte, öffnete sich die Tür. Eine junge Frau trat unter das Vordach.

»Polizei«, rief er und wedelte mit seinem Ausweis. »Bitte öffne.«

Das Metalltor summte. Henning stieß es auf und ging die fünfzehn Meter zum Haus. Die Frau trug einen cremefarbenen Morgenmantel und war fröstelnd in den Flur zurückgewichen. Ob ihr Blick fragend oder abwartend war, musste ihn nicht kümmern. Wenn sie in den letzten Minuten telefoniert hatte, würde Sofi es ihm später erzählen können. Er hatte zwar eine Genehmigung in der Tasche, das Haus zu inspizieren, aber er hatte das nicht wirklich vor. Ein kleines Risiko war dabei, einen Volltreffer zu übersehen, aber er rechnete nicht mit so einer Dummheit. Er stellte sich vor und fragte, ob sie Tyra Fohlin sei. Die Frau nickte und bat ihn herein. Sie war so jung wie dieser Wintertag.

Tyra Fohlin führte ihn unsicher durch den Flur in das Wohnzimmer. Henning hatte es protziger erwartet. Am Fenster standen zwei im rechten Winkel aufgestellte, beigefarbene Sofas und ein heller Holztisch. Von außen sah man eine Bauhausvilla, innen stand man in einem Landhaus.

Tyra trug weiße Tennissocken, unter ihrem Morgenmantel ragten die Hosenbeine eines Pyjamas hervor.

»Darf ich fragen, wie alt du bist?«

»Fünfundzwanzig. Und du?«

»Ähm, neunundvierzig. Du bist Kenneths zweite Frau, nicht wahr?«

Tyra nickte. »Seit drei Monaten.«

»Ich habe nur einige Routinefragen. Entschuldige, dass ich so früh störe. Wir sind so schlecht besetzt, dass wir zu nichts kommen. Es wird ein schlechtes Ende nehmen mit diesem Land.« Henning blätterte orientierungslos in seinem Notizblock. Tyra musterte ihn abschätzig dabei. Er achtete darauf, dass sie nichts erkennen konnte, denn der Block enthielt nichts anderes als Einkaufslisten. »Also, erstens. Warst du am neunzehnten August auch mit in Nysättra, wo dieses Riesengewitter war?«

»August?« Sie schüttelte zaghaft den Kopf. Er ließ ihr einen Moment Zeit, damit sie fragen konnte, was Nysättra war.

Tyra konnte natürlich nicht dort gewesen sein. Henning wusste, dass Mari Kenneth Fohlin bisher nur einmal an jenem Tag im Sommerhaus getroffen hatte. Tyra war nicht dabei gewesen. »Es ist so«, erklärte er. »Es gibt einige Bilder von Kenneth und Carl von diesem Tag.«

Tyra dachte nach und schüttelte dann verwirrt den Kopf. Henning sah ihr an, dass sie überfordert war. Sie hatte mit anderen Fragen gerechnet. Und die würden jetzt kommen.

»Okay«, sagte Henning, der die Nummer eines geduldigen Finanzbeamten, der beim Ausfüllen eines Formulars behilflich ist, perfekt inszenierte. »Wo war denn Kenneth am Wochenende?«

»Dieses Wochenende?«

Henning nickte und hielt die Spitze des Kugelschreibers auf die Stelle des Papiers, an der er losschreiben wollte. Tyra war auf eine Weise vorsichtig, die auf Intelligenz hinwies. Offensichtlich wusste sie nichts und war nur in wenigen Punkten instruiert worden.

»Wir waren hier, zusammen.«

»Kann das jemand bestätigen?«

Sie zögerte. Mit dieser Frage kam sie nicht zurecht.

»Hast du zum Beispiel mit jemandem telefoniert?«

»Nein.«

»Hast du ein Mobiltelefon?«

»Ja.«

»Hast du dein Telefon bei dir gehabt, hat es vielleicht geklingelt?«

»Nein, das hat nicht geklingelt.«

»Du hast die Telefonnummer 0704-126491, oder?«

Sie nickte, ihre Lippen waren leicht geöffnet und die Zähne gefletscht.

»Du sagst also, dass du dieses Telefon bei dir gehabt hast, aber bist du dir ganz sicher, dass niemand angerufen hat?«

»Natürlich!«

»Gut. Wir müssen immer etwas nachhaken, weil sich die Zeugen gerne verschätzen oder etwas vergessen.« Henning hakte die Zwiebeln auf der Liste so ab, dass sie das Häkchen am Schwung seiner Handbewegung erkennen konnte.

»Und Kenneth war von Freitag bis Sonntag hier?«

»Ja«, sagte sie. Ihr Ton schwankte zwischen eingeschnappt und zufrieden. Sie hatte sich wacker geschlagen.

»Warst du eigentlich schon einmal in Södertälje?«

Ihre Antwort war ein langes und schwankendes Ja.

»Es gibt ein Södertälje und ein Norrtälje. Das ist irgendwie witzig, oder?«

»Na ja, Norrtälje liegt eben im Norden und Södertälje im Süden.«

»Deine Eltern wohnen dort, oder? Du warst bis vor drei Jahren dort gemeldet.« Auf eine Antwort wartete er nicht. »Kann ich die Telefonnummer haben? Ich muss auch fragen, was sie am Wochenende gemacht haben.«

»Was haben denn meine Eltern damit zu tun?«

»Ganz einfach! Sie hatten am Wochenende Besuch. Von deinem Mobiltelefon. Ist es mit der Bahn gefahren, oder hast du es in einem Schilfkörbchen auf dem Mälaren hintreiben lassen?«

58

Die Fahrzeuge standen unauffällig im Viertel um das klobige Gebäude der SHF herum verteilt. Um zehn Uhr zwölf bekam Kjell den Anruf von Sofi.

»Acht Uhr 58«, sagte sie. »Tyra hat Kenneth auf dem Mobiltelefon angerufen. Da war er gerade auf dem Årstalänken zum Büro unterwegs. Sie haben zwei Minuten lang geredet. Henning sagt, dabei habe er draußen vor der Tür gestanden und gehustet.«

»Hat also wunderbar geklappt. Was haben sie gesprochen?«

»Weiß ich noch nicht. Melde mich dann.«

Sie legten auf. Kjell gab den Befehl zum Losschlagen. Wie bei einem Broadwaymusical formierten sich die zufällig auf der Straße umhergehenden Passanten zu einer Phalanx, die zielstrebig über den Parkplatz der SHF auf den Eingang zumarschierte. Gleichzeitig fuhren zwölf Wagen auf den Parkplatz und suchten sich in aller Ruhe freie Stellplätze. Man schlenderte zum Eingang. Kjell beschlich kurz die Angst, dass drinnen gerade niemand aus dem Fenster blickte und alles umsonst gewesen war. Er hatte neben seinem Telefon noch ein weiteres dabei. Damit rief er Idas Nummer an, bekam aber nur eine Mitteilung, dass es im Moment nicht möglich sei, den Anruf zu vermitteln. Nun funktionierten in der näheren Umgebung nur noch die Telefone der Polizei und das von Fohlin. »Die Spinne im Netz«, wie Barbro ihre Kollegin Sofi am Morgen getauft hatte, blockierte die ganze Sendeparzelle des Telefonnetzes, weil sie nicht wissen konnten, ob Fohlin oder einer seiner Komplizen ein Telefon besaß, das der Polizei nicht bekannt war. Wie auch immer Fohlin jetzt Kontakt zur Umwelt aufnahm, Sofi zeichnete es auf. Interessanter war aber die Frage, was in diesen Minuten auf den Computern geschah.

Unter den Polizisten waren sieben Leute aus Ragnars Gruppe und der Rest Computerexperten und Kartonträger für das Beweismaterial. Unten in der Eingangshalle gab es eine Zentralrezeption, die die Besucher für alle drei Firmen empfing. Kjell lehnte sich mit dem rechten Arm auf die Theke. Eine blonde junge Frau hatte den Hörer am Ohr und wackelte beim Herumblicken sommerlich mit ihrem Pferdeschwanz. Er wartete, bis sie das Telefonat beendet hatte.

»Guten Morgen«, sagte er dann.

»Guten Morgen!«, antwortete sie irritiert. Ihre Stimme klang antrainiert heiter und sympathisch.

»Wir möchten zu SHF. Bitte melde uns dort an. Ich bin Kjell Cederström vom Reichskriminalamt.« Er hielt ihr seinen Ausweis hin.

»Möchten die Damen und Herren auch mit?«

»Ja«, sagte er. »Wir machen eine Durchsuchung.«

Sie riss die Augen auf, nicht gerade aus Panik, eher erstaunt und dankbar. Erst diese Show, und dann kam auch bald das Wochenende. Schade, dass sie seine Choreographie draußen auf dem Parkplatz verpasst hatte, dachte er. Sie ging bestimmt gerne in Musicals und ärgerte sich wohl, dass sie nicht mit nach oben konnte, um alles mitanzusehen und dabei mit einer Freundin zu telefonieren.

»Einen Moment, ja?«

Er nickte, während sie zum Hörer griff.

»Sag bitte, dass wir alles durchsuchen wollen.«

Sie nickte freundlich und sagte es dann so. Anschließend legte sie auf und sah Kjell in die Augen. »Jemand kommt und holt euch ab.«

»Dann nehmen wir so lange Platz.«

Es dauerte fünf Minuten, bis eine Frau mit kastanienbraunem Haar und Businesskostüm aus dem Lift stieg. Kjell und seine Kollegen erhoben sich.

»Worum geht es bitte?«

»Bitte schön.« Er wies auf die Aufzugtür. Mit der anderen Hand zeigte er seinen Ausweis. So drängte er die Frau zwischen seinen beiden geöffneten Armen vor sich her. Die anderen folgten. In den Aufzug passten nur acht Personen, der Rest nahm die Treppe.

Die Fußtruppe stand schon oben, als der Lift ankam. Fohlin kam selbstsicher auf sie zu. Er trug einen braunen Anzug, der von derselben Güte war wie der graue bei Kjells letztem Besuch.

»Hallo«, sagte Fohlin. »Kommt ihr wegen unseres Gesprächs am Montag?«

»Wo warst du am Wochenende, Freitag, Samstag, Sonntag?«

»Freitag bis acht Uhr hier, seitdem zu Hause.«

»Kann das jemand bestätigen?«

»Meine Frau, nehme ich an. Bitte fragt sie.«

Fohlin konnte natürlich nicht wissen, dass Kjell das Telefonat mit seiner Frau bekannt war. »Das haben wir bereits. Sie hat das bestätigt.«

»Na dann. Weshalb brauche ich denn für das Wochenende ein Alibi?«

»Das werden wir später klären. Bitte bestell deinen Anwalt nach Kungsholmen ins Präsidium.«

Die Türen öffneten sich erneut. Nun strömten zwei Dutzend uniformierte Polizisten herein. Fohlin wurde gleich mitgenommen und nach Kungsholmen gebracht, ebenso zehn andere Mitarbeiter, darunter auch Fohlins Sekretärin und Petra Hult, die Halterin des blauen Hondas. Die Computerexperten nahmen ihre Arbeit in dem Raum auf, der von der Serveranlage ausgefüllt war.

Viele Mitarbeiter traten aus ihren Büros. Sie hatten soeben festgestellt, dass ihr Computer nicht mehr reagierte. Ein Fenster war auf ihren Bildschirmen aufgetaucht und forderte sie auf, den Computer nicht auszuschalten, das bringe gar nichts. Stattdessen solle man sitzen bleiben und abwarten.

Kjell ging in eines der Büros, weil er es mit eigenen Augen sehen wollte. Gut, wenn man Sofi nicht zum Feind hat, dachte er. Das war ihre bisher spektakulärste Computeraktion. Sie hatte die totale Kontrolle über Södra Hammarbyhamn einschließlich des Mobilfunknetzes.

Ragnars Gruppe untersuchte die Aktenordner. Daraus würde sich nichts ergeben, eigentlich kam es nur auf den Auftritt an. Die Sache war schon gelaufen.

Barbro wartete im Büro auf die Ankunft von Petra Hult. Um halb zwölf war es so weit. Sie war gespannt und hatte die Wartezeit genutzt, um alle möglichen Szenarien durchzuspielen. Dann betrat sie Verhörraum sechs im dritten Stock. Die Frau hatte ihre dicke weiße Daunenjacke nicht ausgezogen. Barbro ließ einen Stapel Papiere auf die Tischplatte fallen und setzte sich der Frau gegenüber. Grußlos begann sie das Verhör.

»Du bist heute gegen acht mit dem blauen Honda bei SHF angekommen.« Sie zog ein Foto aus der Klarsichthülle und drehte es ihr hin. Darauf sah man, wie Petra Hult aus dem Wagen stieg. »Das Auto ist auf deinen Namen zugelassen. Kannst du mir mehr über diesen Wagen erzählen?«

»Ich habe ihn seit drei Jahren. Er ist vom Betrieb teilfinanziert.«

»Machen das noch andere Mitarbeiter?«

Sie nickte.

»Wer fährt mit dem Wagen?«

»Vor allem ich.«

»Wer sonst noch?«

»Während ich arbeite, können ihn auch andere benutzen. Die Firma zahlt dafür. Sonst könnte ich mir den Wagen gar nicht leisten.«

»Wer ihn ausleihen möchte, fragt dich?«

»Nein, ich gebe den Schlüssel an der Rezeption ab. Die regeln das.«

»Dann gibt es ein Fahrtenbuch?«

»Ja, es liegt im Handschuhfach.«

Barbro nahm ihr Telefon und rief in der Garage an. Dort gab es ein gesondertes Abteil, in dem die Spurensicherung beschlagnahmte Wagen aufbewahrte und untersuchte. Sie forderte das Fahrtenbuch an.

»Der Wagen wird untersucht, du kannst ihn in den nächsten Tagen nicht verwenden.«

Sie warteten einige Minuten, bis ein Mitarbeiter anklopfte und das Fahrtenbuch hereinbrachte. Barbro blätterte es durch.

»Kennst du diese Namen?«

Petra Hult kannte drei der aufgeführten Personen.

»Und vorgestern?«

»Ich bin um acht gekommen und abends um sechs mit dem Wagen zurückgefahren.«

Barbro beendete das Verhör und ging in ihr Büro zurück. Zusammen mit Sofi suchte sie alle fünf Namen im Personalverzeichnis der SHF. Leider handelte es sich ausschließlich um Frauen. Am Montag hatte eine gewisse Selma Hildingson den Wagen in der entsprechenden Zeit ausgeliehen.

»Hat aber nicht ausgestempelt«, sagte die Spinne im Netz nach einem kurzen Blick in den Computer.

Barbro rief bei SHF an, ließ Selma ans Telefon holen und fragte, was sie am Montag getan habe. Selma war in der Buchhaltung und hatte am Montag dasselbe getan wie an den dreihundert Montagen davor, nämlich Belege verbucht und abgeheftet.

»Du warst nicht außer Haus?«

»Herrgott, jetzt während des Jahresabschlusses?«

»Bist du schon mal mit dem blauen Honda gefahren?«

»Hm?«

»Bist du dienstlich unterwegs?«

»Wohl kaum. Der Jahresabschluss!«

Barbro zog sich beim Aufstehen ihre Jacke über die Schultern und eilte in die Garage. Sie fuhr zu SHF. Dort gab es zwei Empfangssekretärinnen. Sie bestätigten ihr, dass es vier Autos gebe, die privat und dienstlich genutzt wurden. Barbro verlangte eine Liste darüber, welchen Mitarbeitern sie am Montag den Schlüssel ausgehändigt hatten. Es gab eine solche Liste, doch sie war für die Zeit am Montag für sämtliche Fahrzeuge leer. Die beiden Sekretärinnen bestanden darauf, dass sie die Schlüssel die ganze Zeit unter Verschluss gehabt hatten. Barbro erkundigte sich nach Duplikaten und wurde an Fohlins Sekretärin verwiesen.

Sie fuhr wieder zurück. Es lag Schneematsch auf den Straßen, und der Verkehr floss zäh. Sie kam erst um zwei Uhr wieder im Präsidium an. Die Verhöre hatten noch nicht begonnen. Sofi war mit ihrer Auswertung noch nicht fertig. Barbro betrat Verhörraum zwei, wo Helena Åkesson vor einer Tasse Kaffee, einer Thermoskanne und dem schwedischen Tagblatt saß. Barbro grüßte kurz und flüchtig. Helena rückte sich auf dem Stuhl zurecht.

»Ich brauche die Wagenschlüssel für die vier Autos«, sagte Barbro. »Wo liegen die?«

Helena sah sie erschrocken an. Barbro bemerkte erst jetzt, dass sie den Kern der Sache getroffen hatte.

»Ja«, begann Helena lang und breit. »Wir haben Reserveschlüssel bei der Geschäftsleitung.«

»Gut, prima.« Sie zog das Fahrtenbuch aus der Mappe, schlug den Montag auf und deutete auf den Namen der Buchhalterin. »Wer hat hier den Schlüssel von dir bekommen?« Barbro sah sie hart an und musste den Gedanken an Emelie verdrängen, der in ihr immer wieder aufstieg. Sie durfte jetzt nicht milde dreinblicken.

»Ich habe keinen Schlüssel herausgegeben.« Sie verschränkte die Arme vor der Brust. »Jeder in der Geschäftsleitung hat Zugriff darauf.«

»Da gibt es einen Mann mit kurzen Haaren und schwarzer

Lederjacke.« Sie zog den Farblaserausdruck aus der Mappe und hielt ihn Helena hin. »Sag mir, wer das ist.«

Helena beugte sich vor, um das Bild zu betrachten, und ließ sich wieder gegen die Lehne des Stuhls zurückfallen. Dann sah sie Barbro in die Augen. »Ich habe einen fünfzehnjährigen Sohn. Er kommt um fünf aus der Schule.«

»Kann er sich heute selbst versorgen?«

Sie nickte.

Barbro verstand, dass Helena Åkessons Bemerkung mehr grundsätzlicher Natur gewesen war, eine, die nicht nur diesen Abend betraf, sondern den Rest des Lebens.

»Der arbeitet nicht bei uns, kommt aber oft zu Fohlin. Er geht ein und aus. Ich weiß nicht, was der tut.«

Barbro reichte der Frau Schreibblock und Kugelschreiber. »Notier bitte, wann er zuletzt da war.«

59

Dieselbe Zusammensetzung wie am Morgen traf sich um drei Uhr wieder im Besprechungsraum. Jetzt ging alles um Sofi. Sie spielte die Aufzeichnung des Telefonats zwischen Tyra und Kenneth Fohlin am Morgen vor. Tyra berichtete atemlos, dass jemand vor der Tür stehe und klingle. Kenneth beruhigte sie und sagte, das sei wie erwartet die Polizei. Sie solle öffnen und alles so machen wie besprochen.

Sofi stoppte die Aufnahme. »Die Sache ist aber anders und nicht zu unserem Vorteil. Fohlins Mobiltelefon war am Wochenende wirklich die ganze Zeit in der Villa, und Tyra hat ihn vom Telefon der Eltern aus mehrmals auf dem Festtelefon der Villa angerufen und jedes Mal einige Minuten lang mit ihm gesprochen.«

»Wir müssen davon ausgehen, dass er es nicht selbst getan

hat«, erwiderte Kjell gelassen. »Aber der Anruf beweist, dass er mit unserem Besuch bei sich zu Hause gerechnet hat, wenn auch nicht so schnell. Wir bewegen uns in die richtige Richtung.«

»Vor der Razzia ist nicht so viel geschehen«, fuhr Sofi fort. »Fohlin hat seinen Anwalt angerufen, und dann ist etwas auf seinem Computer passiert. Leider nicht das, was wir erwartet haben. Er hat einen Beitrag in einem Internetforum verfasst. Dort war er seit dem Morgen eingeloggt. Heute schrieb er: ›Heute Joggen‹.«

»Guter Trick!«, bemerkte Kjell. »Da kann ihm keiner etwas Böses nachweisen. Jetzt hat er jemand gewarnt.«

»Oder sich zum Joggen verabredet«, murmelte Henning.

»Ich hätte den Beitrag wieder löschen können, aber wir wollten ja, dass es weitergeht.«

»Hat er keine Daten auf seinem Computer oder auf dem Server gelöscht?«, wollte Henning wissen. »Das war doch unser Ziel.«

Sie hatten die Absicht gehabt, Fohlin durch die Razzia dazu zu bringen, hastig die belasteten Daten zu löschen. Da Sofi in der Nacht alles nach Kungsholmen kopiert hatte, hätte sie dadurch erfahren, welche Dateien sie dechiffrieren musste.

Sofi schüttelte den Kopf.

Barbro zog das Bild heraus. »Das ist wohl unser Mann.« Sie teilte ihren Kollegen mit, wie weit sie bisher gekommen war.

»Was haltet ihr davon?«, sagte Kjell. »Wir lassen Fohlin nachher joggen gehen und behalten Helena hier. Mal sehen, was ihr noch alles einfällt. Vor allem aber soll Fohlin wissen, dass wir sie hierbehalten.«

»Das könnte spannend werden.« Hennings Augen konnten tatsächlich funkeln. »Sagen wir ihm auch, dass sein Alibi geplatzt ist?«

Kjell wollte sich die Antwort während einer kurzen Mittagspause überlegen, in der er die Füße hochlegte. Doch das verhinderte Per mit einem Anruf.

»Am besten kommt ihr bei uns vorbei!«, sagte er. »Da könnt ihr euch eure Weihnachtsgeschenke bei mir abholen.«

Zu viert machten sie sich auf den Weg ins Nebenhaus. Die Spurensicherung nahm dort zwei Etagen im Keller und im Erdgeschoss ein. Per postierte die Gruppe vor einer Reihe von Monitoren und deutete mit der Spitze eines Kugelschreibers auf einen Fingerabdruck, der auf einem der Monitore zu sehen war.

»Der stammt aus Hausnummer 84 unten im Parterre am Treppengeländer. In der ersten Kurve. Und dieser hier daneben ist von Kajsa Björklund.«

Nummer 84 im Parterre am Treppengeländer, in der ersten Kurve. Das war anderthalb Meter von Idas Wohnungstür entfernt.

»Das darf nicht wahr sein!«, sagte Kjell. »Wie frisch?«

»Der kann nicht vor dem Donnerstag vor dem Mord dorthin gelangt sein. Den Abdruck habe ich in der Mordnacht gesichert, am Donnerstag davor wurde das Treppenhaus geputzt, und die Putzfrau hat bestätigt, dass sie das Geländer jetzt in der Grippezeit gründlich desinfiziert. Kajsa hat nicht geklingelt, das möchte ich betonen, jedenfalls nicht mit bloßen Fingern.«

Jetzt wussten sie, wer den dritten Schlüssel besessen hatte.

Sofi schnaubte begeistert. »Aber wann genau war sie dort?«

»In der Wohnung haben wir nichts von ihr gefunden. Wenn die Putzfrau am Tag vor dem Mord alles saubergemacht hat, ist es wohl wahrscheinlicher, dass sie vorher dort gewesen ist.« Per schob die Gruppe zum nächsten Monitor. »Meine Bescherung ist noch nicht zu Ende. Das hier ist ein anderer Fingerabdruck. Wir haben ihn vor zwei Stunden von Kenneth Fohlin gemacht. Der hat so viele Abdrücke in Nysättra hinterlassen, dass Abfackeln eine vernünftige Lösung war. Wenn er es richtig gemacht hätte. Zu seinem Pech hat er aber nur die Holzbretter der Wände in der Gegend verteilt.«

Henning sah besorgt aus. »Das ist nicht gut. Wenn er seine Fingerabdrücke nicht sorgfältig beseitigt hat, ging er davon aus, dass wir dieses Haus niemals finden würden. Ob er wirklich der Brandstifter ist?«

»Diese Frage könnt ihr mit den Abdrücken nicht klären«, sagte Per. »Alle Abdrücke müssen alt sein. Das Haus wurde mindestens seit Tagen nicht geheizt. Auch ohne Handschuhe hinterlässt man bei solchen Temperaturen nichts Brauchbares.«

»Und Petersson?«, wollte Kjell wissen. »Gibt es Abdrücke von ihm?«

»Von ihm und Kajsa gibt es auch Abdrücke.«

»Jaja, die gute Mari hat nicht gelogen«, sang Barbro. »Das Sommerhaus war also eine Art Kompetenzzentrum. Wissenschaft und Wirtschaft arbeiten Hand in Hand. Das könnte den Staatsminister begeistern. Das ist doch sein Lied, auch wenn er es bei Sommerhäusern etwas großzügiger und luxuriöser mag.«

Um acht Minuten vor vier erschien Kjell zusammen mit Barbro und Henning in Verhörraum drei. Auch die Anklägerin Ruth Liljedahl war dabei sowie Kenneth Fohlins junge Anwältin, deren Äußeres Kjell angenehm irritierte. Er musste sich erst vergegenwärtigen, dass er ja nun nicht mehr alleine durchs Leben ging und nicht bei jeder zweiten Frau angenehm irritiert sein konnte. Ihr Haar war braun und reichte ihr in dicken Strähnen weit den Rücken hinab. Ihr Name, Malin Åhlgren, hatte weder ihm noch Ruth Liljedahl etwas gesagt. Dennoch war sie als Prozessanwältin zugelassen.

Kenneth Fohlin nahm alles mit einer in Seminaren erworbenen Gelassenheit hin, die Kjell ganz und gar unsympathisch war.

Barbro schaltete das Tonband ein, und Kjell diktierte die vorgeschriebene juristische Präambel, den halben vierundzwanzigsten Paragraphen des Prozessrechts und die Namen der Anwesenden, klärte Fohlin über seine Rechte auf und bat ihn, während des Gesprächs mit Worten und nicht mit Gesten zu antworten. Malin Åhlgren blickte dabei in ihre Unterlagen. Sie wirkte alles andere als aufgeregt.

»Es geht natürlich um das Geld«, sagte Kjell. »Hast du inzwischen ermittelt, was daraus geworden ist?«

»Selbstverständlich. Das Geld ging zusammen mit einer anderen Summe nach Moskau an unsere Partnerfirma ›Risa‹. Und zwar vor genau einem Monat. Ich habe einen Übergabebeleg.«

Und so ging es weiter. Offensichtlich glaubte Fohlin, die Verantwortung an die russische Firma weitergegeben zu haben. Er gab an, dass diese Transaktionen mehrmals im Jahr stattfanden. Leider stimmte das auch. Dennoch war das Geld nach wie vor Eigentum der SHF. Noch eine Stunde lang kreisten Kjells Fragen um dieses Thema. Schließlich erkundigte er sich noch einmal nach dem Alibi für das Wochenende. Fohlin war jetzt vorsichtig. Er vertraute seiner Frau anscheinend nicht mehr und behauptete, das Wochenende zu Hause verbracht zu haben, während Tyra bei ihren Eltern gewesen war. Kjell zitierte Tyras Aussage. Fohlin entschuldigte sie damit, dass sie ihm wohl helfen wolle, und verließ kurz darauf das Präsidium als freier Mann. Wie viel traute er der Polizei zu? Hielt er sie für unwissend, oder war er schlauer? Dann musste er vielleicht handeln. Er könnte zum Beispiel joggen gehen.

60

Am späten Nachmittag breitete sich Sofi wieder die Wolldecke auf dem Boden des Besprechungsraums neben der Heizung aus, nachdem sie ihre Augen mit kaltem Wasser ausgespült hatte. Sie schlief vier Stunden bis um neun Uhr. Hier konnte sie besser schlafen als zu Hause. Sie schlug die Augen auf und bemerkte, dass sie ganz allein war. Es war dunkel im Zimmer, aber jemand hatte zwei Kerzen auf dem Tisch angezündet. Die Tür war angelehnt und ließ einen schmalen Lichtstreifen herein. Sie setzte sich auf und lauschte, hörte aber weder Stimmen noch andere Geräusche. Sie stand auf und blickte aus dem Fenster. Vor dem Hinlegen hatte sie den Kindern mit ihren Schlitten unten im Park zugesehen. Jetzt war es dort leer. Der verschneite Park schimmerte blaukalt zu ihr herauf. Sofi gähnte und streckte sich.

An der Spüle trank sie ein Glas Wasser und ging dann hinaus in den Gang. In dem Büro, das sie sich mit Kjell teilte, war alles dunkel, aber bei Henning und Barbro brannte Licht. Sie drückte die angelehnte Tür auf. Barbro saß an ihrem Schreibtisch und bemerkte sie nicht.

Sie betrachtete ihre Kollegin einige Sekunden lang und klopfte dann mit dem Knöchel des Zeigefingers gegen den Türrahmen. Barbro sah auf, streckte einen Arm in Sofis Richtung und schnippte mit dem Finger.

»Ich hab uns etwas zu essen bestellt. Kommt aber erst in einer halben Stunde.«

»Hm«, sagte Sofi. »Ich habe Hunger.« Sie lief auf Strümpfen zu Barbros Besucherstuhl und ließ sich darauf nieder. »Warst du bei Emelie?«

»Ich war drei Stunden da, hab sie gebadet und ins Bett gebracht. Linda ist bei ihr.« Barbro seufzte. »Bald hab ich ja Urlaub.«

»Sitzt du an deiner Spur?«

Barbro nickte und betrachtete sie. Sofi kniff die Augen zusammen und lächelte.

»Ich weiß einfach nicht, wie ich an diesen Mann herankommen soll. Wir haben ein Phantombild mit Helena Åkesson gemacht.« Sie hielt es Sofi hin.

»Das sieht doch gut aus. Das könnten wir zur Fahndung rausgeben.«

»Der wird wissen, wie er sich verstecken kann.«

Sofi stülpte die Lippen und verdrehte die Augen nach links und rechts. »Wir könnten ja Mari zum Essen einladen.«

»Du hast sie ja noch gar nicht kennengelernt.« Barbro griff zum Telefon und rief den Arrest an. Sofi ging in den Besprechungsraum und deckte den Tisch. Sie zündete auch die beiden anderen Kerzen auf dem Adventskranz an, kochte Kaffee und öffnete eine Flasche Weihnachtsmost. Nachdem der Kaffee durchgelaufen war, goss sie sich eine Tasse ein, schnappte sich eine Zigarette aus Hennings Geheimvorrat in seinem Schreibtisch und genoss beides am offenen Fenster.

Sie atmete weiße Wolken in die Kälte hinaus und dachte: Lieber Gott, lass es einen Knall tun, der mich aus dieser Blase wieder befreit. Dann schloss sie das Fenster und verriegelte es sorgfältig.

Mari kam nach zwanzig Minuten. Sofi holte sie an der Sicherheitsschleuse zu den Räumen der Gruppe ab. Mari runzelte die Stirn, als sie den gedeckten Tisch erblickte. Sie hatte nicht erwartet, zu einer Weihnachtsfeier eingeladen zu werden. Zu dritt saßen sie am Tisch und tranken Abendkaffee.

Sofi musterte Mari neugierig. Sie hatte auf einmal richtige Weihnachtsstimmung, die sie an sich gar nicht kannte.

»Das ist kein Trick«, sagte Barbro zu Mari. »Es hat sich einfach so ergeben. Wir bekommen gleich unser Essen.«

Mari freute sich. Sie sprachen über dies und das. Es erstaunte sie alle, wie leicht das ging. Sie vermieden es, über die Ermittlung zu sprechen, aber Barbro kündigte an, dass sie nach dem Essen gerne noch einiges mit ihr durchgehen wollte. Mari hatte nichts dagegen.

Das Essen kam erst um zehn. Barbro musste zum Haupteingang hinunterrennen, um es in Empfang zu nehmen. Nach dem

Essen holte Sofi die Schachtel aus Hennings Schublade, und alle rauchten. Anschließend stand Barbro auf und holte einige Unterlagen aus dem Büro. Die Stimmung war schon vertrauensvoll genug, dass Barbro Mari gar nichts zu erklären brauchte. Sie zeigte ihr die Phantomzeichnung.

»Das ist wahrscheinlich der Mörder von Carl Petersson«, behauptete sie. Mari sah Barbro und Sofi bestürzt an. »Wenn wir an ihn herankommen, können wir vielleicht sogar beweisen, was passiert ist.«

Mari betrachtete das Foto und zerbrach sich den Kopf. »Ich hab den schon mal gesehen«, raunte sie. »Ich weiß nur nicht, wo.«

»Vielleicht auf einem Foto?«

Sie zuckte mit den Schultern.

»Lasst uns in die Wohnung fahren«, schlug Sofi vor. »Ich will wissen, was Mari dort gemacht hat. Ich will es sehen.«

Barbro war einverstanden. »Ist vielleicht auch ganz gut für ihr Gedächtnis, wenn wir uns bewegen.«

Sie zogen sich an. Mari bekam eine Ersatzjacke von Henning. Darin sah sie nach Barbros Urteil aus, als triebe sie auf Hilfe wartend in einer Rettungsinsel im Meer. Dann fuhren sie zur Västmannagatan.

Sofi war seit über einer Woche nicht mehr hier gewesen. Die Zeit kam ihr noch viel länger vor. Die Wohnung war für sie ein Museum geworden. Äußerlich hatte sich nichts verändert. Sie konnte sich sogar erinnern, viele Gegenstände dorthin gelegt zu haben, wo sie jetzt noch lagen. Sofi wollte den Ablauf der Mordnacht noch einmal durchspielen. Dazu räumten sie den Schreibtisch frei. Barbro spielte Petersson und setzte sich an den Schreibtisch. Mari und Sofi kamen aus dem Wohnzimmer, hielten an der Wohnungstür für die Paketannahme. Dann ging Mari ins Arbeitszimmer. Nachdem Barbro bewegungsunfähig am Tisch verharrte, zeigte Mari, wie sie die Sachen aus der Wohnung in ihre Tasche gepackt hatte. Jetzt wurde noch einmal so richtig klar, was danach alles geschehen sein musste. Der Computer war inzwischen abtransportiert, aber Sofi zeigte auf ihrem Laptop, was auf dem Monitor zu sehen gewesen war.

Das erstaunte Mari. »Der hatte doch von Computern gar keine Ahnung. Er konnte nicht mal eine Datei ohne meine Hilfe in einen anderen Ordner verschieben.«

Sofi fühlte sich in ihrer früheren Annahme bestätigt, aber Barbro war erstaunt.

»Wir sind bisher davon ausgegangen, dass der Trick mit dem Passwort und dem Server seine Erfindung war«, sagte sie.

Mari schnaubte. »Nein, nein, nie!«

»Warum bist du so sicher?«, wollte Barbro wissen.

»Server? Das hätte der nie kapiert.«

Sofi kramte Unterlagen hervor und zeigte Mari, wie das Passwort codiert gewesen war. »Das mit den Zahlen in verschiedenen Sprachen, das kann doch sein Stil gewesen sein.«

Mari blickte skeptisch drein.

Sofi war sicher, dass Petersson und Kajsa sich die Sache zusammen ausgedacht hatten. Vielleicht war Fohlin auch dabei gewesen. Sie hatte heute oft gestutzt, wie gut er seine Computeranlage sichern konnte, und dachte daran, dass die Programmierung militärisch war. Fohlin war zwölf Jahre Soldat gewesen, aber das konnte auch Zufall sein. Auf normalem Weg hätte ein Soldat keinen Zugang zu geheimer Militärtechnik gehabt.

Barbro deutete auf die Tafeln an der Wand und zeigte Mari die Notizen, die auf dem Schreibtisch gelegen hatten. Das alles hatte Mari noch nie gesehen. Barbro zog drei Bilder von Kajsa Björklund heraus und legte sie auf den Schreibtisch. Mari schüttelte den Kopf, doch Barbro forderte sie auf, genau nachzudenken.

Sofi ging in Gedanken ihren Besuch bei Kajsa Björklund durch. Das lag schon fast zwei Wochen zurück. Kajsa hatte ihre Rolle so gut gespielt, dass wohl nicht mal Henning Zweifel gekommen wären. Das war auch kein Wunder. Anscheinend hatten Kajsa und Petersson jahrelange Übung darin, ihre Verbindung zu verheimlichen. Aber doch, dachte sie, Kajsa war durchaus erstaunt gewesen. Sie hatte es nur falsch gedeutet. Am Telefon hatte sie geglaubt, Kajsa wundere sich, nach all den Jahren noch einmal von Carl Petersson zu hören, und auf dem braunen Sofa schien Kajsa zu befürchten, dass Lasse ihr doppeltes Spiel zu Anfang ihrer Beziehung wittern könnte. Doch vielleicht war sie über etwas ganz anderes erstaunt gewesen, hatte nicht erwartet, dass die Polizei so schnell auf sie kommen würde. Und sie musste viel eher davor Angst haben, dass die Polizei mehr über ihre Beziehung zu Petersson herausfand als ihr Mann Lasse. War es nur eine wissenschaftliche Beziehung gewesen? Immerhin hatten doch beide inzwischen andere Partner. Doch Mari war erst vor kurzer Zeit in Peterssons Leben getreten. Es sah ihm gar nicht ähnlich, dass er ein ganzes Jahrzehnt niemanden gehabt hatte. Und wen sollte er in seinem ersten Testament begünstigt haben, wenn nicht Kajsa? Vielleicht sollte Lasse prüfen, ob er der Vater seiner Kinder war. Vielleicht sollte er es lieber nicht tun.

»Diese Frau hatte mit Petersson zu tun«, erklärte Barbro Mari. »Wie oft war er denn weg?«

»Recht oft. Auch über Nacht. In Uppsala meist.«

»Du warst ja einmal im Norden an der Küste in dem Sommerhaus.« Barbro holte nun ein Bild von Fohlin hervor.

»Jaja, der war dabei. Das habe ich dem Kommissar schon erzählt.«

»Wie sah es in dem Haus aus? War es eher wohnlich, oder glich es einem Büro?«

»Ein Büro.«

Sofi wandte sich an Mari. »Warum hatte Carl kein Mobiltelefon und kein Auto?«

»Der hatte ja ein Telefon. Ein Ericsson. Aber das hatte er nicht immer dabei. Ich habe es nur zweimal gesehen. Es klingelte, und er ging ran.«

»Sofi«, sagte Barbro. »Hast du die Aufnahme von dem Anruf beim Polizeinotruf auf dem Computer?«

Sofi spielte die Aufnahme vor, doch Mari kannte die Stimme nicht.

Sie brachen wieder auf. Im Treppenhaus sahen Barbro und Mari Sofi beim Verschließen der Tür zu.

»Was hast du eigentlich mit deinem Schlüsselbund gemacht?«, fragte Barbro.

»Ich hatte nur die beiden einzelnen Schlüssel zu dieser Wohnung. Die habe ich auf der Fahrt weggeschmissen.«

»Und den Schlüssel zu deiner Wohnung?«

»Meinen Schlüsselbund habe ich liegen lassen.«

»In Peterssons Wohnung?«

Mari nickte. »In der Küche.«

Sofi schüttelte den Kopf. »Das kann nicht sein. Er war nicht hier.«

»Aber es muss so sein. Ich bin von hier zum Haus gefahren, und erst da habe ich gemerkt, dass ich den Schlüssel hier vergessen habe.«

Draußen war die Luft kalt und klirrend. Der Schnee war festgedrückt und rutschig. Wenn er nicht knirscht, macht er keine Freude mehr, dachte Sofi beim Einsteigen. Im Winter war immer klar, dass sie am Steuer saß, weil sie ja aus Värmland stammte. Obwohl sie gerne fuhr, war sie es leid, dass die anderen sich nichts Besseres ausdenken konnten, um nicht selbst ans Steuer zu müssen.

Beim Einsteigen hielt Mari plötzlich inne und sah die Straße hinab. »Der Mann!«, rief sie.

»Wo?«, rief Barbro zurück. Sie sprang aus dem Wagen und sah sich um.

»Nicht hier! Der Mann vom Foto. Er wollte mich in Sevilla überfallen. Ich habe geglaubt, das wäre ein Dieb.«

Mari erzählte, dass der Mann sie durch mehrere Straßen verfolgt hätte.

»Bist du sicher?«, fragte Sofi.

»Ja«, sagte unerwartet Barbro. »Kurz darauf war er in Madrid bei der Kontaktadresse. Dass er in Sevilla war, erklärt auch, warum er erst zwanzig Stunden nach der Entzifferung des Passworts dort angekommen ist. Wie hast du ihn abgehängt, Mari?«

»Ich habe mich in einem Hausflur versteckt und bis zum Morgen gewartet. Dann war ich ihn los.«

Auf der Fahrt schwiegen sie. Sofi war dabei, die Gedanken in ihrem Kopf zu entrümpeln. Barbro tat sicher dasselbe. Zu Beginn der Ermittlung hatte Sofi sehr viel Zeit darauf verwendet, Hintergründe und Verbindungen zu erforschen, für die es zunächst keine sichtbaren Anhaltspunkte gegeben hatte. Dabei hatte sie einen Nachmittag lang alle Telefongesellschaften abgeklappert. Und damals war sie skeptisch gewesen, weil so viele Verbindungen, die normalerweise von einem Menschen in alle Richtungen abgehen, bei Carl Petersson nicht vorhanden waren. Autos, Mobiltelefone, Freunde.

Bei Petersson lag die Lösung für alle Rätsel immer direkt nebenan, das hatte sie nun verstanden. Das Haus in Nysättra lief auf Kajsas Namen. Das war doch eigentlich erstaunlich, denn sie musste ihrem Mann eine Immobilie verheimlichen, Petersson hingegen hätte ohne Not seinen Namen dafür hergeben können. Alle Menschen waren bereit gewesen, ihre Existenz für ihn zu riskieren.

Sofi richtete ihre Worte an den Rückspiegel, damit er sie nach hinten zu Mari reflektierte: »Was hat dich an Carl gereizt, Mari?« Sie sah ihren Worten hinterher. Mari hockte in der Dunkelheit, aber Sofi konnte dennoch sehen, wie sie die Frage aufnahm.

»Ich weiß es gar nicht. Es tut mir leid.«

»Hatte er eine besondere Ausstrahlung, eine Aura?«

»Ja.« Die Stimme kam dünn aus dem dunklen Nichts.

Im Präsidium hatte es Sofi eilig, einige Dinge zu tun. Sie war nun bereit, alle Vorstellungen umzudrehen. Mari wurde wieder in ihre Arrestzelle gebracht.

»Wir haben doch bisher geglaubt, dass Petersson der Mittelpunkt war«, sagte Sofi, als sie mit Barbro in den Lift stieg. »Und die anderen die Lakaien.«

Barbro nickte. So war das noch gar nicht ausgesprochen worden.

»Wir sind deshalb darauf gekommen, weil die anderen alle in Schwierigkeiten hingen, während Petersson unbehelligt waltete. Bis zu dem Zeitpunkt, als er ermordet wurde.« Barbro hörte ihr schweigend zu. »Und wenn wir das Zentrum einmal verschieben und Carl Petersson an den Rand versetzen?«

»Was schlägst du vor?«, fragte Barbro ratlos.

»Petersson hat Kajsa enterbt. Sie war ganz sicher die Begünstigte in seinem ersten Testament. Warum, glaubst du, hat er das gemacht?«

»Er hat sie gehasst oder wollte sich rächen. Vielleicht wollte er sie reinlegen.«

Sofi lächelte. Über sich selbst. Am Anfang konnte man ihr alles verkaufen, aber irgendwann kam der Punkt, wo sie den Kern der Wahrheit entdeckte. Sie spürte es am ganzen Körper, wenn sie endlich richtig lag. »Ich halte Kajsa für einen unglaublich kalten Menschen, der sich selbst und andere beherrscht.«

Barbro lachte. »Bist du darauf gekommen, weil sie dich an der Nase herumgeführt hat?«

»Ja. Weißt du, was Petersson vorhatte? Er wollte sich all das Geld schnappen, das er bekommen konnte. Er wollte sich Mari schnappen und irgendwohin verschwinden.«

»Du meinst, er wollte weg von Kajsa?«

Sofi nickte. Ihre Vermutung war gewagt, aber Barbro sagte nichts. Die Fahrstuhltür öffnete sich. Der Flur war dunkel. Barbro, vor vielen Jahren Länspolismeisterin im Degenfechten, erreichte den Lichtschalter mit ausgestrecktem Arm.

»Wir suchen dieses Telefon, das Mari gesehen hat«, sagte Sofi. »Mobilfunkverträge müssen auf einen Namen lauten, und den suchen wir jetzt.«

»Und wenn es eine anonyme Prepaidkarte ist?«

»Dann kann ich es dennoch herausfinden. Dann muss ich nach den Orten suchen. Aber das kann dauern.«

»Wie willst du anfangen?«, fragte Barbro, als sie das Büro erreichten.

»Wir müssen nur beherzigen, dass alles viel unintelligenter ist, als man uns von Anfang an weismachen wollte. Wir beginnen natürlich mit Kajsa.«

Die Anrufe bei den Mobilfunkzentralen übernahm Sofi. Dort hatte sie gute Kontakte.

Nach einer Stunde, Mitternacht war vorüber, hatte Sofi die Mobilfunknummer eines Telefons gefunden, das auf den Namen Kajsa Björklund lief. Der Vertrag war in einer Filiale in Stockholm abgeschlossen worden. Plötzlich wurde die stickige Luft ganz flirrend. Die beiden Polizistinnen sahen einander an.

»Nicht gerade vorsichtig«, kommentierte Barbro den Fund.

»Warum auch! Wenn du einmal alles betrachtest, was passiert ist, dann kannst du sehen, dass sie es gar nicht vertuschen mussten. Wenn Mari Petersson nicht angegriffen hätte, wäre das auch gar nicht nötig gewesen.«

Während sie auf eine E-Mail von der Telefongesellschaft warteten, setzte Sofi Teewasser auf. Niemand in der Gruppe hatte ein tieferes Verhältnis zum Tee, deshalb gab es nur einige Beutel mit Ökotee, die die einzelnen Mitglieder nach und nach aus schlechtem Gewissen gegenüber ihrer Gesundheit hier angeschleppt hatten, um sie im Schrank endzulagern. Darunter war eine Packung Birkenblätter. Träufelten sich das Männer nicht gegen Haarausfall auf den Kopf?, überlegte Sofi. Sie mischte allerhand Sorten und gab eine Ladung Rotbuschtee hinzu, damit man den Rest nicht mehr schmeckte.

Sie tranken gerade die erste Tasse, als die E-Mail kam.

»Ist das Ammoniak, was da so nach Männerpisse schmeckt?«, wollte Barbro mit verzerrtem Gesicht wissen.

»Birke«, antwortete Sofi und starrte auf den Bildschirm. An die E-Mail waren mehrere Dateien angehängt, Auflistungen aller ein- und ausgehenden Anrufe, die in den letzten drei Monaten mit Kajsas Telefon geführt worden waren. So lange wurden diese Daten gespeichert. Sofi druckte die Liste aus. Dann verglich sie die Telefonnummern mit denen, die sie kannte, und stieß auf zwei. Kenneth Fohlin und Kajsa Björklunds Telefonnummern in der Universität und in ihrer Wohnung in Uppsala.

»Sie wird sich ja wohl kaum selbst angerufen haben«, sagte Barbro.

»Nein. Dieses Telefon haben Petersson und Kajsa gemeinsam benutzt, und zwar nur für ihre heimlichen Projekte. Anscheinend hat es immer einer der beiden bei sich gehabt, um mit anderen wie Fohlin zu sprechen. Deshalb hat Mari es auch nur ab und zu bei Petersson gesehen.«

Alle anderen Nummern auf der Gesprächsliste kannten sie noch nicht. Die meisten waren schwedisch, andere lagen im Ausland.

Sofi rief ihren Kontaktmann bei der Telefongesellschaft an und bat ihn herauszufinden, wo sich das Telefon zum Zeitpunkt der beiden Morde befunden hatte. Das würde etwas dauern.

»Jetzt müssen wir die unbekannten Nummern auf der Liste anrufen«, sagte Barbro. »Und die Stimmen vergleichen. Wenn wir Glück haben, ist die Notrufstimme darunter.«

»Und was sagen wir? Mitten in der Nacht?«

Barbro griff beherzt zum Hörer und forderte von unten aus der Wache eine weibliche Polizistin an. Die kam nach fünf Minuten.

»Du rufst zum dritten Mal an«, instruierte Barbro die Polizistin. »Vorher hast du zweimal wütend den Hörer aufgeknallt. Du bist verletzt, das Schwein behandelt dich wie den letzten Dreck. Eine Mischung aus Unglück und Titten.«

Die Uniformierte verstand.

Jedes Mal war der Anruf der gleiche. Die Kollegin von der Wache begann das Telefonat mitten im Satz, der Mann am anderen Ende der Leitung verstand rasch, dass sich eine junge Frau in ihrer verzweifelten Rage verwählt hatte. Weil die Angerufenen unmittelbar und nebenbei von den riesigen Brüsten der Anruferin erfuhren, dauerten die Gespräche lange genug, damit Sofi eine verwertbare Stimmprobe speichern konnte.

Sie riefen nur die Telefonnummern in Södermanland und Uppland an. Das dauerte eine halbe Stunde.

Der Mann, der in der Mordnacht aus Sahlins Wohnung den Notruf angerufen hatte, hieß Jon Ola Sundman. Über ihn gab es bei der Polizei keine Aufzeichnungen. Ein Foto zu bekommen war so spät am Abend nicht mehr möglich.

»Weißt du was?«, sagte Barbro. »Als du zum ersten Mal bei Kajsa vorbeigeschaut hast, müssen Kajsa und die Männer aus der Wohnung gegenüber verwundert gewesen sein, dass wir so schnell auf diese Verbindung gekommen sind. Das hat der ganzen Sache eine Drift gegeben. Genau, wie du gesagt hast.«

61

Moas Anruf kam um zehn Uhr. Sie wandte sich immer nur an Henning selbst, wenn sie in Stockholm anrief. Er bedauerte ein wenig, dass sie so glücklich verheiratet war. Sie lagen ganz schön auf einer Wellenlänge. Es wäre sogar möglich gewesen, beim Händchenhalten die Finger ineinander zu verhaken.

»Lasse hat mir heute erzählt, dass Kajsa vor vier Wochen in Ägypten war. Sie hatte eine einwöchige Pauschalreise gebucht. Kairo und Nilkreuzfahrt.«

»Und Lasse war nicht dabei?«

»Nein, sie fuhr mit einer Freundin aus Uppsala.«

»Dann müssen wir das überprüfen«, sagte Henning.

»Ich bin gerade von dort zurück. Ich war zuerst im Reisebüro und habe dann mit der Fluggesellschaft telefoniert. Sie ist wirklich geflogen. Was sie dort gemacht hat, weiß ich nicht. Aber jetzt pass auf! Die Freundin wusste gar nichts von dieser Reise.«

Kjell war am frühen Abend zu SHF gefahren, wo Ragnar und seine Gruppe Fohlins Büro und das Archiv durchforsteten. Sie waren mit neun Mann bei der Arbeit. Mehr als die Geschäftsunterlagen der SHF fand man jedoch nicht. Doch dann trat ein junger Kollege aus dem Aktenzimmer.

»Ob das hier etwas sein könnte?« Er reichte Kjell einen kleinen Stapel gehefteter Blätter. Sie glichen Lieferdokumenten. »Es gehört zumindest nicht hierher.«

Kjell überflog die Seiten.

»In den Ordnern, die ich gerade prüfe, sieht alles so aus«, erklärte der junge Mann und tippte auf eine Stelle des Papiers. »Aber das hier kommt aus Algier. Alle anderen Lieferungen stammen aus Osteuropa oder Asien.«

Kjell nickte abwesend, er war in den Inhalt versunken und

verschwand ohne ein Wort in das Konferenzzimmer. Dort setzte er sich in einen der Sessel und blätterte den Haufen durch. Weit hinten fand er etwas, das ihm bekannt vorkam. Eine Expertise zu einem ägyptischen Sarg. Er stammte aus der 18. Dynastie, also musste er etwa 3500 Jahre alt sein. In dem Text wurde von einem »schwarzen Sarg« gesprochen. Wenn man der Expertise glaubte, war das eine Rarität. Solche Särge hatten die Ägypter nur in der kurzen Zeit zwischen den Königen Thutmosis III. und Tutanchamun hergestellt. Besonders war anscheinend auch der Erhaltungszustand, das Ensemble bestand aus drei ineinander geschachtelten Särgen. In dem Text wimmelte es von ägyptischen Namen, und Kjell konnte auf den ersten Blick nicht feststellen, wer nun in dem Sarg gelegen hatte und wer nur die Großnichte des Verstorbenen gewesen war. Nur der Name Senmut kam ihm bekannt vor. War das nicht der Architekt von Hatschepsut gewesen, dem sie in Fernsehreportagen immer eine Liebesaffäre mit der Königin andichteten?

Die Beschreibung war weniger ein Echtheitszertifikat als eine kunstgeschichtliche oder archäologische Beschreibung. Den Namen des Unterzeichnenden hatte er noch nie zuvor gehört. Ein gewisser Alain Pertuissot. Er war Professor an einer südfranzösischen Universität. Das Schreiben war auf Französisch verfasst, und zwar in Kairo am 19. September dieses Jahres. Kjell konnte sich an den Text gut erinnern. Es gab ihn in Peterssons Wohnung zweimal, einmal als eine der wenigen Dateien auf Peterssons Computer und ein andermal als handschriftlichen Entwurf auf einem Papier, das Henning aus einem von Peterssons Ordnern gezogen hatte. Mit seinem fünfunddreißig Jahre zurückliegenden Schulfranzösisch hatte Henning mehrere Stunden lang im Wörterbuch das Wortungetüm »deşertirougeoyant« nachgeschlagen, bevor er Kjell um Hilfe bat und hundert Kronen darauf setzen wollte, dass eine verrückte französische Verbform dahintersteckte. Kjell wusste, dass die Franzosen zwar verrückt waren, aber nicht so verrückt, dass sie Akzentstriche auf ein »s« setzten, und nahm die Wette gerne an. Eine Stunde später kam Sofi und fällte ein enttäuschendes Urteil: »Deśerti« bedeutete auf Ägyptisch »rot geworden«, und »rougeoyant« war die französische Übersetzung dazu. Da aber beide Wörter verrückte Verbformen waren, hatte Henning keine Öre bezahlen müssen.

Kjell rief Henning an. Er belagerte mit einem achtköpfigen Observationsteam die *Einsame Emma*, eine Södermalmer Kneipe mit arkadischem Flair, in der Fohlin seit über zwei Stunden saß. Von Fohlins Begleitern war der Polizei nur die junge Anwältin bekannt, von der sich Fohlin seit dem Verhör nicht mehr getrennt hatte.

»Der rührt sich nicht«, sagte Henning. »Sieht nicht so als, als käme er nochmal da raus.«

Henning litt doppelt, weniger weil Fohlin nicht herauskam, sondern weil Henning nicht hineinkonnte. Die *Einsame Emma* hatte Henning das ein oder andere Schichtende veredelt, als er noch schlecht verheiratet gewesen war und um die Ecke in der Mariawache in der Fatbursgatan gearbeitet hatte. In diesem Lokal war einst die *Happy Hour* erfunden worden, die hier freilich *Mündungsfeuer* hieß. Henning kauerte auf dem Beifahrersitz eines Zivilwagens und schmatzte unerlöst.

Kjell las Henning die ersten Zeilen des Textes vor und fragte am Ende, ob er sich auch daran erinnern könne. Und tatsächlich glichen sich die Texte aufs Wundersamste. Die Funde in Peterssons Wohnung mussten beide Entwürfe oder frühere Fassungen sein. Was Kjell jetzt in den Händen hielt, konnte man getrost als Endergebnis betrachten, unterzeichnet von Professor Pertuissot, den es bestimmt gab, der aber wohl nicht ahnte, dass er dieses Dokument unterschrieben hatte. Bei Petersson dachte man sogleich an Fälschung. Aber bei der Expertise war er schlauer gewesen als damals bei den Tonscherben. Er hatte die französische Art, ein Dokument zu gestalten, perfekt nachgeahmt: ein wirres Gemisch aus verschiedenen Schriftschnitten, alles in zu großen Lettern, mindestens zwölf Punkt groß, die Anführungszeichen weit abgesetzt, um möglichst viel Verwirrung zu stiften, auf dem Kopf stehende Apostrophe. Das bewies, was für ein scharfes Auge Petersson gehabt hatte. Sicher war es eine Qual für ihn gewesen, es so gekonnt stümperhaft aussehen zu lassen. Seit der Tonscherbe hatte er viel dazugelernt.

In dem ganzen Stapel tauchte Carl Peterssons Name kein einziges Mal auf. Aus dem Frachtbrief ging hervor, dass eine Sendung vor kurzem, nämlich einige Tage vor Peterssons Tod, von Algier nach Spanien geliefert worden war. Was aus ihr geworden war, ließ sich den Papieren nicht entnehmen, aber nach den Aussagen des spanischen Kontaktmanns war die Sendung nach Madrid gelangt und dort verschollen. Nach Maßen und Gewicht konnte das durchaus ein altägyptischer Sarg sein. In der Zolldeklaration war jedoch von »Warenmuster« die Rede. Die Produktkategorie lautete T-32. Das war die Warenkennnummer für »Möbeldesign«.

Kjell sprang auf und eilte ins Archiv. Dort fragte er den Kollegen nach dem Ordner, in dem er diese Papiere gefunden hatte. Er lag aufgeschlagen auf dem Packtisch. Kjell gab ihn Pers Kollegen Lasse, der als Einziger von der Spurensicherung noch im Haus war.

»Kannst du diesen Ordner auf Spuren untersuchen? Ich möchte wissen, ob Fohlins Fingerabdrücke darauf sind. Und wenn ja, sind sie auf anderen Ordnern auch?«

Um halb zwölf war Kenneth Fohlin plötzlich verschwunden. Der Leiter des Observationsteams klang nicht, als fühlte er sich wie ein Versager. Zu Unrecht, versicherte ihm Henning. Es wäre doch von mannigfaltigem Vorteil gewesen, wenn Henning sich von innen an der Tür postiert und sich mit einem Bier in der Hand getarnt hätte. Das Lokal war zum Bersten voll gewesen, Fohlin war hinausgeschlüpft und entkommen. Kjell brauchte einige Minuten, bis er am anderen Ende der Leitung zu Ende geflucht hatte. Er verstand nicht, wie der Riese Fohlin irgendwo »hinausschlüpfen« konnte.

Fohlin hatte seinen Wagen stehen lassen.

»Du hattest Recht«, gab Henning durchs Telefon hindurch zu. »Der Kerl hat tatsächlich einige Dinge zu erledigen.«

Sechs Polizisten aus der Observierungsgruppe waren ausgeschwärmt. Später meldete einer der Verfolger, er glaube Fohlin in der Nähe vom Gullmarsplan von weitem erkannt, jedoch verloren zu haben. Das deutete darauf hin, dass Fohlin auf dem Weg zur SHF war. Henning beorderte alle Polizisten dorthin.

62

Jon Ola Sundman wohnte im Petrejusvägen 12. Sofi und Barbro kannten diese Straße nicht und mussten auf dem Stadtplan suchen.

»Das darf nicht wahr sein.« Barbro nahm den Zeigefinger vom Plan und ließ die flache Hand gegen ihre Stirn klatschen.

Sofi grinste. Wenn man sich hinter dem SHF-Gebäude ins Grün schlug, am Klärwerk vorbeilief durch den Wald in Richtung auf den Globen, dann war man zu Fuß in wenigen Minuten dort. Der Petrejusvägen lag mitten auf der Hammarbyhöhe.

»Der Kerl ist einfach nach Hause gegangen, über die Schnellstraße.«

»Wenn er es wirklich ist«, gab Sofi zu bedenken.

»Starten wir?«

Sofi nickte. Sie spürte die Angst ganz leicht und hoffte, sich nicht zu verraten. Sie bewaffneten sich und schlüpften in ihre Jacken. Sofi steckte ihr Notebook in ihren Rucksack, den sie kurz vor Ende ihres Studiums gekauft hatte. Das lag gar nicht so lange zurück, wie der Zustand des Rucksacks vermuten ließ, zwei Jahre und acht Monate.

Kurz darauf schoss der Wagen aus der Garage. Sofi trat aufs Gas, um sich damit selbst anzuspornen. Jetzt ging es endlich los. So wie sie es in Kairo gemacht hatte, als sie in Maadi aus dem Wagen gestiegen war. Sie hatte immer in einem Schutzpolster gesteckt, aus dem jetzt jemand die Luft herausgelassen hatte. Vielleicht konnte sie es wieder aufblasen. In einem weiten Bogen umkreisten sie den Stadtkern auf der südlichen Ringstraße. Unterwegs rief Barbro bei Henning an. Er stand mit dem Observationsteam gerade in einem Seven-eleven-Laden und wärmte sich bei Kaffee und Schokoriegeln. Die Lage sei konfus, berichtete Henning, das Observationsteam gehe davon aus, dass Fohlin nach Süden unterwegs sei. Barbro erzählte, dass sie einer Spur folgten. So verblieb man.

Das Haus, in dem Sundman wohnte, war ein Riesenwürfel und sah aus, als wäre ein außerirdischer Monolith in ein bewaldetes Gebiet gefallen. Der Globen war beleuchtet, und von hier war die nahe Halbkugel der Arena so riesig, dass sie den Blick nach Westen ganz verschluckte. Für die Anwohner ging die Sonne schon zwei Stunden früher unter als im Rest der Stadt.

Sie beratschlagten sich. Sofi kannte inzwischen Sundmans normale Telefonnummer, aber noch so ein sonderbarer Anruf wie vorhin war einfach zu verdächtig. Von außen bot sich keine Möglichkeit, die Wohnung einem der Fenster zuzuordnen. Es war zwei Uhr, und kein Mensch mehr auf der Straße.

Sofi rief bei der Telefongesellschaft an und ließ das Mobiltelefon von Sundman orten. Das dauerte zehn Minuten.

»Fohlin läuft doch auch irgendwo hier herum«, überlegte

Barbro, während sie warteten. Mittlerweile war das Innere des Wagens fast auf die Außentemperatur abgekühlt. »Wenn das so nahe an der SHF liegt, dann kennen die beiden sich doch in der Gegend gut aus. Vielleicht haben sie hier im Wald einen Treffpunkt? Lass uns doch mal die Gegend erkunden.«

Das war typisch für Barbro. Sie war eben bei der Zielfahndung im zweiten Stock groß geworden. Bis vor einigen Tagen hätte Sofi sofort Lust darauf gehabt.

Der Rückruf von der Telefongesellschaft brachte die Bestätigung. Sundman streunerte hier irgendwo herum. Und gerade hatte er sogar telefoniert. Sofi notierte Nummer und Namen des Gesprächspartners.

»0734-476502. Sundman spricht mit einer Malin Åhlgren«, sagte Sofi.

»Hui!«, stieß Barbro hervor, begleitet von einer Wolke weißer Luft. »Das ist Fohlins Anwältin. Die sitzt doch auch in der *Einsamen Emma.*«

»Das kann nicht sein. Ihr Telefon befindet sich hier in Södra Hammarbyhamn.«

Sofi rief noch einmal bei Henning an. Malin saß immer noch an ihrem Tisch. Nur Fohlin war nicht mehr dort.

»Ich weiß aber nicht, ob sie in der letzten Zeit telefoniert hat«, beendete Henning seinen Kurzbericht.

»Ihr müsst herkommen!«, rief Sofi aufgeregt ins Telefon. »Hier spielt die Musik. Malin kann ihr Telefon nicht mehr haben, es muss auch hier in der Nähe sein. Wahrscheinlich hat Fohlin es bei sich und damit mit einem Jon Ola Sundman telefoniert. Der Typ wohnt hier im Petrejusvägen 12. Beide sind hier in der Gegend unterwegs.«

Barbro wollte schon die Tür aufreißen, als Sofis Telefon abermals klingelte. Sie hob ab und lauschte still. Es war die Telefongesellschaft.

»Kajsas Telefon befand sich in der Mordnacht um ein Uhr

zwölf in der Västmannagatan«, sagte sie dann fassungslos. »Kurz davor musste sie jedoch noch in Uppsala gewesen sein.«

»Mein Gott«, sagte Barbro und drückte feurig die Tür auf.

63

Während Lasse im Archivraum nach Fingerabdrücken suchte, stürzte sich Ragnars Gruppe auf die Ordner mit den Frachtunterlagen. Doch sie fanden nichts, das den Papieren glich, die der junge Kollege aus Ragnars Gruppe entdeckt hatte. Nach zehn Minuten konnte Lasse sagen, dass Fohlins Fingerabdrücke auf dem Ordner waren. Dann machte er sich an die Nachbarordner. Nach einer eiligen Prüfung mit Speziallicht glaubte Lasse, dass Fohlin nur die beiden umstehenden Ordner berührt hatte.

Kjell rieb sich die Hände. In seinem Kopf nahm eine Idee Gestalt an. Fohlin würde sicherlich nicht selbst im Archiv arbeiten oder Unterlagen ablegen. Die Aktion am Tag war ganz auf die Computer ausgerichtet gewesen. Fohlin hatte in den Minuten, als die Polizei anrückte, nur den Interneteintrag vorgenommen. Und dann hatte er noch etwas anderes erledigt. Er war ins Archiv gestürmt und hatte den Stapel dort abgelegt, wo er nicht auffallen würde, weil er Hunderten von anderen Frachtpapieren glich. Nur wenn man alles sorgsam durchblätterte, würde dieser Stapel auffallen. Das war eine gute Taktik gewesen. Fohlin hatte nach dem gestrigen Besuch nicht erwartet, dass die Polizei heute alles durchsuchen würde. Warum hatte er nicht den Aktenvernichter benutzt? Er war also auf die Dokumente noch angewiesen.

Kjell suchte Ragnar. »Schau dir das hier mal an. Wir wissen, dass dieses Dokument von Petersson verfasst wurde. Da geht es um einen ägyptischen Sarg. Es war an diesen Frachtbrief geheftet.«

Ragnar ließ sich auf den Tritthocker nieder und setzte sich seine Lesebrille auf die Nasenspitze, studierte das Papier und murmelte leise mit. »Wenn das zusammengeheftet ist und tatsächlich zusammengehört, dann sieht das nach Schmuggel aus.« Er verglich Maße und Gewicht auf dem Frachtbrief und kam zu dem Schluss, dass der Sarg darin viel Platz hatte. »Die wesentliche Aufgabe der SHF ist es doch, im Ausland frisch gegründete Niederlassungen schwedischer Unternehmen zu leiten. Sie gründen sie und führen sie in den ersten zwei Jahren. Das hier ist eine schwedische Firma, die Designermöbel verkauft. Sie haben eine Filiale in Algier, die die SHF für sie aufgebaut hat. Von der Bestechung für die Baugenehmigung bis zum Teppich in der Eingangshalle haben die alles erledigt. Dafür müssen Waren hin- und hergeschickt werden. Das sind ideale Voraussetzungen für Schmuggel. Die ziehen das über den Namen der schwedischen Unternehmen ab.«

»Warum Algier?«

Ragnar schmatzte. »Die Ägypter passen akribisch auf, dass keine Antiquitäten aus dem Land geschmuggelt werden, sonst gäbe es dort bald nur noch Sand. Die Schmuggler befördern das Schmuggelgut auf dem Landweg durch die libysche Wüste nach Algerien, und von dort verschiffen sie es nach Europa oder Amerika.«

Kjell empfand eine tiefe, warme Dankbarkeit für Kenneth Fohlin, die leider nur kurz anhielt. Dann fiel ihm ein, dass er zwei Morde aufklären musste, die er sich noch immer nicht erklären konnte.

64

Sie trabten durch den Wald. Bald schon spürten sie ihre Zehen nicht mehr. Der tiefe Schnee war an der Oberfläche angefroren und brach beim Auftreten ein. Obwohl sie beide dicke Hosen trugen, gingen sie wie durch Glasscherben. Zur Kälte gesellte sich bei Sofi die Angst. Da war seit Kairo eine falsche Verbindung in ihrem Gehirn entstanden, die sie nicht mehr kappen konnte. Sie nahmen den Weg in Richtung SHF, indem sie einem Wegweiser mit der Aufschrift »Klärwerk« folgten. Der Weg schlängelte sich durch den Wald. Sie trugen beide ihre Waffen im Halfter unter den Jacken. So wurde das Metall einigermaßen gewärmt. Sie hätten sie lieber herausgeholt, um sie parat zu haben, wenn sie auf Fohlin oder Sundman stießen, aber dann würden die Pistolen und ihre Hände trotz der Handschuhe so kalt werden, dass man sie nicht mehr halten, geschweige denn abfeuern konnte. Jetzt begriffen sie beide, warum ihnen Henning zu Beginn der Kälte vor drei Wochen die Neunzehner weggenommen und durch Vierunddreißiger ersetzt hatte. Deren Lauf war so lang, dass man ihn auf den freien Unterarm auflegen konnte.

Nach einiger Zeit standen sie auf einmal vor der Ringstraße. Beide seufzten sie. Wären sie allwissend gewesen, hätten sie mit dem Auto gleich hierher fahren können. Mit zitternden Händen ließ sich Sofi den aktuellen Standpunkt von Sundmans Telefon durchgeben. Er musste sich weiter Richtung Nacka bewegt haben. Sie überquerten den kleinen Kanal über eine Schleuse und folgten dieser Richtung.

Sofi blieb stehen. »Heute Joggen.«

»Was?«, fragte Barbro.

»Heute Joggen! Das hat Fohlin in das Internetforum geschrieben. Im Sommer joggen hier bestimmt viele. Wetten, dass Fohlin in seinen Mittagspausen hier entlangläuft?«

Sie keuchten. Barbro drehte den Kopf in alle Richtungen. »Ich weiß, wo«, raunte sie und ging entschlossen weiter.

Sofi folgte ohne Fragen. Sie liefen Sickla Strand entlang, erreichten fünf Minuten später ein Wohngebiet und marschierten durch kleine Straßen, bis Barbro den Arm wie einen Schlagbaum ausstreckte. Sofi prallte dagegen und blieb stehen. Barbro starrte die Straße hinauf und deutete auf ein Haus. Es lag fünfzig Meter entfernt. Es war das Haus, das Mari von ihrem Vater geerbt hatte.

65

»Können wir Sofis Telefon nicht orten lassen?«, fragte Kjell.

»Wenn ich Sofi dabeihätte, ja. Jetzt müssten wir den Weg über die Zentrale gehen.«

Kjell und Henning hatten sich im Petrejusvägen getroffen und bald den Wagen der beiden entdeckt, doch sie konnten Sofi und Barbro nirgendwo ausmachen. Zweimal war bei Sofi besetzt gewesen, dann bekam er ein Freizeichen. Doch Sofi hob nicht ab. Kjell studierte den Stadtplan. Ihnen war auch aufgefallen, dass die SHF nicht weit entfernt lag. Obwohl beides so nah beieinander lag, empfanden Stockholmer aus anderen Stadtteilen die beiden Orte als zwei durch die Schnellstraße voneinander getrennte Welten.

66

Sofi und Barbro hatten ihre Telefone auf lautlos geschaltet und sich getrennt dem Haus aus verschiedenen Richtungen genähert. Es sah verlassen aus und dunkel. Sofi war nicht davon überzeugt, dass sie hier richtig waren. Das Haus konnte nicht der angestammte Treffpunkt der beiden sein. Warum sollte Fohlin so leichtsinnig sein, sich hier mit Sundman zu treffen?

Barbro wagte einen Vorstoß zur Haustür. Sofi spürte ihren Puls. Er war jetzt schon alarmierend schnell. Ob die Kälte in ihren Knien nur von der Außentemperatur kam, wagte sie nicht zu entscheiden und bereute, Barbro alles verschwiegen zu haben. Nun konnte sie nicht auf ihre Rücksicht hoffen. Barbro flitzte aus einem Gebüsch, lief in weitem Bogen an der Tür vorbei und ließ sich hinter dem Brennholzstapel neben Sofi auf eine Kiste sinken.

»Das Siegel ist intakt«, flüsterte sie. »Ich muss in dem Haus etwas übersehen haben.«

Sofi bibberte, weil sie so lange regungslos in der Kälte ausgeharrt hatte. Barbro rieb mit den Händen Sofis Wangen und dann ihre Hüften warm, wie sie es mit Emelie beim Schlittenfahren immer tat.

»Hör zu«, sagte Barbro. »Fohlin hatte anscheinend einen Schlüssel, und er musste hierher kommen, obwohl wir ihn beschatten. Aber sie haben das elektronische Siegel entdeckt. Deshalb können sie nicht durch die Haustür rein. Dann würde bei uns ja sofort der Alarm anschlagen.«

»Was können sie suchen?«

»Carl Petersson muss hier etwas versteckt haben. Etwas, das alles auffliegen lässt. Sonst wären sie nicht hier. Bei diesem Risiko.«

»Nein«, schlotterte Sofi. »Petersson hat Mari doch das Geld vererbt. Und das illegale Geld will er ihr auch geben. Er hat einen Hinweis für sie hier im Haus versteckt.«

»Kann auch sein.«

Sie betrachteten ihre Telefone, deren Batterien fast verbraucht waren. Bei dieser Temperatur leerten sie sich schneller, als man schauen konnte. Sofi konnte nicht mehr wählen. Sie hatte kein Gefühl mehr in den Fingerspitzen und musste das Telefon in der offenen Hand balancieren, weil sie ihre Finger nicht mehr krümmen konnte, um das Telefon zu greifen. Barbro ergriff die Initiative, indem sie sich hochstemmte. Sofi folgte ihr. Geduckt schlichen sie um das Haus. Als sie die Rückseite erreichten, drängte Barbro sie hinter ein Gebüsch.

»Das Schutzgitter fehlt über dem rechten Kellerfenster, hast du gesehen?«

Sofi schüttelte den Kopf.

»Du musst hier aufpassen, Sofi. Hol die Waffe raus. Press deine Hände unter deine Achseln. Ich gehe vorne rein.«

Sofi legte ihre Hand auf Barbros Arm. »Warte. Wir warten auf die anderen oder rufen an.«

Barbro schüttelte den Knopf. »Sie peilen uns an. Wenn wir jetzt den letzten Saft verschwenden ...!« Sie stand auf und rannte um das Haus herum.

Barbro lauschte an der Haustür und riss das Siegel ab. Jetzt sendete es ein Signal, aber im Präsidium war niemand, der es empfangen konnte. Sie hoffte, dass jemand in der Zentrale aufpasste. Ich muss die beiden jetzt und zusammen erwischen, sagte sie sich. Den Schlüssel fand sie schnell an dem Bund in ihrer Tasche. Es musste der Schlüssel von Maris Vater gewesen sein. Sie hatten ihn bei der Untersuchung des Hauses in seinem Schreibtisch gefunden. Der Griff war mit einem himmelblauen, rissigen Schutzkranz aus Plastik eingefasst. Sie schob ihn Zacken um Zacken ins Schloss. In der anderen Hand hielt sie ihre Waffe. Sie hielt es vor Kälte kaum noch aus und musste darauf achten, dass ihr Gehirn seine Befehle nicht an die falsche Hand sendete. Sie drückte die Tür einen Spalt auf und glitt hindurch, lehnte innen die Tür hinter sich an und verharrte. Draußen machten das Mondlicht, die entfernte Laterne an der Straße und der Schnee die Nacht so hell, dass Barbro die Dunkelheit im Flur überraschte. Sie hockte sich auf den lauen Heizkörper und wärmte sich. Nach einer Minute hatten sich ihre Augen an die Dunkelheit gewöhnt. Der Flur maß zwei Quadratmeter. Die Tür zur Halle war geschlossen, wahrscheinlich von ihr selbst, als sie zuletzt hier gewesen war.

Dann öffnete sie die Tür und betrat die unbeleuchtete Halle. Sie lehnte die Tür an und lauschte in die Stille. Sie hatte ja erwartet, auf jemanden zu treffen, doch beim ersten Geräusch schrak sie auf. Das war ein dumpfer Aufprall gewesen. Und sie hörte Rascheln. Kam das von oben oder aus dem Keller? Oben war sie doch gewesen, da war doch nichts! Aber wenn Carl Petersson hier etwas versteckt hatte, wo sollte Mari es im Notfall finden, ohne überhaupt danach zu suchen? So musste es sein. Barbro glaubte, dass Mari Peterssons letzte Verbündete gewesen war, auch wenn sie das noch gar nicht gewusst hatte. Mit dem Brieföffner hatte er wohl nicht gerechnet. Barbro wog die Mög lichkeiten ab, doch das hatte wenig Aussicht. Sie kannte Maris Gewohnheiten ja nicht. Vielleicht hätte er Mari einen Hinweis gegeben, wenn es so weit war.

67

Henning und Kjell entschieden sich, die Wohnung von Jon Ola Sundman jetzt zu stürmen. Sie lag im vierten Stock des Gebäudes. Die Wohnungstüren trugen keine Namensschilder. Sie klingelten an allen vier Wohnungen der Etage und hatten Glück. Drei Nachbarn öffneten. Für Sundmans Tür war Kjell nicht robust genug, und auch Henning gab auf, nachdem er sich zweimal dagegengeworfen hatte.

»Seit der Adventskalender in Kraft getreten ist, werfe ich mich mit schöner Regelmäßigkeit gegen Türen«, sinnierte Kjell mit pochender Schulter.

Henning nickte. »Das lässt einen am freien Willen zweifeln.«

Ein Nachbar trat in Bademantel und Lederpantoffeln auf den Gang, um die Ratlosigkeit der beiden Polizisten mitzuerleben. Er kehrte in seine Wohnung zurück und erschien sogleich wieder mit einem Metallrohr und einem riesigen Hammer in den Händen. Das Ende des Hammers war in seinen Ausmaßen einem Ziegelstein nachempfunden. Er wies die beiden Polizisten an, das Rohr gegen das Schloss zu halten. Bevor er ausholte, strich er sich noch einmal durch seine ölig schimmernde Fönwelle. Dann schwang er den Hammer ansatzlos mit einer halben Hüftdrehung gegen das andere Ende des Rohrs. Sogar Henning zuckte zusammen.

»Keine Angst«, sagt der Mann erst jetzt, nachdem das Rohr einen Spalt in die Tür gerissen hatte und darin steckte. »Ich bin Wagenmeister. Früher war ich Stellmacher.« Tatsächlich hatte der Mann das vier Zentimeter dicke Rohr, das von einer Wasserleitung stammte, aus vollem Schwung getroffen. Die Tür hing noch in den Scharnieren und wurde von einem Zapfen an der Oberkante daran gehindert, durch den Flur zu fliegen. Den Zapfen erledigte Henning mit einem gelangweilten Tritt. Der Nachbar folgte ihnen unaufgefordert in die Wohnung, die Kjell und Henning nun vorsichtig erkundeten, und fühlte sich augenscheinlich gleich wie zu Hause. An der Garderobe betastete Kjell eine Garnitur Schutzkleidung, wie sie Leute bei der Bahn trugen.

»Alle hier im Haus arbeiten bei SF drüben im Depot«, erklärte der Mann.

»Kennst du Jon Ola?«

Der Mann zuckte mit den Schultern. »Er ist im Werk für die Schlösser zuständig.«

»Nicht nur im Werk«, sagte Kjell und bat ihn, sich ins Treppenhaus zu stellen und Bescheid zu geben, wenn jemand die Treppe hinaufging oder unten den Lift rief. Er machte sich über alle Schubladen her und stieß auf Sundmans Lohnabrechnung.

»Henning!«, rief er durch den Flur. »Der Kerl ist Schlosser bei der SF. Deshalb kommt er so elegant in jede Wohnung und kann sich Schlüssel nachmachen.«

Henning trat aus einem der Zimmer. »Komm lieber mal her!«, rief er und winkte.

Das Zimmer diente als Lager für Computer und andere technische Geräte. Henning hielt eine Kamera in der Hand, als hätte er gerade das Geschenkpapier darum abgewickelt. »Frohe Weihnachten!«, wünschte er.

In der anderen Hand hielt er das Notebook. Es sah schwer aus. Sie ließen sich auf dem schmuddeligen Junggesellensofa nieder und warteten darauf, dass der Computer endlich bereit war, ihre Fragen zu beantworten.

Die Stunden um Peterssons Tod ließen sich nur schwer finden. Die Videodateien waren mit einer laufenden Nummer betitelt. Datum und Zeit erfuhren sie erst durch die Einblendung im Videobild. Das Bild war immer auf das Fenster der Wohnung gezoomt, und ohne die Einblendung hätte man nicht mal die Jahreszeit erahnen können, oder ob draußen die Sonne schien oder alles im Dunkeln lag. Die Kamera schwenkte immer zwischen den drei Fenstern hin und her, je nachdem, hinter welchem gerade etwas geschah. Plötzlich ein Schnitt. Dann war Ida im Bild. Kjell keuchte aufgeregt. Das war nicht Peterssons Wohnung. Es musste bei Sahlin sein. Ida brachte Sahlin Einkaufstüten, trank Kaffee und ging dann wieder.

»Das muss Tage vorher gewesen sein«, überlegte Kjell. »Probier die nächste Datei.«

Henning tat wie geheißen und eilte im Schnellvorlauf durch mehrere Tage. Er wollte die Datei gerade schließen.

»Warte!«

»Solange kein Schnee kommt, sehen wir den Mord nicht.«

»Wer ist das da?«

»Petersson und Mari.«

Die Kamera war auf das winzige Schlafzimmer gerichtet.

»Das ist nicht Petersson. Das ist … Das darf Linda nie erfahren!«

Kurz vor Kjells Nervenzusammenbruch setzte endlich der Schnee ein. Aber man konnte trotzdem gut erkennen, dass Mari nicht gelogen hatte: Um 0 Uhr 51 verlässt sie die Wohnung. Petersson sitzt an seinem Tisch und sackt in sich zusammen. Plötzlich steht Kajsa Björklund vor ihm. Sie stellt eine große Mappe ab und gestikuliert wild. Petersson hebt den Kopf. Kajsa kramt in den auf dem Boden verstreuten Unterlagen, dann im Schrank. Sie geht zu Petersson und schüttelt ihn. Er versucht, etwas zu sagen, aber Kajsas Reaktion zeigt, dass sie es nicht verstehen kann. Vor ihm liegen die Dokumente, die Kjell vor kurzem im SHF-Archiv in den Händen gehalten hatte.

»Du hast dich verrechnet, Kajsa«, synchronisierte Henning Peterssons Mundbewegungen. »Du wirst nichts bekommen, Mari erhält das ganze Geld!«

Henning sah Kjell an. »Fünfhundert, dass das erste Testament Kajsa begünstigt hat.«

»Ich bekomme aber noch zweihundert von Maris Verhör.«

Kajsa kommt zum Fenster und sieht hinab auf die Straße. In die Kamera blickt sie hingegen nie. Aus ihrem Verhalten war man versucht zu schließen, dass sie von der Wohnung im Haus gegenüber nichts wusste. Dann gehörte sie zu Petersson, überlegte Kjell. Sie stand auf seiner Seite. Kjell hatte eher das Gegenteil vermutet. So hektisch, ja fast panisch, wie sie sich auf dem Video durch Peterssons Wohnung bewegte, musste sein Zustand sie überrascht haben. Ihre Panik bewies, dass ihr die Konsequenzen gleich bewusst waren.

Kajsa verschwindet für einige Sekunden aus dem Bild und taucht mit einem Zettel auf. Kjell beugte sich zum Monitor vor. Es war der Passwortzettel, den er und Sofi später mit dem Passwort unter der Schreibtischunterlage finden würden. Sie hält den Zettel vor Peterssons Augen. Mit einiger Verzögerung gelingt es Petersson, den Kopf zu bewegen.

»Sie kennt das Passwort nicht«, sagte Kjell zu Henning. »Schau dir Petersson an. Er nickt in Richtung Gang und will ihr den Tipp geben.«

»Sie versteht es aber nicht.«

Kajsa verlässt das Zimmer.

»Ist sie jetzt aus der Wohnung oder nur aus dem Zimmer?«, fragte Henning.

Kjell war sich auch nicht sicher. Seine Aufmerksamkeit galt dem Zettel. »Hast du bemerkt, dass sie den Zettel mit dem Passwort nicht mitgenommen hat?«

Henning nickte. »Braucht sie nicht. Es ist nur die Kopie. Das Original ist erst am vergangenen Wochenende in Nysättra verbrannt. Aber was war in der Mappe?«

»Die Diskos-Unterlagen. Siehst du die Wand? Jetzt ist sie noch weiß. Als wir ankamen, hingen dort die Kartonagen. Auch auf dem Schreibtisch liegt noch nichts davon. Aber die Mappe muss sie vergessen haben.«

Kajsa erscheint nicht mehr im Bild. Minuten vergehen, bis plötzlich ein Mann vor Petersson steht und um ihn herumgeht. Er spricht mit ihm, doch Petersson ist nicht mehr bei Sinnen. Es ist Sundman. Sundman spricht zur Zimmertür. Die eingeblendete Uhrzeit zeigt 1 Uhr 12. Dann bricht der Film ab.

»Unsere gute Barbro, da hatte sie wieder ihren Haifischriecher.« Henning schloss die Datei und probierte die nächste. Sie begann um 1 Uhr 36. Die entscheidenden Minuten fehlten, aber dennoch konnte niemand anders als Sundman Petersson den zweiten Stoß versetzt haben.

»Jetzt haben sie umdekoriert«, murmelte Henning. Auf einmal war die Schreibtischunterlage voller Papiere. Das Zimmer sah jetzt so aus, wie die Polizei es kurz darauf vorgefunden hatte.

»Und die Mappe ist auch verschwunden. Ich sag dir, Henning, die Sachen sind echt. Die haben wirklich am Diskos gearbeitet.«

»Aber auf diesen Unterlagen steht die Entzifferung nicht. Wenn es sie gibt, ist sie in Nysättra verbrannt.«

»Probier noch eine höhere Zahl«, bat Kjell, der sich wunderte, warum noch so viele Dateien folgten.

Henning klickte wild auf eine der letzten Dateien. Henning und Kjell blickten einander an. Der Monitor zeigte die Fassade von Maris Haus in Nacka.

68

Sofi zitterte. Es lag nicht an der Kälte. Unter ihrer Hose und der Jacke hatte sie es warm. Ihre Knie hatten ganz unmerklich zu schlottern begonnen. Seit Barbros Aufbruch hatte sie von Minute zu Minute heftiger gezittert. Das war sechs Minuten her. Sofis Knie schlackerten und schlugen gegeneinander, und dasselbe taten ihre Backenzähne. Mit der Angst kam die wirkliche Kälte. Sie durchzog ihren Körper in einer geraden Linie von den Knien nach oben, als stiege sie in einen tiefen, kalten Bergsee.

Kurz bevor die Linie ihre Schultern erreichte, entschied sie sich, etwas dagegen zu tun. Sie stemmte sich aus der Hocke und lief taumelnd an der Flanke des Hauses entlang. Das Kellerfenster verwarf sie sofort. Wenn sie dort einstiege, wäre sie dabei jedem Angriff ausgeliefert. Sie streifte sich die Handschuhe von den Händen und warf sie gegen den Gartenzaun in die Dunkelheit. Mit gezogener Waffe drückte sie ihren Rücken neben der Tür gegen die Hauswand. Sie sah den Spalt. Obwohl ihre Angst größer war als das Haus, schlüpfte sie hinein. Sofort entdeckte sie den Heizkörper und legte ihre Finger in mittlerer C-Lage darauf, wie sie es in ihrer ersten von insgesamt drei Klavierstunden gelernt hatte. Auf einmal flog die Tür zur Halle auf. Sofi schraubte ihren Körper mechanisch hinter der Tür in den Stand und erstarrte. Es war nicht Barbro. Die festen Schritte stammten von einem Mann. Der Mann machte drei Schritte zur Haustür und verharrte. Er hatte bemerkt, dass die Tür nur angelehnt war. Er hielt die Klinke in der Hand und sah zurück in die Halle. Sofi konnte er nicht entdecken, sie kauerte hinter der Innentür und atmete nicht. Es tropfte aus ihrer Nase, ohne dass sie schniefen konnte. Der Mann schloss die Tür und ging zurück. Sofi sank in sich zusammen und spürte, wie ihre Hose nass wurde.

Barbro presste sich in die Ecke des langen Kellerflurs. Einige Meter weiter arbeitete sich jemand im Heizungskeller durch ci nen Stapel Umzugskartons. Aus dem Kesselraum strömte sommerwarme Luft in den Flur. Barbro labte sich daran. Der Mann hatte sie nicht bemerkt, und Barbro ließ ihn suchen, solange es ging. Sie hatte nur diesen Mann bemerkt. Ab und zu zeichnete sich sein Schatten auf dem Estrich des langen Ganges ab. Sie glaubte, dass er zu kurz war, um von Fohlin stammen zu können. Der maß gute zwei Meter.

Da drang eine laute Stimme von oben: »Jon Ola!«

Die Geräusche aus dem Heizungsraum erstarben im selben Augenblick. »Ja!«, rief Jon Ola.

»Warst du draußen?«

Der Mann zögerte und rief dann: »Nein!« Von oben kam keine Antwort, nur Stille. Der Mann begann nach wenigen Sekunden wieder zu rascheln und zu rumpeln. Barbro dachte an Sofi. Auf einmal hielt Jon Ola inne, schöpfte Verdacht. Er hatte wohl erwartet, dass der andere herunterkam. Aber er kam nicht.

Er trat in den Türrahmen. Der Mann vom Parkplatz. Jon Ola Sundman. Der Kellergang war lang wie ein U-Bahn-Waggon.

Er zog sich unter dem ganzen Haus mit seiner riesigen Grundfläche entlang. Acht Schritte von Barbro entfernt stand der kleine Mann. Sie war am Ende des Ganges in die Hocke gesunken und in den Schatten eingetaucht. Er sah die Treppe hinauf. Barbro, die mit der Waffe auf sein Ohr zielte, bemerkte er nicht. Sie drückte sich aus der Hocke.

Jan Ola wollte sich in Bewegung setzen, die Treppe hinauf.

»Halt!«, rief Barbro gedämpft. »Leg dich hin, du Zwerg!«

Er drehte langsam den Kopf in Barbros Richtung und starrte sie nur an, er zuckte weder zusammen noch gab es eine andere Reaktion. Es wäre klüger gewesen, um die Ecke zu springen, aber das tat der Mann nicht. Barbro hielt ihr Telefon in der anderen Hand und drückte die Eins. Sie hielt es sich ans Ohr. Kjell meldete sich sofort.

»Maris Haus, Sundman und Fohlin. Ich habe die Waffe auf ihn gerichtet.«

»Wir sind schon unterwegs!«

Der Mann trat einen Schritt auf sie zu.

»Er will mich angreifen.«

»Du musst sofort schießen! Wir kommen aus seiner Wohnung. Er und Fohlin waren Berufssoldaten. Nicht warten. Sofort schießen!«

Sofi stemmte sich von der Wand ab und konnte sich kaum auf den Beinen halten. Sie hatte zwei, drei Sekunden geweint, aus Angst. Das machte sie wütend. Sie folgte dem Mann. Er stand am Treppenabsatz zum Keller und rief hinab.

»Warst du draußen?«

Ein dumpfes Nein kam aus dem Keller zurück. Bevor der Mann seinen Fuß auf die nächste Stufe setzen konnte, war Sofi hinter ihm, stieß ihm von hinten den Griff der Waffe in weitem Schwung gegen den Kehlkopf und sprang ihm mit dem rechten Fuß in die Kniekehle seines Standbeins. Während sie es tat, erkannte sie, wie dumm sie war. Der Körper gab viel weniger nach, als sie erwartet hatte. Aber sie traf gut, und wenn man es unerwartet macht, geht auch ein starker Körper nach hinten zu Boden. Aus Fohlins Kehle drang ein Blubbern. Sie war mit dem Griff der Pistole schräg über seinen Kehlkopf gestreift. Er knallte mit dem Kopf auf die Steinfliesen und blieb liegen. Sie packte ihn am Kinn und am rechten Arm. So konnte sie ihn mit Mühe über den glatten Boden zerren, nur ein Stück weit in die Mitte der Halle. Fohlin war nicht bewusstlos, er strampelte. Sie hieb ihm mit dem Knie gegen die Schläfe, aber es schlackerte so, dass sie ihn schlecht traf und die Kraft nicht auf ihn überging. Er wand sich und versuchte, sich auf den Bauch zu drehen. Dann war seine Hand ganz plötzlich da und schnappte nach ihrer. Er fasste ihr Handgelenk und zog sie zu sich. Sein Oberkörper schnellte hoch, er ballte die freie Hand zur Faust und hielt Sofi so fest, dass sie seine Faust kommen sah, ohne ausweichen zu können. Mit voller Wucht schlug sie auf ihrem Kinn ein. Sein Griff verhinderte, dass sie wegflog. Stattdessen knickte sie zu Boden und schlug nun selbst mit dem Kopf auf den Steinboden. Er wälzte sich auf sie und presste sein Knie zwischen ihre Beine.

Barbro ließ das Telefon fallen und nahm die Pistole in beide Hände. Der Mann machte noch einen Schritt und noch einen. Er stand in der Mitte des Gangs vier Meter von ihr entfernt. Von oben platzte ein Schuss durchs ganze Haus. Jon Ola zuckte nur kurz und lächelte. Barbro wich zurück, wich immer weiter. Im Kopf wusste sie, wie falsch das war, trotzdem tat sie es. Sie tat es schon die ganze Zeit. Sie spürte ihre Finger nicht. Sie hatte sich schon tausendmal entschlossen abzudrücken.

Sofi zog Kenneth Fohlin ächzend in die Küche. Sein Oberschenkel hinterließ eine breite Blutspur auf den hellen Kacheln. Nach dem Schuss hatte sie sich unter ihm befreien können und ihm noch einmal mit dem Knie gegen die Schläfe geschlagen. Diesmal hatte sie getroffen. Sie schloss die Küchentür und gab ihm einen Tritt gegen den Brustkorb. Er erwachte röchelnd aus seiner Ohnmacht. Sein Schlag war so stark gewesen, dass ihre Knie immer wieder nachgaben. Sie hielt ihm die Pistole ins Gesicht.

»Ich töte dich jetzt aus Notwehr. Wer hat Carl und Kajsa getötet? Fünf, vier, drei, zwei, …«

Sie zählte, so schnell sie konnte. Er war als Major im Kosovo gewesen. Er hatte viele Menschen schießen sehen. Er sah es in ihren Augen. Sie würde es tun.

»Kajsa!«, stöhnte er auf.

»Was Kajsa?«

»Sie hat Petersson getötet. Ich kann es beweisen. Wir haben alles auf Video. Bei Sundman. Such bei Sundman!« Seine Stimme klang immer noch so gurgelnd seit Sofis erstem Angriff.

»Du lügst. Ist Sundman im Haus?«

Er nickte.

»Ist er bewaffnet?«

Er nickte wieder.

»Wer hat Kajsa getötet?«

»Wir nicht. Das Haus stand schon in Flammen, als wir wieder hinkamen.«

»Wer!«

»Die Ägypter. Es müssen die Ägypter gewesen sein.«

Sofi dachte an Kullgrens Worte. Er hatte Recht. Sie hatte das einzig Richtige getan. Kajsa das Falsche. Sie war eine von denen, die die Ägypter betrogen hatten. Sofi versetzte Fohlin erneut einen Tritt, aber er wurde davon nur benommen. Sie sprang aus der Küche und verriegelte die Tür hinter sich. Sie war aus leichtem Holz, aber weil sie nach innen aufging, würde er sie kaum auftreten können. Als sie den Schlüssel abzog, zögerte sie. Wenn sie ihn töten wollte, dann jetzt. Sie überlegte. Sie musste es jetzt tun. Sie konnte nicht mit Sicherheit sagen, ob er zu den Ägyptern gehörte. Warum war er nicht tot wie Kajsa? Sie erschrak über sich selbst. Sie wollte niemanden töten. Nur die Frau mit dem Messer in Kairo. Wenn sie jetzt vor ihr stünde, würde sie die Frau töten.

Sie lauschte in die Weite des Hauses und betastete ihren Unterkiefer. Still zu lauschen, fiel ihr unendlich schwer. In ihrem linken Ohr rauschte es. Sie wusste nicht, ob ihr Kiefer gebrochen war. Zuletzt war sie mit zehn Jahren von ihrer Mutter geschlagen worden.

Sie rannte zur Treppe. Die Stufen waren aus Marmor oder einem Imitat. Mit ihren hartgefrorenen Gummisohlen erzeugte sie darauf ein lautes Tappen. Sie hielt sich am Geländer fest und nahm Stufe um Stufe, wobei sie sich tief in die Knie sinken ließ, um den Aufprall abzudämpfen. Ihre Knie schmerzten, als hätte jemand mit einem Hammer daraufgeschlagen. Die Treppe wand sich wie eine Spirale hinab. Als sie in der Biegung erkannte, dass am Ende der Treppe noch ein Durchgang folgte, ging sie schneller. Sie spähte um die Ecke und sah im Schatten den Umriss eines Mannes. Er stand mit dem Rücken zu ihr. Und Barbro erkannte sie bald darauf als noch dunkleren Fleck, der hin und wieder auftauchte. Sofi glaubte, dass Barbro sie nicht sehen konnte. Sie wurde von dem Mann verdeckt.

Was dort vor sich ging, konnte sie nicht erkennen. Die beiden gaben keinen Laut von sich. Dann hörte sie Barbro aufschluchzen. Sofi wackelte auf ihren Beinen. Deshalb lehnte sie sich mit der linken Schulter gegen die Wand. Sie zielte ins Dunkel. Immer wieder vermischten sich die beiden Konturen. Sofi biss sich auf die Lippe. Sie konnte unmöglich schießen. Emelie. Sie konnte nicht riskieren, Barbro zu treffen. Der Knall, dachte sie. Sie hatte Gott darum gebeten. Schnell werden Wünsche wahr.

Sie hob die Waffe ein wenig, das verbesserte die Chance, den Mann zu treffen. Sofi schloss die Augen und machte sie wieder auf. Und schoss.

Der Knall in dem langen, unverkleideten Gang mit dem Steinboden riss Sofi das Herz aus der Brust. In ihren Ohren hallte er noch lange danach. Das laute Schellen in ihren Ohren weckte sie und ließ sie mechanisch nach einem Lichtschalter tasten. Es überdeckte alle anderen Geräusche. Als das Licht ihr in die Augen stach, zuckte sie zusammen. Barbro stand. Sie stand in Rot und Gelb an die Wand gelehnt. Ihr Stehen war unnatürlich aufgerichtet. Barbro starrte mit aufgerissenen Augen in ihre Richtung. Vor ihr lag Sundman. Nein, er lag nicht, sein Kopf war in Barbros Schoß gebettet, sein Kreuz durchgebogen. Als hätte sie die beiden bei etwas Schlüpfrigem erwischt.

Der Gang dauerte ewig. Barbro rührte sich nicht, gab Sofi kein befreiendes Zeichen. Auf ihrem Bauch troff ein großer roter Fleck in Form einer Raute. Er zog sich von ihrem Busen bis hinunter in ihren Schoß. Barbro lebte, ihre Augen waren nicht tot. Sofi erkannte es auf den letzten Metern. Neben ihrem Kopf war die Holzverkleidung der Wand zersplittert. Sie zog den toten Körper von ihr weg. Er fiel in sich zusammen. Barbro stöhnte laut auf, befreite sich so aus ihrer Starre. Sofi dachte an das Eintauchen in ein warmes Schaumbad. Barbros Jacke war geöffnet. Der Fleck saß auf dem weißen Oberteil darunter. Sofi riss es hoch. Der nackte Bauch war unversehrt.

Barbro seufzte: »Sofi.«

Aber Sofi hörte nur das Schellen in ihrem Kopf.

69

Henning und Kjell folgten dem Licht. Die Frauen saßen wie kleine Mädchen auf dem Boden und hatten den Rücken an die Wand gelehnt. Das Ende des Ganges war rot gesprenkelt. Sie kicherten, verstummten aber, als sie ihre Kollegen bemerkten. Jeder von ihnen nahm eine der beiden auf. Ihre Körper hingen schlaff in ihren Armen. Sie trugen sie die Treppe hinauf. Kjell trug Sofi, die leichter war als Barbro. Er fühlte keine Aufregung mehr. Nur dass er sie so mühelos tragen konnte, ließ ihn daran denken, dass ein Körper voller Adrenalin sein musste.

»Morgen ist Lucia«, flüsterte Sofi mitten auf der Treppe.

»Ja, Sofi.«

»Ich bin die Lucia«, lachte Sofi.

Sie lächelte zufrieden. Vorhin musste sie geweint haben. Er glaubte, dass sie die Antwort nicht gehört hatte, obwohl ihr Gesicht ganz nah war.

»Hörst du mich?«

Sie nickte.

Das Haus war jetzt voller Polizisten in Uniform. Man fand Fohlin in unveränderter Lage in der Küche. Sofi und Barbro wurden sofort zu einem Wagen gebracht. Ein Notarztfahrzeug traf ein. Barbro war unverletzt. Der Arzt stellte fest, dass Sofis Kiefer nur geprellt war.

»Wir haben Befehl vom Justizminister, sofort mit Sofi ins Präsidium zurückzukehren«, berichtete Henning.

»Der Justizminister kann uns alle mal!«, lachte Barbro. »Lasst mich mit ihm reden!«

»Fahr du mit ihr«, sagte Kjell zu Henning. »Ich muss mich um Fohlin kümmern.«

Der Wagen steuerte das andere Ende des Gebäudekomplexes an und hielt vor dem Rathaus. Zwei Säpo-Leute empfingen sie und führten sie durch das Rathaus den Personaltunnel hindurch ins Präsidium. Sie wurden direkt in das Büro von Kullgren bei der Säpo gebracht.

Kullgren betrachtete Sofis Gesicht mit sorgenvollem Blick.

»Der Staatsminister spricht soeben mit dem ägyptischen Präsidenten. Der Geheimdienst hat die Ägypter gefunden. Sofi muss sie identifizieren.«

»Nein«, rief Sofi und versuchte sich von dem Stuhl zu erheben, auf den man sie bugsiert hatte, aber alle drückten sie nach unten.

An der Wand hing ein breiter Flachbildschirm. Darauf erschien nun das Gesicht eines Mannes. Sofi kauerte auf ihrem Stuhl. Der Mann am anderen Ende der Videoschaltung war wohl der Chef des ägyptischen Geheimdienstes. Er sprach mit Kullgren. Sie sprachen englisch, und sie sprachen über Sofi.

»Sofi!« Kullgren redete eindringlich auf sie ein. »Sieh zum Bildschirm. Sie haben die Leute am Nachmittag verhaftet und müssen wissen, ob sie es waren. Erkennst du dort jemanden?«

Sofi bewegte den Kopf in die Richtung und erkannte ein Gruppenbild. Mindestens ein Dutzend Menschen waren darauf, die Hälfte davon Kinder. Die Gesichter der Erwachsenen hatte man ausgeschnitten und vergrößert. Sofi erkannte zwei Gesichter sofort wieder. Den Mann und die Frau. Das Gruppenbild zeigte eine Dorfgemeinschaft. Der Mann sah hier ganz friedlich aus, gar nicht bedrohlich. Die Augen der Frau jedoch waren selbst auf dieser friedlichen Aufnahme dieselben, unerbittlich und grausam. Sofi fragte sich, ob nur sie das bemerkte. Auf dem Foto war zu erkennen, dass die Frau nicht die Ehefrau des Mannes war. Sie standen weit auseinander, und die Frau war mindestens zwanzig Jahre älter. Sie sah alt aus. In Kairo hatte Sofi nicht bemerkt, dass die Frau so alt war.

Die Stimme des Ägypters wurde laut und ungeduldig. Er würdigte sie keines Blickes, obwohl sie auf seinem Monitor zu sehen sein musste. Er sprach nur zu Kullgren.

Sofi hielt sich die Hände vor das Gesicht. Sie versuchte vorauszusehen, was sie empfinden würde, wenn sie ihre Rache an der Frau genommen hatte. War es ihr nicht schon viel besser gegangen in den letzten Tagen? Sie würde nie vergessen können, wenn sie diese Leute auslieferte. Aber Vergessen war ihre einzige Möglichkeit. Man kann nicht vergessen, dass man jemanden getötet hat.

»Diese Leute kenne ich nicht«, sagte Sofi auf Arabisch zur Kamera. Dann wandte sie sich ab. Mit Kullgren würde sie nie mehr sprechen.

70

Maris Haus wurde die ganze Nacht von oben bis unten durchsucht. Man fand das Testament unter ihren alten Studienunterlagen. Und man fand noch mehr. Petersson hatte sein illegales Vermögen weit gestreut und Mari genaue Anweisungen hinterlassen, wie sie alles aufsammeln konnte. Mari hatte keine Ahnung, wie Petersson das Testament in ihr Haus gebracht haben konnte. Er war ja nie dort gewesen. Er musste es heimlich dort deponiert haben. Er hatte jederzeit Zugang zu ihrem Schlüssel gehabt, und das Haus war leer gewesen. Deshalb war auch Kajsa in dem Haus gewesen. Und Fohlin hatte Kajsa beschattet.

Im Verhör sagte Fohlin aus, dass er Sundman aus der gemeinsamen Zeit bei der Armee kannte. Offensichtlich war er Fohlins Handlanger gewesen. Auch Petersson kannte Fohlin seit vielen Jahren. Sie hatten sich im Orient kennengelernt, und nach seinem Fall war Petersson immer dabei gewesen, wenn Fohlin Verhandlungen im Orient zu führen hatte. Peterssons Gewandtheit in den orientalischen Sitten und seine Kontakte mussten enorm gewesen sein. Fohlin behauptete, der Schmuggel ginge auf Peterssons Initiative zurück, und das glaubte Kjell ihm ohne weiteres. Nachdem eine Reihe kleinerer Schmuggeleien reibungslos verlaufen waren, waren Fohlin bei diesem Mal früh Zweifel gekommen. Petersson hatte auf einmal von Risiken und Ungewissheiten zu sprechen begonnen. Sein Plan war schlau gewesen. Alles war über Fohlin gelaufen. Er hatte acht Millionen Euro, also achtzig Millionen Kronen in das Geschäft investiert. Das Geld war auf einmal verschwunden gewesen, Petersson hatte es umgelenkt. Für Fohlin sollte es so aussehen, als wäre es irgendwo in Ägypten versickert. Das war der Beginn von Peterssons Beschattung.

Maris Tat war für alle Beteiligten eine Katastrophe gewesen. Weder Fohlin noch Kajsa wussten, wo Petersson das Geld versteckt hatte. Auch das Passwort hatte keiner von ihnen gekannt. Nach Fohlins Angaben war Kajsa erheblich an der Beschaffung des Sarges beteiligt gewesen. Kjell zweifelte an seiner Echtheit. Alles sprach für eine Fälschung von sagenhafter Qualität. Dass es den Sarg wirklich gab und dass er Ägypten verlassen hatte, bewies das Verhalten der Ägypter. Sie hatten sich sehr eindringlich an die Kundenbetreuung der SHF mit der Frage gewandt, wo das Geld bliebe, die Ware sei geliefert. Fohlin hatte nicht nur das Geld verloren, es war ihm auch nicht gelungen, den Sarg zu finden, obwohl er die Frachtpapiere von Peterssons Schreibtisch mitgenommen hatte. Die Ägypter bestanden auf ihrer Bezahlung und zeigten ihm mit Kajsas Tod und der Sprengung des Sommerhauses, wie man mit Betrügern umgehen würde. Also musste Fohlin weitere acht Millionen Euro aus der Bargeldkasse entnehmen, um die Ägypter auszuzahlen. Das waren hundertsechzig Millionen Kronen, die am ersten Januar bei der Prüfung des Außenhandelsministeriums wieder da sein mussten.

Fohlin und Sundman hatten ihren Plan in nur wenigen Minuten ersonnen. Nach Maris Flucht waren sie in die Wohnung gestürmt und hatten bald erkannt, dass sie das Passwort allein nie lösen könnten. Doch sie wussten nicht, was Mari tun würde. Sie hätte sich der Polizei stellen können. Was hätte die Putzfrau am nächsten Tag gemacht, wenn ihr niemand die Wohnung öffnete? So entstand der Plan, die Polizei das Passwort entziffern zu lassen. Fohlin und Sundman entdeckten die Mappe mit den Aufzeichnungen zum Diskos, die Kajsa in der Eile vergessen hatte, und arrangierten alles so, wie die Polizei es später vorgefunden hatte. Während sich Fohlin wieder in der Wohnung gegenüber auf die Lauer legte, fuhr Sundman zu Maris Haus. Von dort folgte er ihr nach Spanien in der Hoffnung, dass sie ihn zum Geld oder zum Sarg führen würde. So konnte er so schnell zur Stelle sein, als Sofi das Passwort entzifferte. Doch der Kontaktmann hatte nur den Schlüssel gehabt und nicht gewusst, wo der Schlüssel passte. Das fanden alle Ermittler lustig. Sundman, der sonst keine Schlüssel brauchte, stand mit einem Schlüssel in der Hand in Madrid, ohne zu wissen, was er damit tun sollte. Tatsächlich hatte Fohlin die Ägypter über Sofis Reise nach Kairo informiert und ihnen in Aussicht gestellt, dass sie sie zum Geld führen würde. Obwohl die Ägypter die Adresse schon Tage zuvor von Fohlin erfahren hatten, hatten sie auf Sofi gewartet. Kjell wollte nicht daran denken, in welche Gefahr sie sich begeben hatte.

Fohlin hatte den Schlüssel aus Madrid gehabt und die Papiere. Er hatte vermutet, dass Kajsa das Versteck kannte. Doch in Nysättra hatte er nur noch das Haus brennen sehen. Er vermutete, dass Kajsa es den Ägyptern vor ihrem Tod verraten hatte.

Einige Tage später erließ die Anklägerin Ruth Liljedahl ihre Anklage gegen Mari Svahn. Sie lautete auf schwere Körperverletzung. Dass Carl Petersson ohne den zweiten Stoß dadurch gestorben wäre, war ohne Belang. Das Urteil würde darüber entscheiden, ob Mari etwas von Peterssons Erbe erhielt.

71

Am siebten Januar klingelte spät am Abend ein Kurierbote und gab ein dickes Kuvert ab. Es war an Linda adressiert und kam aus New York. Der Absender war John Osborne. Sie hatten gerade in der Küche gesessen. Linda öffnete das Kuvert mit dem Brotmesser am Küchentisch. John hatte ihr eine Zeitung geschickt, die sagenhaft dick war. *The Sunday Times.* Kjell verstand nicht.

»Johns Bild!«, sagte sie erklärend und begann zu blättern. »Jetzt hat er es endlich fertig!«

Er stand auf und ging auf die Toilette, damit sie den Augenblick für sich hatte. Als er zurückkehrte, hatte sie die Seite offensichtlich gefunden. Ihr Gesicht lag in ihren Händen. Sie weinte nicht, wie er befürchtet hatte. Stattdessen starrte sie fassungslos auf die aufgeschlagene Doppelseite, auf der mehrere Bilder groß und in Farbe abgedruckt waren.

Er beugte sich zu ihr herab und betrachtete das Bild. Dabei streichelte er ihre Schulter und ihren Nacken. Linda war am Ende ihres Verstandes angekommen.

The New York Sunday Times, 6. Januar

»Vivian«
Linda Cederström (Stockholm/Schweden)
46,8 × 31,2 inch
Öl auf Leinen
Unsigniert, Titel und Künstlerin auf der Rückseite vermerkt
Standort: New York, Privatbesitz, unverkäuflich

Ausgestellt bis 28. 2. bei:
Southern & Bloom
Zeitgenössische Malerei und Grafik
21 East 70th Street, New York, NY 10021
Donnerstag bis Sonntag 14–20 Uhr

Diese Geschichte ist frei erfunden. Ähnlichkeiten mit Ereignissen, Personen und Unternehmen in der Wirklichkeit wären unbeabsichtigt, auch wenn bei der Entstehung viele Berichte und Erfahrungen aus der Wirklichkeit in die Geschichte eingeflossen sind. So geht zum Beispiel Carl Peterssons Vorgeschichte als Fälscher auf eine wahre Begebenheit zurück, bei der der Urheber jedoch nie ausfindig gemacht werden konnte. Anderes entbehrt jeder Verbindung zur Wirklichkeit. Ich bin zum Beispiel nie von einer Frau gebissen worden, jedenfalls nicht fest. Ich habe mir dichterische Freiheiten herausgenommen, wo es mir angebracht schien. Herzlichen Dank schulde ich allen, die mir durch Hinweise, Lektüre und sonstige Hilfe geholfen haben.

Ian Rankin bei Goldmann

Mehr Informationen unter www.goldmann-verlag.de

GOLDMANN